中国语言文学
一流学科建设文库

刘守华/著

刘守华故事学文集

第七卷

故事学纲要
中国当代少数民族文学

华中师范大学出版社

新出图证（鄂）字 10 号

图书在版编目（CIP）数据

刘守华故事学文集．第七卷/刘守华著．—武汉：华中师范大学出版社，2022.1

ISBN 978-7-5622-9210-4

Ⅰ．①刘…　Ⅱ．①刘…　Ⅲ．①民间故事—文学研究—中国—文集　Ⅳ．①I207.73-53

中国版本图书馆 CIP 数据核字（2020）第 223085 号

刘守华故事学文集　第七卷

©刘守华　著

责任编辑： 谢　琴　　**责任校对：** 肖绪旭

封面设计： 胡　灿

编辑室： 学术出版中心　　**电话：** 027-67863280/7792

出版发行： 华中师范大学出版社　　**社址：** 湖北省武汉市洪山区珞喻路 152 号

电话： 027-67863426（发行部）

网址： http://press.ccnu.edu.cn　　**邮箱：** press@mail.ccnu.edu.cn

印刷： 湖北新华印务有限公司　　**督印：** 刘　敏

开本： 710mm×1000mm　1/16　　**字数：** 350 千字

版次： 2022 年 1 月第 1 版　　**印次：** 2022 年 1 月第 1 次印刷

印张： 24.25　　**定价：** 125.00 元

欢迎上网查询、购书

刘守华和鄂西土家族女故事家孙家香

刘守华赴宜昌走访故事家刘德方（1994 年）

鄂西五峰县著名故事家刘德培 1995 年于家中（刘心美摄）

刘守华夫妇赴新疆走访口头传说中的阿凡提故居

日本中国民话之会会长饭仓照平教授应邀来华师讲学，

刘守华陪游东湖（1985年）

刘守华应邀赴日考察著名的日本民话之乡远野市，

听女故事家讲故事（1992年11月）

在河北耿村故事国际学术研讨会上

（左起段宝林、刘守华、江帆、祁连休、乌丙安，1995 年 5 月）

在三峡宜昌刘德方民间故事研讨会上（左起刘守华、刘德方、龚浩群，2000 年）

时任湖北省民间文艺家协会主席的刘守华在第四次代表大会上做工作报告

（2001 年 12 月）

刘守华赴京走访刘锡诚、马昌仪，会晤东吴大学鹿忆鹿

（右起刘守华、刘锡诚、马昌仪、鹿忆鹿，2017 年 9 月）

刘守华参加2007年中国少数民族神话研讨会

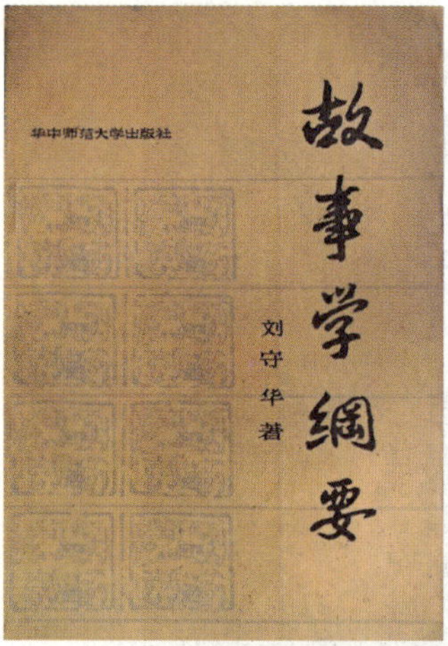

华中师范大学出版社1988年版

华中师范大学出版社2006年版

上海文艺出版社1983年版

目　录

故事学纲要

《故事学纲要》简介

中国民间文艺学学科建设起步较晚，直至 1980 年，才有北京师范大学钟敬文教授主编的首部《民间文学概论》于上海文艺出版社问世。1985 年，中国民间文艺研究会（后更名为中国民间文艺家协会）的一批热心人士创办中国民间文学刊授大学，约请相关学者编写神话学、传说学、故事学、歌谣学等分支学科的教材，活页印发，这为新时期开展民间文学普查、编纂《中国民间文学集成》培养急需专业人才，发挥了重要作用。这本《故事学纲要》，就是刘守华应邀编撰的全国刊授大学教材之一。在试用过程中广泛征询意见，获得众多同仁赐教，后经过重大修订，于 1987 年交付华中师范大学出版社出版。并纳入“华大博雅 · 民间文化学系列教材”之内重版。敬爱的钟敬文先生郑重为书题名，以资鼓励。

旅居海外的著名民间文艺学家谭达先博士于 1992 年在《民间文学论坛》刊出书评，称本书具有较高的学术质量和宽广的容量，因此，它也成了当代中国民间故事学的第一本专著，应视为“民间故事学园圃的一朵鲜花”。

新版感言

这本小册子，本是30多年前中国民间文艺家协会举办刊授大学时赶写的讲义，历经几度修订，现纳入我的文集之内刊刻重印，禁不住心潮激荡，特留下几句感言。

刊授大学创办于1985年3月15日，这是当时中国民间文艺家协会负责人为多快好省地普及民间文艺学知识、培育民间文学专业工作队伍而采取的一项富有远见卓识的举措。以湖北为例，我当时正担任湖北省民间文艺家协会副主席，至今还保留着一份湖北省报名参加中国民间文学刊授大学学习的全体学员共59人的名单，结业后有19人获得“优秀学员”奖励，其中还有1名优秀学员郑伯成，由中国民协资助，选送到华中师范大学中文系在我门下进修一年。这些学员中的许多人，后来成为湖北省民间文艺事业的骨干，有些人还创造出了具有全国影响的业绩，至今仍活跃在这一文化领域，如黄永林、何红一、鄢维新、周濯街、王友兵、刘大业、黄耕、李征康等。在新中国民间文艺事业大发展的70年中，这件事实在是功不可没。

刊授大学由吴超同志任教务长，他郑重地聘请我担任刊授大学教师，编写故事学这门课程的讲义。我喜爱民间故事，也积累了一些研究成果，但也只是刚跨进民间故事学这一分支学科的门槛，自知学力甚浅，受聘时真是受宠若惊。其时我在华中师范大学中文系不仅担负着校内外“民间文学概论”这门课的教学任务，还承担着中文系系主任的繁重职责，但出于对民间文学的热爱和对全国民间文艺工作大局的支持，还是愉快地接受聘请，并克服困难，挤出时间、精力，按照教学计划完成了《故事学纲要》十讲的编写。由于故事学是民间文艺学新构建的分支学科之一，没有自成体系的现成教材可资参考，须新起炉灶自立体系。这份讲义的十个纲目——民间故事的范围和分类、幻想故事（民间童话）、生活故事、民间寓言和民间笑话、民间故事的传承、民间故事的功能、民间故事的类同与变异、民间故事的叙事艺术、从传统故事到新故事、民间故事的采录，是我同魁立、紫晨、许钰几位先生商定后才定下来的，至于吸取国内外同仁学术成果的地方那就更多了。20 世纪 80 年代迈入改革开放历史新时期以来的中国民间文艺学，对民间故事的采录与研究十分活跃，这本《故事学纲要》既是这一时期中国故事学成就的荟萃，也是我关于建构民间故事学理论体系的初步尝试，学理与方法均较为粗略。然而它却颇受读者喜爱，于是在 1987 年略做修订，交付华中师范大学出版社正式出版，并由敬爱的钟敬文先生题写了《故事学纲要》的书名。时光匆匆，在它作为刊授大学讲义问世 20 年之后，我又应原出版社之约对此书进行修订，于 2006 年再次印行，本书成为“华大博雅·民间文化学系列教材”之一，走进了我国大学文科教材的行列。教学相长，这门讲义的编写，也成为激励我在学术上奋力迈步向前的动力之一。

旅居海外、长期从事民间文学研究的谭达先博士，读到正式出版的《故事学纲要》之后，即以《民间故事学园圃的一朵鲜花》为题写出书评，在《民间文学论坛》1992 年第 5 期发表，热情赞誉本书具有较高的学术质量和宽广的容量，因此它也就成了“当代中国民间故事学的第一本专著”。后来他又写了一篇短评刊载于香港《文汇报》，称道此书具有紧密联系中国民间文学实际和广泛吸收国内外学术前辈与同辈研究成果的优点，而且文笔趣味盎然、色彩缤纷，呈现出自己鲜明的学术风格。近年还有一位来华攻读民间文学专业的日本留学生，认为此书“代表了目前中国故事体裁与文体特征研究的最高水平”。或许是由于我国民间故事流行甚广和采录研究故事的风气甚旺，而相关理论著作又甚为贫弱，于是人们对这本小书才特别看重吧！其实它的不足之处是显而易见的，正如我在修订后记中所写的：“《故事学纲要》作为中国故事学草创时期的习作，此次只是局部修订，虽有所改观，内容与体例上的粗浅之处势难避免；更不消说还有许多学理上的疑难点有待学人深入研讨方能形成共识了。”由此，后记中也寄托了笔者对有志之士开拓故事学新境界的热切期待。

中国民间文艺家协会的创建已届七十载，笔者于 1958 年被吸收为它的会员也超半个世纪了。刊授大学培育全国专业人才是它的重要足迹之一。在重印刊授大学讲义之际，愿我们的民间文化事业与时俱进，为复兴中华文化的伟大事业增光添彩。

2020 年 3 月 6 日

于华中师大桂子山校园

前　　言

在人民群众创作的民间口头文学中，故事是数量最大、流行最普遍、最受民众喜爱的文学样式。它在人民文化生活中占有重要地位。恩格斯青年时代所写的《德国的民间故事书》一文，对此做了很好的概括，常被人们加以引述。他说：

> 民间故事书的使命是在一个农人晚间从辛苦的劳动中疲乏地回来的时候，使他得到安慰，感到快乐，使他恢复精神，忘掉繁重的劳动，使他的石砾的田地变成馥郁的花园。民间故事书的使命是使一个手工业者的作坊和一个疲惫的学徒的可怜的顶屋变成诗的世界和黄金的宫殿，而把他的健壮的情人形容成美丽的公主。但是民间故事书还有这样的使命：同《圣经》一样地阐明他的精神品质，使他认清自己的力量、自己的权利、自己的自由，激起他的勇气，唤起他对祖国的热爱。

美国学者斯蒂·汤普森（1885—1976）在《世界民间故事分类学》这部民间故事学专著中对故事的文化价值揭示得更为鲜明。他说：

> 故事讲述的这种口头艺术比历史更古老，并且它不受一个洲或一种文明的束缚。故事的主题可能在各地有所不同，讲述的条件和意图可能从一个地方到另一个地方，或从一个世纪到另一个世纪发生变化。然而在任何地方它都照顾到同样的基本需要和个人需要。这种闲暇时的娱乐需要在大多数民族的十分有限的消遣中建立起来，除了现代城市文明已深入渗透的地方，人们发现讲故事是消遣的最大满足之一。

我国 56 个兄弟民族，创造了丰富多彩的民间故事。这些故事渊源久远，早在魏晋时期的一些古籍中，它们就以相当完美成熟的形态被文人记录下来，并通过曲折复杂的途径流播于世界。中国是世界民间故事的宝库，其蕴藏之丰富只有印度可以相比拟。特别值得庆幸的是，中国民间故事至今还以它活跃的姿态呈现在我们面前。我们可以找到一个又一个故事讲述家，从他们口中记录下成百上千的传统故事；新故事活动还在我们周围展开，从当前实际生活中，不断涌现出新的民间故事；有关故事文学的报刊、书籍大量发行，畅销城乡，口头文学借助书面形式传播，在人民文化生活中的影响远远超过过去的口头传播。民间故事不仅是值得我们珍视的一份宝贵文化遗产，而且是今天民众喜爱的一份鲜活的精神食粮。我们需要，也有着极好的条件来深入考察、研究民间故事，建立中国的故事学。这部《故事学纲要》就是一次初步尝试。

民间故事学在西方兴起，已有一百多年历史。德国格林兄弟于1812—1814年发表《儿童和家庭故事集》（俗称《格林童话集》），被人们认为在民间故事搜集史上开辟了一个新的科学的历史阶段。此后，在许多国家，调查、采录民间故事蔚成风气，难以胜数的民间故事资料被搜集。在此基础上，对大量民间故事进行整理分类的工作便随之应运而生。自1910年芬兰学者安·阿·阿尔奈（1867—1925）刊行《故事类型索引》以来，各国学者竞相仿效，现已有三十多种各具特色的民间故事类型索引问世。这种情形自然会刺激民间故事的理论研究工作。其中最令人感兴趣的是依据大量异文分别研究在广大的时间、空间范围内流行的故事类型。据斯蒂·汤普森在《世界民间故事分类学》一书中告诉我们，自1886年克诺恩对熊与狐狸这个大的故事类型做专门研究以来，已有四十几个类型被各国民间文艺学家所注意，由他们做了深入细致的研究。关于民间故事的学术专著，也在不断问世。其中俄国学者普洛普的《民间故事形态学》，不仅是故事学方面具有开拓性的一个学术成果，而且被人们看作是叙事学领域的一部里程碑式的著作，给西方结构主义文艺思潮以重大影响。

即使在现代经济文化很发达的欧美诸国，民间故事也依然大受欢迎。如美国儿童文学家珍妮·约伦女士在20世纪80年代就精选了一部《世界著名民间故事大观》出版，20 世纪 90 年代该书被译成中文。她在前言中就民间故事在全球居民生活中的巨大影响，以趣味津津又饱含深意的语句写道：

> 动物的“语言”都只能涉及“此时此刻”，而无法表述过去或未来，唯有人类创造的故事才能建构或改变他们生活于其中的世界。由于故事具有组合和改变的能力，词语具有某种掌握过去、现在与未来的魔力，因此讲故事者在世界各地的口头文化中普遍受到尊重。在爱尔兰，除了战时之外，弹唱诗人的地位仅次于国王。在西伯利亚，伐木工、渔民或猎人合作社都会聘请讲故事者来消磨他们的余暇。伊凡雷帝临睡前总要让三个盲人在他榻前讲述故事。在非洲，这类人被称作“格里奥特”，他们是社会的重要成员，他们为各宗族续家谱，向酋长出谋划策，并以故事形式记录历史。甚至在今天，匈牙利军队中仍然保持着数百年留下来的习俗，熄灯以后，人们可以要求任何一名士兵讲故事，假如他讲不出，便受惩罚，惩罚的形式是：那个士兵必须对着火炉大声叫道：“啊，妈妈，你怎么把我培养成这么一头蠢驴，它连故事也不会讲！”

这位美国儿童文学家还告诉我们：“在全世界许多地方，讲故事至今仍是日常生活的一部分。”“由于美国故事讲述者的努力，在整个北美大陆讲故事重又蔚然成风。”

以上种种情况表明，作为民间文艺学分支学科之一的民间故事学，在国外早已形成，并积累了相当丰厚的成果。它完全可以和神话学、传说学、史诗学、歌谣学等一道进入现代人文学科之林。

我国现代民间文艺学兴起于“五四”新文化运动时期，首先由北京大学歌谣研究会掀起了歌谣学热潮，随后又有一批学者围绕《民俗周刊》，倡导记录和研究民间故事，这些成为中国故事学的良好开端。周作人、钟敬文、赵景深等，便是当时开拓最有力的学者。中华人民共和国成立以来，中国民间文学事业跨入一个新的历史阶段，进入改革开放新时期以来，更获得蓬勃发展，这一时期成为“故事学的春天”。1985 年中国故事学会和中国新故事学会的建立，以及作为民间文学三套集成之一的《中国民间故事集成》的编纂，有力地推动了中国故事学向前发展。在此基础上，我们完全可以建立起中国自己的民间故事学体系。

本书拟分十二章概略地讲述民间故事的范围和界限，民间故事的几种常见体裁及其代表作，民间故事的传承特点，民间故事在人民生活中的多种功能，故事体裁的叙事艺术、历史演变以及民间故事的采录与研究等。在内容上，力求讲清有关故事文学的基本理论，并注意吸收国内外故事学的新近成果来充实这些知识内容。同时，紧密结合正在大规模开展的我国民间文学工作，介绍有关故事采录和研究的科学方法。在文字表达上，尽可能以丰富生动的事实材料作依据，进行简明扼要的理论概括，便于读者思考自学。

本书是作为大学文科民间文艺学方面的故事学选修课教材编写和出版的，也兼顾到广大民间文学工作者和民间文学爱好者的学习要求。它的初稿写于 1985 年，曾作为中国民间文学刊授大学教材印发过。随后做了较大修改补充，于 1988 年 12 月由华中师范大学出版社正式出版。由于海内外读者的喜爱，它在书市上早已脱销，此次又在原出版社的积极助推下修订再版。

我在故事研究中，曾多次引述《意大利童话》的编者——作家伊·卡尔维诺给这部著名故事书中文版的题词："民间故事是最通俗的艺术形式，同时它也是一个国家或民族的灵魂。我热爱中国民间故事，对它们一向百读不厌。"现在，再次把它抄在这里，作为对喜爱民间故事的读者的导引。

目　录

第一章　民间故事的范围和分类

第一节　广义的“民间故事”与狭义的“民间故事”

流行于民间的口头文学，从其表达方式来看，不外乎四类：一是口头讲说的散文故事，二是口头咏唱的诗歌，三是说唱结合的曲艺，四是说唱加表演的小戏。其中以讲说故事最受民众喜爱，流行最广。

讲故事，我国各地农民把它叫作“讲古话”、“讲古经”、“讲瞎话”、“说白话”、“摆龙门阵”等。“民间故事”是民间文艺学上使用的一个概念。但是，究竟什么叫民间故事，怎样确定它的范围界限，国内外的民间文艺学家认识并不一致，大体有广义和狭义两种理解和用法。

广义的理解，把民众所有口头讲述的散文故事都叫作民间故事，如段宝林编撰的《中国民间文学概要》中说：“民间故事是人民口头创作中叙事散文作品的总称，按题材内容及流传的不同情况可分为神话、传说、生活故事、笑话、寓言、童话等六类。”① 在民间文学的实际工作中，常常采用这种粗略的分类法。我国各地编印的民间故事集中，就包括上述各类散文故事。近年中国民间文学集成总编委会制订的《中国民间故事集成》编辑体例中，也指明该书“是民间文学中散文口头作品的集成。它不是编选狭义的民间故事作品，它的编选范围，包括神话、传说、故事、寓言、笑话等民间文学散文体裁，凡是用民间口头语言以叙述方式讲述的各种有情节的作品，均属本集成的编选范围”。

---

① 段宝林：《中国民间文学概要》，北京大学出版社，1985年，第41页。

狭义的理解，则指神话、传说以外的那部分口头叙事散文故事。如《简明不列颠百科全书》中就把“民间传说（folklore）”和“民间故事（folktale）”并列，对民间故事条目给予解说道：

以口头方式代代相传的，有传统内容的散文体故事。民间故事具有常常不带宗教意义的神话成分，但许多学者并没有在神话和民间故事之间作出严格的划分。在各种类型的民间故事里，都有母题（如受人喜爱的动物、介壳、死者的还魂）和情节梗概（类型）两部分。民间故事在各种文化中互相交流并能转变成书面文学，或从书面文学变成口头流传形式。民间故事的种类有童话和家庭故事、地方传说、圣者传奇、动物故事、恶作剧故事、英雄故事、笑话及解释某一自然现象、动物特点，或社会习俗何以如此的起因故事。①

广义的民间故事概念在实际工作中虽然还有它适用的价值，但在民间文艺学中使用这一概念，还是以狭义更为准确。我们学习、研究故事学，就是以神话、传说之外的口头散文故事为对象。民间文艺学是一门世界性的学问，各国学者不仅早已将神话从一般故事中分离出来作为研究对象，建立神话学并使之获得了长足进展，而且以故事和传说而论，也已有了比较明确的界说。国际知名的民间文艺学家、美籍华人学者丁乃通在编撰《中国民间故事类型索引》时，就是按照国际学术界的惯例，既剔除神话，又努力同传说相区分而确定中国民间故事的合理范围的②。现在，除神话学、故事学在国际上早已形成外，传说学也在兴起。因而我们采用精细的分类法，更科学地确定民间故事的范围界限是十分必要的。

“民间故事”一词的日文为“昔话”。在日本，还流行“民话”一词，中国民间故事，就有人译为“中国民话”。日本著名民间文艺学家关敬吾指出：“最近‘民话’一词作为‘昔话’的广义的同义语颇为流行，使用

① 《简明不列颠百科全书》第六卷，中国大百科全书出版社，1986 年，第 3 页。

② ［美］丁乃通：《中国民间故事类型索引·导言》，中国民间文艺出版社，1986 年，第7～9 页。

的范围极其广泛、随便，随着使用者的不同，其概念也变得五花八门，迥然而异……但依我看，‘民话’应该是指包括文艺形式的‘传说’在内的民间口头散文文学。使用‘昔话’一词则必须限定其意义范围。”① 他主张把“民话”作为广义的故事，把“昔话”作为狭义的民间故事来使用。

第二节　民间故事和神话、传说的界限

既然我们明确了民间故事是指神话、传说以外的口头散文故事，那么它和神话、传说的界限怎样划分呢？

一、民间故事与神话

关于神话的界说，目前我国民间文艺学界也有广义神话说与狭义神话说的争论。持广义神话说的学者，不但将原始神话，关于历史人物、节日、法术、宝物、风习、地方风物的传说，来源于佛经的故事，古老的童话和寓言包括在神话范围之内，甚至还把关于“飞碟”、“雪人”、“人体特异功能”等“世界之谜”的传闻，作为新时代的“文明神话”来看待。这样，在神话的范围内，就包罗了新旧时代所有具备幻想特征的故事，神话学的领域也就无限扩大，取代了故事学、传说学等。这显然不符合现代民间文艺学的发展趋向，难以让人赞同。

我们赞同狭义神话说，即神话的范围限于原始神话，刘魁立在《神话及神话学》一文中对神话所下的定义较为恰当，他说：“神话是生活在原始公社时期的人们通过他们的原始思维不自觉地把自然界和社会生活加以形象化、人格化，而形成的幻想神奇的语言艺术创作。”② 一方面，神话主要产生和繁荣于人类尚处于原始公社时期的上古或远古，是一种充满神奇幻想的故事，这种神奇幻想是以人类童年阶段的原始思维对自然和社会生活所作的一种不自觉的艺术加工。神话的主要内容，是反映

① ［日］关敬吾：《日本民间故事选·说明》，中国民间文艺出版社，1982 年，第 10 页。

② 刘魁立：《神话及神话学》，《民间文学论坛》，1982 年第 3 期。

天地、人类起源和文明创造；反映人和自然的矛盾及征服自然的斗争；对原始社会末期的社会斗争，如部落征战、阶级分化等，也有所表现。原始神话和后世民间故事的关系十分密切。神话虽是特定历史阶段的产物，但前人所创造的那些古老优美的神话并不会消失，它往往经历千年百代，仍然活在民众口头上。另一方面，神话艺术是繁荣一切后世文艺的肥沃土壤；民间故事，特别是其中的幻想性故事，常常吸取神话的艺术成分，进行自己的艺术创造。因此，我们有必要将神话和民间故事的界限加以划分。

民间故事中以写实手法反映后世阶级社会的矛盾斗争和人民生活心理的故事，如各种类型的生活故事，与神话艺术的界限十分明显，不易混同。

民间故事中幻想性较强的童话、寓言和神话的界限则不易区别，常被混淆不清。《愚公移山》有人说是寓言，也有人把它列入古神话之中。《田螺姑娘》《龙女》一般人视为童话，也有人把它作为神话处理。刘守华在《民间童话和神话、传说》一文中，曾提出民间童话（包括民间寓言）和神话的最重要的区别是，它是自觉地运用艺术虚构的手法来反映人民生活与理想愿望的口头创作。由于其中的种种幻想，不再像神话那样，同人们的原始思维（包括原始宗教信仰）联系在一起，所以它具有不同于神话的明丽色彩、愉快活泼的情趣和引人入胜的魅力。

神话乃是人民群众借幻想对自然和社会所作的一种不自觉的艺术加工，这一出自《政治经济学批判·导言》的马克思的精辟论断，现已成为国际上许多民间文艺学家辨析神话艺术和童话等民间故事之不同特征的主要依据。《大英百科全书》的“民间文学”条目中就写道：“在许多有文字以前的文化区，民间故事很难和神话分开，因为特别是在骗子和英雄的故事中，它们就部落起源和人与神的关系预先设定了一个信仰的背景。然而，有意的虚构甚至也加进了这种故事。”苏联 1980 年版《世界各民族的神话·绪论》中也写道：“关于神话与神幻故事的区分，当代民间文艺学家作了下列论断：神话是为神幻故事的先导；神幻故事较之神话，释源功能则有所减（或丧失殆尽），对所述神幻事件之真实性的笃信亦有所减，而自觉的构思则有增无已（神话创作具有不自觉的艺术的属性），如此等等。”由于后世民间故事中之幻想系出于自觉的虚构，便造成了内容与形式上的一系列不同于神话艺术的特征。在区别神话和幻想性民间故事时，我们应着眼于整体，着眼于它们的基本构思，不能将那些因吸取某些神话形象、神话幻想情节、神话艺术手法因而染上某种程度神话色彩的故事作为神话来看待。神话和故事的混淆，常常由此造成。关于《愚公移山》，正如袁珂在《古神话选释》中所指出的，就《列子》中的文字来看，显然是一篇寓言；结尾则是神话式的幻想，“或亦有古神话的渊源，而为哲学家加以改造、利用来阐发它的哲理”①。至于《龙女》《田螺姑娘》，女主人公形象虽有神话色彩，就整体而言，却是童话艺术发展到成熟阶段的产物，是民间童话艺术宝库中被世人广泛传诵的珍品。

二、民间故事与传说

民间传说是同一定历史人物、历史事件以及自然风物（山、石、河、湖、花木、虫、鸟等）、人造古迹（桥、井、庙、楼、钟、塔等）、社会习俗等相关联的一种故事。传说以历史的、现实的事物为中心来展开叙述，内容上大都包含着某种历史的、实在的因素，因而在叙述上，也就有着明确固定的时间、地点和人物；常用种种手法渲染其真实可信性；因人因事而异构造具体情节，不采用“三段式”等程式化的叙事手法。这些都是民间传说有别于故事的地方，据此可以将许多传说和故事划分开来。丁乃通在《中国民间故事类型索引·导言》中就提到，“大多数中国口述故事不仅能从它们的情趣和语气，而且也可以从它们在社会和文化里的功用上，与传说区分开来”。将民间传说和故事做比较时，是可以用历史性、可信性来说明它的基本特征的。然而，我们不能将民间传说体裁的历史性绝对化。国内外有的民间文艺学家认为传说是历史的，而故事则是文学的，简单地以此作为两者的界限，有失公允。钟敬文先生在《传说的历史性》这篇短文里写的一段话是很精当的，他说：

① 袁珂：《古神话选释》，人民文学出版社，1979 年，第 154 页。

> 一般的传说，是依据着一定的历史事实所虚构起来的故事。这原是跟一般的神话、童话相像的，但是由于在叙述的形式上它往往关联到实际的历史上有名的人物、事件或真实的地方、事物，它就好像特别具有历史的性质。其实，除了很少数是历史上的个别事件或著名人物轶事的加工结果，过去的传说绝大部分是一种根据一般社会历史所提供的素材的文艺创作，其中不少还是幻想性很强的创作。

中国著名的四大传说——孟姜女寻夫、牛郎织女、白蛇与许仙、梁山伯与祝英台，即属于上述并无多少历史依据，主要出自艺术虚构，却被渲染上某种历史色彩的故事。

传说和故事的界限在一般情况下是明显的，但有时也难以区分。同一篇作品，既有人把它看作故事，也有人把它看作传说，这样的事例很多。牛郎织女本是我国四大传说之一，故事学家又把它作为流播全世界的天鹅处女型故事之一来研究。这种情况的出现，除了同人们对传说与故事体裁特征的认识不一致之外，还同传说与故事这两种体裁存在互相转化的复杂性有关。这种复杂性早就被国际上的民间文艺学家所注意，我国学者也发表了一些探讨这个问题的论文。

互相转化，一是故事传说化。故事体裁本来是以通称的人物、广泛的背景来展开叙述的，有时人们让它落脚到一个地方，同具体的人物、确定的背景、实际的风物联系起来，具备了传说的特征，于是故事传说化了。例如《田螺姑娘》，叙述田螺化作美好女性，同农民结合，创造幸福生活的故事，本是一则典型的童话，可是晋人《搜神后记》中所载的《白水素女》，把故事发生的地区确定为“晋安郡”，说男主人公叫“谢端”，还说螺女回归天河后，谢端建祠祭祀，因而至今留下“素女祠”；唐代皇甫氏《原化记》中所载的《吴堪》亦叙此事，地点变为“常州义兴县（今江苏宜兴市）”，男主人公换作“县吏吴堪”。这就是故事向传说转化的一个典型例子。这个传说化的故事一直流传至今，《中国地方风物传说选》中的《螺女江》，即从上述故事演进而来，男主人公的姓名仍叫谢端，因他俩的结合遭到玉帝迫害，螺女化为田螺，沉入江中，因此人们便称这条江为“螺女江”，田螺化成的洲子为“螺女洲”。一些广泛流传的故事，人们出于对主人公的同情与喜爱，常常把他们拉扯到自己的家乡安家落户，并以煞有其事的态度对故事加工渲染。这在中国民间文学中是很普遍的一种现象。

也有逆向转化，将传说变为故事的。英国民俗学家哈特兰德在《神话与民间故事》中，早就揭示出这个现象了。他说：“有时传说可以转变得使人不知它属于何地，且不知是何人的经历。像这样成了新家，便有了存在活力，完全脱离了特有人名和地名。换一句话说，这已成了童话了。”①《弃老国》的演变就有这种情况。汉译佛经中的《弃老国》，叙述“过去久远，有国名弃老。彼国土中，有老人者，皆远驱弃”。后因天神降灾，一幸存老人以丰富智慧转危为安，于是国王“即便宣令，普告天下，不听弃老，仰令孝养”。从此用“敬老”代替了“弃老”的习俗②。这是一个具有重要历史价值的反映人类对待老人习俗之转变的传说。它流传到全世界之后，有的改换了背景和人物，如湖北省十堰市的《斗鼠记》，说古时位于鄂西北的麇国有一条这样的法规：凡是上了六十岁的老人都得送进“自死窑”，某大臣偷养老父，为国立功，这才废除这一陋俗。至今人们还能指出那个被称作“自死窑”的漆黑山洞。它仍以传说的面目流传，所反映的可能是一种实际上遍及全世界的习俗变迁。但也有许多异文，完全脱离具体的背景、人物，趋于泛化，转变成一种道德教化故事了。河北的《金毛鼠》开头讲：“相传我国古时候，曾经实行过人到六十岁活埋的制度。”非洲的《孝敬的儿子》开头讲：“从前有个头人，没有人喜欢他，因为他对老人和妇女很坏。”不仅背景、人物泛化，故事情节也趋于程式化，均以老人解难题为中心。显然，它已完全具备故事的特征。

故事化的传说和传说化的故事怎样分类呢？李扬的《试论民间传说

① ［英］哈特兰德：《神话与民间故事》，赵景深：《童话论集》，开明书店，1927 年，第 37 页。

② 常任侠选注：《佛经文学故事选》，上海古籍出版社，1982 年，第 109 页。

和故事的相互转化》一文中说，由于民间传说向故事转化的结果，仅存原传说的主要情节，具备故事的特征，“因此传说转化为故事的各种类型都应列入民间故事一类中”。至于民间故事向传说转化，“既然具备了传说的特征，还是应当将它列入传说类，但应将它作为传说中一个特殊的类型来加以关注和研究”①。这个意见从理论上说是可以成立的，但在选编和研究的实际工作中却难以行通。我们以为还是把这类具有转化特征的作品，作为一种特殊的“两栖”类型来处理较为合适，即不论是传说化的故事，还是故事化的传说，都容许人们把它既作为故事，也作为传说来处理。把《螺女江》作为地方风物传说来选编是可以的，同时它也是田螺姑娘童话的一个类型。如按情节型式来分类编排故事，只要基本情节类同，不论是原型故事还是经演变而带上传说特征，或由传说转化而来的，均可作为同一作品的异文归并在一起，以利检索和比较研究。

第三节　民间故事的分类

故事分类是一个较为复杂的问题。国内外现有的分类各式各样，尚无一个通用的科学标准。这里介绍几种分类法，并提出我们的分类意见。

一、中国民间故事的分类构想

关于中国民间故事的分类，目前流行的大体上有三种构想：天鹰《中国民间故事初探》的分类构想、丁乃通《中国民间故事类型索引》的分类构想、钟敬文《中国民间故事集成》的分类构想。

天鹰《中国民间故事初探》的分类构想

一、现实性因素较强的故事

（一）近代人民革命斗争故事

1. 农民反封建统治的起义故事

2. 近代人民反帝斗争故事

① 李扬：《试论民间传说和故事的相互转化》，《民间文学论集》第二集，中国民间文艺家协会辽宁分会编印（内部资料），1984年，第128页。

3. 义和团运动故事

（二）现代人民革命斗争故事

1. 土地革命战争时期的故事

2. 抗日战争和解放战争时期的故事

（三）工矿工人斗争故事

（四）长工斗地主故事

（五）劳动阶级人物故事

（六）生活故事

（七）讽刺故事

二、幻想性因素较强的故事

（一）传奇故事

1. 表现人与自然界关系的传奇故事

2. 表现人的社会关系的传奇故事

3. 反映人民的道德观念的传奇故事

（二）传说故事

1. 古代人民革命传说故事

2. 古代英雄传说故事

3. 各行各业劳动能手传说故事

4. 风俗传说故事

5. 地方传说故事

6. 专题传说故事（人参故事等）

（三）动物故事

《中国民间故事初探》的特点是将传说和故事糅合在一起，从内容出发，首先区分为富于现实性和富于幻想性的故事两大类；然后在这两大类中，或按历史顺序，或按社会生活的不同方面，或按体裁，再划分为若干小类。作者不赞同以故事中的人物为主体、以事件为主体和以情节为主体的分类法，认为“这些分类法，接触到了民间故事在形式上的某些特点，但很不全面，有形式主义的研究倾向，很少注意民间文学的思想内容，把它看成和现实生活相脱离的僵死的东西”①。因此，他便按照故事所反映的思想生活内容来分类。作为一种新的尝试，特别是作为我国第一部故事学专著，它第一次将现有故事进行全面分类，其开拓意义应予充分肯定。其不足之处主要是：

1. 将传说和故事杂糅在一起，不符合现代民间文艺学发展的趋势。从这个分类体系本身，也可以看出它的问题。如“近代人民革命斗争故事”和“现代人民革命斗争故事”中，从太平天国起义到义和团运动，再到土地革命、抗日战争、解放战争的历史性故事，以及工矿工人斗争故事中的许多作品，本为典型的传说，《中国民间故事初探》却把它们都放在“现实性因素较强的故事”中，而把关于黄巢、杨么、李自成、张献忠等明代以前的农民起义故事另行归入幻想性因素较强的“传说故事”之中；其中有的故事固然具有一定幻想色彩，另有许多故事却同样是富于现实性的。书中实际上是按古代和近现代的区别，把同类型的作品划分在故事和传说两类里。另外，传说这种体裁本来包含着偏于写实和偏于幻想两类作品，而以写实性作品为主体的、关于“各行各业劳动能手的传说故事”，其写实性就很明显，《中国民间故事初探》却把关于古代人民反抗斗争、古代英雄、各行各业劳动能手、风俗、地方风物等传说故事都归入“幻想性因素较强的故事”之中。这些都显得不太严密合理。

2.《中国民间故事初探》企图按民间故事所表现的思想生活内容来分类，作为一种改进现有分类法的新的尝试，未尝不可，但这种设想实际上没有贯彻到底。“现实性因素较强的故事”这个大类里的七类故事，大体上是按这个标准来划分的。可是第二大类“幻想性因素较强的故事”中的三类故事——传奇故事（即通常所说的童话）、传说故事和动物故事，又采纳了通行的按形式体裁或角色来分类的做法。两种分类标准并存，势必造成混乱。把反映近现代人民革命斗争生活的故事排除在传说之外，这方面的不合理性已如前述。张士杰搜集整理的《渔童》，本是一

① 天鹰：《中国民间故事初探》，上海文艺出版社，1981年，第47页。

个人所熟知的优秀童话，《中国民间故事初探》却按内容把它放在“义和团运动故事”之中，而排除在“表现人的社会关系的传奇故事”即童话之外。这些事例都表明《中国民间故事初探》的故事分类体系还不完备。对此，作者实事求是地写道：“在我国，民间故事的分类，还没有较为系统地做过，因此，我们这里所分的，也只不过是个尝试，是说不上完备的。”

丁乃通《中国民间故事类型索引》的分类构想

一、动物故事

二、普通民间故事

（一）神奇故事

（二）宗教故事

（三）生活故事

（四）愚蠢妖魔的故事

三、笑话

（一）笨人的故事

（二）夫妻间的故事

（三）女人（姑娘）的故事

（四）男人（少年）的故事

（五）说大话的故事

四、程式故事

（一）连环故事

（二）圈套故事

（三）其他程式故事

五、难以分类的故事

丁乃通先生的这部《中国民间故事类型索引》，是以国际上通用的AT分类法为基础编撰而成的。所谓“AT分类法”，乃是对“阿尔奈—汤普森体系”的简称。1910年，芬兰学派代表人物安·阿·阿尔奈，刊行了《故事类型索引》，创立了国际通用的故事分类法。他把民间故事分为动物故事、普通故事和笑话三大部分，再分门别类，统一编码，1号至299号为动物故事，300号到1199号为普通故事，1200号到1999号为笑话。在2000个总编号中，阿尔奈根据自己掌握的故事资料，只归纳出了540个类型编入其中，其余一千多个型式，留待他人根据新发现的资料予以补充。1928年，美国著名民间文艺学家斯蒂·汤普森出版《民间故事类型索引》，对阿尔奈的索引做了重要补充和修订。1961年印行该索引的第二版时再次进行增订。由阿尔奈创立又经汤普森所完善的这种编制故事类型索引的方法，被各国学者称为AT分类法竞相采用，据了解已有三十多个国家和地区出版了不同形式的故事类型索引。它“虽然存在许多缺点和不足，但仍不失是一部有价值的，具有很大概括性的国际通用的检索工具书”①。丁乃通先生于1978年出版的《中国民间故事类型索引》，所据书刊资料达600种，收罗故事7344个，成为当前研究中国民间故事类型的最实用的工具书，它以AT索引为基础，采用了国际通用的编码。这不仅是对所谓东方故事特殊论的一种有力的驳辩，而且也为各国学者进行民间故事的国际比较研究提供了极大的便利，即对我国民间文学工作者来说，它也不失为一部有价值的工具书。例如，它将我们所熟知的《蛇郎》归入普通故事中神奇故事之433D型，用简要文字概述了它的基本情节，并指明了61篇同类型故事的出处。我们从事比较研究时，不仅可以据此很快查找到国内已发现的这61篇蛇郎故事，还可以利用这个编码，从世界各国出版的故事类型索引中，很快查到这个故事在其他国家的异文及它的基本形态，了解到它在全世界的分布传播情况。丁乃通先生怀着热爱中国民间文学的赤诚之心，以长时间的辛勤努力完成的这部重要科学著作，对我们从事民间故事研究工作是很有益的。

但《中国民间故事类型索引》所依据的AT分类法本身，仍然存在明显的缺陷，而且它主要是从欧洲的民间故事中概括出来的。在我们对中国民间故事进行科学分类时，需要借鉴它的某些优点，却不能完全依据它来建立我们的分类体系。

---

① 刘魁立：《世界各国民间故事类型索引述评》，《民间文学论坛》，1982年第1期。

1. 它对于民间故事并没有一个科学的界说，比较注重以欧洲为主的只有所谓“国际性”的故事。丁乃通先生在他的著作中只是补充了在中国新发现的个别类型，这种分类体系原有的该收而未收，不该收而收进的某些驳杂情况并没有改变。书中将《孟姜女》这样的典型传说和《木兰从军》《秋胡戏妻》这类传奇戏曲故事均收录在内，即是由界限不清所造成的。

2.《中国民间故事类型索引》中关于民间故事的内部分类，存在许多明显不合理或不适合我国民间文学传统的地方。

它没有“寓言”这个类别，因此只得将《未雨绸缪》《折箭教子》及《愚公移山》这些我们公认的寓言，勉强塞进“生活故事”里。

它的“普通故事”里，大体包括富于幻想性的“神奇故事”、“宗教故事”以及富于现实性的“生活故事”、讽喻性的“愚蠢妖魔的故事”这四类作品。神奇故事即我们称之为童话或幻想故事的主体，就我国的故事情况也是适用的。宗教故事中的32个型式，在我们看来，大部分可以分别归入童话（如《两姐妹》)、寓言（如《人心不足蛇吞象》）和传说（如《灶神故事》）之中，只有《目连救母》称得上是宗教传说故事。因为在中国的民间口头文学中，人们已经把佛教、道教中的许多仙人形象引进各种样式的故事之中，赋予它们新的含义和特点了。不能因这些幻想形象具有某些宗教色彩，便把整个作品作为宗教故事看待。如果要收罗真正的宗教故事，数量是很多的，清人编纂的四卷本《太上感应篇注讲证案汇编》就是一部洋洋大观的宗教传说故事集，但那已超出我们所讲的民间故事的范围了。这样，把宗教故事作为普通民间故事的一类，就不适合我们对故事做分类之用①。

“生活故事”的范围对我们大体是适用的。“愚蠢妖魔的故事”这个类别则不适合我国的民间文学特点，《中国民间故事类型索引》一书中所列的愚蠢妖魔的故事的31个型式，多是主人公以机智胜敌的故事。用机智战胜凶恶然而愚蠢的妖魔的故事也有，数量却不多。中国著名的机智

---

① 刘守华：《道教与中国民间故事传说》，《思想战线》，1983年第2期。

人物大都是立足于现实社会，和横暴统治者及其他邪恶势力较量。

3. AT分类法按情节（单纯的情节片断或复合的完整情节）型式来分门别类，统一编码，其实际效用已为世人所公认，不能简单地认为它是形式主义的产物而予以否定。情节是故事的核心，情节本身就是内容和形式的统一体，民间故事的思想、生活内容不可能脱离具体生动的情节而空洞存在。《中国民间故事类型索引》中的生活故事这个类别，将一系列爱情故事编排在一起，就自然地反映了这类故事的内容特点。但我们也看到，偏重形式而忽视内容的指导思想，确实给它的分类带来了一些缺陷。如在一般写实性的故事中，许多都是以斗智来构成活泼动人的故事情节的，精巧的谎言也是斗智的方式之一。它是随着人类智慧的发展、社会阶级关系的演进而反映在民间口头文学上的。不独中国如此，在世界上也具有普遍性。《中国民间故事类型索引》按AT分类法设计的情节型式框架，将这类故事有的放在普通故事的生活故事里，有的放在愚蠢妖魔的故事里，有的则放在笑话的说谎故事里。阿凡提和富人斗智，巴拉根仓和富人斗智，不论从内容还是形式上看，本属一类故事，《中国民间故事类型索引》却将其归入两个不同类别之中，这显然不大合理，难以反映这类故事的实际面貌。

我国著名民间文艺学家钟敬文先生在给《中国民间故事类型索引》的中译本作序时中肯地指出："类型索引的编著乃至根据这种观点、方法的探索，一般比较不重视故事思想内容和艺术特点的分析和阐明。它的注意力比较集中于故事梗概的共同点及相异点，比较重视探究故事的流变过程和原始形态。没有疑问，应该说这种探索成果，对整个故事学的建立是有益处的，对我们的研究来说，也是有用的。对于某些作品，或这种口头文学体裁的某些侧面，这种做法不仅是有用的，甚至是必要的(当然，主要是在我们的指导思想的统率下)。但是，作为一种故事的整理、研究的主要观点和方法，它跟我们所奉行的，不能说没有一定的距离。"

钟敬文《中国民间故事集成》的分类构想

一、幻想故事

二、动物故事

三、鬼狐精怪故事

四、生活故事

五、机智人物故事

六、寓言

七、笑话

八、其他

20 世纪 80 年代中期，中央文化部、国家民族事务委员会和中国民间文艺家协会三家通力合作，决定在进行民间文学普查的基础上，编辑出版中国民间故事、中国歌谣和中国谚语三套民间文学集成。其中《中国民间故事集成》由钟敬文先生担任主编。总编委会经过反复讨论研究，制订出详尽的编辑方案，并将这些文件汇编成《中国民间文学集成工作手册》印发全国施行。现在三套集成已全部竣工，这些指导编辑工作的有关文件已成为中国民间文艺学的统一定则。

在《中国民间故事集成》的分类中，幻想故事包容较多，主要是幻想的手法、幻想的情节、与现实生活相交错的虚构性的故事。少数民族地区的部分英雄故事亦可纳入此类。动物故事在民族多的地区比较重要，因此单列一项。如有的地区数量很少，或无可入选的作品，亦可不列。生活故事一项，主要指幻想色彩较少，以描述现实生活、现实人物为主的故事。机智人物故事常与生活故事、笑话等交叉，此项可侧重具有著名中心人物并广为人知的作品。寓言包括人事寓言和动物寓言。动物寓言常常与动物故事交叉，寓言多有明显讽喻内容①。

这里要加说明的是，上述故事分类构想，最早见于由钟敬文先生主编，于 1980 年出版的我国第一部供高校中文系使用的《民间文学概论》中，它采取将神话、传说之外的民间故事一分为四的体系，即幻想故事(或民间童话)、生活故事、民间寓言、民间笑话。它的分类虽然比较粗

① 《中国民间文学集成工作手册》，中国民间文学集成总编委会编印（内部资料），1987 年，第 26 页。

略，却得到广泛的认同。后来在编纂《中国民间故事集成》时，以它为基本框架，考虑到各地民间故事的实际状况和便于实际操作，又略作调整，便成为中国故事分类的统一方案来施行了。但就学理而言，原来的四分法还是可以成立的，因为动物故事和寓言本来是交叉的；而将鬼狐精怪故事归属于幻想故事之中，将机智人物故事归属于生活故事之中，早已是许多故事学论著的通例。

二、关于动物故事的处理

以AT分类法为基础的世界各国通行的故事分类体系，都有动物故事一类。我国的许多民间文学论著，也都保留了这个类目。钟敬文先生主编《民间文学概论》时在故事分类上取消动物故事类目，是有学理依据的。动物故事就是以动物为主要角色的故事。故事分类可以从不同角度入手，从结构的繁简来分，可分成单纯故事与复合故事，日本的关敬吾先生是主张这样分的；完全从内容来分，可分成农民的斗争故事、工矿工人的斗争故事或近代的革命斗争故事、现代的革命斗争故事；从故事的角色来分，则可分成动物故事、植物故事、人物故事、神魔故事等。我们赞成把故事分成童话、生活故事、笑话和寓言四大类，是就它的文学体裁而言的。体裁虽属于艺术形式范畴，但它与一定的思想生活内容密切关联，是内容与形式的综合表现。因而，作为体裁之一的寓言和只按角色来归类的动物故事不宜放在同一分类体系里平行并列。

动物故事起源很早，它最初是人们对与自己发生密切关系的各种动物的形态、习性的描述。但流传到后世，它已被劳动人民精心加工制作，具备不同的体裁特征，可以归入几种体裁之中了。大部分动物故事转化为寓言。印度《佛本生故事》中的寓言，即多数为动物故事，它流播全世界，影响深远。我们既然采用寓言这个类目，自然就不宜再列出动物故事。动物故事中也有优美的童话，如属同一类型的世界著名童话中国的小鸡崽们《为妈妈报仇》和日本的《猴蟹之战》。鸟言兽语型的童话故事，不论出自民众口头还是出自儿童文学家笔下，都是极受孩子们喜爱的。以严肃口吻讲述动物形态、习性由来的故事，则是传说的一种。有的甚至具有十分古老的色彩，可以归入神话之列，《被惩罚的乌鸦》《牛为什么没有上牙》《为什么鸡叫太阳就出来》等，就是常见的例子。但应说明，我们所主张的，是在故事分类上，不把动物故事作为和童话、寓言等相并列的一种体裁看待。至于选编和研究故事，自然是可以将动物故事，甚至还可以将其中的鱼类故事、飞鸟故事等作为专门对象来考察。

三、关于新故事

新故事的流行，是一种值得我们重视的文学现象。对新故事问题，人们的看法不一。看来须对新故事和当代的新民间故事加以区别。新故事是一个笼统的概念，那些由个人书面创作或改编，只是吸取了某些传统民间故事表现手法的故事，应归入个人创作的通俗文学之列。只有那些具备民间故事的鲜明特征，为群众所喜闻乐见，并进入口头流传的故事，才能称为新民间故事。新民间故事可分别归入新生活故事和新笑话之中。还有一些具备民间传说特征的，则应列入传说体裁。

四、本书的分类构想

本书拟将中国民间故事分为四大类：

一、幻想故事（民间童话）

二、生活故事

三、民间寓言

四、民间笑话

这四类是就其体裁来划分的。各类之中，再主要按内容分为若干系列，从中列举有代表性的作品或情节型式（仍以具体篇目为其代表）予以评述。

将我国已有的估计达几十万篇故事文本进行恰当的分类，那是需要以艰苦努力，编撰专门著作来担负的任务，我们这本《故事学纲要》只是按一个大致的分类来组织有关理论知识。它在分类上的不完备，是不言而喻的。

【思考与作业】

1．什么叫民间故事？举例说明民间故事和神话、传说的区别。

2．就你所接触的民间故事资料，对它们试作分类，并找出分类中的问题进行研讨。

3．找出一个民间故事和传说互相转化的例子并做分析。

第二章　幻想故事（民间童话）

第一节　什么是幻想故事

在民间故事里，最富有艺术魅力、格外引人入胜的一类故事，就是我们这里要讲的幻想故事，或称民间童话。

我国古代没有“童话”这个名称，它是 20 世纪初从日本直译过来的。“五四”新文化运动中，文化界出于对儿童教育的关注，译述外国童话蔚成风气。后来一些学者发现这类故事不但在我国古代许多搜奇志怪的书上早有记载，而且至今在山野间农民的口头上还广为流传着。如同鲁迅在《门外文谈》中所写的：“到现在到处还有民谣、山歌、渔歌等，这就是不识字的诗人的作品；也传述着童话和故事，这就是不识字的小说家的作品。”当时人们对童话名称的理解和用法很不一致，有的把童话作为儿童故事的同义语，有的用童话泛指整个民间故事；到鲁迅笔下，童话和故事并列，它已是民众中流传的口头故事的一种，和一般故事有所区别了。随着我国民间文学事业的发展，人们在使用童话名称时，含义越来越明确。中国民间文艺研究会主办的《民间文学》杂志于 1955 年 4 月创刊时，以民间童话作为故事的一类，同时在翻译外国、主要是苏联的民间文艺学论著时，也采用童话的译名①，于是民间童话成为人们

---

① “民间童话”一词的外文对译，俄文为“НародНая сказка”，英文为“Folk Tairy Tales”，德文为“Volksmärchen”，法文为“Contes de fées folkloriques”，意译为神奇的幻想的故事。

习用的一个故事类目的名称了。

直到 20 世纪 80 年代，中国民间故事集成总编委会为了统一故事分类名目，才决定将这类故事定名为“幻想故事”。考虑到中国民间文艺学构成的历史特点，本书有时也将“幻想故事”和“民间童话”作为同义语来使用，所指称的实为同一对象。但有学人近年提出，如以“幻想故事”取代“民间童话”，能否将“幻想故事”直译成德语中的“Märchen”，这尚需研究。因为在欧洲学者心目中，“Märchen”基本上是能够和神话、传说等其他体裁相并列的体裁概念。而在中国，通常民间幻想故事从属于民间故事，习惯上很少把它和神话、传说并列在一起。在此情况下，把“Märchen”直接翻译成民间幻想故事是否合适，这可能还需要继续商榷。

在 1987 年编印的《中国民间文学集成工作手册》中对幻想故事体裁解说道：

> 幻想故事（学术界有时也称“民间童话”），经常运用幻想神奇因素（神魔形象、奇异变化、各种宝物等）与现实生活相交织的方式，反映人类同自然力的斗争、主人公获得美满生活、反抗阶级压迫等内容，描述社会地位低下的普通劳动者（或怪孩子）及青年男女的奇遇和冒险经历等等。这类故事结构完整，情节曲折（常有三次或多次重复的情节），语言优美，人物性格单纯，常以大团圆式喜剧结尾，有时也用贫穷主人公做皇帝来表现故事的结尾。

幻想故事的主体是所谓“魔法故事”或“奇迹故事”，我们根据中国的文学传统，把它称为神怪故事，以故事中出现仙人、精灵、宝物、法术等神奇幻想形象为标志，如《三件宝器》《宝扁担》《鲤鱼姑娘》《青蛙少年》《金雀和树仙》《三兄弟牵金牛》等。

由于民间传说和童话故事在民众口头上存在互相交叉或转化的情况，有些幻想色彩和童话情趣很浓厚的故事，往往被人们加以附会，落脚到具体的历史人物或历史背景上面。这类故事，我们认为也可以归入幻想故事范围，便借用“传奇故事”的名称来称呼它们，作为一个特别类型看待。鲁班故事中的《借龙宫》，义和团故事中的《渔童》《小黄牛》《白母鸡》，十兄弟故事中的《水推长城》等，就是一些有代表性的篇目。

我们将拟人的动植物故事中的一部分作品也归于幻想故事之列。这些故事将动植物人格化，有的完全在动植物世界里展开情节叙述，如讲述弱小者联合起来打败强敌或以智胜敌的《为妈妈报仇》《群蜂斗野猪》《虎王逃命记》等。还有些故事则让动物和人发生纠葛，构成生动活泼的情节，《老虎报恩》《猫狗结仇》《老虎怕屋漏》就是常见的几例。故事中的动植物形象如果成为精灵，具有神奇能耐，像关于鲤鱼姑娘、青蛙少年和人参精的故事，人们一般列入神怪故事。普通的动植物故事，则以其中的角色拟人而不拟神，赋予人性而不赋予神性为标志。

在幻想故事中是否应该包括一部分具有童话艺术特征的动物故事在内，民间文艺学家的做法不一，有的将童话和动物故事作为平行的两类作品。我们以为从实际出发，应将动物故事分别归入童话和寓言两种体裁之中。以片断情节寄托某种教训的小故事系寓言，情节曲折完整、概括的社会生活内容较为丰富的则属童话。我国一些著名儿童文学家，就是将“超人体”的神怪童话和“拟人体”的动植物童话相提并论的。

民间童话是怎样产生的？它和神话、传说的关系怎样？

这类故事产生于神话之后，但它也是渊源于原始社会阶段的一种古老民间创作。苏联原始文化史家柯斯文就认为：“人们的口头创作，即民间创作，在原始时期是有着广泛发展的。民间创作之最早的形式是关于过去的奇谈，即神话。童话故事也有特别发展。”“另一种广泛流传的民间创作形式——童话故事，是作为关于兽类的习性和关于虚构的存在物等等的，带有教育意义的陈述发展起来的。”①

1984 年出版的我国著名民族学家杨堃先生的《民族学概论》，在介绍民族精神文化时，对民间童话的起源发展做了很好的说明：

童话是带有浓厚幻想的民间故事。早在原始社会末期就已出

① ［苏联］柯斯文：《原始文化史纲》，生活·读书·新知三联书店，1957 年，第 198 页。

现，阶级社会又继续发展。原始社会的童话主要反映了原始社会人们的生活、信念和习俗，成为原始人对儿童进行教育的教材。到了阶级社会，这些童话则多是通过幻想来表达被压迫、被剥削阶级的心愿。其中有些保存有原始社会的残风遗俗。但主要内容则是反映阶级社会人民的生活和思想。在这些童话里，一般都是歌颂勤劳、勇敢、正直善良、诚实朴素的劳动者，而谴责那些好吃懒做、贪得无厌、奸诈狡猾的人，通过幻想前者得到好的结局，而后者没有好下场来达到教育儿童的目的。

中华人民共和国成立前，社会形态尚处于原始社会父系氏族公社解体阶段的我国独龙族，他们的口头文学中就有许多童话性质的动物故事和神奇幻想故事，如《老虎同火赛跑》《青年斗鬼王》等①，这些实例正好和有关学者提出的早在原始社会末期即已出现童话的论断相印证。

神话和民间童话都具有浓厚幻想，民间童话中的幻想形象和幻想情节常常源于神话，具有某种程度的神话色彩。它不同于神话的最主要的特征是，它是以自觉的艺术幻想构成的，反映的社会生活内容十分广阔，往往具有明确的教育目的。

古代传说往往也具有神奇色彩，但它多是以实际存在的历史人物的功业为中心，在具体历史背景上展开叙述的故事；不同于童话体裁以高度概括的方式，在不确定的背景上，表现广大普通劳动人民的现实生活与理想追求。

人民群众创作的童话是一种奇妙的艺术。它单纯而浅近的内容和形式，可以为幼儿所理解，然而富有文学创作经验的作家去试作童话，写出来的作品有些竟然不合格。儿童文学家为它的精美构思所倾倒；民俗学家烛隐发微，致力于剖析故事中古老的习俗信仰；比较文学家为探究同一型式的童话故事在世界范围内突破种种限制而广泛流动的奥秘，不惜耗尽心力。凝聚着历代民众智慧与情感的民间童话遗产，不仅是孩子们喜爱的精神食粮，也是学术研究的宝库。

---

① 毛星主编：《中国少数民族文学》，湖南人民出版社，1983年，第565页。

第二节　中国各族幻想故事

中国各族人民口头上，流传着数量丰富而又无比优美的童话故事。“和印度一样，中国也是民间故事的一个大宝库。”“那些觉得中国上层阶级的正统文学有时似乎有些单调贫乏的西方读者，我想会觉得中国民间故事清新可喜。中国民间故事传统的多彩多姿，丰富新颖，驳斥了说中国人民不富想象力的看法。”① 中国幻想故事的数量，在狭义民间故事的范围内，估计占一半左右，丁乃通先生的《中国民间故事类型索引》，收录故事近 7500 篇，幻想故事约占 3000 篇。就其型式而言，也许只有整个故事类型的四分之一，但它异文甚多，通常同一故事可以找到几十篇异文，有些甚至可以找到一两百篇异文。这样，它的数量就显得非常可观了。其中最有代表性的作品，大体有上百个类型。钟敬文先生于 20 世纪 30 年代撰写了一篇《中国民谭型式》，归纳出最流行的 45 个民间故事型式，有一半是幻想故事②。刘守华在《民间童话的特征和魅力》一文中，仿“四大传说”之说，列出了 10 个最有代表性的幻想故事类型，它们是：《求好运》《田螺姑娘》《灰姑娘》《蛇郎》《青蛙少年》《兄弟分家》《两伙计出门》《狼外婆》《十兄弟对敌》《小鸡崽报仇》③。这些具体篇目各代表一个类型（它们大都包括在《中国民谭型式》之中），如利用《中国民间故事类型索引》去检索，《求好运》属于 AT461 型《三根魔鬼头发》及 461A 型《穷人找神仙》，《田螺姑娘》即 AT408 型《田螺姑娘》，《灰姑娘》即 AT510 型《灰姑娘》，《蛇郎》即 AT433D 型《蛇郎》，《青蛙少年》即 AT440A 型《青蛙骑手》，《兄弟分家》即 AT503E 型《狗耕田》，《两伙计出门》即 AT613 型《两个旅行者》，《狼外婆》即 AT333C 型《老虎外婆》，《小鸡崽报仇》即 AT210 型《公鸡、母鸡、鸭子、胸针

---

① ［美］丁乃通：《中国民间故事类型索引・导言》，中国民间文艺出版社，1986 年，第 25 页。

② 钟敬文：《中国民谭型式》，《开展月刊》，1931 年第 10、11 期合刊。

③ 刘守华：《民间童话的特征和魅力》，《民间文学》，1983 年第 6 期。

和绣花针的旅行》。它们都是经过劳动人民集体智慧千锤百炼的艺术精品，不仅在中国而且在世界范围内得到了广泛流传。

幻想故事或民间童话深受读者特别是小读者的喜爱。这方面的专集有郑硕人等选编的《中国童话》，还有董森、肖莉选编的《民间童话故事选》，李耀宗选编的《中国少数民族童话故事选》以及祁连休、刘世华选编的《中国民间故事》第一集。

下面分别介绍一下我国幻想故事中的一些优秀代表作：

一、反映人和自然关系的幻想故事

反映人和自然关系的故事，有久远的历史和丰富的内容。人类创造的古老神话，其基本内容就是用想象和借助想象以征服自然力，支配自然力。人们征服自然力，战胜自然灾害，争取自己生存发展的斗争，在随后产生的幻想故事中获得了更为充分和有力的反映。这些作品表现人与自然的斗争，大体有三种类型。

1. 叙述主人公同恶魔、毒龙、猛虎等进行艰苦斗争的故事。这些凶恶形象，是作为与人为敌的自然力的化身出现的，于是主人公同它们的斗争就成为人类征服自然力的象征性图画了。白族的《小黄龙和大黑龙》中的斗争较为艰苦。白族少年戴上铜头铁爪，跳进洱海，变成一条小黄龙，在岸上乡亲们的帮助下，同住在海子里兴风作浪、残害生灵的大黑龙苦斗三天三夜，终于赶走了大黑龙。而他自己却从此再也不能恢复人形了，只得永远住在水中，成为异类。故事中的白族少年是胜利者，但他又在斗争中牺牲了自己的人间幸福。人们以悲壮的调子来叙述这个故事，显得分外感人。

布朗族的《布朗族少年》，也是赞颂少年英雄的。他斗争的对象是成了精灵的两块凶恶的怪石头，“它们嫉妒人们美好的日子，于是就带领着四山的石头，想把江水堵住，淹死幸福的人们”。可是它们怕鸡叫，鸡叫就走不动了。那个 15 岁的布朗族少年偷听到它们的秘密谈话之后，立刻学鸡叫，制止了石头怪企图造成的一场大灾难。前面的《小黄龙和大黑龙》讲的是人们和洪水灾害的斗争。这里的石头怪是什么？请看故事里的叙述：一会儿响声如雷，越来越近了，趁着松林里淡微的月光，他看见前面有两个大怪物，拥着一群风沙石块，冲断路旁的树木，一路飞奔下来。它们的企图是把江水堵起来，淹没这儿的一切。很明显，这是对南方时常发生的泥石流的形象化。故事中着重赞扬主人公的聪明智慧，情节虽不及前一篇曲折，构思却十分巧妙，把领头的两块大石头作为一公一母来描写，它们的形象既凶恶又愚笨，叙述中饱含幽默情趣，别具一格。

2. 叙述主人公寻珠取宝，改变自然面貌的故事。这类故事里的宝物，具有改变自然面貌的巨大魔力，但不能轻易获得。主人公克服重重艰险、寻珠取宝的努力，实际上象征着他们用艰苦劳动改变自然条件的斗争。《中国民间童话故事选》中选录的壮族的《水珠》和汉族的《运河水的故事》可以作为代表。

《水珠》讲的是，一个乱石山上的寨子因遭天火燃烧起来，塘干地裂，庄稼枯死，人们无法生活。老人说："在坝子东面很远的地方有座水源山，水源山上有个水源塘，水源塘里有颗水珠，要能把那颗水珠取来，就可以扑灭槽子里的天火；可是在水源塘那儿有一只凶恶的大金蜘蛛，它扯起一张大网，把塘口密密地封住了，谁也进不去。"小伙子岩刚不畏艰辛，战胜毒蜘蛛，终于取来水珠，吞下肚去，立刻变成了一个张开大口、喷吐清泉的巨人。家乡父老从此过起了丰衣足食的日子。

《运河水的故事》讲的是，运河刚挖成时，河水苦咸，把两岸的土地都变成了不长庄稼的盐碱地。后来出了个红莲姑娘，她奔向东海，从龙宫里盗来一颗龙珠，自己吞下肚去变成一条黄龙，喷吐黄水，河水便由苦变甜，由此改变了运河两岸人们的苦日子。

这类故事将各种威胁人类生存的自然力形象化，讲述主人公为消除这些自然灾害而进行的英勇斗争。这一类故事实际上是叙述人们怎样寻求一种有利于他们生存发展的自然力，许多故事以找水为中心，以农业生产为背景。其中也有曲折的斗争，以便展示主人公不屈不挠的努力。

3. 叙述主人公不惜自我牺牲，揭开自然奥秘的故事。《中国民间童话故事选》中选录的侗族的《长发妹》和蒙古族的《猎人海力布》就属于这一类。长发妹进山发现了一眼清泉，可是山神告诉她："你要是说出去，让别人来这里取水，我就杀死你！”长发妹甘愿受罚，自己变成石头人挨水冲，把这一秘密告诉了乡亲们。结尾出人意料：榕树老人凿了一个石头人代她受罚，救了这个好心肠姑娘。

猎人海力布获得一颗宝石，含在口里就能听懂鸟言兽语传达的秘密讯息。有一天，他听到飞禽走兽议论说：“明天这里要山崩地裂，洪水泛滥，得赶快逃走！”如果泄露这一秘密，他自己将受到天神的严厉惩罚。但在“宁肯牺牲自己，也要救出大家”的崇高思想支配下，他还是通知大家转移，使大家逃脱了这场严重自然灾害，而他自己则受罚变成了石头。自然界存在种种奥秘，在现代科学发达的今天，有些奥秘人类仍未解开。探索这些奥秘，趋利避害，加以利用，这是对人类征服自然的历史的真实反映。发现山泉秘密的事在许多地方都可以找到。鸟言兽语透露山崩地裂、山洪暴发的情节，反映了鸟兽活动异常这一地震前常有的征兆被细心的猎人察觉这样的实际事例。故事中几乎都有泄露天机即遭惩罚的程式化的情节，它一方面表现出人们对这些自然界奥秘的神秘观念，另一方面也是为了构成故事情节，以富有魅力的形式，来赞颂主人公为集体不惜自我牺牲的崇高精神。

二、反映阶级关系的幻想故事

幻想故事的起源，虽然可以追溯到前阶级社会，但它主要是阶级社会的产物。其中反映社会阶级关系，表现劳动人民对压迫剥削者的反抗斗争内容的作品，不论内容还是形式，都极为丰富多彩，构成故事的主体。这里，我们只能从中列举几个流行最广、最富有光彩的故事以见其特征。

1. 动物故事中，有相当一部分是用动物之间的关系来象征人们的阶级关系，表达阶级斗争主题的。《中国民间童话故事选》中苗族的《为妈妈报仇》就是一件这样的艺术品。凶恶的野猫吃掉了老母鸡，留下的小鸡崽们决心为妈妈报仇。它们求助于周围的小伙伴——缝衣针、牛屎、螃蟹、毛栗、棒槌等，得到积极的响应。最后它们聚集到野猫家里，各展所长，齐心合力把这个凶残霸道的家伙打死了。这种类型的动物故事流传很广，它借自然界大小动物争斗的情景，表达社会生活中弱小者联合起来，充分运用自己的智慧，打败凶恶强大敌人的斗争经验，富有教育鼓舞作用。

2.《狼外婆》是在全国范围内广泛流传的著名童话故事。凶恶狡猾的狼或熊或老虎等，装扮成和善的外婆去欺骗天真幼稚的孩子，夜里却露出凶恶的本相。姐妹俩机智地爬到树上，狼外婆也要上树，被她俩用绳子系着脖子提起来摔死了。它着重揭露凶恶的敌人有时会乔装打扮，以伪善面孔出现，使人上当受骗。在小姐妹身上，体现了劳动人民对敌斗争的机智和勇敢。

3. 在我国许多兄弟民族中间，流传着关于形体奇特的十兄弟，或称为十个怪孩子的故事，汉族的《水推长城》即其代表。这十兄弟各有自己的“特异功能”，有的是顺风耳、千里眼，有的生成铁骨头、钢脑袋，有的长着长脚杆、大眼睛。他们和皇帝作对，皇帝抓住其中的一个要砍头，钢脑袋去顶，钢刀砍卷了，却没伤着一点头皮；皇帝要把他投到海里淹死，长脚杆去顶，海水才漫到脚面上，正好捉鱼；捉了几千斤鱼，烧熟后被大嘴老九尝一口就没了；大眼睛老十气得掉眼泪，泪水汇成一股大水，把秦始皇和他所修的万里长城一下全推到海里去了。这是从大的方面来夸张人的形体。还有从小的方面来夸张形体的，可以抓住县官的胡子荡秋千的“枣核儿”就是一例。这类故事以奇妙的夸张手法来描绘反抗者的形象，他们各有绝招而又能团结对敌，在斗争中便立于不败之地了。

上述三类作品所展示的阶级斗争情景都比较单纯。以下三类故事在表现劳动人民的反抗斗争方面更是富有现实性，因而也显得更为复杂深刻。

4. 百鸟衣型的故事广泛流传于我国南方各族中间。《阿秀王》是苗族的百鸟衣故事。阿秀给皇帝修房子捡瓦，结识了小公主。他大胆上门求婚，皇帝提出种种难题拒婚，没有一件事把他难住。他抓住水獭，弄来三升鱼眼珠；让乌鸦帮忙，把撒在山坡上的三斗黄豆捡了回来；又强迫龙王，献出三根胡须。他终于娶了小公主。后来他把小公主的画像带着下地干活，画像被风刮走，落到另一个皇帝手里，皇帝派人前来抢走了小公主。小公主坚贞不屈，阿秀按照小公主的嘱咐，天天上山打鸟，制成一件百鸟衣，然后穿着这件奇怪衣服走进王宫，逗得傻头傻脑的皇帝同他换了穿戴，接着阿秀便下令把皇帝当作怪物射死了，阿秀当了皇帝。这个著名童话的前半截是一个爱情故事，后半截则写皇帝要霸占美丽的公主，破坏他们美满的爱情，男女主人公便设计用百鸟衣消灭了这个骑在民众头上作威作福的家伙。故事中的穷小伙因自己的高尚行为获得美好的爱情，但他并不能安居乐业，反动统治者要上门抢夺他的妻子，最后以主人公坚决的反抗结束故事。这个故事情节曲折动人，将美妙的幻想和丰富的实际生活内容结合在一起，格外令人喜爱。

5. 藏族的《青蛙骑手》，是流行在南方许多民族中间的青蛙少年或蛤蟆儿子故事的一种。当他向土司家求婚时，所受到的歧视更甚于《阿秀王》中的阿秀。他以一哭、一笑、一跳所发出的震撼山河大地的巨大力量震惊了土司，娶了三姑娘。后来他背着妻子，脱下青蛙皮，参加了盛大的赛马会，成为众人称羡的英雄少年。妻子发现这个秘密后，急不可耐地烧掉青蛙皮，于是酿成了一场悲剧：他失去这件护身衣，无法在人间生活，黑夜来临，他就必须回到地下、他母亲“地母”神那儿去。他曾立下消除人间苦难、使人们获得幸福的宏愿，等到在人间力量长够了的时候就可以办到。现在却办不到了。少年含恨死去，妻子也悲伤地化成了一块“望夫石”。这是一个在童话中少见的悲剧故事。青蛙少年关于消除旧时代人间贫富差别、民族隔阂，让人间和仙境连接起来的美好愿望，代表了被压迫、被剥削民众的“乌托邦”理想。他壮志未酬、饮恨而逝的悲剧，看来是他妻子的偶然失误所致，实际上却是社会历史条件造成的。孙剑冰在《关于〈青蛙骑手〉》一文中说得很中肯：“因为历史生活的实际情况恰恰相反，所以他的牺牲势在必然。这是主观无能为力的。这便使我们感到，这篇故事的真实性是相当强的。”“女儿变成岩石了，这是她父亲的阶级造成的。这样的悲剧不可能不激动人心!”①

① 孙剑冰：《关于〈青蛙骑手〉》，《民间文艺集刊》第一集，上海文艺出版社，1981年，第232页。

6. 湘西苗族的《田螺相公》刊于《民间文学》1956年第12期，是一篇带有农民起义传说色彩的故事。《中国民间故事类型索引》把它归入AT592型《早发的魔箭》中，并列出已发现的16篇异文。它讲的是，田螺相公起来造反，练了三年跑马射箭的功夫，本来一箭就可以射杀当朝皇帝的，但因为他妻子性急，不等鸡叫就喊他起来，一箭射去正中皇帝宝座，而皇帝却还没有来上朝。他斗争失败，被皇帝派人捉住，走到皇宫门口顺手拍了一下牛蚊子，立刻“轰隆隆响起了五百蛮雷，把宫门劈垮了大半边”，吓得皇帝滚下宝座，赶忙下令将田螺相公杀害了。这里也是将主人公斗争计划的失败，归咎于妻子的疏忽大意，实质上是社会历史的悲剧，中国封建社会中千百次农民起义都没能逃脱这种失败的悲剧命运。

故事中所表现的被压迫者对压迫剥削者的反抗斗争，大都以被压迫者取得大快人心的胜利，反面人物遭到严厉惩罚而告结束。这种胜利是按照幻想逻辑，而不是按照实际生活的逻辑取得的，它象征性地表达出了劳动人民对压迫者的憎恨，对斗争胜利的渴望。从中可以感受到在旧中国鼓舞千百万农民投身于反抗斗争，摧毁封建统治秩序的那种积极精神力量。

比较起来，《青蛙骑手》《田螺相公》中的悲剧情节更富有现实主义精神。为什么会遭遇失败？把失败归结为偶然失误，表明人们还不了解这场悲剧的社会历史根源。但人们在思考，在严肃地总结斗争经验。它们是将富有诗意的幻想和深厚的社会历史实际巧妙融合的童话珍品。

三、表现伦理道德主题的幻想故事

表现伦理道德主题的幻想故事，数量多，内容、形式都具有多样化的特点，因而在民众口头上流传极广泛而又长久，是故事中最富于艺术生命力的一部分。

前面介绍的反映人与自然的关系以及反映人们社会阶级关系的童话故事，也具有道德教育意义。那些在严重自然灾害面前宁愿牺牲个人，也要拯救乡亲，和那些不甘心忍受压迫，敢于坚决抗争的英雄主人公，以其行为体现出劳动人民所尊崇的一种高尚道德观念。我们这里所讲的表现伦理道德主题的作品，是就取材于人民群众内部关系，在更广泛的背景上表现劳动人民道德观念的幻想故事而言的。

1. 爱情，几乎成为人类文学艺术的永恒主题。民间童话中有许多优美的爱情故事，这些爱情故事大都以人和异类恋爱，即一个勤劳朴实的小伙子同天宫仙女，同山野间动植物或水中鱼类幻化成的美好女性相爱构成曲折情节。《田螺姑娘》的内容是人们所熟悉的，傈僳族的《鱼姑娘》内容与之相近，但更为丰富。一个孤儿去江边捞鱼，捞回一尾小红鱼，变成一个美丽姑娘和他结成了夫妻。孤儿的舅父是个有钱人，骂鱼姑娘是鱼精，怂恿孤儿赶走了她，孤儿失去了她所带来的一切。孤儿悔恨痛哭，在青蛙的帮助下找到了鱼姑娘，原来她是龙王的女儿。龙王不愿意龙女嫁给凡人，三番五次要同孤儿比赛，想乘机害死他。孤儿在龙女的帮助下，每次都逢凶化吉，终于夫妻团圆，获得幸福。这类爱情故事对青年男女的爱情生活本身叙述得十分简略，而着重在表现人们的爱情生活理想和道德观念。女主人公不仅美丽出众，而且在爱情婚姻生活中处于主动的、强有力的地位；男主人公具有战胜重重考验的坚强、勇敢等优秀品质。故事斥责了背信弃义行为，但也欢迎浪子回头。这些内容代表了民间童话中爱情故事的鲜明特征。

幻想故事还广泛涉及人们的家庭生活、朋友关系等，从多方面表现出劳动人民的道德伦理观念。

2.《兄弟分家》的故事，在许多民族中都有流传，因以一只神奇的狗为中心线索来结构故事，人们又把它叫作《狗耕田》。自私又霸道的哥嫂，分家时不遵守兄弟均分遗产的习俗，霸占了全部家产，弱小而又善良的弟弟只分得一只小黄狗和一小块荒地。这只神奇的狗竟会耕地，创造出一系列奇迹，给主人带来很多好处；哥嫂借它去耕地却不听使唤，使他们吃尽了苦头。兄弟分家时因争夺遗产而发生纠葛，是旧时代很普遍的一种社会现象。兄弟分家的故事用生动的幻想情节，概括反映了这一社会现实，而着重在表达人们对弱小者的同情和对逞强霸道者的斥责。

3.《蛇郎》也是脍炙人口的童话故事之一。它以一条神奇的蛇为男主人公，讲述人间女子和异类通婚的故事，但它并不着重于表现爱情主题，而是借蛇郎形象由丑陋卑贱向美好高贵转变的过程，将两姐妹的思想性格进行鲜明对比。淳朴善良的妹妹能体谅父亲的危难，不怕嫁给蛇郎吃苦受穷，终于获得了幸福；而用损人利己的手段企求富贵的大姐，则搬起石头砸了自己的脚，最后阴谋败露，无地自容。故事中贯穿着“善有善报，恶有恶报”的传统观念，但它不是由某种外部力量来执行裁判，而是在妹妹遇害后，由她不屈的灵魂所幻变的鹦哥、酸枣树等动植物来揭露、嘲讽反面人物的罪恶阴谋，并使其受到应有的惩罚。妹妹不仅有善良的品格，还有不屈不挠的斗争意志，这使作品的思想意义更为积极。

《蛇郎》中姐妹争夫的习俗在实际生活中并不多见，它的内容具有更广泛的象征意义，实际上是将两姐妹作为具有对立思想性格的两种女性来描写的。在爱情婚姻问题上反映出来的这两种思想性格，古往今来，屡见不鲜。《蛇郎》的艺术构思，同以写实手法构成的《姊妹易嫁》《真情假意》这类表现爱情婚姻主题的戏曲作品，情节结构惊人相似，表现出一种深沉的民族心理趋向，因而它至今仍富有生命力，深受群众喜爱。

4. 德国《格林童话》中有一篇《灰姑娘》故事，讲述遭受后娘歧视虐待的一个女孩子历经磨难，获得意外幸福。中国壮族的《达架和达仑》即属于这个类型。达架和达仑也是两姐妹，达架失去亲娘，被后娘视作眼中钉。但她喂养的那头神奇的母牛却经常在暗中给予她帮助，送给她金鞋去参加歌圩，她在慌乱中丢失一只金鞋，被一位公子拾得，后公子通过试穿金鞋，找到女主人，二人结成美满婚姻。此后的情节发展同《蛇郎》相同，达仑在母亲怂恿下，害死回家探亲的达架，冒充姐姐前往姐夫家。“谋夺丈夫占人子，将来一定挨刀杀。”最后达架复活，达仑被逐。

我国唐代作家段成式在《酉阳杂俎》中曾记载过这个故事，篇名《叶限》，以邕州吴洞为背景，吴洞即今广西扶绥县，为壮族聚居区。今天仍在人们口头流传的《达架和达仑》，即从《叶限》演变而来。《叶限》

是世界上最早见于文字记载的《灰姑娘》故事，中外学者们认为，现在世界上广泛流传的这个故事，很可能源于中国的《叶限》①。

后母歧视、虐待前娘子女，是植根于私有制社会的一种根深蒂固的社会恶习。人民群众在童话艺术中对此进行了有力的抨击，所表达的崇高道德伦理观念，在漫长岁月里和广大范围内对抗邪恶，哺育着人们美好的心灵。

5. 民间童话中关于友谊的故事。白族的《两老友》，讲述两个老朋友结伴出门做生意，良心黑的竟把自己的老友推入江中，企图谋财害命。可是这位好心的小伙子却在危难境地，意外地偷听到一群神奇野兽的对话，发现了一系列自然界的奥秘，如地下泉水、治怪病的药草等，反而因祸得福。而害人者则咎由自取，最后受贪心驱使，前去学样，落入兽腹。它的主要情节是被害人偷听野兽对话而扭转命运，因此学者们又把它叫作偷听话型故事（它也可以发生在两兄弟之间）。它的故事按照善恶各有所报的逻辑展开，这是和前面几组故事相一致的地方。但它以结伴经商的商人为主人公，以充满自然奥秘的山野为背景，用富有特殊生活情趣的动人故事表达了劳动人民珍视友情，反对背信弃义的道德观念。

6. 关于求好运或找幸福的故事。它在我国各族民间文学中有多种异文，毛南族的《寻找幸福的人》可以作为代表。主人公是一个被人们叫作“穷八代”或“穷十代”的穷小伙子，他要出门去问仙人智者，寻求自己的幸福。汉族受佛教文化影响，常以“问活佛”为中心情节，所以学者们又把它叫作问活佛型故事。毛南族故事里的主人公则是去问仙人。主人公在路途上曾答应帮助像他自己一样有困难的三个人询问摆脱厄运的法子；仙人那里的规矩却是问三不问四，他自己刚好带着四个问题。在这巧妙设计的考验面前，主人公作出了先人后己的抉择，把有关自己前途的问题搁起来，帮助别人找到了获取幸福生活的答案。别人给他的酬谢，正好使他得到了幸福，他不仅有了许多财宝，还找到了一个美好

① 蓝鸿恩：《广西民间文学散论》，广西人民出版社，1981年，第160～176页。

的妻子。在帮助别人获得幸福的过程中，自己也将得到幸福，这就是童话世界里的仙人们指引给穷小伙子摆脱贫困、寻求幸福的路子。它体现了劳动人民的高尚道德，深受各国人民群众的喜爱，是一个在欧亚大陆广泛流传的故事。它的情节结构曲折巧妙，所表现的人们编织童话故事的高超技巧令人惊叹①。

第三节　幻想故事的艺术特征

一、幻想性与象征性

在幻想故事所编织的幻想与现实交织的奇妙世界里，小鸡崽可以联合螃蟹、牛屎、棒槌等小伙伴，用计谋打败凶恶的野猫。这些有生命的动物和无生命的物件，居然可以扮演人的角色；养在水缸里的田螺，会悄悄地化身为美丽的少女，给小伙子烧火做饭；形体丑陋的蛇，脱去蛇皮，竟是漂亮的小伙子；小矮人的形象，小到只有枣核那么大，可以抓住县官的胡须荡秋千；巨人的形象，则推山吞海毫不费力。故事中还有充满神奇的魔法和宝物，它可以使人无翅而飞，随意变形，呼风唤雨，化出万物，达到无所不能的境地。作者驰骋幻想，把人们引入广阔无垠而又闪耀着奇光异彩的童话世界，使之受到强烈的感染。

怎样理解童话艺术的幻想和现实生活的联系，这是解开幻想故事之谜的关键。我们如果把幻想性和象征性结合起来考察，对这类故事的艺术境界的本质也许会获得更明确的认识。这里引述一位研究者关于人类艺术形式演变过程的一段话，对于我们可能会有所启示。他将艺术形式上的“写实性”同“象征性”进行比较之后说：

> （象征性）常常综合艺术家对某些问题或事件的认识和理解，采取比喻手法，以象征性的形象来表达问题的实质。象征的形式更含蓄并更富于概括性，但也更具有抽象性。象征的形式更适合于表现

① 刘守华：《一组民间童话的比较研究》，《民间文学》，1979 年第 9 期。

富有想象性的内容。[1]

故事中的幻想正是这样一种象征性的艺术形式。小鸡崽为妈妈报仇这类鸟言兽语型的童话故事，就是用动植物世界来象征和比喻人类社会生活。在这些小动物、小物件集合起来可以打败野猫的故事中，概括了作者从现实斗争中吸取来的弱小者联合起来可以战胜强敌的生活真理。蛇郎变形也是一种象征，象征主人公命运的转变。正是在这转变过程中，两姐妹美丑对立的心灵世界得到了淋漓尽致的展示。顺风耳、千里眼、推山奴、吞水奴等巨人形象，象征性地表达出劳动人民对自己巨大创造力的信心。那些叙述主人公不畏艰险，寻取某种宝物，给人们带来幸福的故事，则象征着人们对美好理想的勇敢追求。文学作品所表现的，总括起来，不外乎是现实与理想两个方面。幻想故事也是如此。只是幻想故事主要不是借助写实手法来直接描绘现实生活情景，而是主要借幻想的角色和情节来做象征性的反映，因而能使平凡的生活发出奇光异彩，并且更鲜明地表达出作者对生活本质的认识和理解，使故事带上哲理意味。

由于幻想故事具有幻想性和象征性，所以它更适于表达人们对理想世界的憧憬与追求。因受世界观的限制，作者不可能按照对未来社会发展的科学预见，描绘自己的理想王国，只能凭借简单幼稚的想象，象征性地勾画光明美好的远景。

明确了民间童话中的幻想乃是对于实际生活之象征性的反映，我们就不会对那些奇异的幻想形象和情节的含义产生种种误解了。这样的误解，常常妨碍人们正确地领会许多流传久远的古老童话的精神实质。

有人以写实来要求民间童话，否则，便判定是歪曲实际生活。过去不是有人批评老虎报恩的故事，把老虎刻画成懂得报恩的正面形象是荒诞不经吗？他们不懂得故事中的老虎，其实是对现实生活中一类人或是人的一种品质的象征。一位童话作家说，童话就是要使人们相信它所揭

---

① 李琦：《艺术形式的演变初探》，《文艺研究》，1980 年第 3 期。

示的是一个真理，而故事本身则是一个彻头彻尾的谎话①，这是深知童话艺术奥秘的精辟之论。

有的外国学者则认为民间童话中所出现的那些神奇的东西，并不是有意识的虚构，而是人们"心中根深蒂固的信仰"，因而将童话贬为一种原始艺术。民间童话中确实保留着许多人类古老习俗信仰的痕迹。动植物精灵形象的产生，最初即源于"万物有灵"的古老观念；人兽结合的幻想，则同原始的动物图腾崇拜有关；佛教和道教中的神魔形象，也常常在童话世界里活动。但这些形象和情节，在口头语言艺术领域经过人们的千锤百炼，已具备新的象征意义，代表着人世间的各种社会势力及其矛盾纠葛。实际上它们不过是人们有意识地借用来进行艺术虚构的一种幻想材料罢了，在古老的躯壳中已注入新的生命。不论欣赏还是研究民间童话，如不注意那些带有古老习俗信仰痕迹的形象和情节的含义的演变，以及它们的民俗学和美学意义的统一，是很难真正理解这些童话的思想和艺术本质的。

由于民间童话是以幻想和象征的手法，按照作者的认识和理解，去着力反映社会生活的本质，所追求的是"神似"而不是"形似"，这就赋予它以广泛的概括性。许多出色的作品，能够在广大的时间与空间范围之内自由流动，冲破历史的鸿沟、山河的阻隔和语言的限制而众口传诵，激起广大民众内心的共鸣，其内容和形式之富于高度概括性，不能不说是一个重要原因。

二、美感和诗意

可以说，在歌谣中艺术性最高的是情歌，在故事中艺术性最高的则要数童话。它不仅故事生动完整，把劳动人民编织口头散文故事的技巧发展到高峰，而且饱含着美感和诗意。

它们在艺术表现上具有许多不同于其他散文故事的明显特征，主人公没有确定的姓名，常常是张三、李四或樵夫、猎人之类；故事发生的时间、地点也是含糊的，常用"古时候，在一处很远的地方……"

① 贺宜：《小百花园丁杂说》，少年儿童出版社，1979年，第95页。

这样的交代来开始叙述。角色安排和故事的结构往往有些程式化：两姐妹、两兄弟或两伙计的形象，多是正反对比；表现斗争的曲折性，多为三个反复；赞美主人公的勇敢，则安排三回考验；善恶势力斗争的结果，总是以善良战胜邪恶，好人获得好报结束叙述；等等。童话艺术这些程式化的特点和我国戏曲艺术的程式化有其相通之处。但这只触及童话艺术的表面特征。这类故事之所以世世代代为人们所喜爱，在于它将虚幻和真实、单纯和丰富、哲理和诗情巧妙地融合在一起，表现出一种特殊的艺术魅力。

民间童话中幻想和实际结合，不外乎采取两种方式：或者是叙述普通人因某种机遇进入幻想境界，生出美妙故事；或者是让那些神奇角色闯到人间生活里来，创造出种种奇迹。故事里的一切既出人意料，令人惊奇，又贯穿着实际生活的逻辑，点染着富于当时当地生活气息的细节，显得真切动人。《兄弟分家》中，说小黄狗的坟上长出一棵楠竹，弟弟用竹子做成鸡笼，附近的山鸡都飞进来生蛋；老大借去用，却只留下满笼鸡屎。叙说小黄狗的灵魂会附着于鸡笼上，懂得爱爱仇仇，这是同古老的“灵魂不灭”信仰有关联的一种幻想；然而劈了楠竹做鸡笼，有时招来山鸡也进笼下蛋，这又是山区人民劳动生活的写照。田螺姑娘型的《张打鹌鹑李钓鱼》中，说张打鹌鹑进龙宫要来一只哈巴狗，哈巴狗悄悄变成如花似的闺女，做了他的媳妇，这自然是幻想；可是讲她会做饺子，“捏一个饺子往锅里撂一个，捏一个，撂一个，可快哩”，以及突然被男人抓住之后又哭又闹，扭扭捏捏的情景，又活画出北方农村闺女的神态。故事的作者就这样将神奇的幻想和真切的民众日常生活情景巧妙地结合起来，构造出一种似真非真、似幻非幻、亦虚亦实的艺术境界，产生出如同被烟雨所笼罩的湖光山色一般的美感。

民间童话的故事情节既单纯，又富于变化。勤劳善良的小伙子在旅途中救活了一群溺水蚂蚁和受伤的蜜蜂，后来在讨亲遇到考验时，恰好是这群蚂蚁帮他把三斗三升白芝麻同黑芝麻分开；蜜蜂则停在一乘花轿顶上，帮他辨认出了混在四十乘花轿中的小姐。被人谋害的小伙子流落深山，却偷听到野兽们无意间泄露的“天机”，发现了山野间隐藏的一系列奥秘，于是命运急转，因祸得福。那个黑良心的伙伴得悉此事，又去学样，正好那伙野兽要寻找偷听它们秘密的人，因而被抓去填了肚子。动物报恩，善恶各有所报，这些流行观念和程式化的故事，却以巧妙变化的情节表现出来，十分引人入胜。故事家们常常在人们所熟悉的那些程式之内，施展剪裁生活素材、结构故事的高超技巧，以不长的篇幅，将惊险曲折的斗争过程、悲欢离合的人生遭遇，生动而且完整地展现出来。那些情节既含有强烈的感情与道德观念色彩，又是从实际生活中提炼而来，十分生动活泼。在各类散文故事中，童话的故事情节最丰富生动，构思最精妙，因而也最能引人入胜。

民间童话是一种既饱含哲理又饱含诗意的体裁。许多作品在散文叙述中，常常穿插进一些声韵铿锵、短小优美的谣曲，这是一眼就可以看出的。但它的诗意主要表现于：那些象征性的形象，既显得单纯又富有诗意；“三段式”或“三迭式”的情节结构，使得故事的进展具有诗的节奏感；在语言上，比喻、夸张等的广泛使用，也增强了它的诗歌情调。童话有着其他散文故事所没有的特殊魅力，这同它融合了某些诗歌艺术的成分是分不开的。

三、童话与儿童

我们现在还难以断定这类富于幻想的民间童话就是专为少年儿童而创作的，但它在发展过程中，确实和孩子们结下了不解之缘。只要是山野乡村长大的人，谁能忘记那些陪伴他们度过童年时光的动人童话故事呢？

民间童话凭借美丽的幻想，可以使普通人的平凡生活发出奇异的光彩，将人们对光明美好事物的渴望形象化，以符合少年儿童爱幻想、富于好奇心和求知欲的特点。

民间童话广泛而深刻地反映了人民的现实生活和理想愿望，颂扬勤劳善良、勇敢智慧、先人后己、舍己为群、热爱家乡和国家民族等美好品质，鞭挞懒惰自私、虚伪欺诈、损人利己等丑恶思想行为，渗透着劳动人民淳朴的道德伦理观念和人生哲学，是对孩子们进行人生启蒙教育的重要手段，是最富于教育性的故事。

民间童话在揭露旧时代黑暗丑恶的社会面貌时，总是满怀信心地展望光明美好的未来，在童话世界里，最后莫不是正义得到伸张，邪恶受到惩罚，善良的人们获得幸福，压迫者没有好下场。在那里，遭遇不幸的主人公会出人意料地获得各种神秘力量的帮助，遍地的宝物等待着自己的主人到来。童话是浸透了劳动人民乐观主义世界观的一种体裁，具有激励人们乐观进取的特殊作用。高尔基在回顾自己童年时期所受民间口头文学影响时曾写道：

我从歌曲和故事里得到了什么呢……在故事里，人们坐着“飞毯”在空中飞行，穿着“千里靴”走路。用死水和活水向死人洒一下，就会使他复活，一夜之间会把宫殿筑好。总之，故事在我面前展开了对另一种生活的希望之光，在那种生活里，有一种自由的、无畏的力量在活动着、幻想着更美好的生活。①

高尔基这段话道出了许多人童年时期对那些从老人口中涌流而出的童话故事的共同感受。

童话在艺术表现上，形象单纯而富有诗意，情节曲折奇幻，语言生动活泼，叙述中洋溢着愉快幽默的儿童情趣，这些正是它格外吸引孩子们的原因。

关于童话与儿童的关系，周作人等早在20世纪30年代，就曾根据人类学的观点做过论述，他说：“儿童的精神生活本与原人相似，他的文学是儿歌童话。内容形式不但多与原人的文学相同，而且有许多还是原始社会的遗物，常含有野蛮或荒唐的思想。”“儿童是小野蛮，喜欢荒唐乖谬的故事。”在他看来，童话是原始文学的遗留，儿童的心理发展和原人相似，所以童话便成了儿童喜爱的文学。上述观点我们很难赞同。童话艺术虽起源古老，但它随历史发展而不断演进，早已离开原始文化的范畴。儿童心理的某些特征（如将动植物拟人化），虽与人类原始思维相近，却已打上了社会历史文化发展的深刻烙印，不

---

① ［苏联］高尔基：《谈故事》，《苏联民间文学论文集》，作家出版社，1958年，第115页。

能说他们是什么“小野蛮”。用上述观点来说明童话艺术和儿童的关系是难以使人信服的①。

日本著名民间文艺学家柳田国男先生就这个问题说过一段话，他说：“不管在多久以前，孩子们总是要央求大人讲故事的，孩子一撒娇，大人总得哄哄”，“当时的人们至多只能从许许多多故事中选出那些比较适合于孩子的内容，而他们在选择时与其说注意故事的内容是否有利于孩子，倒不如说注重采用那些容易使孩子们理解的东西。我认为，把这一点说成今天的童话的起源，大概是不会错的”②。照他的意见，民间童话大约是由成人讲述为孩子们所需要、所便于接受的故事，在内容和形式上逐渐形成自己的体裁特征的。这个说明较为可信。

民间童话或幻想故事的无穷魅力和悠久生命，成为各国学人用心探究的人类文化之谜，直至今日。一位在中国攻读硕士学位的日本留学生西村真志叶所撰写的学位论文《中国民间幻想故事的文体特征研究》，就中国多民族鲜活的幻想故事文本进行深入细致的文体考察，在解析其幻想特征时她写道：“幻想故事的讲述人从各方面升华现实。他们把复杂变为单纯，个体变为非个体，生命体变为非生命体，使之作为一种轻便的建材，基于相对严格的规律，按照预备好了的蓝图，最终建立起幻想故事十分整齐、且富有清澈感的世界……我们从幻想故事中可以看到对人类有意义的几乎所有事物。幻想故事的非现实性文体，将促使这些事物隔离原来确切不移的或单义性的现实意味，为此赋予多义性或象征性的深意。”③ 这里的“升华现实”说就颇有见地。

特别值得注意的，是这篇论文较为完整地评介了瑞士著名学者麦克斯·吕蒂（1909—1991）的民间童话研究成果，如《欧洲童话——形式和本质》《童话的魅力》《很久很久以前》《童话》《民间童话和传说——叙述文学的两种基本形式》《作为文学创作的民间故事——美学

① 刘守华：《童话和“童心”》，《儿童文学研究》，1980 年第 5 辑。

② ［日］柳田国男：《桃太郎的诞生》，《湘潭大学学报·民间文学增刊》，1982 年。

③ ［日］西村真志叶：《中国民间幻想故事的文体特征研究》，北京师范大学研究生院印（内部资料），2004 年，第 81 页。

和人类学》等。可惜这些著作中，译成中文的只有《童话的魅力》这一种，该书前言指出，本书引用各种例子叙述民间童话的特性并始终让故事本身说话，供读者由此理解那些简短然而却深奥莫测的童话的实质。它虽然只是一本薄薄的小册子，却包含着关于民间童话艺术特质一系列精辟论述。如书中写道："所有文学创作和整个艺术最出类拔萃的成就之一，是将事物从错综复杂的现实中提取出来，使我们一目了然。民间童话将这一成就完成得完美无缺，无可挑剔，其手法实属罕见。"① "民间童话使现实风格化。它使听众体会到的不是形形色色具体的东西，而是一种抽象化的提取物。民间童话犹如一种数学形体，一种晶莹剔透的、线条清晰的水晶玻璃。它不是现实主义艺术，而是几乎近似于抽象艺术。"② 它不同于那些主要运用人类学或民俗学视角来解读民间童话的西方论著，而是着力探求其别具一格的艺术美学特质，使我们不能不深受启示。

我国民族众多，历史悠久，民间童话源远流长，丰富多彩。魏晋隋唐志怪笔记中的《毛衣女》《女嫁蛇》《叶限》《旁㐌》，是世界上最早见于文字记载的天鹅处女型、蛇郎型、灰姑娘型、两兄弟型的童话故事。这些很可能是流播全世界的故事的祖型。旧时代产生的民间童话，自然会有封建性的糟粕掺杂其中，并且表现出它在思想上和艺术上的局限性。然而总的说来，这些经过世代劳动人民智慧冶炼的民间童话，不仅已成为今天孩子们的一份重要精神食粮，还具有不可忽视的文艺学术价值。

民众创作的民间童话哺育了儿童文学作家专为儿童创作的艺术童话。叶君健在《外国童话选·代序》中，为我们勾画出了世界童话艺术发展的一个大体轮廓。他告诉我们，作家改写民间童话始于法国的沙·贝洛尔（1628—1703），他于1667年出版了《鹅妈妈的故事》；还

---

① ［瑞士］麦克斯·吕蒂：《童话的魅力》，社会科学文献出版社，1995年，第110页。

② ［瑞士］麦克斯·吕蒂：《童话的魅力》，社会科学文献出版社，1995年，第120页。

有德国的格林兄弟：威廉·格林（1786—1859）和雅各布·格林（1785—1863），他们于1812年共同出版了一本《儿童和家庭故事集》（俗称《格林童话集》）。“在这些以民间口头创作为基础的古典儿童文学作品中，17世纪法国的沙·贝洛尔的作品艺术性比较强。18世纪德国的格林兄弟的作品则比较朴素，比较更接近原来的民间故事，而没有太大的渲染。到了19世纪，童话作家向前迈了一步，不再只停留于复述已有的民间故事，而开始独立创作童话了。在这一点上，丹麦童话作家安徒生的出现具有很重要的意义。”安徒生（1805—1875）一生共创作了160余篇童话，成为世界公认的童话大师。他不再复述已有的民间故事，而是“用我的一切感情和思想来写童话”，使童话成为一种独立的文学体裁①。

我国的童话创作，兴起于“五四”新文化运动时期，开创之作为叶圣陶的《稻草人》。中华人民共和国成立后对民间童话的大量发掘，给予童话创作以巨大影响。童话艺术园地的许多优秀之作，如张天翼的《宝葫芦的秘密》、阮章竞的《金色的海螺》、金近的《小鲤鱼跳龙门》、洪汛涛的《神笔马良》、张士杰的《渔童》等，就是吸取我国各族民间童话优良艺术传统而创作成功的。

民间童话作为民间文艺学、民俗学和比较文学的研究对象，受到各国学者的重视。我国童话研究始于周作人，他在鲁迅支持下于1912—1913年间写出了《童话略论》《童话研究》《古童话释义》等一系列论文。继起者有赵景深，他在20世纪二三十年代连续出版了《童话概要》《童话学ABC》等著作，还翻译介绍了人类学派学者哈特兰德的《神话和民间故事》、麦苟劳克的《小说的童年》等著作。中华人民共和国成立后，受儿童文学、民间文学事业的推动，童话研究也较为活跃。1985年由四川民族出版社出版的刘守华的《中国民间童话概说》，是系统论述中国各族民间童话的思想和艺术，探讨童话艺术发展史及其民族特色，尝试建立中国童话学的新成果之一，受到学界好评。

---

① 叶君健：《外国童话选·代序》，北京出版社，1979年。

【附录：故事一则】

六兄弟

从前有一个地方，六个青年小伙子结拜做兄弟。他们一个是猎人的儿子，一个是铁匠的儿子，一个是星相家的儿子，一个是医生的儿子，一个是画师的儿子，还有一个是木匠的儿子。这六个结拜兄弟都是随他们的父亲学了本行的手艺，就好像小蜘蛛会结网，小鸭子会凫水似的。六兄弟在家乡玩腻了，一天，他们商量一道出去逛逛，阅历阅历世界。俗话说："马要翻山，人要闯关；狮子走遍了林野，猪猡老死在本村。"这一帮青年人心强志高，胆大力壮，到哪儿都不怕，说走就走，六人一起，离开了本乡本土，到外面去闯世界了。凭着他们各人的手艺，自然是不愁吃，不愁住，玩得逍遥自在，见到许多没见过的事物。

一天，来到一处岔路口，弟兄们商议说："咱们不如分开来走，各走一条路，三年后在这里碰头，把自己的见识讲出来，这样，咱们每个人不是跟走过六条路一样吗！"计议停当，就在道边上各自栽一棵生命树①，又互相叮咛一番，就分手各自上路了。

单说这猎人的儿子，是个英俊的小伙儿。他顺着山谷往深处走，越走越远，越远越深，走到一片繁盛茂密的森林，林边上住着一户人家。这猎人的儿子见到森林，像回到家的人一样，总想在林子里练练手艺，他就到林边这户人家求宿投靠。这户人家只有老夫妇俩和一位姑娘，平素靠挖药材、打柴过活，生活是极苦的。猎人的儿子来了，当然受到欢迎，每天打些野味，一家子都吃上了，生活就好起来。这家的姑娘是一位既漂亮又聪明的好姑娘，每当她在林中打柴的时候，唱歌的声音能叫飞鸟都停下来倾听；每当她在河边洗脸的时候，俊俏的面容能叫游鱼停下来窥看。老夫妇俩爱她爱得不得了，碰巧就在这当儿来了这个小伙子，两个人你羡慕我，我佩服你；你照顾我，我体贴你，日久天长，就产生了感情。老夫妇俩自然喜欢，就让他们两个成了家，住在一起。

---

① 生命树：传说故事中人的灵魂可以附在任何地方，如玉、刀等，此处指附有灵魂的树，人死树则枯。

又有这么一天，姑娘——应该说是新媳妇了，到河边梳洗，一个不当心，把手上的那只镶着松耳石①的戒指掉进了河里，她十分惋惜，但也没有什么办法。

这只戒指，顺着山里流下来的涧水往下冲，越冲越远，慢慢地冲到山谷外边，进了大河，淌到了城里，流进当地国王的御河里，偏偏被王宫里一个背水的女奴捡到。她不敢藏在身边，就拿去献给了国王。

国王见这只戒指这么娇小玲珑，心想这一定是个漂亮女人戴的，就把大臣们召集起来，吩咐道："你们都仔细听着，这里捡到一只松耳石戒指，那是十中选一；不！百中；不！千中万中难选的一个漂亮戒指。你们得为我去找那戴戒指的美人，今天一天，明天两天，后天就是第三天，限你们三天要把人找到。找不到人，哼！不要怪我无情……"

这时候，有一位大臣上前说："尊敬的大王，高贵的大王，这戒指上一无名姓，二无地址，叫我们哪里去找，哪里去寻?"

国王气得哇哇地叫："国王的命令像山上滚下的石头，石头几时曾滚回去过?!国王的命令像大江里的流水，流水几时曾流回去过?!今天的事，你们一定要办到，不要再跟我废话!"

这些大臣们没有办法，只好垂头丧气地退下来想主意。他们当中有一个诡计多端的家伙，他暗中想："这戒指是从河里捡到的，顺着河去问，准能问到的!"于是，他就一路走着一路问着，问谁丢了松耳石戒指没有。到了第三天，就访到这只戒指是那个新媳妇丢的。这家伙连夜奔回王宫，报告国王，又添枝加叶地说这女人怎样好，怎样美，把那国王说得心痒难抓，就马上派了人马，由那个诡谲的大臣领着，一直去到山里林边，不由分说就把一对青年夫妻捆进了王宫。老夫妻俩被国王的兵马吓呆了，号呀、哭呀的也没有用。

国王把女人抢到手，仔细一看，果真是压倒宫中所有妃子的美人。他一心想让这女人做妃子，可是这女人寻死觅活，说什么也不肯，还口口声声地说自己是有丈夫的，说什么"皮子下了水就不能再鞣，姑娘嫁

① 松耳石：葱绿色的宝石。

了人就不能再嫁”，“部落里靠头人，天空中靠太阳；头人不能欺负百姓，太阳不会偏照一方”……这国王想来想去，恼羞成怒，于是把小伙子从监牢里提出来，二话不说，把他绑在大石头底下，便扔进河里去了。这件事只瞒着抢来的女人，别人谁都知道了。人们都叹息他们的不幸，可是“狼和虎要吃人是天生的习性，青稞和麦子要养人是长成的品质”，有什么办法呢？那可怜的女人只好抱着希望和幻想，日日夜夜地等待着她的丈夫。

三年过去，小羊长成了大羊，小树长成了大树，到了六兄弟会面的日子了。他们一个个从远方赶到原来分手的地方，谈着笑着，但只有猎人的儿子没有回来，再看看他栽下的生命树也枯死了，他们知道他一定出了什么事情。这当儿，星相家的儿子就拿出他的本领来，掐指细算。最后算出来：原来猎人的儿子被国王暗害，背上石头沉在河底。弟兄们连忙去把他打捞上来，医生的儿子就拿出最好的起死回生的灵药，给他撬开嘴灌了下去。不一会，猎人的儿子肚里咕噜咕噜地响，大口地吐出黑水来，慢慢地睁开了眼，手脚也活动了，这才苏醒过来。他一见到自己弟兄，心中的积怨便一口气吐了出来。他哭着把自己不幸的遭遇说了一遍，说到伤心的地方，弟兄们也陪他淌下眼泪。后来，大家一致表示要设法去救他的媳妇——那位可爱的姑娘。

他们想，那国王的王宫戒备很严，平素空手人都进不去，我们六个人更难进去，非得用特别的方法才行。

最后，他们想出了一条妙计：由木匠的儿子，仿照琼鸟①的样子，做一只大木琼鸟；画师的儿子给它涂上油彩，涂成真鸟一样；铁匠的儿子在琼鸟的肚子里安装一个能在天空里飞翔的机关；让猎人的儿子坐在里边，飞到王宫去抢回自己的妻子。这一计谋，大家一致赞成，跟着动手做起来，齐心合力，不久就做成了，做得像真琼鸟一样。猎人的儿子坐进鸟肚里，开动机关，那木琼鸟就在天空飞翔起来，在头上飞了两圈，一直往王宫飞去。这当儿，国王全家都在屋顶晒太阳，吃点心，聊天，

① 琼鸟：藏族神话中的一种神鸟，可以译作“金翅大鹏”。

念经。唯有那抢来的、不驯服的女人被关在黑房里炒青稞。大木琼鸟在屋顶上空盘旋的当儿，猎人的儿子就从鸟肚里往下看，看来看去，也没有发现自己心爱的妻子。后来，他看见熬仓[①]里还在冒烟，就一翅飞到熬仓去。姑娘从窗口看见一只大鸟飞过来，就从窗口撒一把青稞去喂它，并唱道：

“山上有一对麋鹿，
麋鹿自由自在地吃草；
我在这里受苦，
苦到哪年才算受完？

山下有一对绵羊，
绵羊自由自在地吃草；
我在这里受苦，
苦到哪年才算受完？

湖里有一对水鸟，
水鸟自由自在地游嬉；
我在这里受苦，
苦到哪年才算受完？”

猎人的儿子听到了歌声，知道歌者正是自己要找的人儿，就在鸟肚里唱道：

“天黑了，天暗了，
天还有再亮的时候；
东方太阳出来了，
黑暗就过去了。

① 熬仓：藏族用以炒青稞的建筑。

天寒了，天冷了，
天还有再暖的时候；
春天青草发芽。
寒冷就过去了。

分散了，分离了，
还有再聚会的时候；
因缘际会的日子到了，
情人就团聚了。”

姑娘听到鸟肚里唱出的歌声，非常熟悉，就探出身子来看。这当儿，小伙子已从鸟肚里走出来，姑娘又惊又喜，就从窗口爬出来，跳到小伙子怀里，二人一同重新钻进鸟肚，开动机关，一直飞回弟兄们聚会的地方……

［选自王尧编译：《说不完的故事》，青海民族出版社，1962年。这是一部著名的藏族故事集，通称《尸语故事》或《黄金尸体讲述的故事》，相传其连环体的故事框架源于古印度，传入西藏有一千多年历史，故事形态已经藏化。］

【思考与作业】

1. 神话中的幻想和民间童话中的幻想有着怎样的区别？举例说明。
2. 试述民间童话和作家童话的联系及其各自不同的特点。
3. 从10个著名的民间童话中选取一篇进行细致评述。

第三章　生活故事

第一节　什么是生活故事

生活故事是直接反映劳动人民日常生活的故事，也有人把它叫作“世俗故事”或“写实故事”。其基本特征是，以现实社会中形形色色的普通人物为主人公，从广泛的日常生活中提炼故事情节，用写实手法来刻画人物和叙述故事。它是在阶级对立社会背景下产生的故事，虽取材于人们的日常生活，却具体生动地反映了旧时代的阶级关系和其他社会关系。因而它不仅是最富于现实性而且是表达被压迫民众的阶级意识和抗争情绪最为鲜明的故事。

生活故事的流行是世界性的。日本民间故事中有一类“现实谭”，汉译为现实故事，和我们这里所讲的生活故事大致相当①。

苏联民间故事分类中一直有“生活（写实）故事”一类，在相关论著中概述其基本特征道：“在生活故事里，客观现实、阶级关系和生活关系，在某种程度上替代了幻想的地位，而阶级关系和生活关系通常是以讽刺的方式阐明的。”“生活故事的主人公不去克服幻想的困难，也不去完成空前的功绩。这是生活斗争的主人公。在这种斗争中，他们依靠聪明、机智、圆滑而得到胜利。”②

---

① ［日］关敬吾：《日本民间故事选·说明》，中国民间文艺出版社，1982 年，第 16 页。

② ［苏联］开也夫：《俄罗斯人民口头创作》，中国民间文艺研究会研究部印（内部资料），1964 年，第 164 页。

而在西方民间文艺学或受西方民间文艺学影响的一些国家的学术论著中，由于他们对社会生活和文艺现象不做阶级分析，因而对这类故事比较轻视，未能作为一个重要类别加以研究。《大英百科全书》的“民间文学”条目，把它们列入普通民间故事中，说“这一类故事中的一个主要部分是讲笑话和轶事的，这类例子是许多关于傻瓜、聪明的坏蛋，或充满着吹牛和谎话的令人难以相信的故事”。

苏联民间文艺学中，和“生活故事”并列的还有一类“讽刺故事”。按照一些民间文艺学家的说法，民间故事中“第三种故事是现实主义的、日常生活的、叙述实际生活和现实的故事。跟这些故事相近的是讽刺故事。它们反抗敌对阶级，鲜明地反映出农民的心情，反映农民对他们的剥削者——地主、神甫和富农的憎恨”，并“通过刻薄的、仇恨的和讽刺性的嘲笑表达了农民对老爷的憎恨”①。民众讽刺和嘲笑的锋芒不仅指向压迫剥削者，也指向旧时代普遍流行的种种社会恶习。刘守华于1956年在《长江文艺》上发表《谈民间讽刺故事》一文，把它们作为独立的一类加以研讨。然而实际上，生活故事中的许多作品都具有强烈的讽刺性，笑话更是一种口头讽刺艺术，我们很难把生活故事和讽刺故事截然划分为两种体裁，还是把讽刺性的生活故事归入生活故事中为宜。

生活故事就它以普通人物为主角，广泛反映人们日常生活而言，实际上和幻想故事很接近，但童话是借助幻想形象和幻想情节，对现实生活作象征性的曲折的反映，而且反映时偏重于表达人们对美好理想的追求，使理想与现实融会其中，因而这两种体裁明显有别。

第二节　中国广泛流传的几类生活故事

生活故事以直接反映人们的日常生活为主要特征，其内容无所不包，艺术形式也十分多样，因而难以进行科学分类。至今在我国还没有就生活故事形成一个公认的分类体系。

---

① ［苏联］梭柯洛夫：《什么是口头文学》，作家出版社，1959年，第28页。

有人把生活故事分为两大类，即“被统治阶级与统治阶级斗争的故事”及“反映伦理道德的家庭故事”。有人把生活故事分为五类：长工与地主的故事、官和民的故事、劳动故事、家庭故事、爱情故事。还有人把生活故事分为八类：长工与地主的故事、巧女故事、呆女婿故事、工匠斗争故事、妇女反抗故事、奇巧婚配故事、生产经验故事、处世道德故事。

国外的一些故事学论著，对生活故事也未作精细的分类，如蒙古人民共和国学者好尔劳在《论蒙古民间故事》中这样写道：

> 生活故事的主题思想及其任务，是深刻地反映社会生活的进程中所存在的缺点和不良现象，并且让人民群众鄙弃这些现象，所以它的主要情节是与人们日常生活紧紧地联系在一起的。因此，生活故事能够把统治阶级和被统治阶级之间的敌对斗争，深刻而鲜明地反映出来。
>
> 蒙古人在历史上曾经采取各种各样的方式向统治阶级进行过斗争。其中最有效的方式之一，便是民间故事。他们通过美妙的故事情节表现了对统治阶级的斗争，表现了期待美好情景的愿望。
>
> 蒙古生活故事的题材可以分成几种类型。如，关于善良和丑恶，关于聪明的妻子改正丈夫的愚蠢，关于残忍的继母，关于人们的幸福生活，关于主人和仆人，关于沙弥和师傅等几个部分。

由于生活故事涉及的社会生活领域太宽泛，从家庭到社会的种种矛盾纠葛，几乎都可以编成故事，如按内容作包罗无遗的分类，必然十分琐细；而且将这些内容与形式统一的艺术品，撇开它的艺术形式，单就内容归类，对于我们认识它们的特征，也没有多大实际意义。

丁乃通先生的《中国民间故事类型索引》，按 AT 分类法，在 851 型至 990 型之间，列入流行生活故事 118 种类型，给我们提供了一个进行新的分类的良好基础。

根据载入《中国民间故事类型索引》的这些类型和我国目前采集的大量故事来看，流行最广、艺术上最为成熟的生活故事有如下五类：长工斗地主的故事、百姓打官司的故事、巧女故事、呆女婿故事以及机智人物故事。现分别加以评述。

一、长工斗地主的故事

中国经历了漫长的封建社会，封建地主和帮工等劳动者之间的矛盾构成社会的基本矛盾。备受欺凌、生活贫困的劳动者反抗压迫剥削者的斗争遍及穷乡僻壤，成为民间文学的普遍主题。那些威武壮烈的农民起义斗争，以民间传说的形式铭刻在人们的心坎上。生活故事里，则反映了在日常劳动、日常生活中，长工们（包括佃户）怎样巧妙地和地主东家的欺诈酷虐行为作斗争。《兄弟俩做长工》是人所熟知的。老大到地主家做工，一年辛苦到头，快结算工钱了，地主却挖空心思出了三个难题，老大做不来，工钱被扣得净光，给地主白干了一年。第二年老二来上工，地主又耍奸猾，他要老二把装粮食的仓房角搬到太阳底下去晒，老二便爬上去拆房顶；他要老二把大缸装进小缸，老二便把大缸砸成片片往小缸里塞；他又要老二割一块猪肉跟自己的头一样重，老二提出先要把他的头割下来过秤。地主难不倒老二，只好认输，把两年的工钱都给了他。

《金马驹和火龙衣》里的斗争又进了一步。一个地主爱财如命，外号叫“财迷精”。受他欺压的佃户们，便鼓动一个能说会道、被人们称为“吹破天”的佃户去对付他。吹破天谎称自己有一匹能够屙金尿银的金马驹，骗走了财迷精的二十石粮食。财迷精上了当，派人捉住吹破天，风雪之夜竟关他在磨坊里。吹破天靠搬动磨扇暖和身子，浑身直冒热气，财迷精见了惊奇不解，吹破天又趁机吹嘘自己的破褂子是祖传的火龙宝衣，财迷精信以为真，千方百计花钱买到手，风雪天穿上这件火龙衣出门做客夸富，结果活活冻死在野外了。

前一篇故事叙述的是长工们对地主的残酷剥削行为所进行的针锋相对的斗争。这种斗争存在于日常生活与劳动中。故事家把它纳入解难题的传统型式之中，给予夸张的表现。地主的欺诈终究敌不过劳动者的机智，不得不认输。这篇故事在艺术上显得相当生动完整。后一篇故事讲述劳动者怎样用精巧的谎言来惩治地主。长工老二的机智表现在善于“以子之矛，攻子之盾”；“吹破天”的机智则表现在善于迎合地主财迷心窍的特点，随机应变编造谎言，财迷精两次上当，实系咎由自取。这类故事在引人入胜的情节进展中，有力地揭示出对立双方的性格特征和心理状态，将劳动人民嘲讽剥削阶级的强烈感情渗透在富有生活气息的叙述之中，因而在全国范围内受到人们的喜爱，以各种变异形式广泛流传。

二、百姓打官司的故事

在封建社会中，农民群众曾掀起一次又一次的反抗风暴，扫荡封建邪恶势力。而在平时，他们也寄希望于朝廷法律，企图通过打官司来解决许多社会纠葛，惩奸罚恶，维护自己的正当权益。这是旧时代社会生活的一个重要方面，因而在文艺上也构成一类重要作品。公案故事，一向是通俗文学中最受民众喜爱的品种之一。关于一些著名清官断案的故事，成为民间传说的重要组成部分。生活故事中有没有这类作品呢？过去我们重视不够，实际上它们的数量是不少的。丁乃通先生的《中国民间故事类型索引》的生活故事中，就列入了近二十个关于打官司和判案的类型。近年来采录的民间故事里，这方面的作品更多。从湖北的一本故事集《杜老幺》里，就可以看到这样一些例子：县衙门喂养的“官羊”，任意糟蹋百姓的庄稼，焦四银鼓动人们放狗咬死了一大半羊。县官要捉人治罪，焦出面辩护道：“羊挂官牌，狗不识字，兽咬兽命，与人何干？”县官理屈，只得作罢。农民的一丘“活命田”被地主的大片田地所包围，地主想霸占去，便在四周田埂上栽树，挡住阳光雨露，让农民的庄稼无法生长。农民找到卢四运，卢四运叫他把地主的树全挖光，然后写了状子去打官司：“树不交税，田要纳捐，若不挖树，国课难完!”县官想到这事关系到国课皇粮，只好判道：“树遮良田，该挖该砍!”财主孩子玩水，自己不小心掉进农民水塘里淹死了，财主利用财势串通官府，把这位农民抓起来要抵命。何三麻子上县衙门给农民申辩，他首先责怪农民为什么不用木料做一个大盖子把水塘盖起来。县官听了惊愕不解：“胡说，哪有水塘盖盖子的?”“既然自古以来水塘不加盖，小孩自己掉进塘里与这家主人何干?”于是无辜的农民被救了出来。打官司是社会矛盾激化的表现，这些故事生动地反映出封建社会末期社会政治黑暗腐朽，百姓饱受欺凌，他们尽力抗争的情景。几句话就轻易地了结了一场官司，这显然经过了口头文学家的夸张渲染，甚至完全出自艺术虚构，和真正的打官司情形相去甚远。但设想却合情合理，符合生活逻辑。它着重在赞扬那些既富于正义感又满腹机智的人物，这些人物虽有一定真实依据，却主要是凝聚了农民智慧和抗争情绪的艺术形象。只是他们与敌斗智的内容和方式，较之长工故事有所不同罢了。

这类故事的流行具有世界性。缅甸文艺学家把缅甸故事分成四类：佛本生故事、有训诫意义或宗教背景的故事、谚语故事、法律故事。“法律故事说明某一项法律，或者说明一个法官的某一个聪明的判决。法律故事具有某种实际效力，因为它可以由争执的一方或其辩护人在法庭上加以引用。”法律故事有多种来源，其中有一种来自民间故事①。我国生活故事中的打官司故事，很接近于这里所说的法律故事，但它不具有那种严肃的性质和实际运用价值。

三、巧女故事

在中国封建社会里，妇女被束缚于政权、族权、神权、夫权这四条绳索之下，命运悲惨，社会地位低下。然而在生活故事里，却有一类作品，以女性的才智解开种种难题，克服重重人世艰险，构成精巧动人的故事，在各族人民口头传诵不息。这就是巧女故事。上海文艺出版社编辑出版的《巧女的故事》，选辑中国各族巧女故事 37 篇，给我们展示了这类故事丰富多彩的面貌。其中艺术上最完整、最有代表性的是湖南汉族的《巧媳妇》、云南白族百鸟衣型的《巧女》和新疆维吾尔族的《一个女人的爱情》等。

《巧媳妇》中，既有女主人公在家里用两样材料做出十样菜（韭菜炒鸡蛋），用两种粮食蒸出七样饭（绿豆大米饭），应付公爹为难儿媳的情节；也有她巧言答知府的场面。后者具体包括：知府要她家交一条牯牛生的犊子，她说公爹生孩子去了；知府要灌满大海的清油，她要知府先把海水抽干看海有多大；知府要一块遮天的黑布，她请知府先量出天有多宽。知府挖空心思提出来的几个难题并没有把她难住，反而被她的聪明才智所压倒。

《百鸟衣》是一个在我国南方各族中间流行极广的故事，《巧女》是

① ［缅甸］貌阵昂：《缅甸民间故事・绪论》，作家出版社，1957 年。

它的白族异文。一对青年男女自由结合之后，家庭生活十分美满。其中照例有小伙子离不开美貌的妻子，便把她的画像带到地头，看着她的样子干活的插曲，充满农家生活情趣。然而由此也招来了祸殃。画像被风刮走，落到皇帝手里。尽管她答出了皇帝提出的一个又一个难题，还是被皇帝抢进皇宫。丈夫按照她的叮嘱上山打猎，做成一件百鸟衣穿在身上进宫同她会面，她见了立刻变愁眉苦脸为笑逐颜开，逗得皇帝要同小伙子换穿戴，然后她便下令卫兵把身披百鸟衣的皇帝当作怪物打死了，由小伙子做了皇帝。百鸟衣故事大体有两种类型：一种是渲染女主人公掌握了某种神奇法术，属于童话型；一种是渲染女主人公的智慧，属于生活故事型。《巧女》是后一种类型中艺术上较为完整的。

维吾尔族的《一个女人的爱情》，故事情节和百鸟衣相近，然而情节更曲折，生活内容更为丰富。女主人公同穷小伙子结婚后，被国王抢去。她坚贞不屈，决心逃走。她给丈夫留下相会的暗号，骗得国王的信任后，逃出王宫。途中又摆脱了一伙又一伙男人的纠缠。最后她扮男装来到一个国家，被人们按照古老的习俗推选为新国王。她便利用国王的权力处罚了那几伙坏人，再让丈夫男扮女装，重新结合成为夫妻。女主人公以自己的勇敢和机智，克服了人生道路上的重重艰难险阻。她遇到的不是像《巧媳妇》和《巧女》中那种带有程式化的难题，而是实际生活中出人意料的种种曲折，她勇敢坚贞，又善于随机应变，终于化险为夷。这就使得女主人公形象更显得血肉丰满，光彩照人。

巧女故事以解难题为中心情节结构成篇。这些难题有的以家庭生活为背景，但故事家并不以此为满足，又大胆虚构了她们同县官、皇帝斗智以至当了皇帝的情节，将女主人公推向广阔的历史舞台去施展自己的才能与智慧，从而使故事焕发出浪漫主义的奇异光彩。

丁乃通先生在《中国民间故事类型索引·导言》中说得好："一个熟悉中国民间故事的人可以发现中国社会和国民性中有许多方面是其他学科的专家不太看得到的。例如，一般人通常认为中国旧社会传统上是以男性为中心，但若和其他国家比较，就可以知道中国称赞女性聪明的故事特别多。笨妻当然也有，但仅是在跟巧妇对比时才提到。"

四、呆女婿故事

和巧媳妇故事相对照的，有呆女婿故事。一巧一呆，相映成趣，均深得民众喜爱，成为生活故事的代表作。

呆女婿故事大体有两种类型。《借布机》是一类，讲主人公因呆头呆脑，在日常生活中吃尽苦头。如分不清丧事和喜事，对着出殡的人家贺喜；不懂得失火和打铁是两回事，挑水把铁匠炉子泼灭了还以为是帮人救火；媳妇叫他见人打架就要劝架，他却去把两头正在争斗的牛拉开，结果受了重伤。故事采取连锁体结构展开叙述，情节活泼动人。它实际上是一种儿童故事，意在从反面教会儿童一些生活知识，帮助少年儿童实现社会化，学会适应社会生活。在呆女婿身上，灌注着丰富的儿童生活情趣。呆女婿从丈人家把织布机背回来，见织布机有四条腿，便对着织布机讲起话来："你有四条腿，我只有两条腿，你应该背我，怎么叫我背起你来了？你自己走！"于是把织布机扔在街上，自己跑回家了。这实际上是儿童心理的生动写照。因此，故事里呆女婿的言行虽十分可笑，却又天真可爱，并不惹人憎恶。

《学话得胜》属于另一类。其中的呆女婿虽呆头呆脑，但他无意中学到的几句话，却竟然在丈人家发挥了应急的作用。如对着席上的一只筷子，随口说出"双木桥儿好过，独木桥儿难行"，使岳丈不得不对之刮目相看，终于认了这个女婿。故事中通过呆女婿学话取得成功的情节，表现出人们对卑贱者的同情，流露出乐观幽默的情趣。

文学作品通常都是赞扬智慧而鄙弃愚蠢，民间故事却把呆女婿刻画成言行可笑而又有几分可爱的天真憨厚的形象，这确实是一种特殊的文学现象和审美心理。有趣的是，我国山西襄汾县长久以来，民间流行七十二呆故事，不仅有呆女婿，还有傻女、傻媳妇、呆父子，甚至有一个叫刘庄的呆子村。"说呆人是个愚笨、少窍、执拗、古怪的形象吧，却又难概其全貌，因为有时又表现了他憨厚、耿直、淳朴、执着的性格。"这些故事既讲起来可笑，其中的呆人又可亲可爱。人们在对那些呆人呆事笑过之后，又能受到智慧的启迪，这实在是奇特而有趣的文学现象①。

五、机智人物故事

我们把机智人物故事，也归入生活故事之中。所谓机智人物故事，是指那些以某个机智人物为中心所编织的系列故事。我们前面所讲的长工故事和巧女故事，主人公多没有确定的姓名，就叫老大、老二、二媳妇、三媳妇，或以某种外号，如“吹破天”、“嘴会转”之类来称呼。机智人物故事中的主角则有名有姓，如徐文长、杜老幺、阿克登巴、巴拉根仓。再有，长工故事和巧女故事多以不相连续的单篇故事存在，而机智人物故事则是把许多故事，几十个以至几百个故事都归属在某个人物名下。阿凡提故事就积累至将近四百多篇。就其中许多故事以真实具体的历史人物为主角而言，机智人物故事具有民间传说的特征，所以有些人把这类故事称为机智人物传说。在历史人物传说和机智人物故事之间，有时确实难以划出一道截然异质的界限。但这些人物已远远离开自己的原型。以他们的真实事迹为基础而构成的故事，往往只占很少的一部分，大部分是将流行故事附会在他们身上，把他们作为凝聚民众智慧幽默“箭垛”来处理，因而机智人物故事具有不同于一般传说故事的明显特征。就机智人物故事中的那些单篇故事本身而言，同一般的长工故事、巧女故事等并没有实质性的区别，只是改换了主人公的名字。如从这方面来考察，也许不应将机智人物故事作为一个特殊类别，和长工故事、巧女故事等相并列。可是把它们作为一种系列故事来考察，又不能不承认它是一个特殊品种。

机智人物故事中的作品，内容形式十分多样，有相当一部分具有笑话特征，因此对阿凡提故事，有些学者作为笑话来评论。但就其中的大部分作品而言，应归入生活故事的范围。我国于 20 世纪 50 年代出版的民间故事论著，都没有把机智人物故事作为单独一类作品加以评述。到 80 年代由于这类故事被人们大量采录，学者们纷纷进行研究，才使它作

① 刘润恩、李善武搜集整理：《七十二呆》，山西丁香文化编辑部印（内部资料），2003 年，第 191 页。

为民间故事中一类具有特殊思想与艺术光彩的作品开始受到人们的重视。

机智人物故事在汉族和少数民族中间都很发达。汉族的机智人物故事，过去以徐文长的故事流行最广。20 世纪 80 年代初期采录的谎张三故事，流行于南方各族人民群众的口头上。因各地语言习惯不同和方言差异，他的名字被人们称为“阿谎”、“阿方”、“老谎”、“老幌”、“幌张三”、“反江山”、“黄江桑”、“光加桑”、“款章三”、“悦江山”、“黄丈三”、“滑丈三”、“张扯谎”等，实际应为“谎张三”。张三是中国人最普通的称谓，在张三之前加一个“谎”字，表示其思想性格特征。刘守华在《谎张三——中国南方机智人物的杰出典型》一文中指出：

> 谎张三的故事，现已发表上百篇，流行于南方和西南地区的湖北、湖南、四川、云南、贵州一带的汉、苗、彝、白、傈僳等族中间。看来他是一个完全可以和西北地区几个民族机智人物故事中的纳斯尔丁·阿凡提相媲美的机智人物典型。在他身上，闪耀着中国南方文化的独特光彩。他以谎制敌，善于利用敌方的弱点乘虚而入，以巧妙的言词打击、嘲弄敌人，显示出无比的机智。他的形象具有广泛概括性，是南方几个民族的民间文学互相交流的成果，是他们共同艺术智慧的结晶。谎张三这个名字，将毫无愧色地进入世界民间文学画廊之中，为世人所注目。

中国各地均有自己的机智人物故事在人们口头流传，从已发表的材料看，据人们初步统计已将近四百人。艺术上比较成熟而又有自己鲜明特色的机智人物，汉族地区有广东的剒狗六爹，江苏的曹瘦脸儿，河南的庞振坤，河北的韩老大和五娘子夫妻俩，湖北的杜老幺、贱三爷和钱六姐等。少数民族地区则有维吾尔族的阿凡提、藏族的阿克登巴、蒙古族的巴拉根仓、布依族的甲金、傣族的艾西和艾苏两兄弟、纳西族的阿一旦、朝鲜族的金善达等。

湖北采录机智人物故事一千余篇，故事的主人公达一百余人。几乎每县或每一片地区，都有当地民众喜爱的机智人物活跃在口头文学中间。这些人物可区分为四类：

一是长工型的，以鄂西的杜老幺和鄂南的张十伢为代表，由长工斗地主故事发展而成。

二是城镇劳动者型的，以武汉地区的贱三爷为代表。他是我国目前发现的唯一以旧时代城镇生活为背景，反映城镇下层社会民众的智慧和情感的机智人物典型。他至今仍保持着他的艺术生命力，《武汉晚报》曾陆续发表《贱三爷故事新编》，通过他机智幽默的言行来针砭时弊，抨击城市生活中的恶习。

三是文士型的，如红安的卢四运、广济的肖光际、蕲春的陈细怪等。他们有的是秀才、举人出身，有的不过粗通文墨。其主要事迹是打抱不平，帮穷人打官司，如反对地主官僚巧取豪夺、侵占农民田地和坟山，为无辜遭罪者申冤诉屈，保护穷人的婚姻权利等。常常是一个主意、几句呈词就可以打赢一场官司，因而其故事为民众所津津乐道。江苏如东县盛传一组《曹瘦脸儿打官司》的故事，至今还留下一句歇后语，叫“曹瘦脸儿打官司——坐赢不输”。

四是巧女型的，如咸宁的钱六姐、鄂西的罗兰娇。罗兰娇故事为传统巧女故事之发展。钱六姐则属于才女型，她出口非诗即对，或嘲弄秀才的低能，或讽刺乡绅的骄横，直到告状元，审县官，制伏称霸一方的权贵。夫妻打趣、妯娌逗乐，钱六姐也用诗对进行，使日常生活中洋溢着诗情画意。她已成为一个可与广西壮族歌仙刘三姐相媲美的艺术典型。

祁连休对我国机智人物故事作了许多调查研究工作。他选编的《少数民族机智人物故事选》和《汉族机智人物故事选》是收罗较全的两本书，集中展现了我国机智人物故事的面貌。

如何估价机智人物故事，学术界有不同认识。日本学者铃木健之发表《“机智人物故事”笔记——试论其欺骗性》一文，认为中国学者对机智人物故事的肯定，表现了“一种简单化、概念化的倾向”。他说：“各个民族的机智人物有其不同的个性和特征，不能一概而论。不过，从这些机智人物的群像中，确实可以窥视出他们的欺骗性来。所谓机智人物，无非是一种骗子，一个得以流传下来的骗子吧。”他追溯到“骗子”性格形成的渊源，说“骗子是一种原始存在”，“它是神圣与非神圣之间尚无明显区分的远古时代的一种象征”。这种原始神话意象残留于后世的民间口头文学中，遂构成具有两重人格的“骗子”形象[①]。他的文章，实际上反映了西方学者对待这类在世界各国普遍存在的机智人物故事的流行观点。祁连休发表《试评“骗子”说》，对上文表示了不同意见[②]。

以“骗子说”来否定机智人物故事的积极社会意义，自然是我们所不能赞同的。

首先，这种说法不符合作品实际。以精巧谎言哄骗对方只是机智人物活动的一种手段，情节构成的一种方式。更常见的是用丰富的智慧来解难题，如同我们在长工故事和巧女故事中所看到的。还有许多从社会斗争经验中提炼出来的出奇制胜的斗争策略，如武昌府制台要在蛇山葬母，抢占风水地。一位机智人物写了四句话传出来：“制台死了娘，要葬蛇山上，蛇山本是天子地，制台葬娘是何意?”以毒攻毒，在企图谋反篡位上做文章，吓得制台老爷立刻打消了原来的主意。机智人物故事中，有着人民智慧的丰富表现。把诈骗作为机智的主要表现，或者把诈骗和机智等同起来，显然都不符合作品实际。

其次，我们对诈骗行为要做阶级分析。机智人物哄骗的对手，主要是欺压他们的形形色色的剥削者，以及阎王、老虎这类压迫剥削者的象征性角色。旧时代的劳动者，处于被奴役境地，只有“一张嘴巴抢不走”，便只好以语言作为打击敌对势力的锐利武器。而且他们在以谎言制敌时，常常不过是以其治人之道还治其人之身，将对方坑害他人的手段用在他们自己身上；或是利用对方自身存在的刚愎自用、利欲熏心等弱点，使其自作自受。因而，这类机智人物不应作为一般意义上的骗子受到指责。离开了阶级社会中剥削阶级对劳动人民的罪恶统治及被压迫者的正义斗争，不可能对有关机智人物的言行作出正确的评价。

机智人物故事中也有不少作品是以诈骗手段来侮辱妇女，嘲弄有生理缺陷的人，施行恶作剧，内容不健康的。劳动人民常以说故事、笑话

---

① ［日］铃木健之：《“机智人物故事”笔记——试论其欺骗性》，《民间文学论坛》，1984年第2期。

② 祁连休：《试评“骗子”说》，《民间文学论坛》，1984年第2期。

来娱乐身心，其中便掺杂进一些低级趣味的口头文学作品。兴之所至，这些故事、笑话可以由人们随意附会到某个人物身上。我们不宜将这种现象作为一般现实主义文学中人物性格描写的两重性、复杂性来看待。至于把这种两重人格归结为原始神话意象的遗留，那就更难以使人信服了。

机智人物故事是有其传承性的，如探究它在中国文化史上的渊源，可以追溯到诸子百家争鸣，各种政治与学术流派的人物才智迸发的春秋战国时期，晏子就是当时一位著名机智人物。《晏子春秋》一书所载的几篇晏子使楚的故事，完全可以进入我们所说的机智人物故事之列。请看《晏子使楚楚为小门晏子称使狗国者入狗门》这一篇：

> 晏子使楚，以晏子短，楚人为小门于大门之侧而延晏子。晏子不入。曰："使狗国者，从狗门入；今臣使楚，不当从此门入。"傧者更道从大门入，见楚王。王曰："齐无人耶？"晏子对曰，"临淄三百闾，张袂成荫，挥汗成雨，比肩继踵而在，何为无人？"王曰："然则子何为使乎？"晏子对曰："齐命使，各有所主，其贤者使使贤王，不肖者使使不肖王，婴最不肖，故直使楚矣。"

楚人见晏子形体短小，欲加羞辱，结果晏子以巧妙的答对给予还击，反使楚王陷入难堪境地，自讨没趣。它已具备后世机智人物故事的基本特征和魅力。据今天的学者考证，《晏子春秋》一书可能是齐亡于秦之后，淳于越之类的齐人在秦国编写的，距今已有两千多年了。书中关于晏子的事迹，一方面来自古书里的零星记载，另一方面来自民间流传的故事①。以上几则晏子使楚的故事，显然来自民间，是艺术虚构而非历史记载。所以它们又以大同小异的文字，载于《韩诗外传》《说苑》等古籍中。有趣的是，晏子的一系列故事中，以他出使楚国，用唇枪舌剑反击楚王企图羞辱他的几场斗争最为精彩动人。几场智斗都是由楚王挑起的，想必在当时的楚国，有一种以自己的丰富智慧来愚弄讥笑他人的风气。此外，晏子故事中的《景公问天下有极大极细晏子对》，它的基本情

---

① 吴则虞：《晏子春秋集释》，中华书局，1962 年，第 514 页。

节又被句道兴本《搜神记》中《田章》一篇的作者所借用，借解难题以表现“天女之子”田章的“聪明广识，甚事皆知”。这位田章实际上也是一千多年前民间文学中的一位机智人物。总之，就汉族情况而论，机智人物故事古已有之，并不是近现代才突然出现的一种文学现象。

然而机智人物故事以新的姿态大量涌现，盛传于城乡人们的口头，却是同近现代中国社会历史与文化发展密切相关联的。从人物原型来考察，他们大都生活在明清时代，可见他们进入口头文学领域并不是很久远的事。从故事内容来看，明显地反映了封建社会趋于没落时剥削阶级的腐朽、封建主义秩序的崩溃和被压迫阶级抗争意识的觉醒。渗透在故事中的喜剧性风格，也带有新旧社会交替时期的烙印。民间口头文学既有传承性，又富于变革的活力。机智人物故事的繁荣，就是在近现代社会历史土壤上开放的一朵奇花。

第三节　生活故事的艺术特征

一、艺术形式和风格多样

生活故事的主要艺术特征是取材于现实的家庭与社会生活，在写实的基础上进行艺术夸张，以简短的篇幅与活泼多样的风格叙述具有浓厚喜剧性的故事，造成强烈感人的艺术效果。

1925 年发表在《京报》副刊《国语周刊》上的《火龙单》，讲长工穿着一件破烂衫子在风雪天干活，身上汗如雨下，财主穿着皮袄烤火，反而觉得寒冷。财主问他是什么原因，长工便谎称自己穿着一件祖传的“火龙衣”。财主换来穿上出门，冻死在野外。妻子抚尸痛哭：“羔儿皮袄你不爱穿，一心爱穿火龙单，烧了一身紫疙瘩，为什么不往水里钻?”

1982 年整理发表的《半文钱》，是鄂西农民故事讲述家刘德培所讲的杜老幺故事之一。县官同杜老幺打赌去打官司，杜老幺开始装出无可奈何的样子奉陪。

> 杜老幺说：“没得盘缠钱哩！打官司得到荆州府，我半文钱都没得，怎么敢上路呢?”

糊涂老爷得意地嘿嘿直笑："半文钱？你有半文钱就敢上路啊？"

杜老幺答："那当然啰！有了钱就少为难吵。"

糊涂老爷一拍胸："本县给你半文钱！"一掉头吩咐手下："来人哪，跟他斩个半文钱来！"快得很，钉锤凿子铛的一下，一文铜钱斩成了两半边。糊涂老爷跟杜老幺甩了半边，"拿去！"杜老幺接过半文钱就走。两人一走走到荆州府，杜老幺果然告了枝江县大老爷一状。你猜是怎么告的？四句话——

身为百姓父母官，

目无王法好大胆，

乾隆通宝劈两半，

不斩也得先撤官！

那个糊涂老爷的乌纱帽当时就被摘啦！

从杜老幺叫穷连半文钱路费都没有，引出县官劈斩铜钱的情节；而这件事正好成为杜老幺告倒他的绝妙罪名，情节发展自然而巧妙。县老爷表面上气势汹汹，实则糊里糊涂，被杜老幺牵着鼻子走而毫不自觉；杜老幺表面上软弱可欺，实则深藏机智，以守为攻，两人的性格恰成鲜明对比。叙述既朴实而又生动，四句诗传神有力，语句中饱含幽默情调。

两篇故事的篇幅均在千字上下，就一件事构成情节，让一正一反两个人物在戏剧性的纠葛中展现自己的性格，最后以反面人物遭到失败和辛辣嘲讽结束叙述。情节是按照生活逻辑展开的，经过巧妙的夸张虚构，故事发展又出人意料，大快人心。这两篇故事一南一北，而且是在不同历史时期记录成文的，可以把它们看作生活故事这种口头文学样式流行风格的代表。

具有浓厚喜剧性是生活故事的重要特征。喜剧性主要表现在将反面人物假恶丑的嘴脸撕破给人看，造成滑稽可笑的效果。笑话就是喜剧艺术的一种，它是由反面人物自我表演构成喜剧性；生活故事则由民众喜爱的正面人物出场和反面人物较量，来撕破敌人可憎可笑的面孔。《火龙单》中的财主贪婪愚蠢遭哄骗而自取灭亡，《半文钱》中的县官刚愎自用被农民所捉弄而丢掉乌纱帽，就是这种喜剧性的生动表现。人民群众喜爱这类故事，因它在对敌对势力的嘲讽中，充分表现了劳动者的优越智慧和乐观情怀，具有愉悦身心、振奋精神的艺术效果。

二、故事情节的系列化演进

故事情节向系列化演进。传统生活故事本是没有什么连续性的单篇小故事，在近现代的历史文化发展中，它们却如同千沟万溪流向江河湖海那样，大都汇聚在每个地区、每个民族的民众所喜爱的机智人物身上，成为他们故事的一部分了。这些机智人物除少数是具有广泛概括意义的典型，如谎张三之外，大都有自己真实的原型，以湖北的一些机智人物为例：

杜老幺，据说是清康熙年间或乾隆年间人，出生于五峰县山村，生父家贫，把他过继给大户人家。因遭歧视，他从 9 岁开始就自谋生路，先后干过各种活路，走南闯北，到过许多地方。爱说公道话，打抱不平，后来参加当地的农民起义军，下落不明①。

张十伢，生于通城爆竹岭，以流浪帮工为生。死后埋在太平坳石山脚下，坟前是条大路，来往行人不断。由于他生前聪明机智，专为穷人说话，跟权贵作对，人们路过坟前便铺上几块石头，以示怀念，所以至今留下一个满是石头的大坟堆②。

陈细怪，蕲春县株林河豹子山新屋湾人。生于 1812 年 2 月，卒于 1874 年。他出身于一个贫苦知识分子家中，少年时即才学出众，然而屡试不中。1853 年2 月，太平军进入蕲州，他欣喜相迎。次年太平天国在湖北省举行乡试，陈细怪考中约士（举人），参加太平军，进某王府任掌书（秘书）。1864 年太平天国失败，他潜回家乡，教“犁耙馆”，将自己余生献给乡村教育。其父人称“大怪”，他继承了乃父遗风，于是以“细怪”的绰号闻名乡里。他写有《禁大烟赋》《不进学赋》等诗文。他敢于

---

① 《湖北省民间文学论文集》，中国民间文艺研究会湖北分会编印（内部资料），1983 年，第 193 页。

② 《湖北民间故事传说集　咸宁地区专集》，中国民间文艺研究会湖北分会编印（内部资料），1982 年，第 549、572 页。

主持正义，打抱不平，对清末的腐朽统治进行抗争，于是人们在他真实事迹的基础上进行渲染加工，编出了一百多篇故事，流行于鄂东、皖西的广大乡村①。

这些生活在封建社会末期的人物，或身受奴役，或怀才不遇，愤世嫉俗，不满当时封建统治秩序，便以自己的胆略才智，作出许多惊世骇俗之举。他们本身即属于机智型人物。口头文学家便以他们为中心，创造出一系列故事来。这些故事的构成大体分三类：一是以他们自身真实事迹为基础编成的；二是从当地社会生活中提炼概括而成的；三是各地普遍流行，附会在他们身上的。这些人物一旦进入口头文学领域，便成为当时当地一个汇聚种种机智故事的“箭垛”。纯属虚构，可随意附会在许多人物身上的流行情节，在汉族地区有“火龙衣”、“屙金尿银的马驹”、“骗阎王”、“扯谎架子”、“半文铜钱打官司”、“被角写字打官司”、“夏天穿皮袄写状子”、“给东家看门”、“无事生非”、“论斤买缸”、“改磨整石匠”、“整驼子”、“猫和瓢”、“一生用不完的东西”等。这些具有相对独立性，可以自由流动的情节，也就是现代故事学中所谓的“母题”，或称为“情节单元”。许多机智人物虽有某种原型，可是就故事构成而言，却和一般民间传说很不相同，这是一个重要标志。

是什么力量推动着这些喜剧性的故事朝有关人物身上集中，构成系列化的作品呢？会讲故事的人，常常喜欢把零散故事串起来讲，以引起人们听故事的兴趣。但机智人物故事的系列化，还应从近现代社会历史与文化发展的特点去探求原因。

马克思主义美学观告诉我们，旧世界历史的最后形式是喜剧。旧事物的残余在历史进程中已暴露出它内在的虚伪、丑恶、腐朽，丧失了它合理存在的现实根据，可是它不甘心退出历史舞台，还要装模作样地表演，在觉醒的人们的心目中，便显得十分荒唐和滑稽可笑了。中国封建社会末期的社会冲突正具有这样的特点。在农民革命运动的沉重打击下，

---

① 郑伯成编：《湖北机智人物陈细怪研究资料专集》，中国民间文艺研究会湖北分会印（内部资料），1986年，第18～25页。

在以儒学异端出现的民主主义启蒙思潮的强烈冲击下，封建主义的旧秩序和旧传统丧失了它往日神圣不可侵犯的威严地位。酷虐的地主被长工的有力报复所压倒而无可奈何，县太爷同乡村小民打官司输得威风扫地，黄泥巴腿子的才智盖过了舞文弄墨的秀才、举人，和尚、道士装神弄鬼的把戏被人们揭穿，大出洋相。在封建统治者深感痛心疾首的大动荡世道中，正含蓄着足以使被压迫民众开心的丰富笑料。这样的历史文化发展，必然要在民间文艺中得到反映，促使故事文学推陈出新。人们在美学趣味上，特别喜爱喜剧性的故事，不仅欣赏而且积极参与创造。富于现实性和喜剧性的机智人物故事的空前繁荣，实际上是封建社会趋于崩溃时，民众在爽朗的说笑声中，扬眉吐气向旧世界诀别的表示。这类故事融会着人们丰富的生活体验，觉醒的民主与革命意识、乐观幽默的情趣以及编织故事和运用语言的卓越技巧，成为民众艺术智慧的集中呈现，也是传统故事文学发展的最后一个高潮。

对生活故事的采录和研究，目前主要集中在机智人物故事上。1984 年 6 月由中国社科院文学研究所和湖北省民间文艺研究会联合举办的全国机智人物故事学术讨论会，对这类故事的思想艺术特征及其社会价值进行了集中探讨。

【附录：故事一则】

憨子寻女婿

憨子的老婆生了个独女子，两口子喜欢得要命，拿在手里怕掉了，衔在嘴里怕化了。

女子长到 20 岁，还没人来提亲，憨子两口子心焦闷倦。一天夜里，老伴说："儿大当婚，女大当嫁。女子大了，不能跟我们住一辈子，给她找个人儿吧。"

憨子说："咋不行。"

老伴说："找个有本事的。"

憨子说："我晓得。"

天一亮，憨子带上干粮出门了。走着走着，来到一座山上，有一个青年猎人在打猎，拉弓射箭，一箭一个猎物。憨子想，这娃子本事大。凑上前招呼说：“你这手艺高绝得很，屋里谁跟你过生活?”

猎人说：“我妈。”

“那好，我有个女子，还没得婆家，给你吧。”

青年猎人一听，喜得连连跪下磕头，问：“我啥时候去接?”

“八月十五。”

憨子定了女婿，喜颠颠地绕着道往回走。走哇，走，见一条大河，一个后生娃在渔船上打鱼。憨子央求打鱼的用船把他渡过去。船行到河心，打鱼的说：“这鱼好多。”憨子问：“在哪里?”打鱼的把网撒下去，打上来满满一网鱼。船压得歪歪斜斜，憨子就帮打鱼的收鱼，边收边问：“你大哥船上也没得个帮忙的?”

打鱼的说：“没本事，没人给媳妇。”

“有本事，有本事。我有个女子，还没得婆家，给你当媳妇吧。”

“咋不行，啥时候接?”

“八月十五。”憨子岁数大，记性差，忘了把女子许给打猎的了。

天黑，憨子住在客店里。半夜，女掌柜的得急病死过去，全家人哭得真伤心，憨子也心酸酸的。

客店里正乱糟糟，进来一个看病的说：“让我看看能救不?”他摸摸女掌柜的胸口，心还跳，找穴位扎了一针，女掌柜的睁眼了。客店全家对看病的千恩万谢，端酒炒菜，还请憨子陪客。

席上，憨子见看病的有本事，长相也强，就想把女子给他。

憨子问：“你的本事跟谁学的?”

看病的说：“祖传的。”

“不传别人?”

“不传别人。”

“你可好好教你儿子。”

“我连媳妇都没得，哪来的儿子。”

憨子高兴地一拍大腿，说：“咋不早说，我家有个女子，还没婆家，跟你配对吧。”

看病的连忙躬身下拜，问啥时候去接，憨子也说八月十五，把打猎的和打鱼的事早忘记了。

八月十五那天，打猎的、打鱼的和看病的都抬着轿子、吹吹打打来接人。憨子一急，把女子推到门外水塘里的一棵大树上。三家接亲的到了门口，憨子指着大树说："女子只有一个，在水塘大树上，谁有本事谁接去。"

三家接亲的你望望我，我看看你，都往大树上瞅，见一女子坐在树杈上。

打猎的气得没法，照着大树飕的就是一箭，这一箭，不打紧，吓得女子一哆嗦掉到水塘里了。打猎的一看出了人命，抬起轿子就跑。

打鱼的见女子掉进水塘，拿出渔网就撒，把女子打捞上来，一看，死了，也抬起轿子就走。

看病的见打鱼的捞起女子，忙掏出看病的家什，撬开女娃子的嘴，喂了一服药，拉一下手，按一下胸，几下子就救活了。

吓愣了的憨子老两口，见女子救活了，上去就给看病的下跪，看病的拉住他们，说："别这样，救人嘛，救的又不是别人。"

说完，把女子往轿里一塞，吹吹打打地抬走了。

[讲述者：孔详诗；采录者：王崇书；1982 年 3 月采录于湖北十堰市张湾区。本文原载《十堰市民间故事集》，湖北十堰市群众艺术会编印（内部资料），1987 年。]

【思考与作业】

1. 试析巧女故事的艺术构思特点。

2. 对一个机智人物的原型及其故事构成进行调查研究，探讨产生这类故事的社会历史背景及其价值。

3. 试说明机智的美学价值，机智与幽默的关系。

第四章　民间寓言

第一节　什么是寓言

寓言也是一类很流行的民间故事。用生动有趣的小故事来阐发哲理，寄托教训，以发人深省的，就是寓言。民间故事大都包含着某种教训，寓言的教训意味尤其明显，所以有人称它是一种“带有明显教训寓意的民间故事”。寓言实际上是一种形象性的比喻，借此喻彼，借远喻近，借古喻今，借小喻大，言在此而意在彼，使得抽象深奥的道理从具体浅显的故事中体现出来。而且比喻中常含有讽刺意味，因此人们又称它是一种“短小的讽喻故事”。

“寓言”这个名称，我国古代就有，最早见于《庄子》，《庄子·寓言篇》中有“寓言十九”之说，《释文》解释此句道：“寓，寄也。以人不信己，故托之他人，十言而九见信。”但古人对寓言的理解比今天的含义要宽泛一些。“寓言”在我国古代还有其他称谓，《韩非子》把自己的寓言称为“储说”；《文心雕龙》将寓言归入“隐言”之中；魏晋南北朝时期，人们翻译佛经，把佛经中的寓言直接称为“譬喻”，有《譬喻经》流传于世；明末，《伊索寓言》传入中国，译本被人们称为《况义》。把古代寓言作品统一定名为“寓言”，大概是从茅盾 1917 年编辑《中国寓言》开始的①。

寓言是一种世界性的文学体裁。《简明不列颠百科全书》就载有这一

① 陈蒲清：《中国古代寓言史》，湖南教育出版社，1983 年，第 6 页。

条目，写道："寓言 fable，以散文或诗歌体写成的短小精悍、有教诲意义的故事，每则故事往往带有一个寓意。最早广为流传的寓言是印度、埃及和希腊的动物寓言。"① 然而在国际学术界通用的民间故事分类法中，没有寓言故事这个类别。丁乃通先生依据 AT 分类法编撰《中国民间故事类型索引》时，将以动物为角色的寓言故事归入"动物故事"之中；而将以人物为角色的寓言，如我们所公认的几个著名寓言《守株待兔》《揠苗助长》《刻舟求剑》《郑人买履》《瞎子摸象》等，归入"笑话"里的"笨人的故事"之中，因为这些小故事里的主人公都有几分傻劲，人们是通过嘲笑他们所作的那些蠢事以寄托教训的。日本的故事分类法大体也是这样。我国民间文艺学家从我国文艺传统出发，把寓言作为民间故事中独立的一类，这就产生了如何更科学地确定民间寓言的范围界限，如何同国际通用故事分类法相对应等问题，须恰当地加以说明。

就寓言故事的角色而言，可分为以拟人的动物和其他自然物体为角色所编成的故事及人物故事两大类。我们可以把它们叫作动物寓言和人物寓言。

寓言中动物故事占有重要地位。一些学者认为，寓言就是由动物故事发展而来的。人类早期处于渔猎时代，和动物的关系十分密切，便根据自己的观察了解，编出了许多讲述动物生活习性的故事。在原来的动物故事里，并没有包含道德教训内容。后来人们借用和改造这些动物故事，以作人类社会生活的比喻象征，内容就变得复杂丰富起来了。其中一部分演进为童话，另一部分则演进为寓言。关敬吾谈日本民间故事分类，把动物故事分作三种，其中就有动物寓言故事。另外两种是动物由来故事和动物叙事诗，我们通常把它们归入传说和童话之中。

国际上通常都是将动物故事单作一类，分类比较简便。我们却要从中把童话和寓言两类故事区别开来，由于对故事分类问题研究得不够深

① 《简明不列颠百科全书》第九卷，中国大百科全书出版社，1986 年，第 219 页。

入，便出现了一些混乱情况。同一篇作品，甲说是童话，乙说是寓言，了无是非，令读者无所依从。下面试说一点我的意见。

以动物为角色的寓言和童话，实际上都是借动物故事来比喻和象征人类社会生活情景，有其共同的特征。考虑到寓言的体裁特征，应把那些情节简单、教训寓意更为明显的动物故事归向寓言。《伊索寓言》中的《狼和小羊》、中国古代寓言中的《鹬蚌相争》《狐假虎威》之寓言特征是人所公认的。中央民族大学几位学人选编的《中国少数民族寓言故事选》，其中入选的大部分动物故事也是恰当的。如景颇族的《有勇无谋的狮子》，故事里讲：一头狮子自命不凡地吹嘘自己是世界上最有力气的动物，是兽中之王。可是一只小牛虻却咬得它浑身血淋淋，它竟无可奈何。后来还是蜘蛛结网，捉住了牛虻。于是狮子以惭愧的心情感谢蜘蛛道："我今天才懂得了单有勇气不行，妄自尊大就学不到本领。"它以巨大的狮子因有勇无谋，连小小的牛虻也对付不了，反倒求助于小蜘蛛的简单情节，说明一个道理：有勇有谋才能成为真正的强者。这个寓意贯串在情节发展中，而且在结尾处予以点明，表现得十分明显，具有寓言故事的特殊魅力。

至于动物故事中那些情节曲折完整，所反映的人类生活情景更加丰富生动，而教训意味并不那么明显的，则可以归入幻想故事或民间童话之中，如我们在介绍民间童话体裁时所引述的小鸡崽们为妈妈报仇的故事。因此，《中国少数民族寓言故事选》中的某些动物故事，如蒙古族的《小骆驼的遭遇》、苗族的《水牛和老虎》、彝族的《小鸡报仇》等，似以列入童话之中更为恰当。这种区别当然只是相对的，很难确定一个绝对的界限。

以人物为角色的寓言故事也是我们所常见的。这类故事同样具有比喻性质。有的借关于古人古事的传说来寄托具有现实意义的教训，以古喻今。《列子》中的《纪昌学射》，讲述"古之善射者"学习射箭的故事，教导人们要想掌握一门技艺，必须苦练基本功，就属于这一类。还有的借此喻彼，借小喻大。《吕氏春秋》中所载的《刻舟求剑》，《韩非子》中所载的《郑人买履》，以"楚人"、"郑人"为主角来编织故事，取材于人们在日常生活中所做的两件蠢事，借以说明治国安邦须从实际出发，不可墨守成规、泥古不化的大道理，即是人所熟知的例子。这些取材于人们日常生活的小故事，听起来十分亲切生动，而它所寄托的教训又很深刻，起到了深入浅出的作用，成为中国古代寓言中最常见的一种形式。

那么，这类取材于人事的寓言故事和我们前面所讲的民间生活故事有什么区别呢？其主要区别在于是否具有比喻性质，是否具有明显的寓意。以《奶馕与项链》这篇维吾尔族故事为例：它讲一位商人在大戈壁上迷了路，身上带的干粮都吃完了，天色又渐渐黑了下来，于是绝望的阴影涌上心头。忽然，他看见前面沙丘上有一个小包袱，以为是一包奶馕，便满怀喜悦奔上前去。打开一看，却是一条珍珠项链，于是希望又变为失望。故事结尾道："在戈壁上行走的旅人呵！你们的奶馕就是生命的甘露，价值昂贵的项链呵！对旅人来讲，却是一撮尘土。"它虽然取材于人们日常生活，却具有明显的寓言特征，借一个片断情节，寄托一种生活哲理：对人类的生存来说，普通的食物比贵重的珠宝更有价值。这就和那些并无深刻寄托，而是直接揭示人民生活样态的普通生活故事有所区别了。

第二节　中国古代寓言和民间口头寓言

中国寓言十分丰富，而且寓言艺术在先秦时期即已臻于成熟，被诸子百家广泛用作说理论争的工具，以书面形式保存下来。在《庄子》《孟子》《韩非子》《吕氏春秋》《列子》《战国策》诸书中，都可以找到许多精美的寓言。公木等选注的《历代寓言选》，收先秦至明清的寓言 620 余篇，是一部较为完备的中国古代寓言选本。陈蒲清著《中国古代寓言史》，系统清理了中国古代寓言的发展情况。该书粗略统计中国古代寓言数量在两千则以上，仅先秦寓言便超出千则，而著名的希腊伊索寓言则只有数百则。这些寓言思想深刻，形式多样，在社会政治生活中影响巨大、深远。"总之，中国古代寓言历史悠久，源远流长，不仅是中国古典文学的艺术瑰宝，也是世界艺术宝库中的耀眼明珠。”①

这些古代寓言和民间寓言有什么联系呢?《历代寓言选》的编者公木认为：“先秦寓言，大部分是人民的口头创作，是人民智慧的结晶，小部分才是文人艺术的作品。”② “这些民间口头创作，往往是社会斗争经验的综合反映，闪烁着集体智慧，洋溢着乐观精神，富于诙谐情绪和幽默感，具有清新刚健与机智锋利的特色。”③ 先秦的民间故事没有专集流传下来。据《汉书·艺文志》载，到西汉末年还有“街谈巷语，道听途说”的“小说家”著作 15 种，共 1380 篇，它们大体都属于民间故事，作了先秦寓言素材的主要来源。

先秦寓言虽大部分源于民间创作，可是它们被诸子所引用，又做了不同程度的加工改造，因而已难以看到它们的本来面目。《战国策》中的《狐假虎威》，是人们认为保存民间创作特色较充分的一篇故事，现收录于下：

老虎搜寻百兽做食料，有一次捉到一只狐狸。

狐狸说：“你是不敢吃我的！天帝派我做百兽之王。如今你要吃了我，就是违抗天帝的命令呀！——你以为我的话不可靠？那么我给你走在前面，你跟在我后边，看看百兽见到我有敢不逃走的吗?”

老虎以为这话很有道理，所以就跟它一路走去。果然众兽望见它们都逃走了。老虎不知道众兽是害怕自己而逃走的，还以为是害怕狐狸哩！④

这个故事见于《战国策·楚策一》，是公元前 4 世纪楚国的一位大臣江一在楚宣王面前攻击楚国名将昭奚恤时讲出来的。楚王问北方各国为什么害怕昭奚恤，江一便讲了这个故事，说北方各国之所以害怕昭奚恤，其实是害怕楚王，如同百兽害怕老虎一样。它讽刺狐狸自己并没有什么本领，只能借虎威来吓唬众兽，同时也讽刺了老虎被人利用而不自知。

---

① 陈蒲清：《中国古代寓言史》，湖南教育出版社，1983 年，第 14 页。

② 公木等选注：《历代寓言选·前言》，中国青年出版社，1983 年，第 9 页。

③ 公木等选注：《历代寓言选·前言》，中国青年出版社，1983 年，第 11 页。

④ 公木等选注：《历代寓言选》，中国青年出版社，1983 年，第 295 页。

江一是利用故事来讽刺自己的政敌昭奚恤和楚宣王。后来被人们广泛用于讽刺那些假借他人的权势来恫吓弱小者的仗势欺人的卑劣行径，“狐假虎威”成了众所熟知的一个成语。

这篇寓言具有显而易见的民间口头创作的风格。它是一篇精彩的动物故事，将老虎和狐狸人格化，塑造成为亦人亦物的生动形象。以动物世界的生活情景来比喻人世间的复杂关系，既浅显易懂，又含义深刻。由此可看出中国古代寓言的艺术特色。它虽然被引用在议论说理文中，仍然保留了叙事的生动性，这是很难得的。

在民众口头世代相传的寓言故事，自然比古籍所载要丰富生动得多。这些作品正不断被人们记录整理成文。上海文艺出版社的《中国动物故事集》、甘肃人民出版社的《中国少数民族寓言故事选》和辽宁少年儿童出版社的《中国民间寓言选》就是上述成果的反映。《中国动物故事集》收录 25 个民族的动物故事 119 篇，其中多数属寓言体裁。《中国少数民族寓言故事选》选入 38 个民族的 151 篇故事，除少数篇目可划归童话外，其余均为寓言故事。《中国民间寓言选》选编 37 个民族的寓言故事 204 篇，是体例严谨、收罗最丰富的一部民间寓言集。

这些在民众口头上经过千锤百炼的寓言故事，常常把人们从社会斗争中提炼出来的深刻思想凝聚在十分生动浅显的故事之中，使人深受感染和启迪。如侗族的《小鹿遇虎》：

从前，有只小鹿，它走到水塘边去饮水。一池清幽幽的泉水照得小鹿的影子清清楚楚。

小鹿看到自己四条又细又长的腿像四根柴棒，难看得很。它又看见自己的两个角，有枝又有干，像两棵花树真好看。它一边喝水，一边抱怨母亲生它这四根又长又细的柴棒，怎么配得上两棵美丽的花树？虽然细长腿跑得快，要是长得短些肥些，哪怕跑慢点也好看得多啊！

正在想的当儿，忽然吼的一声，身后有只大老虎正向它扑来。霎时，小鹿撒腿就跑。四条长腿快如飞，把老虎远远抛在后面。小鹿窜进小丛林，它的两只角挂住了树枝，再也不能往前跑了。眼看老虎追到了背后，它急忙掉头，拐往大森林里跑。四条长腿跑得快如风，老虎怎么也追不上。

后来，小鹿跑到一条小溪边喘气休息。它叹着气、摆着头说，“唉！两只美丽的角差点使我丧命，四条难看的腿却使我虎口逃生。”

小鹿先是偏爱自己的两只角而嫌弃四条腿，及至遇见老虎，死里逃生之后，才悟出难看的腿比美丽的角更有用的道理来。这本来是人们从社会斗争中悟出的道理，口头文学家却从观察自然界鹿的形态及生活习性中得到启示，借一则简单的动物故事把这个道理自然而巧妙地表达出来。

民间寓言中也有不少取材于人们日常生活，以小喻大的，蒙古族的《白猫之冤》就是一篇很精美的作品。它讲一对年轻夫妇，家里养着一只白猫，陪伴着摇篮里的孩子。一天，女主人出门到井台打水，黄鼠狼进来咬掉了孩子的半边耳朵。小白猫撵上黄鼠狼，把它咬死了，再跑回来痛惜地舐着小主人受伤的耳根。妈妈回来，见此情景，以为是白猫咬伤了孩子，盛怒之下，拿起棍子劈面打去，一下子就把白猫打死了。她提着死猫来到后院，见死在地下的黄鼠狼嘴里正叼着孩子的耳朵。一瞬之间，女主人一切都明白了。“她搂着通体冰凉的白猫儿脖子，痛惜不已，悔恨万分，后来竟失声恸哭起来。不明是非，忠奸莫辨，反铸成怨情冤案；火盛攻心，恩将仇报，酿就遗恨绵绵。”

由于不明是非、不辨忠奸而酿成的冤假错案，古往今来，难以胜数。它使人痛惜不已，追悔莫及，成为震撼人心的社会悲剧。这类悲剧是由复杂的社会因素造成的。《白猫之冤》借一个日常生活插曲做比喻，既简单明了，又十分确切。它不但富于说服力，还含蓄着深沉的感情。

我国各兄弟民族口头流传的寓言故事，内容丰富而深刻。它们是劳动人民社会斗争经验的概括和总结，大部分与阶级对抗相关，鼓励和启发人们用团结和智慧战胜敌人，不可被敌人施展的种种欺骗手段所蒙蔽而招致毁灭。其中也有许多反映了人们立身处世的种种宝贵经验教训，至今仍具有重要的现实意义。

这些民间口头寓言都是从人民群众丰富的实际生活中吸取素材编织

成功的，充满生活情趣，散发泥土芬芳。口头文学家又以新颖巧妙的构思，借这些故事十分贴切自然地揭示出种种人生哲理，将深刻的思想融入浅显而短小的故事之中，成为民间故事中含有特殊魅力的一类作品。

寓言故事的流行是世界性的。公元前 6 世纪，古希腊就出现了著名的《伊索寓言》。传说伊索原为奴隶，后获得自由，善讲寓言，讽刺权贵，终遭杀害。后来人们将他所讲的寓言以及附会在他名下的民间寓言汇编成集，成为流行全世界的《伊索寓言》一书。它们大部分系动物故事，《狼和小羊》《农夫和蛇》等即是常被人们引用的名篇。

印度的寓言故事也十分丰富。成书于公元前的《佛本生故事》，讲述佛祖过去无数次转生的故事，共收录各类故事 547 则，其中第一篇中的 150 个故事几乎都是由动物故事构成的寓言。《百喻经》这部佛教寓言集，早在公元 5 世纪的南齐时即已译为汉文，全书收录故事 98 则，用愚人所做的蠢事作寓言，别具一格。在《五卷书》这部连环体的古印度故事集中，也有不少寓言。它主要是为了向王子传授治国安邦之道而于公元前 1 世纪时就开始编纂成书的，人民群众也可以从中学习处世做人之道。阿拉伯人把印度《五卷书》翻译改编成为寓言故事集《卡里来和笛木乃》，流行于全世界。印度寓言对许多国家寓言艺术的发展都产生过重要影响。鲁迅曾撰文推崇《百喻经》等印度寓言集，说："尝闻天竺寓言之富，如大林深泉，他国艺文，往往蒙其影响。即翻为华言之佛经中，亦随在可见。"① 印度寓言的传播，曾促使我国唐宋时期的寓言创作呈现兴盛景象，这种影响在柳宗元、苏东坡的寓言中有明显的表现。它对汉族、藏族、蒙古族、傣族、维吾尔族等民族的民间寓言的发展，影响更为深远。《瞎子摸象》《井中捞月》等汉族寓言，《鹭鸶和小鱼》《兔子报仇》《乌龟和猴子》《狐狸为王》等少数民族寓言，即从印度寓言中脱胎而出。前面提出的《白猫之冤》这篇蒙古族寓言，就源自印度《五卷书》。民间寓言和童话是具有广泛的概括性，能在广阔的时间与空间范围

① 鲁迅：《集外集》，《鲁迅全集》第七卷，人民文学出版社，1957 年，第 93 页。

之内流动的两种口头创作。

和童话一样，寓言也经历了由民间口头文学演进为作家文学创作的过程。法国拉封丹和俄国克雷洛夫的寓言创作，均为世界文学宝库中的名作。我国古代许多作家在改编和创作寓言方面取得了丰硕成果，“五四”新文化运动以来也有一些作家写作寓言，以冯雪峰所著《雪峰寓言》成就最高。寓言早已成为文学创作的重要体裁之一，而且民间寓言的发展始终处于领先地位。

希腊、印度和中国，是世界上寓言艺术最发达的三个文明古国。《中国古代寓言史》在论述寓言的民族特色时，曾将这三个国家的寓言作了一番有趣的比较，认为：

1. 在题材上，中国寓言以人物故事为主，古希腊寓言和继承它的西欧寓言以动物故事为主，分别处于两极；印度寓言处于中间状态，动物形象略多于人物形象。

2. 在体式上，古希腊与西欧寓言以韵文为主，中国寓言以散文为主，分别处于两极；印度寓言处于中间状态，韵文与散文交错，散文主要用于叙述故事，韵文主要用于咏叹、对话和总结寓意。

3. 在思想上，古印度寓言为佛教所利用，具有浓厚宗教色彩，古希腊寓言面向现实，具有世俗性质，分别处于两极；中国古代寓言却进入哲学家们的书斋，具有很重的政治伦理色彩。

那么，为什么印度、希腊和中国，在寓言的内容和体式上，分别处于这种两极和中间状态呢？该书作者认为这是由于中国古代思潮介于印度与希腊两者之间①。

上述论断，如仅就中国古代文人笔下的寓言来说，大体符合实际。可是把数量极为丰富的各族民间口头寓言加到中国寓言宝库中去，这种比较就显出了它的片面性。就思想内容而言，中国民间寓言也是面向社会现实，具有世俗性质的艺术。只有一小部分被政治家、哲学家所利用，但中国的宗教宣传中较少利用寓言，因而它没有染上浓厚的宗教色彩。

① 陈蒲清：《中国古代寓言史》，湖南教育出版社，1983年，第292页。

中国民间寓言的题材并非以人物故事为主，在汉族和少数民族寓言中，动物故事都十分丰富而精彩，总的来说是人物故事与动物故事并重。中国民间寓言在体式上，散文和韵文交错的现象也很普遍。由于中印地域相邻，历史上有着频繁的文化交流，中国和印度的寓言因相互交流影响从而形成了许多相一致的特点。包括寓言在内的中国民间文学的民族特色自然是很鲜明的，在探讨其民族特色时，也应考虑到历史上存在着复杂交错的文化交流情况。《中国古代寓言史》用分别处于两极和中间状态来概括希腊、印度和中国这三个国家的寓言风格，便显得有些简单而难以令人信服。

第三节　民间寓言的艺术特征

一、比喻性

寓言艺术的基本特征是它的比喻性，即言在此而意在彼。一般写实性的文学作品，是借从现实生活中观察提炼得来的“个别”来表现“一般”，以生活本身实际存在的样相来概括反映生活的本质特征，使读者从“个别”中领悟到“一般”。寓言艺术却是从“一般”中寻取“个别”，作者从社会实践中获得一定的哲理概念之后，再寻求一种具体生动的故事形象，以印证概念，加强概念的说服力。其中的角色与故事情节，只是为了说明概念所设的比喻。总之，“寓言是以抽象概念通过具体故事反映现实，是理性认识的感性式的表现，是抽象概念的具体化”①。

寓言所要表达的思想观念和用来作为比喻的故事形象，既然是不同性质的两种事物，当然不可能完全契合，可是比喻越贴切，寓言的说服感染力就越强。《白猫之冤》叙述的那个发生于人们日常生活中的真切生动的小故事，恰到好处地说明了在社会政治生活中不辨忠奸、恩将仇报所构成的冤案，含蓄着深刻的哲理，因而成为民众广泛传诵的精美之作，它代表了许多民间口头寓言的共同特色。

① 公木等选注：《历代寓言选·前言》，中国青年出版社，1983 年，第 17 页。

二、情节结构和语言

民间寓言是一种小故事。它由片断情节，甚至可以由一个场面构成，寓意一经点明，叙述即告结束。它不求以完整曲折的情节发展，把主人公的命运完整地展现出来。刻画形象的笔墨比较粗略，叙述故事情节的语言比较简括，在形象描绘的基础上，常常用富于哲理和诗意的格言警句来起兴和做结语，以便由此及彼地阐明寓意，发人深省。例如，维吾尔族《徒弟的骄傲》中，用师傅对徒弟的劝诫结尾："高高山上的石头啊，你能背完；大河里的流水啊，你能舀干；世上的技术啊，你怎能学完？"汉族的《老虎老鳖和枯老松》中，以樵夫对搬弄是非而自取灭亡的枯老松的回答来点明主题："害人如害己，挑唆两头空，要熬老虎肉，砍倒枯老松！"寓言是人民智慧的结晶，它的语言也闪耀出智慧的光彩。

由于寓言中的故事和寓意是具有相对独立性的两个部分，人们在运用寓言说理时有很大的灵活性，"仁者见仁，智者见智"，因此同一寓言故事在不同场合下可以表达不同的思想主题。印度《五卷书》中的《白鹭与螃蟹》，主题是"鱼吃得很多，有好的，有坏的，也有的不好不坏处在中间，一只白鹭最后还是被一只螃蟹夹死，因为它贪得无厌"，这是从白鹭这方面来总结"吃鱼"不可贪得无厌的教训。中国藏族的《鹭鸶和小鱼》，是同一故事，却站在受害者方面，总结受骗上当的教训："相信甜言蜜语容易受骗，贪吃渔翁钓饵自取杀身！"印度佛经中所载的《虬与猕猴》，以海中虬龙使用欺骗手段欲吃猴心未遂的寓言故事，比喻邪魔外道以世俗利欲引诱佛祖而佛祖毫不动心。《五卷书》中的这个故事，其寓意却转变为"东西已经拿在手里，听了几句好话就丢弃；傻子就是这样受人愚弄，正如海怪为猕子所欺"。在《卡里来和笛木乃》这部阿拉伯故事集里，也选录了这个故事，主题又略有变化："寻求一件事，比保持这件事容易，愿望实现了而不能很好地保有它，他的遭遇就像跟猴子交往的乌龟一样。"中国的这类故事，情节明显脱胎于印度故事，其寓意却大都变为交朋友要谨慎，陕西流传的《猴子和鳖打老庚》的结尾就是："鳖老庚你快回潮，我在岸上啃毛桃，无义之人不可交，哪有猴心挂柳梢？"这些寓意都没有脱离作品实际，只是从不同角度把其中的故事形象同人们从社会生活中概括总结的经验教训连接起来，便表现出不同的思想意义来了。这一特点是我们采录和研究民间寓言时须细心辨析的。

三、题材来源的多样性

寓言的题材来源很广，神话、传说及一般民间故事均可转化成为寓言，寓言同这些口头散文故事有着复杂的交叉转化关系，这也是它很突出的一个特征。

《历代寓言选》的编者公木在谈到先秦寓言的来源时就指出："先秦寓言的来源，可概略分为古代神话、历史传说、民间故事、文人创作等四个方面；关于它的特殊的表现手法，也只有从这种种不同来源中才能找到说明。"① 将神话改编为寓言的例子，有《列子》中的《愚公移山》《夸父追日》，《庄子》中的《北溟有鱼》《浑沌开窍》等。取材于历史传说的寓言，则有《墨子》中的《楚王好细腰》，韩非子中的《纣为象箸》等，数量更多。公木还指出，在明清时代出现的许多笑话专辑中，也包含着大量的寓言。上述论断不仅符合中国古代寓言的实际，也适用于民间寓言。寓言体裁的基本特征是它的比喻性。在此前提下，它可以容纳多种艺术形式和风格的故事。除动物故事外，以人物为主角的故事，有的讲述古人古事，实际上是传说。有的取材自人们的日常生活，接近于生活故事。还有许多民间寓言，由神怪故事构成，充满神奇幻想。中国与道教有关的八仙传说，有不少就转化成了寓言。湖北的土地菩萨故事，以掌管一块小地方祸福吉凶的土地爷来比喻地方官吏，编织种种小故事，也是极有风趣又富于哲理性的寓言。如《两个土地爷》，讲一个庙里香火冷落的土地爷向香火旺盛的土地爷"取经"。老百姓来土地庙求愿：农民要下雨，妇女回娘家要天晴，行船的要顺风，种果树的又不许刮风。那个不会办事因而香火冷落的土地爷面对这些互相矛盾的愿望一筹莫展。会办事的土地爷却安排"晚上下雨白天晴"，"风进河湾不上山"，于是两全其美，老百姓皆大欢喜了。敬土地爷原是一种民间信仰活动，以土地爷为主角来编织故事本属于神怪故事之列，这篇土地爷故事却被口头文

① 公木等选注：《历代寓言选・前言》，中国青年出版社，1983 年，第 9 页。

学家改造成为一篇具有朴素辩证法思想、发人深省的寓言。总之，不论是神话还是传说，是富于现实性或富于幻想性的故事，均可被人们加工制作，赋予讽喻特征，从而转化成寓言。寓言的样式和风格比其他故事体裁更为活泼多样。国际故事学界未将民间寓言单作一类，我国虽有寓言类目，对各地民间故事实行分类时，往往有界限不清、互相混淆的情况，看来同寓言的这一特点有关。

中国寓言的整理和研究，集中在古代寓言方面。民间寓言的发掘与研究评说尚未引起人们的充分重视。中国文联出版社于 2004 年出版了湖北长阳土家族作家肖国松的《肖国松寓言集》，该书收录寓言近千篇，是作者吸纳借鉴自己家乡的民间故事，而又紧密联系社会现实所创作的优美寓言，出版后受到广泛好评，成为民族民间寓言方面一颗闪亮新星。

【附录：故事一则】

兔与狮

从前有个猎人，他在山上布满了暗套。有一天，猎人上山看套，其中一个暗套套着一只凶狠的狮子，但狮子还活着。猎人向它走近时，狮子央求猎人说："大哥！我已误入人家设置的暗套，落得这个下场，庆幸的是我还没死。承蒙大哥的一臂之助，将套我的绳索解除。以后你需要什么飞禽走兽肉，我都帮你猎取。我有这个本事，也一定为你效劳！"

"你自由了，走开吧！"猎人给狮子解除绳索后这样说。

狮子被猎人释放后，没有走开。它当即改口对猎人说："傻大哥，是你想害我的，弄得我几天食不果腹，现在我要拿你来充饥了！"

"我搭救了你，也不要你为我效劳，你反而要吃掉我，刚才你讲的一套哪儿去了，怎么不讲一点信用？我们找人评理去。"猎人边说边害怕地走开。

狮子心想偌大个山也难于碰上一个人，他已是嘴边之食，跑不了。于是狮子跟随着猎人一面走，一面说："好啊！看你到哪里去评理？"

狮子尾随猎人来到了一个石洞前，猎人赶忙对石洞说："狮子自己误入我的暗套，又由我给它解除绳索，结果还要吃我，这符合人情道理吗？

请评一评理！”

“你这个猎人真有点糊涂，狮子是我的常住客，它住在这儿后，我四周都不得安宁，今天你跟它讲良心、信用，我还能为你说个啥?”石洞就这样回答猎人。

“我饥饿了，需要你充饥，还有什么良心可讲，吃你就是为我活着，这就是道理。”石洞话音刚落，狮子就对猎人这样说。

“我就不信世上没有讲理的地方。”猎人一路不断重复地说着。

猎人和狮子走着走着，不一会儿来到了桃树村。猎人恳求老桃树评理说：“我暗套套着了狮子，又是我解开套在狮子身上的绳索的，它得救后还要吃我，请你评评理，判定谁没有良心?”

“咳，评什么理。我们年年硕果累累，供人们食用，可就有那么一些人，供他们食，还要将我们一些树砍倒，真是恩将仇报！到哪里去讲良心？又有什么良心?”桃树就猎人提出的问题，发表了如此的看法。

狮子再也忍耐不了肚子饥饿的折磨，没有心思听猎人与桃树之间的对话，它心里的唯一念头就是赶快吞食猎人。

猎人有理没地方说，正与凶狮智斗时，恰好跑来了一只兔子。兔子苟道：“你们为何如此敌对地争吵?”狮子没有理睬兔子。

猎人赶忙向兔子解释说：“狮子被暗套套住，我把套索解开放了它，它却要吃我，这个没良心的家伙。”

聪明的兔子深知自己和猎人都不是凶狮的对手，要在强敌面前获胜，只能智取。于是，兔子机灵地说：“你说你搭救了狮子，狮子却要吃掉你，这种善与恶之争，不能光凭语言而断，最好咱们三个一起到出事的地点看一下再议。”

猎人同意了。饿狮心里也有数，它想迟早这两个东西都是嘴中之食，便不慌不忙地跟到了出事地点。

“套设在什么地方？请你恢复原样让我看一下好吗?”兔子提醒猎人说。

猎人将暗套恢复原样后，兔子又向狮子说：“猎人装的是个小小暗套，而你狮子是兽中之王，难道你连跨过小小暗套的本事都没有？依我看，你虽然是个庞然大物，但没有什么本事，若不相信我的话，可再显示你的本事给我看。”

兔子的激将法使傲慢的凶狮感到愤怒，它不经丝毫犹豫就向暗套走去，由于体力不支最终未跨过暗套，而重新被暗套套住，在挣扎中被套索勒死。

兔子高兴地看着中计而死的狮子，说：“善有善报，恶有恶报，狮子的下场已是得报。不讲信用，丧失天良干坏事的，未得报只是时候未到罢了。”

[讲述者：扎西；采录者：刘芳贤，系中国社科院民族研究所研究人员；翻译：诺布；1980 年夏采录于西藏墨脱县。本故事是门巴族寓言。原载《中国民间故事集成·西藏卷》，中国 ISBN 中心，2001 年。]

【思考与作业】

1. 民间寓言的基本特征是什么？从《中国民间故事集成》卷本中挑选出一两则哲理与诗意相融合的寓言予以评说。

2. 找出神话、传说在民间口头流传过程中转化为寓言的例子并作说明。

第五章 民间笑话

第一节 什么是笑话

笑话是具有强烈喜剧性的小故事。它篇幅短小，具有逗人发笑的艺术效果。讲笑话，不但能娱乐身心，而且可以通过对丑恶落后事物的嘲笑讽刺，表达人民群众的社会政治理想和道德观念，产生积极教育作用。中国历代一些笑话集的编纂者对笑话的积极社会意义作了很好的说明，如《解愠篇》的编者粲然子写道："古今漫录，雅俗兼收，义存箴警，一笑纾忧。"石天基在《笑得好》的序言中说他编笑话书的目的是，"令读者凡有过愆偏私、蒙昧贪痴之种种，闻予之笑，悉皆惭愧悔改，俱得成良善之好人矣"。笑话是寓训诫于娱乐之中的一种艺术，深得民众喜爱，成为广泛流行的一种民间口头故事体裁。

笑话的体裁特征十分明显，较易识别。但笑话同生活故事、寓言的界限有时也难以划分。寓言和笑话常有交叉情况。《中国古代寓言史》把许多笑话集都归入寓言艺术范畴，说："元末明初及中叶以后，曾掀起两次寓言创作高潮。其特点是冷嘲热讽的笑话成分增多，其中很多寓言可称之为'诙谐寓言'。"① 近年来一些研究者也接触到笑话同寓言的交叉关系，认为《守株待兔》《郑人买履》等"寓意深刻、又含有笑料的故事，我们可以把它看成是寓言，也可以认为它是笑话"②，这一见解是有

① 陈蒲清：《中国古代寓言史》，湖南教育出版社，1983 年，第 9 页。

② 王捷、毕尔刚：《中国先秦笑话研究》，《民间文学论坛》，1984 年第 1 期。

道理的。但这只是部分作品交叉，就总体来说，寓言和笑话是各有自己艺术特征和美感作用的两类故事。

笑话的流行是世界性的。丁乃通按照 AT 分类法编撰的《中国民间故事类型索引》，其中 1200～1999 型即为笑话，这 800 个类型中又分为笨人的故事、夫妻故事、女人故事、男人故事、说谎的故事五类。这里所确定的笑话的范围比我们讲的要宽泛许多，按照我们的分类，其中有不少是具有喜剧性的寓言和生活故事。

《中国民间文学集成工作手册》中对民间笑话的体裁特征做过这样简明而中肯的说明：

> 笑话，主要是讽刺和嘲笑否定性的行为和现象。它只截取生活的片断，故事简短，语言精炼而有机锋，结尾常引人发笑，借人们的笑声，达到否定谬误和荒唐言行的目的。有些笑话描写人们由于言行上不自觉的失误而陷于困窘的境地，具有较强的娱乐性。

国内对笑话的分类，多从嘲讽的对象着眼，有人分作两类，即讽刺敌对势力的笑话和嘲笑人民内部缺点的笑话；也有人分成三类，把上述两类笑话分别叫作嘲讽笑话和幽默笑话，另加一类诙谐笑话，即没有明显社会教育价值，主要起娱乐开心作用的笑话。以上分类都是依据把社会生活中的矛盾分成敌对性质和人民内部性质这样两类矛盾的学说出发的。中国笑话源远流长，内容形式复杂多样。仅按内容作上述分类，似嫌笼统。怎样将内容和形式结合起来进行科学分类，怎样使这种分类同国际上通行的笑话分类相一致或对应，还须做进一步研究。

第二节　中国历代笑话和民间口头笑话

中国笑话艺术十分发达，和寓言艺术一样，其渊源可以追溯到春秋战国时期的诸子著作。有关学者在进行深入研究考证之后指出："如果说，笑话这种文艺形式的作品，在东汉末年的《笑林》才见于著录，那么，在战国以来诸子中有关宋人的讽刺小品，就是这种文艺形式的滥觞了。"当时在文学上，流行一种把天下的愚人都说成是宋人的夸张手法，如《揠苗助长》《守株待兔》等，“无一不是宋人干的傻事。讽刺小品——笑话，就是这样应运而生的”①。这是依据文人著录所作的论断。而这些著录的素材来源则在当时的民间口头文学之中。

中国历代笑话专集的出现，始于三国时期魏邯郸淳所撰《笑林》，它被人称为“天下之笑林，调谑之巨观”，现存二十余则。此后各种笑话书盛传于世，王利器于1956年辑成《中国历代笑话集》一书，从七十余种历代笑话书中选录笑话近三千篇。1985年又编成《历代笑话集续编》，从几种明清笑话集中辑录笑话三百多篇。它们是中国历代汉族笑话的总集。其中大部分源于民间口头创作。它们“首先是以口头创作的形式在人民大众中传开了和传下来，继而才有人民的艺术家或士大夫阶级的文人，在不同的时代或不同的地方进行创作，把它从口头创作搬到书面上来”②。此外，现已亡佚及该书未收笑话集还有三十余种。历代笑话书之多和流行之广，远远超过寓言。

中国古代寓言以先秦寓言最富有光彩，笑话领域则以明清笑话最为兴盛和成熟。在百余种笑话集中，明清以来的就有七十余种。仅明代冯梦龙一人，就撰辑了三种笑话书，收录笑话三百多篇。在流行的明清笑话集中，虽是精粗混杂，其基本内容却揭示了封建社会衰落过程中种种腐朽丑恶的社会现实。嘲讽地方官吏的贪赃枉法，财主的吝啬愚昧，塾师误人子弟和庸医误人性命以及封建迷信的荒唐可笑，成为这些笑话最常见的主题。《新官赴任问例》《奶奶属牛》《五大天地》《有天没日》《烂盘盒》《一钱莫救》《死后不赊》《莫砍虎皮》《借牛》《剪箭杆》等，就是具有代表性的一些篇目。

由于历代笑话以明清笑话为主体，因而它同现在民间口头流传的笑话关系更为密切。先秦寓言虽有不少来自民间，但由于年代久远，同现在的民间寓言之间已找不到多少联系。明清笑话则具有现今民间笑话的

① 王利器：《笑话探源》，《中国古代笑话选注》，北京出版社，1984年，第490页。
② 王利器：《历代笑话集·前言》，上海古典文学出版社，1956年，第1页。

明显特征，艺术风格十分接近。如冯梦龙辑《广笑府》中的《一钱莫救》：

一人，性极鄙吝，道遇溪水新涨，吝出渡钱，乃拼命涉水。至中流，水急冲倒，漂流半里许。其子在岸旁，觅舟救之。舟子索钱，一钱方往，子只出五分，断价良久不定。其父垂死之际，回头顾其子大呼曰："我儿我儿，五分便救，一钱莫救！"

借这个从日常生活中提炼得来而予以极度夸张的小故事，把一个要钱不要命的吝啬鬼的形象刻画得入木三分，给了鄙吝者以辛辣的嘲讽。

出自清代程世爵辑录《笑林广记》中的《懒妇》是人所熟知的：

一妇人极懒，日用饮食皆丈夫操作，她只知衣来伸手、饭来张口而已。一日，夫将远行，五日方回，恐其懒做挨饿，乃烙一大饼，套在妇人项上，为五日之需，乃放心出门而去。及夫归，已饿死三日矣。夫大骇，进房一看，项上饼只将面前之处吃了一缺，饼依然未动也。

它通过大胆夸张和虚构的形象来嘲讽懒惰的恶习，使人在笑声中受到有力的感染。

这些笑话的生活情调、艺术表现手法和语言，都具有民间文学刚健清新的特色，可以看出它们来自民间。明清时代，许多具有民主意识和进步文学观念的文人，热心搜求并高度评价各种样式的民间口头文学。它们来自民间口头，经过适当加工，又以书面形式流行于民间，成为众口传诵的传统笑话。至今各地采录的民间笑话，有许多篇与之相同或大同小异。研究中国民间笑话，是不能撇开这些在群众中具有广泛影响的书面笑话集的。

笑话从来是口头文学中最逗人喜爱的品种。现在从民间口头采集的笑话，多散见于各种民间文学报刊和资料集中。选编成书的有董森、丁汀的《中国民间笑话选》，杨亮才、关艳如的《民间笑话集》和申俊的《民间笑话三百则》等。其中以杨亮才、关艳如两人辑录的《民间笑话集》一书最具代表性。该书后作为《笑薮》的第二卷，于 1999 年由北京大众文艺出版社出版，篇幅由原来的 206 篇增加到 438 篇，并尽力保持其口头文学特色，是深受读者欢迎的一部民间笑话选集。

民间口头笑话中，最值得我们注意的是一些取材于人们日常言行、嘲讽世俗恶习的作品。如《墙头草》：

后山村有个随风倒的人。人家说长，他就说长；人家说短，他就跟着说短。于是，大家给他取了个外号，叫“墙头草”。

一天傍晚，墙头草正坐在隔壁胡三叔那里谈天，突然三叔的儿子喊起来：“蛇，蛇！”

墙头草一听，连忙说：“是蛇，是蛇，我听得‘索索’地在爬呢。”

三叔的儿子转眼一看，蛇没有动，又说：“原来这蛇是死的呢。”

墙头草忙接口说：“怪不得我闻到一股死蛇味儿。”

话刚说完，三叔拿来一盏灯一看，原来是根草绳子。这时墙头草又一本正经地说：“我早就说了，十冬腊月哪里会有蛇呀！”

又如《巧嘴媳妇》：

从前，有个巧嘴媳妇煮好了米饭，先盛给公爹一碗。

公爹吃了一口就称赞道：“今天这饭很香，我可要吃三大碗。”巧嘴媳妇听了公爹的夸奖，立刻就说：“嘻，这顿饭是我做的。”公爹吃第二口，饭刚送到嘴里，就听见咔嚓一声，公爹立刻叫道：“哎哟，这么多砂子！”巧嘴媳妇忙说：“那是小姑淘的米。”公爹把筷子在饭里搅了两下，闻了闻，看了她一眼，问道：“怎么这饭还有点煳味？”巧嘴媳妇这次回答得更干脆：“那是我妈烧的火！”

这两篇笑话分别嘲讽了社会上那种随风转舵，遇事毫无主见和巧舌如簧，善于文过饰非的人。这些故事都是从民众日常生活中提炼出来加以夸张渲染构成的，人们听起来感到十分亲切生动；主要通过人物对话，寥寥数语，即栩栩如生地勾勒出被嘲讽者的性格特征，洋溢着诙谐幽默的情趣；既能激起人们的哄笑，又包含着对这些常见恶习的深刻有力的批判。它们和传统笑话相比，表现出新的风格和魅力。

在揭露、嘲讽敌对势力方面，近现代民间口头笑话有一个新的发展趋势，就是所谓“斗争笑话”的涌现。段宝林对此做过很有意义的探讨，他在《民间笑话美学意义的新探索》一文中写道：

> 在民间笑话中还有一类笑话，在结构上同暴露笑话大不相同：不只有一个被嘲笑的反面人物，而且还有一个对立面，即同反面人物进行斗争的正面人物，这也就是我们上面所说到的阿凡提式的喜剧人物。这类笑话在结构上还有一个显著的特点：同反面人物进行斗争的正面喜剧人物总要占压倒的优势，成为笑话的主要人物，在笑话中起决定作用。这类笑话我们可以称之为斗争笑话。

人们常举阿凡提故事中的一些作品作为例子。如《两头驴的东西》中讲，国王和大臣出外打猎，身上发热，便把衣衫脱下来搭在阿凡提肩上，还戏弄他："你真不简单，能驮一头驴的东西。"阿凡提立刻巧妙地还击道："不，我肩上担的是两头驴的东西。"它不是像《一钱莫救》那样，由反面人物自我暴露丑态来构成笑话，而是在正反面人物的冲突纠葛中，由正面人物揭露反面人物的丑态构成笑话。阿凡提故事中的许多作品正由此而别具一格。

中国的笑话艺术源远流长。许多传统笑话至今仍然活在人们口头和心间，新笑话也不断涌流而出。上海《故事会》深受民众喜爱的就是第一个栏目"笑话"。湖北省民间文艺家协会于 1995 年举办过一次笑话大赛，在很短时间内，就征集到七千多则百字笑话。

这次笑话大赛征集的百字笑话，大多取材于新的社会生活。作为笑话艺术，它们和中国的古典笑话与民间笑话的固有传统之间有割不断的联系，但又因时代变迁而生发出许多新的特点，按推陈出新的规律向前发展。

这些新笑话除少数是传统笑话如"怕老婆"、"迷信害人"、"醉汉丑态"、"认白字"等的翻新之外，主要由"文化大革命"时期的笑话和当前发展市场经济、社会处于转型时期的笑话这两部分作品构成。针砭时弊、鞭挞社会丑恶，这一贯通古今中外笑话艺术的特征自然也体现在这些新笑话中，可是内容与形式却又给人以耳目一新的感觉。如笑话《二月犁牛》，讲"四人帮"大反"二月逆流"，一直反到农村生产队小队长头上，队长不晓得什么是"二月逆流"，把它听成了"二月犁牛"，便理直气壮地在批斗大会上为自己申辩道："你们说我二月犁牛，说得对，我就是二月犁牛嘛！我要是二月不犁牛呀，种不了庄稼，叫你们这些龟孙子啃石头去！"它的表层意思是嘲笑生产队长的无知，把"逆流"领会成不相干的"犁牛"；可当时从上到下反所谓"二月逆流"这件事本身就是很荒唐的，因此生产队长阴差阳错地把这伙人作为龟孙子来骂，又正好表达了民众的心愿，在更深层面上转变成对"四人帮"的有力嘲讽了。

这些新笑话揭露和嘲讽了贪污受贿、吃喝成风、麻将度日、"水货"坑人、弄虚作假、愚昧无知等群众痛切憎恶的社会病态，继承和发扬了传统笑话寓教于乐的优良传统，然而又新鲜活泼，不落俗套。许多作品常采用对话体构成，而且借用孩子天真纯洁的心灵和眼光来鞭挞社会丑恶，使得激起的笑声格外震撼人心。试看如下例子：

父亲测验儿子的数学，问："三差一等于几？"儿子答："等于四。"

父亲反眼一瞪："胡说！"

儿子理直气壮地答："是嘛，你喊人打麻将时，总说是'三差一'，等到来了一个人才开始，这不是等于四又是什么？"

——《三差一》

四岁的小孩问他妈妈说："爸爸当的什么官呀？怎么总有人找爸爸说话呢？"

他妈妈说："你小孩子不懂，爸爸是管人的。"

那孩子眨巴着眼睛，似懂非懂地哦了一声，接着又问："那，爸爸受不受什么东西管呢？"

"当然有东西管啦！"

孩子想了想，嚷道："我懂了，爸爸就是受人家送来的东西管！"

——《管人与东西管》

传统笑话大都是由反面人物唱独角戏，自我嘲弄，这些新笑话把天真幼稚的孩子引进笑话，构造的情节既生动活泼、诙谐成趣，又含蓄有力、发人深省。显然这是笑话艺术获得新发展的标志之一。

笑话属于喜剧艺术，是叙事散文中的喜剧小品。喜爱听笑话、听相声和观看舞台演出的喜剧小品，已成为今天人们文化生活的时尚。喜剧离不开笑，爽朗的笑声可以消除疲劳、松弛神经、消愁解闷，这是人们偏爱喜剧艺术的重要原因之一。由揭露、嘲讽假恶丑的社会事象而激起的笑声又有助于社会的进步。笑话艺术从表面上看，只是揭露丑恶，实际上它植根于假恶丑与真善美的对立之中。

人们对社会生活中的善恶美丑了然于心，听到有关嘲讽邪恶的笑话才能不假思索地开怀大笑，这笑声既是对邪恶的鄙弃也是自我优越感的流露。当社会黑暗压得人们喘不过气来，对邪恶敢怒而不敢言的时候，那是悲剧时代。只有假恶丑已在社会生活中失去存在的合理性，竭力用种种美好的外衣来掩饰自己的本质，成为人人喊打的“过街老鼠”之时，富于喜剧性的笑话才能众口传诵，不胫而走。民众在爽朗欢快的笑声中嘲讽种种社会弊端，正表现出他们对涤荡污垢、建设美好生活的巨大决心与信心①。

第三节　民间笑话的艺术特征

一、喜剧性

笑话的艺术特征主要是它的喜剧性。喜剧性是表现社会矛盾的一种特殊形式，它通过表现真善美与假恶丑的荒谬的对立，来激起人们的笑声，表达对假恶丑事物的批判态度和否定评价。

美学家指出，丑乃是喜剧（滑稽）的根源和本质。但丑恶事物并不是在任何情景中出现，都会给人以滑稽可笑的印象，产生喜剧效果。当黑暗邪恶势力支配着社会生活，愚昧和迷信压倒理性与良知的时候，坚持真理和正义反而被旧势力所讥笑而陷入孤立，这时的历史发展是悲剧性的。群魔乱舞，鬼蜮横行，他们有恃无恐，为所欲为。善良的人们面对种种暴行丑态，敢怒而不敢言，所激起的是深沉的悲愤，而不是轻蔑

① 刘守华：《愿大众笑口常开——为金隆杯中国百字笑话大赛而作》，《汉水》，1996 年第 1 期。

的嘲笑。只有当旧世界开始趋向腐朽没落，假恶丑不得不披上真善美的外衣，在历史舞台上装模作样地进行表演时，才构成喜剧。“只有当丑力求自炫为美的时候，那个时候丑才变成了滑稽。”[①] 在日常生活中，那些腐朽丑恶、落后陈旧事物的本质，或是淹没在五光十色的生活现象里，人们不易察觉；或是以神圣美好的外衣蒙住许多人的感官，因此人们并不觉其本质荒谬。民间笑话的作者在洞察其本质的基础上，用夸张放大的手法和犀利尖刻的语言，突然揭出它装模作样的外表与假恶丑实质的不协调，即鲁迅所说的，使麒麟皮下突然露出马脚，人们便感到滑稽可笑了。贪官想受贿而又要图清白，竟想出用盘子收赃而“烂盘盒”的主意；财主一字不识又要装文雅，把借牛的条子当作请柬来回答；暴发户刻薄吝啬到自己死后要把尸体当猪肉卖，而且一本正经地留下遗嘱：“切不可赊与他。”这些笑话的喜剧性，莫不是由对象之外表与实质的极不协调而产生。人们研究相声构成笑料的基本因素，认为：“这些因素中的核心是不协调，也就是说，无论属于‘丑的暴露’，还是‘误会巧合’或‘荒诞畸形’，它们最终仍旧是通过不协调来引起笑的爆发。”[②] 这个论断对我们理解民间笑话的喜剧性也是很有启发的。

在喜剧性中，讽刺与幽默在嘲讽的尖锐程度上有所不同。讽刺是对事物的尖锐嘲笑和愤怒谴责，如《死后不赊》《烂盘盒》这类笑话。幽默则是对于事物的善意温和的嘲讽。正如一些美学家所指出的，“我们所说的幽默，其本质是：有趣的弱点应该同可爱的人性相结合”，“一个有幽默味的人必有其荒唐的一面，或者落在一种荒唐的情境中。然而，我们所应该摒弃的这种滑稽状态，似乎反而使他的性格更为可爱”。阿凡提是个满腹机智的人物，有时又作出一些傻事来，故事中就洋溢着幽默情趣。《巧嘴媳妇》这类笑话在批判女主人公缺点的同时，仍然展现了她性格可爱的一面，也属于幽默之作。讽刺多针对民众所仇恨的敌对势力和社会恶习，幽默多表现为对人民群众当中一般性落后思想行为的嘲讽。用我

① ［俄］车尔尼雪夫斯基：《美学论文选》，人民文学出版社，1957 年，第 111 页。

② 王力叶：《相声艺术与笑》，广播出版社，1982 年，第 72 页。

们今天所讲的两类社会矛盾，可以大体说明它们的针对性，但不能将民间笑话中的讽刺、幽默和两类矛盾简单地联结起来，还须对具体作品进行具体分析。

二、情节结构和语言

笑话是一种小故事，外形和寓言一致。但情节结构和语言具有不同于寓言的特征。寓言着眼于使抽象道理形象化，使人从小故事中悟出具有普遍意义的大道理。笑话的构思则着眼于揭示对象滑稽可笑的本质，以便在嘲笑声中给予否定。民间笑话善于在短小的篇幅中，用夸张手法编织故事，勾画人物可笑性格特征。尤其是它善于用俏皮而出人意料的语句来结尾，突然暴露出对象极端荒谬的本质，造成令人捧腹的强烈艺术效果。以《一钱莫救》而言，讲一富人因吝啬而不愿出一钱银子乘船渡河，后来涉水遇险。这里已初步揭示出他的悭吝。如果接下去讲他因此而葬身鱼腹，本来很符合生活逻辑，可那就成了一般性的生活故事。这篇笑话的结尾却是主人公在遭到灭顶之灾时，还舍不得多花那五分银子，对着儿子喊叫："五分便救，一钱莫救！"其吝啬出人意料，达到丧失人性的反常地步，人们便禁不住要失声而笑，给以辛辣嘲讽了。笑话的结尾艺术，可以用我国相声学的理论加以说明。相声中讲究"包袱"，前面"系包袱"，后面"抖包袱"。所谓包袱就是笑料，前面用各种铺垫手法，把蕴含着笑料的素材加以集中和强化，好像把它们系在一个包袱里；随后突然抖开包袱，人们心理上受到出乎意料的冲击，便情不自禁地笑声迸发了。中国相声艺人在这方面积累了丰富经验。相声起源于民间笑话而又发展了笑的艺术，单口相声实际上就是一个人讲笑话。

【思考与作业】

1. 列举几则流行笑话，说明笑话艺术的喜剧性及其社会价值。
2. 找几篇民间笑话和寓言，将它们的文本和引起的心理效应结合起来进行比较，说明两种体裁的异同。

第六章　民间故事的传承

第一节　各国民众的讲故事活动

口头讲述故事，是劳动人民文艺生活的一个重要方面，它遍及世界各国，延伸于从古到今的整个人类历史进程之中。

英国著名小说家爱德华·摩根·福斯特在《小说面面观》这部被西方文艺界誉为“20世纪分析小说艺术的经典之作”中，认为小说的基本面就是故事，并追溯了故事活动的起源。他认为：

> 故事在远古时代就已经出现，可以追溯到新石器时代，以至旧石器时代。从当时尼安得塔尔人的头骨形状，便可判断他已听讲故事了。当时的听众是一群围着篝火在听得入神、连打呵欠的原始人。这些被大毛象或犀牛弄得精疲力竭的人，只有故事的悬宕才能使他们不致入睡。因为讲故事者老在用深沉的声调提出：以后又发生了什么事呢？一旦听众能猜到以后会发生什么事时，他们不是昏昏入睡，便是将讲故事的人杀掉。

这古老的情景只能是出于大胆推测。可是近现代各国民众的听讲故事活动，却可以从有关著述中找到翔实的记载。

英国学者描述非洲大陆讲述故事的情景道：

> 在非洲，当人们闲下来的时候，至今还保存着一种讲故事的习惯。每当日落西山，燃起傍晚的篝火，牛群已去休息，渔网也在外面晾起来的时候，这时，不论是远在埃塞俄比亚的高山之上，还是在大海冲洗着的象牙海岸边的一杯棕榄美酒旁，还是在开普敦老马

来区的贫民窟和茅草镇之中，人们都在讲述着故事。故事一代一代地从祖母传给孙女，从父亲传给儿孙。

在莫桑比克恬静的海岸上，越过村庄，穿过山谷，径到山顶上苏阿希里的村落之中，一直到很晚你都能听见人们谈笑、歌唱和讲述故事的声音。再走近些，在一片昏暗之中你还会看到那一群环绕着篝火的人群，孩子们的眼睛里闪射着篝火的光亮，倾听着老人们讲述故事。①

美洲印第安人的生活方式虽然同非洲人相去甚远，人们对口头故事的喜好却是一致的。美国专门研究印第安人口头文学的学者杰罗尔德·拉姆齐对此有生动描写：

在寒冬的夜晚，俄勒冈北疆的哥伦比亚河两岸，可以见到这样的情景：棚屋的外面，大雪随风而降，使独木舟、捕鱼台、晒物架以及沿哥伦比亚河东西延伸和伸张到内陆南方的小径上都铺上了银装。在棚屋的里面，火堆中散发出辛辣的烟味，隐隐地还可以闻到食物的味道；这些食物都是入冬之前采集捕获到的，然后晒干，熏烤，再贮藏在棚屋的角落里或挂在顶柱上。这里是一派严冬的景象，人们无法做别的事，只好呆在家里避寒。这个季节正是讲故事的时光，也就是述说远古时代的凯欧蒂（小狼）、小浣熊和萨金格兰首领又返回人间的时刻。到了夏季，人们便外出采集食物，如果夏季也呆在屋里讲故事，他们就会被响尾蛇咬伤或把嘴巴扭歪。但是，此刻正是众人围坐在一起听传说故事的时候。

等过一会儿，一个老奶奶走进棚屋，蹲在火堆旁边，她大口地吐唾液，围坐的人们都皱起了眉头。老妇人又吐了一口，便接着说："我讲完故事，你们给我点什么好处呢？"

有人说："给你橡树果。"

老妇人吐了一口唾沫，说："这不行。"

---

① ［英］罗德福：《非洲人的故事和民歌》，《民间文学参考资料》第四辑，中国民间文艺研究会编印（内部资料），1962年，第112页。

另一个人说："我给你干红柳烟叶抽。"

这时，又有一个人抱着希望说："我给你肉干，外加越橘，怎么样?"

"啊，这还不错。"老妇人直盯着火堆，开始讲了起来；外面的风雪使她的声音显得很弱。"凯欧蒂又要显灵了，当他来到大河（哥伦比亚河）口的时候……"①

阿拉伯世界也盛行讲故事活动。下面是《阿拉伯—伊斯兰文化史》这部著名历史学著作中对伊斯兰教兴起后，这种文化活动发展情形的记述：

讲述故事时，讲述者坐在礼拜寺中，群众团团地围着他。讲述者先叫大家赞诵安拉，然后或讲述历史，或讲述各国的故事，或讲述神话等等，讲述的材料在于能激起听众的感情，而不问其真伪。据赖易斯·赛德说："那时公开的讲述，分普通故事和特殊故事两种。普通的讲述在于说教劝人与颂扬安拉，其实这一类的讲述，讲者与听者都是厌恶的。特殊的讲述，开始于哈里发穆尔威雅时代，讲述者也是由哈里发委派，讲述者在晨礼之后，先颂扬安拉，赞念穆圣，而后为哈里发以及人民、侍众、士兵等祈福，最后诅咒敌人，诅咒多神教徒。"

故事很能适合一般人的口味，所以发展最快。

讲述故事的事业，日渐发展，后来竟成了正式的事业，凡讲述故事的人，都由政府正式委派，并给以薪俸，成为政府人员。根据肯迪的《法官传记》的记载，法官兼讲述者的居多。

关于欧洲人喜爱口头故事的情况，我们可以举出俄国作为例子。开也夫在《俄罗斯人民口头创作》中做过这样的介绍：

在最近两三个世纪里，故事主要是流传在农民中间。但是，大家都知道，在古代，它们也在别的社会阶层（商人，达官贵族，公

① ［美］杰罗尔德·拉姆齐：《美国俄勒冈州印第安神话传说·前言》，中国民间文艺出版社，1983年，第10页。

爵和沙皇的宫廷）的生活中占有一定的地位。

教会千方百计地防止“口头故事”流传。尽管这样，故事仍然像流传在下层居民阶层的生活中一样，继续流传在俄国贵族阶级的生活中。伊凡雷帝没有故事就不能入睡，有三个盲老人讲故事给他听。沙皇华西里·舒依斯基曾经有一个善谈者伊凡。别的沙皇的某些讲故事人的名字也是很著名的。在沙皇的讲故事人中曾经有“监督者”，以防备万一讲故事人自己发呆偷懒。甚至离这很久（在18世纪），还保留着在沙皇宫廷里雇有讲故事人的惯例。高级的和中级的贵族同样也养有讲故事人。

在亚洲大陆上的中国及其邻国，不论是印度、缅甸还是日本、朝鲜，讲故事的风气同样十分盛行。下面是日本学者对过去黑岛地方新年前后讲故事活动的记述：

新年到来的时候，从六岁到八九岁的孩子们，到老年人家里去拜访听“讲古”，这已成为一种习惯。

山村小旅店的听讲民间故事日是与正月初七相同的正月十四日，即是小正月的夜晚（日本旧历正月十五日到十六日称为小正月——译者）。这一天，孩子们事先要父母给做好江米团子和酱肉，作为到讲故事老人跟前赠送的礼物。每当这个时候，有一种习俗叫作“帽盔”（日本的一种头上的顶戴物——译者），孩子们多数是抱着父母的衣服去，正好把它包在脑袋上，随心所欲地躺着听。关于这类讲述者的资格，不论男女，只要是年岁大的人都可担任，以故事讲得最丰富为最上。

类似小旅店这样的，孩子们自己找来、集聚起来听讲故事的人家有三四处。①

中国民众中的讲故事活动，以多种形式展开。最流行的一种是在日常生活和生产劳动的空闲时间，由会讲故事的人即兴讲述。新疆锡伯族

① ［日］野村纯一：《日本民间故事讲述家的研究》，《民间文学论集》第三集，中国民间文艺研究会辽宁分会编印（内部资料），1985年，第389页。

居住地区的情况较有代表性，正如忠录在《锡伯族民间文学简介》中所说：

在锡伯族广大农村，人们在田野劳动的间隙，在刮大风、下大雨而不能出工时，在干完一天的活回到家里时，就三五成堆地坐在一起讲故事。他们或一个人讲给大家听，或大家轮流讲。

许多锡伯人的家庭，因其成员中有会讲故事的老奶奶或老爷爷而受人钦佩。这些老人，常常给自己一家人，或给左邻右舍的故事迷们讲故事。乡亲们称他们为"故事爷爷"或"故事奶奶"，在全村都有名望。尤其是在北方漫长冬季的农闲季节，讲故事、听故事的活动更为频繁。

这种讲述方式随便、自然，无所拘束，可以把故事讲得格外生动传神。本书前已提及，过去的老百姓并不把这种活动叫作讲故事，而给予它以各式各样的名称，如"讲经"、"讲古话"、"摆龙门阵"、"说瞎话"、"说白话"、"说大头天话"等。讲说的内容不仅有故事，还有神话、传说以及其他见闻。在这种情况下讲说的故事，是最朴素自然的民间口头文学。

中国的故事活动，还以"说书"的形式在城乡流行。说书实际上是说故事，只是讲说者为职业艺人，讲说活动具有艺术表演的特点，艺术上对朴素的民间故事是一种提高罢了。农村说书，在南方有说"善书"的习俗。郭沫若回忆自己童年生活时曾描述过它的情景：

我们乡下每每有讲"圣谕"的先生来讲些忠孝节义的善书。这些善书大抵都是我们民间的传说。讲述的体裁是由说白和唱口合成，很像弹词，但又不十分像弹词。这些东西假如有人肯把它们收集起来，加以整理和修饰，或者可以产生些现成的民间文学吧。

在街门口由三张方桌品字形搭成一座高台，台上点着香烛，供着一道"圣谕"的牌位。在下边的右手一张桌上放着一张靠椅，有时是两人合演时候，便左右放一张。讲"圣谕"的先生到了宣讲的时候了，朝衣朝冠地向着"圣谕"牌磕四个响头，再立着拖长声音念出十条"圣谕"，然后再登上座位说起书来。说法是照本宣科，十分单纯的；凡是唱的地方总要拖长声音唱，特别是悲哀的时候要带着哭声。有的参加些金钟和鱼筒（渔鼓）、简板之类，以助腔调。

这种很单纯的说书，是乡下人很喜欢的一种娱乐，他们立在“圣谕”台前要听两三个钟头，讲得好的可以把人的眼泪讲出来。①

善书流行于湖北、湖南、四川等南方农村，它是配合宣讲“圣谕”而兴起的一种讲故事活动，明清以来格外盛行，或称“宣讲”，或称“宣卷”，或称“说善书”。它大约从唐代寺院里和尚的“俗讲”发展而来，本来是为宣传宗教和封建礼教服务的一种文艺活动，后来也广泛吸取民间传说故事，被人称为是“带表演性质坐下来叙述的善恶故事”②，内容和形式朝着民众所喜闻乐见的方向演进，成为中国农村故事文学的一个重要品种。

城镇里的说书活动，由来已久。最先不叫说书，而叫“说话”，“话”就是故事的意思。隋代侯白的《启颜录》中有一条记载，说侯白隶属杨素，杨素很喜欢听他讲故事。有一天出门，遇见杨素之子玄感，玄感说：“侯秀才可与玄感说一个好话。”侯白被他纠缠不过，只好说了一个“一大虫欲向野中觅肉”才得脱身。“说一个好话”就是讲一个动听的故事。“一大虫欲向野中觅肉”，大约讲的是老虎在山野寻觅弱小动物填肚子，属于民间动物故事。学者们认为这是中国古籍中关于“说话”即说故事最早的记载。又唐代元稹在《酬翰林白学士代书一百韵》的小注中，提到他同诗人白居易“尝于新昌宅听说‘一枝花’话，自寅至巳，犹未毕词”。所谓“一枝花”话即关于李娃的故事。由此记载，“可见唐代说话人已经把当时民间故事作为说书题材”③。至于宋代以来，一般说书艺术在中国城镇广泛流行的情况，已是人所共知，不需多说了。

根据以上介绍的材料，我们可以看出民间口头讲述故事活动有如下特点：

1. 讲故事是一种遍及世界各国的口头文学活动。不论是从事农业，

---

① 郭沫若：《我的童年》，《郭沫若选集》，四川人民出版社，1982 年，第 31 页。

② 谢璞：《这里有芬芳的“奶汁”》，《楚风》，1982 年第 1 期。

③ 陈汝衡：《说书史话》，作家出版社，1985 年，第 10、30 页。

还是从事渔猎的民族；不论是社会经济文化比较落后，还是社会经济文化已经相当发达的民族，人们都爱听故事、讲故事。它是人们度过闲暇时光的一种文化娱乐活动，正如鲁迅所说：“人在劳动时，既用歌吟以自娱，借它忘却劳苦了，则到休息时，亦必要寻一种事情以消遣闲暇。这种事情，就是彼此谈论故事，而这谈论故事，正就是小说的起源。”① 讲故事虽发生于劳动间歇之际，却是为调剂劳动所必需的。它们的内容最先是着重讲述劳动时的见闻，传授生产劳动的技术和经验。如同朱狄在《艺术的起源》中所指出的：“原始部族中盛行的讲述故事的文化形式，就是最早的口头文学。它们所涉及的内容非常有限，主要是讲述或咏唱他们的狩猎的遇险和胜利，是对狩猎时兴奋状态的回忆，同时对于他的听众来说也是一种经验传授。”② 后来随着社会历史的前进，故事的内容向社会历史方面扩展，变得无所不包。阶级社会里的讲故事活动，反映出两种文化的斗争。劳动人民借讲故事总结、传播他们向压迫者和剥削者进行斗争的经验，表达他们的抗争情绪和追求美好生活的理想愿望，用以对子女进行知识与道德教育。统治阶级和宗教势力也利用讲故事向民众宣扬他们所需要的道德伦理。佛祖释迦牟尼就是一个善于利用讲故事来说教的人，所以佛经中故事甚多。伊斯兰教礼拜寺中讲故事有悠久历史。中国农村说“善书”，往往配合宣讲“圣谕”，宣讲道教信奉的《太上感应篇》，而且在焚香燃烛、虔诚肃穆的宗教气氛中进行。由于故事是以人们日常使用的口语和灵活多样的形式来反映生活，表达人们思想感情的，又由于它同人们的劳动、娱乐、教育以及政治、宗教生活密切关联着，因而它不仅是口头文学中最流行、最受人欢迎的品种，而且成为一项重要的民俗传承，获得了很强的稳定性和普遍性。

2. 各国讲故事活动差不多都有一个提高演进的过程。如在彼此谈论故事的基础上涌现出故事家和职业艺人，从不拘形式的说故事发展到在

---

① 鲁迅：《中国小说的历史的变迁》，《鲁迅全集》第八卷，人民文学出版社，1957 年，第 315 页。

② 朱狄：《艺术的起源》，中国社会科学出版社，1982 年，第 268 页。

专门场合表演，由农村山野进入城镇以至宫廷，由纯粹的口头文学被文人转述录写而获得书面形式等。许多国家都有这样的情况。中国城乡的说书艺术就是由民间讲故事活动演化而来。但艺人说书并未能完全代替民众彼此谈讲故事，这种故事活动仍在极广大范围内展开，并独立地向前发展，保持着自己刚健清新的本色。艺人说书和民众讲故事，是中国故事文学的“两条腿”，它们起着互相补充、互相促进的作用。印度和阿拉伯的著名故事集，如《五卷书》《一千零一夜》之类，大都是由艺人和文人加工成书的，因此艺术上较为精美，成为世界文学宝库中耀眼的明珠。我国民间文艺学家通常都是把说书归入另一种门类——民间说唱之中。由于艺人说书的情况较为复杂，我们并不把说书完全看作民间口头文学。这样，中国民间文艺学所研究的故事，便只限于在一般民众口头流传的故事。把口头传承的故事作为研究重点是可以的，但把经过艺人加工提高的故事艺术完全排除在外，这种研究却是不完全的。它使我们看不到中国故事活动发展演进的全貌，使我们撇开本国说书艺人讲说的许多鸿篇巨制，而在《五卷书》《一千零一夜》等外国故事书面前产生妄自菲薄的心理。实际上，中国故事文学的发展成熟程度，并不亚于世界上任何一个文明古国，只是它和自己的民族文化传统相结合，别具一格罢了。

3. 民间故事与现代文明。一般说来，口头讲故事的活动会随着现代经济文化的发展逐渐趋向衰落。目前中国的情况就是如此。农村封闭停滞、古朴宁静的生活形态被打破，生活节奏加快，使开展故事活动的机会大大减少；现代文化的冲击，书刊和视听文化的普及，使得人们的文化生活变得更加丰富多彩，削弱了口头故事的吸引力。可是它作为紧密伴随人们日常生活的一种口头语言艺术，却很难完全消亡，只是它的形态会有所改变，在人们文化生活中的地位会有所降低就是了。

人类文化发展过程是曲折的。现代文化发展到一定程度，会出现返璞归真的倾向。以美国为例，口头故事本已日落西山，多年后，说书人却又东山再起，讲故事活动出现了复兴的迹象。全国建立了一百多个说书人协会，每年举办五十多个说书节，一些大学开设了民间故事课程，教师、牧师、精神门诊大夫不但用讲故事帮助儿童学习语言、丰富视觉想像力，还以讲故事帮助成人摆脱苦闷，超脱道德上的窘境。可以说，几千年来，人们通过讲故事把人类最重要的事情传了下来。它的生命力是长久的。

民间故事的传承是通过众多传承人即故事讲述人来实现的。而故事传承人的活动，又和一定的民俗文化生态密切相关。因此，要使讲故事这种重要人类文化活动能够持续进行，就须下功夫保护故事传承人和有关的文化生态。这已成为中国近年实施的非物质文化遗产保护工程的重要内容。

第二节　民间故事讲述家

民间故事虽然出于民众集体智慧的创造，并以口耳相传的方式在集体中传播和保存，但人民群众集体并不是一个抽象的存在，在这集体中仍然可以找到具有出色的口头语言艺术才能，对保存传播或加工提高民间故事起过重要作用的个人，我们通常把这些人称为民间故事家或民间故事讲述家，有的学者把他们叫作民间故事传承人。鲁迅早就在《门外文谈》中称颂过他们的才能。

> 在不识字的大众里，是一向就有作家的。我久不到乡下去了，先前是，农民们还有一点余闲，譬如乘凉，就有人讲故事。不过这讲手，大抵是特定的人，他比较的见识多，说话巧，能够使人听下去，懂明白，并且觉得有趣。这就是作家，抄出他的话来，也就是作品。
>
> 到现在，到处还有民谣、山歌、渔歌等，这就是不识字的诗人的作品；也传述着童话和故事，这就是不识字的小说家的作品；他们，就都是不识字的作家。

一、国外的几位民间故事讲述家

对国外故事讲述家的情况，我们知之不多，只能列举有限的几个名字。

最使我们感兴趣的，是一百多年前意大利西西里岛一位女故事讲述家阿加杜札·麦西娅的情况。意大利搜集编纂民间故事书有久远的历史。早在 1875 年，就有一位医生和民间文学研究家乔赛普·皮特里，出版了一部《西西里童话和民间故事集》。这部书里的故事，大多出自一位目不识丁的老妇人、皮特里家女佣人麦西娅之口。皮特里在该书前言中，生动地描述了这位故事讲述家的风采才华：

她毫无美貌可言，但却很有口才，讲起故事来娓娓动听，人们都佩服她那超群的记忆力和才能。麦西娅已七十多岁，是母亲、祖母和曾祖母。还在孩提时，她就爱听祖母讲故事，而祖母的故事也是从自己母亲那儿听来的，后者又从祖父那里听到了不计其数的故事。麦西娅的记忆力很好，能够过耳不忘。有的妇女虽然也听过上千则故事，但却忘得一干二净。有些人虽说也能记住，但缺乏讲故事的才能。在波哥，她的朋友们都认为她是个天生的说书人，她愈讲，别人愈爱听。

麦西娅没有读过书，却懂得许多他人不懂的事情，而且讲起这些事情来头头是道，人们谁都不能不佩服她。我要求读者多留心她那生动形象的语言。如果故事的背景是一条准备起航的船，她能毫不费力地使用航海术语和水手们的行话。假如故事的女主人公在一家面包房里出现时，身无分文，愁眉苦脸，麦西娅会把一切描绘得活龙活现，以致人们真的以为看到了揉面和烤面包——而这种活儿在巴勒莫是只有职业面包师才会干的。至于家庭杂务的描述则更无须赘述了，因为，这是麦西娅的拿手活儿。

麦西娅看着我呱呱坠地，还常把我抱在怀中，这使我有机会从她口中听到许多美妙的故事，它们都带着她本人的特征。30 年后，她把曾对一个孩子讲过的故事，又重复讲给长大了的青年听，而且故事仍旧是那样丝丝入扣，流畅优美。

当代意大利著名作家伊泰洛·卡尔维诺编写《意大利童话》，取材于皮特里的故事集，特地选取了麦西娅讲述的《格莱都拉·贝德都拉》《苦命姑娘》《黑蛇皮皮娜》《聪明的凯瑟琳》《伊斯梅林商人》《偷东西的鸽子》《经营蚕豆和豌豆的商人》《生疥疮的苏丹》《光喝风不吃饭的新娘》

《西班牙国王和英国贵族》和《左侍从》等十来篇故事，并在前言中引述了皮特里对这位故事讲述家的热情洋溢的介绍，使我们看到了19世纪活跃在西西里岛上的一位出色的女故事家的面貌①。

《阿拉伯—伊斯兰文化史》一书中曾介绍过伊斯兰初期，活跃在阿拉伯世界的几个著名故事讲述家的名字，他们是泰米木·达理、瓦赫布·穆南比、卡尔白·艾哈巴尔和哈桑·巴士理等。泰米木·达理被认为是第一个故事讲述家，他曾经向穆罕默德圣人讲过《间谍与骗子》的故事，是最先被允许在礼拜寺内讲故事的人。他们中间，有的专门讲述具有宗教色彩的神话和传说，有的则从民众日常生活中吸取素材，编讲劝诫性的故事。后一种情况似乎和中国过去宣讲善书相类似。有趣的是，埃及的第一个故事讲述家苏里曼·伊特尔本是一个法官，开始兼讲故事，被免去法官职务后，就专门讲故事了②。

日本从20世纪20年代起，大量出版故事家的专集。其中：佐佐木喜善编的《老媪夜谭》，收故事103篇，主要来自一位73岁的谷江老大娘之口。土桥里木编的《甲斐昔话集》，共收故事120篇，其中80篇采自编者的祖母。关敬吾的《岛原昔话集》，由编者家乡渔村两名故事家所述193个故事编成。另有马英子的《福岛尚松昔话集》，收录福岛尚松老婆婆所讲的130个故事，这位老故事家已年近百岁。还有一位贺鸟飞左老婆婆，讲述了410个故事，被人编成《中国山地昔话》出版。日本的这些著名的故事家大都是女性，所讲述的以幻想性的童话故事为主③。

下面是佐佐木对谷江老大娘的回忆：

> 谷江老奶奶，用手指和嘴唇灵巧地分劈着纤细的新苧麻，劈出一条条长长的白白的线。一边用白麻线编织着苧麻筐，一边讲述故

---

① ［意］伊泰洛·卡尔维诺：《意大利童话·前言》，上海文艺出版社，1985年，第14页。

② ［埃及］艾哈迈德·爱敏：《阿拉伯—伊斯兰文化史》第一册，商务印书馆，1982年，第169、174页。

③ 乌丙安：《论民间故事传承人》，钟敬文主编：《民间文艺学探索》，北京师范大学出版社，1987年，第231～234页。

事。讲到高兴的时候，一下子就把苧麻筐翻转过去，绕到自己身背后去了。每当这个节骨眼，她的话语也随着自己的节奏，自然而然地变成韵文句，而且相同的语句多次反复出现。有的时候，如果买上一点酒来，就连平素稳重的老太婆也兴奋起来，伸直老腰板频频地站起来，比手划脚地装扮成故事里主人公等等人物的样子。这种兴奋动作达到高潮的时候，完全没有做作不自然的样子，很使人感动。①

俄国许多地方也有这类故事家活动，“他们能够彻夜讲述，甚至能够一连讲几天”。例如，从萨玛拉的诺沃勃里采夫那里记录下 72 个故事，从沃龙涅什的女讲故事人巴勒士尼柯娃那里记录下 120 个故事，从高尔柯夫省的柯瓦辽夫那里记录下 46 个故事，从卡列里的柯尔古耶夫那里记录下 100 多个故事，等等②。

二、中国当代的几位民间故事讲述家

我国有许多出色的故事讲述家，可惜的是过去在采录发表故事时，忽略了介绍他们的情况，只有极少数讲述者的名字为世人所知。20 世纪 50 年代出现的故事讲述家，以秦地女、黑尔甲最有代表性。

1. 秦地女。秦地女是孙剑冰于 1954 年秋去内蒙古乌拉特前旗采录故事时发现的。她那时已 66 岁，祖籍山东，祖母是跑马卖艺的名角，后因山东遭灾，逃难到内蒙古地区安家。孙剑冰去采录民间文学，先打听有哪些人能说会唱，人们都不知道秦地女会讲故事，大家只提出两个会说故事的人，采录者嫌人太少，秦地女便站出来说：“不怕，这事你还愁咧？我给你说！”这位故事家就这样脱颖而出。下面是孙剑冰对她讲说故事情景的评述：

当天晚上，她就给我讲了第一个故事。她述说着：“……鱼哭

① ［日］野村纯一：《日本民间故事讲述家的研究》，《民间文学论集》第三集，中国民间文艺研究会辽宁分会编印（内部资料），1985 年，第 381 页。

② ［苏联］开也夫：《俄罗斯人民口头创作》，中国民间文艺研究会研究部印（内部资料），1964 年，第 169 页。

啦，长长地流下两道眼泪……”这就把童话故事的风格和诗意给传达出来了。这不是一个平庸的转述者能够做到的。

我前后两次访问秦地女，记录了她的九个故事。把她第一次的讲述和第二次的重述比较，故事的内容、情节和讲述风格，没有什么出入，但是语句有些不同了。这当然好，它给我以后的整理工作以较多的方便。

我问秦地女：“你老人家这些故事从哪听来的？”她说：“我十二三岁那会，晚上睡不着觉，我妈就给我说故事；她讲一遍，第二天我再给她讲一遍，这就记住了。”“你母亲听谁说的？”“我姥姥！”“你姥姥听谁说的？”“我老姥姥呀！”“这话靠得住？”“一点也不假，我妈告诉给我的。”……果真如此，这些故事至少流行民间百把年了；至多呢，她老姥姥那一代，又不知从哪辈子传下来的哩。是的，一代传一代，劳动人民就是这样，用教人勤劳、勇敢与智慧的故事，来陶冶自己的子女。①

秦地女所讲的 9 个故事，在《天牛郎配夫妻》这本故事集中收录了 5 个，即《张打鹌鹑李钓鱼》《有个讨吃的，有个鞭杆子》《天牛郎配夫妻》《门墩墩、门挂挂、锅刷刷》和《蛇郎》。它们虽然数量不多，艺术上却相当精美，代表了中国民间童话的迷人特色。孙剑冰称她为“真正的故事家”，是毫不过誉的。

2. 黑尔甲。藏族故事家黑尔甲，原是农奴出身，在一个偶然机会里被肖崇素所发现。他在《奴隶与龙女·后记》中记述了采录故事的情景：

这些故事，是 1954 年冬天开始记的。

那时来苏一带，正下着大雪。室外温度，经常是零下 16 度。深夜有时降到零下 26 度。森林工业局分队部的护士们，都日夜烧着火炉，来保护她们使用的药品和安瓿。我和藏胞黑尔甲（他原是夹壁大头人的奴隶）、翻译吴三合三个人每天挤在一间小屋里的一个破木

① 孙剑冰：《略述六个村的搜集工作》，《天牛郎配夫妻》，上海文艺出版社，1983 年，第 219～220 页。

箱上，记录着这些故事。

我听着这纯朴的藏胞农民黑尔甲，时而在说，时而在唱。有时说的是仙佛收妖，有时说的是男女爱情，有时说的是人民的愿望和理想，有时又说的是百姓对官家的反抗。时而在慢声的歌唱里寄托着无限的同情，时而在诙谐可笑处，又自己咯咯地笑起来。故事的不可捉摸，也恰如他那简单而纯朴的脸上的表情不可捉摸一样。但最宝贵的一点是他说的许多故事中，常常贯串着一种人民群众的那种排山倒海的伟大气势，和对汉族紧密团结的要求。中间包含着无限的诗意和幽默，也包含着惊人的机智和聪明。有时真令人感到惊异，怎么这样一个在雪山下为人放牧的牛娃，会有这么多优美的故事呢？为什么这样一个没接近过文化和所谓文学修养的半耕半牧的普通农民，会有这样优美的想象力和描写能力呢？有时记录得神往时，不禁放下笔来，和他作以下的问答：

问："你说得真好，真把我迷住了，这些故事究竟是哪里来的呢?"

答："我讲的一部分是'上古书'上的，一部分是人们口里说的'上古书'上的故事。大部分是大土司、地藏王、弥勒佛、燃灯佛、前藏王、后藏王的故事，这是书上的。其他的就没有书，也没有人来写它。"

问："你懂得'上古书'吗？是怎样懂得的呢?"

答："不，我不懂。从前小的时候，跟着伯父在喇嘛寺看牛。伯父是个喇嘛，认得很多字。他常常一个人在屋子里翻书。当他读到人世痛苦和男女爱情时，常常一个人伏在书桌上哭，有时又一个人翻着书笑。晚上就讲给我听。我小时记性好，他一讲我就记住了。"

问："那么，另外的呢?"

答："另外的是我去草地给人做活时听来的。我小时很苦。伯父死后，就一人在外做活，跟人到处跑。草地里的故事多，每夜走到一处，一打野歇，烧菜、打尖时就有人讲。我懂十多种不同的地方话，因为这样，就记得多了。这样的故事，草地还不知有多少呢!"

问："你怎么讲得这样好？听叩色尔讲，大部分人都知道你讲得好哩。"

答："我也不晓得是什么原因。不论是做庄稼，或者是在高山上放牛、挖药，每到夜里，我们烧火煨茶时，都爱讲故事。我常常在这些时候替他们讲。一起干活的同伴，都说我讲得好，这样就传出去了。其实这不是我会讲，是大家替我讲过，我只是记性好，都记住就是了。"

采录者深深地被他口中充满机智幽默而饱含诗意的故事所吸引，认为从他讲述的成就来说，不能不承认他是一个天才的故事讲述人。他已于1959年去世，留给我们的故事有《青蛙骑手》《塔满兹和塔尔查来鲁》《山妖的官寨》《德布藏根与三姑娘》《猎人和海公主》《塔尔真与格西满》《"脏姑娘"的奇遇》《恩里特城的乞丐》等。

黑尔甲是另一种类型的故事讲述家，他的故事不是来自家传，而是来自广阔草原，来自喇嘛寺里的故事书。那部"上古书"，据学者们考证结果，并不是什么经书，而是从印度传入的一部连环体故事集，有人把它叫作《说不完的故事》，有人叫作《尸语故事》。他是一个既同那些处于社会底层的劳动者保持着血肉联系，又有机会受到藏族深厚文化传统哺育的故事家。

20世纪80年代，中国民间文学事业进入迅猛发展的新时期，民间故事讲述家才受到更多民间文艺学家的重视。以编选出版朝鲜族故事家《金德顺故事集》作为一个新开端，许多地方都着手对自己地域的故事家进行调查研究，已收获成果的就有辽宁的三位满族故事家李成明、李马氏和佟凤乙，山东的四位汉族故事家胡怀梅、尹宝兰、王玉兰、刘文发，以及鄂西汉族故事家刘德培、土家族女故事家孙家香等。据1992年发表的《中国民间故事集成总序》告知我们，在80年代进行的全国民间文学普查中，所发现的能讲50则以上的故事讲述家达9900多人，这里简介金德顺、谭振山和刘德培三位著名故事家的情况。

1. 金德顺。金德顺老大娘1900年生于朝鲜庆尚北道的一个贱民家里，从小生活在社会的最底层，饱受苦难。1908年逃荒到中国来谋生，先住吉林省长白县及舒兰县，后迁黑龙江省五常县。她小时候就喜欢听故事，她讲述的绝大部分故事，是幼年听阿妈妮、祖母、外祖母和一位姑母讲的；另外也从左邻右舍哈儿妈妮那儿听到一些。新中国成立前，在那苦难岁月里，她一家时常围坐在一起，一边搓草绳、打草鞋，一边讲故事，从中得到安慰和鼓舞。新中国成立后，她生活美满，心情舒畅，便走东家串西家，长年累月地讲起故事来，故事越讲越多，越讲越好，于是他被人称为“故事篓子”。她在新中国成立后还努力学文化，做到了能勉强读书识字，曾阅读了一些朝鲜文的古典文学作品，因而她讲故事也吸收了书面文学的滋养。她是 1981 年 4 月被裴永镇接到家中讲故事的。下面是这位采录者的回忆评述：

> 按照乡下人的习惯，我专门选在夜里请她讲故事。她的故事储量那么大，是完全出乎我的意料之外的。她越讲越多，越讲越好，真使我喜出望外。她的记忆力极好，虽已古稀之年，讲述了上百个故事，却没有一个是重复的，而且，故事中的这些唱词，她也能背唱如流，出口成诵。她讲的故事，内容优美，结构完整，大都是成型的作品，很少属于片段性质的；而且语言朴素，自然流畅，富有情趣，有较强的艺术感染力。它常常使我陶醉，以至忘记了时间的流逝，一听就是大半夜，甚至通宵达旦。每当我稍有睡意时，她就给我讲上一则幽默动人的笑话，使我捧腹大笑，甚至笑出眼泪来，于是睡神便被赶得无影无踪了。她讲的故事题材广泛，品种多样，既有神话传说和幻想性较强的魔法故事，又有生活故事和机智人物故事，还有动物故事、寓言和笑话。对其中的一些故事她还掌握多种讲法，并能进行比较、分析、选择。她是一位名副其实的地道的民间故事讲述家。①

金德顺老大娘一共讲了 150 多个故事，从中选择 73 则（另附 33 篇故事梗概作为研究资料），编成《金德顺故事集》于 1983 年由上海文艺

---

① 裴永镇：《金德顺和她所讲的故事》，《金德顺故事集》，上海文艺出版社，1983 年，第 2 页。

出版社出版。这是我国首次出版的民间故事讲述家的故事专集，不仅内容丰富厚实，而且是以科学方法调查采录所得的成果，在我国故事学发展史上具有特别意义。

乌丙安在给这本故事集所写的序文中，对这一成果作了中肯的评述。他说："这是我国首次出版的民间故事讲述家讲述的故事专集。它的问世，标志着我国民间故事的搜集、整理工作，又开辟了一条新路，也给民间文学的抢救和普查工作提出了一个范例。"刘守华在一篇短文中也表示过对这一新成果的肯定。由于这些故事讲述家保存的故事数量大、质量高、富于学术价值，因而发现民间故事的重点传承人，整理出版他们的故事专集，是我国民间文学采录工作向纵深发展的需要，也是我国故事学迈向新的发展阶段的标志①。金德顺故事是用朝鲜族口语讲述，译成汉文出版的。翻译主要采取意译的方式，翻译与整理写定一次完成。这样，从汉语文本去考察故事家的口头讲述风格，便仍然有着一定的局限性。

2. 谭振山。谭振山是辽宁省新民市罗家房乡太平庄的农民。1925年11月10日出生于太平庄一农家。少时勉强读了几年书，16岁辍学务农。20岁入营当了12个月的伪满洲国兵。抗战胜利"八一五"光复后回乡务农。土改时任过村文书，合作化时当过队会计，后到公社农田办公室当过一段时间的总务，70年代回家务农至今。1988年，沈阳市民间文学集成办公室编印了《谭振山故事选》，选录各类故事51篇。在采录研究谭振山故事方面卓有成效的辽宁民间文艺家江帆女士告诉我们：

> 谭振山不吸烟，少喝酒，更不赌博。他唯一的嗜好就是听故事、讲故事。从记事起，他就缠磨着家里、村里能讲故事的人，直到把他们肚子里的故事全部缠磨出来。他从20多岁起开始给别人讲故事，农忙时早晚讲，农闲时在门口或大街上讲，冬天在自家或别人家炕头讲。到30岁出头，他已成为附近十里八村中最能讲故事的人。
>
> 谭振山故事的类型特点和他本人的生活经历有很大关系。谭振

① 刘守华：《发掘民间文学宝藏的一个新开端》，《采风》，1984年第18期。

山没有走南闯北的经历，他一生中虽有几次小的迁徙，但终未离开现居的太平庄几里方圆。由于他的故事传承线路比较集中，主要的几位前代故事传承人世居此地，这种封闭型的文化传承使得他的故事具有非常浓郁的地域文化特色。

谭振山故事的前代传承人主要有五位：祖母孙氏，继祖父赵国宝，伯父谭福臣，人称“瞎话匠”的乡邻沈斗山，教书先生国生武。谭振山的800则故事中，有500多则是听这几人讲述的。

20世纪80年代中期全国范围内的民间文学普查，使谭振山走出狭小天地，施展出才华，一跃而成为地方上的文化名人。人们惊叹他那故事家的风范，无论怎样大的场面，他只要讲起故事，总是那么轻松自如，不经意地拉开话匣，绝无半点紧张拘束之态。他讲的故事，质朴、优美、清新，动听处，举座痴迷，行家叫绝！①

3. 刘德培。南方对故事家的调查研究工作开展得较晚，其中影响较大的是湖北五峰县的农民故事家刘德培。湖北省文化部门已于1983年底授予他以“民间故事家”的光荣称号。他是由湖北省的一位业余民间文学爱好者王作栋发现的。王作栋于1976年同这位老人相识，1980年以后得到湖北省民间文艺研究会的赞助和有关专家的指导，从他口中记录了500余篇故事，已在报刊上发表数十篇，选编在1986年第3期《民间文学》上的那一组故事，可以看成是他的代表作。他的故事专集《新笑府》，于1989年由上海文艺出版社出版，深受好评。他祖籍江西，清初迁居鄂西五峰县白鹿庄安家。他因家境贫寒，小时勉强读了两年私塾，到11岁时即停学给人帮工。他的丰富劳动生活经历，有点类似黑尔甲。他曾帮人种田、修屋、背脚运货、办理红白喜事，懂得中医、算命，爱唱民歌和皮影戏，劳碌奔波的足迹到过湘鄂西地区的十来个县。他的故事即从这广大地区民众的口头上得来。王作栋在《刘德培及其故事》中告诉我们：

刘德培自幼喜欢听老人“讲经”（即讲故事，说笑话）。在他大

① 江帆：《民间口头叙事论》，黑龙江人民出版社，2003年，第94～97页。

半生里所操持的各种行当中，足迹所到之处，他到处听，到处讲。不管怎么困苦为难，他都不忘记“讲经”。用老人自己的话说，他“听了一辈子经，自己也讲了一辈子经”。刘老讲述的故事，大致上可分为笑话、生活故事、机智人物故事、历史传说、风俗传说、公案故事、武术故事、动物故事等类别。百分之九十来源于前辈老人相传，他在讲述中有取舍增删，并加上自己的品评。百分之十来源于他大半生中的耳闻目睹和亲身经历，是以他自己和同辈人的生涯为素材，加工创造而成的。

刘德培走南闯北，生活经历丰富；能说能唱，具有多方面才能。因而，他讲述的故事生活内容十分广泛，表现形式也很多样。他擅长于讲述风趣幽默、引人开怀大笑的喜剧性故事与笑话。他还善于积累、总结自己“讲经”的经验体会，不断提高故事引人入胜的魅力。由王作栋记录整理的《将心比心谈“讲经”》，就是他几十年琢磨“讲经”，包含着许多精彩有见地的自述。他是我国男性故事讲述家中，传承故事数量最多、民间文艺素养最厚实的一位。联合国教科文组织和中国民间文艺家协会于 1989 年 12 月，表彰了十位中国民间故事家，刘德培名列榜首。他于 2001 年去世后，有关学者称之为中国民间口头语言艺术大师。

随着我国民间文学事业的发展，过去不见经传的民间故事讲述家，不断被人们发现。仅就 20 世纪 80 年代民间文学报刊所提供的田野调查材料而言，各地较为知名的故事讲述家就达到 30 余人。他们的姓名是：鄂伦春族的李水花，蒙古族的金荣和武德胜，朝鲜族的金德顺和黄龟渊，满族的傅英仁、马亚川、李马氏、李成明、佟凤乙，藏族的黑尔甲和七尖初，侗族的杨雄新，土家族的孙家香，以上是少数民族方面的。汉族的故事讲述家，则有内蒙古的秦地女，辽宁的谭振山、李明、张文英、刘永兰，山东的宋宗科、张建新、胡怀梅、尹宝兰、王玉兰、刘文发，河北的靳正新、纪文道、王国勋，河南的曹衍玉、邱海观，四川的钟万全，重庆市的魏显德，湖南的孙明斗、易法松、张志轩、肖卯秀，湖北的刘德培、孙香家、仙人爹，江苏的陆瑞英、陈理言等。虽然对他们的调查研究还很不深入，但和过去相比，已有了很大进步，从而为我们探讨中国民间故事的传承特点提供了较为充分的事实依据。

第三节　民间故事的传承特点

一、民间故事讲述家与故事传承

民间故事虽是集体创作、集体流传的口头语言艺术，却不是集体中的每个成员都具有同样的艺术才能，对传承故事都能发挥同样的作用，有的人听而不讲，有的人讲而不精。故事的传承主要是借助民众中那些会讲故事的个人——故事讲述家来实现的。乌丙安在《论民间故事传承人》一文中讲得很好：

> 常见的故事转述人固然也能起到传播故事的作用，但是，真正传播民间故事、发挥民间故事作用的，主要还是民间故事传承人。他们往往从幼年时候起便喜欢听故事，听了便牢记，记牢便讲述，这种口耳之间口传心授的自然往复，形成了口头故事的原始积累，实际上已经编成了口碑故事集，奠定了故事传承人的基础。民间生产与生活的丰富内容与千姿百态的生活样式，都成了不断加强故事传承人修养的素材；多次反复的讲述实践，锤炼了口头艺术语言，使他们形成了远比一般转述人的口语优美得多的讲述语言，使故事情节在不断熟练的构思中有了更精巧的组织。在故事的自然传播过程中，传承人善于把零的散的情节收纳起来，把断片的故事结构起来，经过他的融化，再传播出来，显示出一种惊人的集散故事的才能。

这些故事讲述家是在优越的主客观条件下，通过自己讲述故事的长期实践而成长起来的。他们从小就喜爱听故事，具有很强的记忆力和灵巧的口头语言表达能力，又置身在民间故事很丰富的家庭和社会环境里。他们一边听故事一边讲故事，边听边讲，反复实践，数量的积累与艺术才能的提高与日俱进，积以时日，便成为一个民间故事的集散中心，民众艺术智慧的凝聚点了。离开他们，故事的传承是难以设想的。

二、故事的传承线路——家族传承与社会传承

故事的传承最常见的是秦地女所讲的，从“老姥姥”到“姥姥”到“妈妈”再到自己这样一种家族传承。日本学者研究故事家的传承活动时说：“他们像是世袭的那样，在一个家里代代相传。”① 这个特点具有普遍性。家族传承有的侧重于母系传承，一些女讲述家多是这种情况，如秦地女、李马氏。也有父系传承的情况，李成明知道的故事就是由她的祖父传给父亲，父亲再传给她的。还有从父系、母系两方面传承的，佟凤乙就是既从祖父母和父母那里听故事，也从外祖父母和舅舅那里听故事。家族传承多系长辈向孩子讲故事，这些故事富于教育性，兼有娱乐少年儿童身心的作用，以童话故事居多。

虽然家族传承的情况十分普遍，就我国情况而论，社会传承，即在广大范围内传承故事，似乎更占着优势。黑尔甲和刘德培，就是这方面的代表。他们的故事，都不是在家族范围内从长辈那里传承来的。他们在社会上流浪、帮工，到处听人讲故事，再把听来的故事到处讲给别人听，在更大的社会生活范围之内集散故事，其影响更为广泛。

女性故事家偏于家族传承，男性故事家偏于社会传承。国外的著名故事家多为女性，日本就是如此。有关学者的调查材料就指出：“像这样的喜好讲故事的故事老头、故事老太太，每个村子必定有那么一两位。大部分是故事老太太。她们不仅给自己家的孩子讲故事，也给全村的孩子们讲故事。可以说是村子里以讲故事为职业的人。”② 而中国的故事讲述家，则似乎男性多于女性。他们之中许多人做工经商，走南闯北，以听讲故事作为自己喜好的文化娱乐活动。据四川一个乡调查的情况，在会讲故事的25人中，有泥瓦匠、篾匠、编织匠、弹花匠、民间医生、教书先生以及船工、渔民、跑江湖的等共22人，纯粹的农民只有3人。他

① ［日］野村纯一：《日本民间故事讲述家的研究》，《民间文学论集》第三集，中国民间文艺研究会辽宁分会编印（内部资料），1985年，第398页。

② ［日］野村纯一：《日本民间故事讲述家的研究》，《民间文学论集》第三集，中国民间文艺研究会辽宁分会编印（内部资料），1985年，第399页。

们的故事自然就偏于社会性传承了。

男性讲述的社会传承的故事，其社会生活内容更为广阔，形式也更为多样。它们像野外草台班演出的民间小戏那样，大胆泼辣，无所顾忌。它们对腐朽陈旧的社会制度和伦理道德，往往表现出可贵的叛逆精神。那些讲述某个机智人物巧妙捉弄财主、县官，令人开怀大笑的故事，便流行在这个圈子里。可是另一方面，那些格调低下的故事，如“荤故事”之类，也常在这样的场合流行，供给人们开心取乐。而这些故事，则是为家族传承活动所不取的。

以上两种情况，对故事的传承各有其特殊意义，起着互相补充的作用。而且在实际上，它们常常结合起来。金德顺的大部分故事，来自她的母亲、姑母和外祖母；可是她几次迁居，从左邻右舍那里听人讲故事，50岁以后，喜欢走东家串西家，听听讲讲，这又是一种社会性的传承了。民间故事通过多种线路传播，具有强大的流动能力。家族传承与社会传承结合，构成一张经纬线索交织的故事流动网，覆盖着故事园地。而那些有影响的故事讲述家，便成了这张网上星星点点的网结。

三、故事的传承方式——口头传承与书面传承

民间故事以口头传承为主，这是显而易见的。但往往也有书面传承，口头与书面相结合的情况。以金德顺为例，她曾努力学习文化，“阅读了朝鲜文古版的《春香传》《亨卜传》《沈青传》《蔷花红莲传》《狡兔传》以及《三国志》等话本和唱本。这无疑对她讲故事是有裨益的，有助于故事的丰富和完善，有助于提高她的艺术表现能力”。“金德顺除了得到老一辈故事讲述家的直接哺育外，还受到书面民间文学的影响。”① 像金德顺这样的情况并不是个别的。就我们所知的三十几位故事讲述家来看，真正不识字的只有一半，另一半则具有初等以至中等文化程度。至于傅英仁、黄龟渊、杨雄新等人，完全称得上是知识分子型的故事家。他们口头讲述的故事，融会着书面文学成分，就是不言而喻的了。

---

① 裴永镇：《金德顺和她所讲的故事》，《金德顺故事集》，上海文艺出版社，1983年，第4页。

还有一些人间接吸收着书面文学的影响。黑尔甲本人不识字，他伯父却是个识字的喇嘛，给他讲了来自《尸语故事》这部书上的故事。胡怀梅老大娘不识字，她所讲故事中却有《欧阳修巧对赖秀才》《李白赶考》《九岁神童惊乾隆》等以咏诗联对构成情节的故事，细查究竟，原来她堂祖父是个老秀才，在村里开药铺，胡怀梅小时常到铺子里去听他讲故事。这样，她的故事中就有了较重的书面文学影响。

书面传承和口头传承的结合，一方面指某些口头文学作品被人写定，以书面形式传播，然后再进入口头文学领域。如马亚川讲述的满族传说故事，有一些是从他当厨子的外祖父口头听来的，还有许多是从一位晚清秀才抄写的包括1500多个故事的《女真谱评》上看来的。后来这部书散失了，其中的故事却在他的记忆里和口头上保留到今天。同时，这种结合也包括原本是书面文学的作品转化成口头文学。黄龟渊在学校读书时，老师白天教书，晚上给学生讲故事。他至今所讲的一些历史故事和名人传说，实际上是老师依据汉文典籍传讲下来的。人类文明不断进化，广大民众的文化程度日渐提高，以口头和书面两种形式传播的文学不可避免地要出现穿插交汇的情况。而这对口头文学的保存和发展是有积极意义的。对于在广大时间和空间范围之内流动的故事以及艺术上完整精美的故事而言，它们的传承不借助书面形式往往很难做到。只是情况曲折复杂，人们一时不易判明罢了。我们过去囿于成见，常常只从纯粹口头文学范围之内来研究故事，对书面文学口头化和口头文学书面化的现象重视不够，应当纠正过来。西方学者把口头性强调到不适当的地步，只承认纯粹的口头文学属于民间文学范畴，将我国民间广泛流传的咏诗联对故事，完全排斥在民间文学之外，认为这些故事只能出于文人笔下，目不识丁的老百姓不会对它们感兴趣，这自然也是我们所难以赞同的。属于原始文化范畴的纯粹的口头文学，无疑是值得我们珍视的。可是民间文学又是伴随人类文明的脚印，在和书面文学的交流中和借助书面形式向前发展的。尤其是在我国，书面文化遗产的积累十分深厚。研究中国民间文学，不能不重视这一历史文化背景，对书面文学和口头文学的互相渗透以及书面传承和口头传承的密切结合给予充分的注意。

四、传承与创造、集体性与个性的融合

高明的故事家从来不满足于简单地转述前辈和他人的故事，而是创造性地参与故事传承活动。既尊重世代相传的民众集体创作的艺术成果，又依据个人的生活体验和艺术智慧作一定程度的加工润色，在讲述中添油加醋、添枝加叶，使之更完美动人，这就在不同程度上表现出了故事家的个人风格。

金德顺故事的记录整理者告诉我们，她不照搬别人的故事，所讲故事都经过了一番鉴别、选择、加工，有自己的艺术创造，形成了自己的个性特点。她喜欢选择合乎老百姓心理的结局，而不愿采用适应封建统治阶级意愿的讲法；对原故事中的情节细节，常根据自己的实际生活体验作某些改变，使之更为合理。

满族三老人故事的记录整理者也说，这三位故事家常常将自己广泛的阅历、切身的遭遇渗透到所讲故事中去，使故事的生活内容更丰富，感情色彩更强烈，从而形成各自的独特风格①。

我们且不说刘德培和金德顺这样的男性故事家和女性故事家，在讲述风格上有着明显的差异。即以女性故事家而论，山东的胡怀梅和金德顺相比，她们口中的故事也烙印着不同的个性色彩。金德顺讲述故事特别注重描绘情景，语言细腻传神。下面这个场面是很有代表性的：

> 一个女人应声开了门，把小伙子迎了进去。小伙子进了屋借着灯光一打量，嗬！好一个漂亮的姑娘！花一样的脸蛋，配上闪亮的眼睛，还有一双油黑发辫儿，美丽得像刚出水的荷花，又像中秋的一轮明月。小伙子眼睛发直，心里发慌，心口窝就像揣着个小兔子蹦蹦直跳。（《蛇姑娘》）

金德顺是朝鲜族故事家，但也不是每一个朝鲜族故事家都这么讲。这样的语言风格看来同她自己吸收了朝鲜书面文学影响以及平日生活感受有关。

---

① 张其卓：《这里是“泉眼”》，《满族三老人故事集》，春风文艺出版社，1984年，第586页。

山东的胡怀梅老人讲故事就没有这么细腻，可是她常在讲述中穿插进说书和戏曲格调的语句，显得别具一格。如讲《孟姜女送皇袍》时的一个插曲：

> 太白金星领旨下了玉殿，一驾云头三千里，三驾云头九千正，这个走法还嫌慢，后边加上吹云风，拨开云头往下看，不知到了啥地名。拨云扇子拿在手，才知到了万里程。到了九宫墙下，把这个勾魂牌一举，把范郎的灵魂调了出来……说道："范喜郎啊，范喜郎，你妻身居庙界，我把你送到清凉庙去，你夫妻相会去吧！天明五更不要惊动了鸡犬，早早回到九宫墙下。"

据记录整理者介绍，原来胡怀梅喜欢听书、听戏，而且记忆力好，常把听过的说书段子和戏文原原本本地讲给别人听。这样积久成习，就形成了她自己讲述故事的语言风格。

刘德培经过长期琢磨，对继承原作同个人创造之间的关系，作了朴实而深刻的说明。他懂得一点中医原理，把讲故事和中医看病拿脉相比，说："看病先要拿脉，讲经也是一样。""脉拿准了，千个师傅万个法，各人照各人的讲，这个这里多两句趣话，那个那里少两句淡话，都是有的。就说我自己，这次兴这么讲，下次也兴多句把话，少句把话，两下的不一定是原封原样。但君臣佐使，为主的都一样。"① 他说的把"脉"拿准，即抓住故事核，把握原故事的梗概和基本精神；他说的"千个师傅万个法，各人照各人的讲"，即允许有个人的创造。既拿准脉，不离开故事核，人物主次关系不变，又允许各人有各人的讲法，这就使得原故事的基本形态，民众集体创造的艺术成果得以世代相传，还能适应时间、空间的变化，不断吸收故事家的个人创造，赋予它以生动活泼、引人入胜的魅力。刘德培老汉的这段话，既是他个人几十年讲故事的经验之谈，又富于概括意义，道出了人们传承民间故事的一个重要特点。

在故事讲述活动中，一方面，要保持它们基本情节的相对稳定性；

---

① 《湖北省民间文学论文选》，中国民间文艺研究会湖北分会编印（内部资料），1983 年，第 202 页。

另一方面，又允许讲述者在局部情节和细节方面有所变异，以发挥他们个人的创造性。这种特点是怎样在世世代代的讲述活动中保持下来的呢？为了揭示故事传承的这一奥秘，美国学者汤普森在《世界民间故事分类学》的“民间故事生活史”一章中，提出民间故事有一种“自我修正规律”：

那些故事讲述家所熟悉的某一个故事，并不是只听过一次，而是常常听别人讲；而且他们并不是只听一个人讲，而是听许多人以不同的方式来讲它。这样，他就会从中综合出关于这个故事的一种标准型，从而使他在讲述时不会改变这个故事的基本面貌。如果讲述者有所偏离，聪明的听众也会纠正粗心的讲述者，使故事接近于人们经常性的那种讲法。高明的故事讲述家很重视保持故事面貌的稳定性，同时又适当地加入个人的创造与变化。当这种变化使听众更加喜欢而被重述，流行开来，便取代原型中的相应部分，形成一种新的异文了①。

有人认为，关于民间故事“自我修正”的说法不妥。故事本身怎么有“自我修正”的能力呢？其实这里讲的是民间故事在流传过程中不断被讲述人和听众所修正，使它既不脱离自己的原型，又可以有所变化；既为熟悉这个故事的人们所认可，又可使讲述者在某些方面发挥个人的创造性。这种“自我修正规律”，从一个侧面反映了民间故事的传承特点，值得我们认真加以研究。

第四节　中国民间故事传承的时代变异

从我们汇集的 32 位故事讲述家的情况来看，70 岁以上的 15 人，其中最老的 92 岁，60 岁至 70 岁的 10 人。这两部分人加起来共 25 人，占 78%，构成中国故事讲述家的主体。还有 50 岁至 60 岁的 5 人，50 岁以下的 2 人。他们大量积累故事的童年时期，为 20 世纪二三十年代，距离

① ［美］斯蒂·汤普森：《世界民间故事分类学》，上海文艺出版社，1991 年，第 524～525 页。

现在半个世纪左右。当时正是辛亥革命结束中国长期封建主义统治，社会发生大转变的时期。他们成年后，又经历了由旧中国到新中国的伟大变革。这一代故事讲述家经历的两次历史巨变所给予社会和人们心理的巨大冲击，即使处于穷乡僻壤之中，也难以避免。民间故事作为社会文化的一个侧面，不能不带有时代转变的烙印。

中国旧时代的故事活动，具有怎样的特征呢？

中国的封建统治阶级和宗教势力，曾有组织地开展过讲故事活动。满族故事家傅英仁，给我们介绍了清代宫廷内部的讲故事习俗。清末，宫廷内有一个专门给帝王讲故事的讲评班，讲述者 15 岁选进宫，20 岁回家。入宫时要在训练班学习三个月，然后分成南北两派讲述。南派讲汉族的历史传奇故事，北派讲努尔哈赤故事。傅英仁的曾祖父就在后面这个班里。讲评班的人进宫就穿上皇帝赏赐的黄马褂，被人称为“黄大衫队”，享受优厚待遇。今天傅英仁讲述的《南北罕王传》，就是从祖上留传下来的宫廷讲述本子里来的①。俄国沙皇曾把中国故事讲述人请进宫廷。两千多年前中国汉武帝身边的东方朔其人，实际上也是一个故事、笑话讲述家。但以后在我国就没有听说存在这类习俗了。这是故事学上很有意义的一个材料。满族传说故事较发达，而且特别重视讲述本民族的历史传说，把它作为保持民族历史文化传统的一个重要手段，很可能同这一习俗有关。但它早已成了历史的陈迹。

我们提到的 32 位故事家所从事的跨越新旧两个时代的讲述活动，具有另一种性质。它是以劳动人民为主体，紧密结合他们的生产斗争、阶级斗争和日常生活所开展的一种民间文学传承活动。这种活动不论在新旧时代都保持自己的活力，又因时代的转变而具有不同的特点。

旧时代的民间传承活动，表现出朴野自发的性质。那些故事讲述人，不仅是社会地位低下的劳动者，还有许多人身世悲惨，苦难深重。七尖初幼年丧父，中年丧夫，晚年婆媳不和。曹衍玉青年丧夫，带着孩子改

---

① 孟慧英：《满族民间故事传承人故事承继路线探微》，《民间文学论集》第三集，中国民间文艺研究会辽宁分会编印（内部资料），1985 年，第 130 页。

嫁，受尽歧视折磨。胡怀梅青年丧夫，长期寡居。王玉兰丧夫之后，公婆又相继去世，孤苦伶仃，只得带着孩子要饭流浪。李成明 6 岁至 9 岁给人放猪，10 岁至13 岁放牛，14 岁至16 岁放蚕，17 岁出嫁徐家，靠租种财主田地生活。刘文发逃荒外出。黑尔甲、刘德培等长年靠出外帮工谋生。人们口头世代相传的民间故事，便成为他们贫困孤寂生活的伴侣。张振犁在介绍曹衍玉时写道："在旧社会的封建家庭里，她备受歧视、打骂、折磨。沉重的农田、家务劳动和精神上的痛苦，使她逐渐变得痴呆、麻木。后来，是她在讲故事中发现了她和故事主人公的共同命运，很快就产生共鸣，从故事的结局中找到了精神寄托。"① 这种情况在旧时代具有很大的代表性。无论在家或外出，做工或务农，总有闲暇的时候。那时没有别的文化活动，人们便借即兴讲说故事以消遣时光。还有更重要的心理动因，是自我慰藉。当时他们所讲述的故事，大都具有浓厚的幻想成分。心理学家指出："未能满足的愿望，是幻想产生的动力；每个幻想包含着一个愿望的实现，并且使令人不满意的现实好转。""人总是利用他的想像力（幻想）来满足那些现实不能满足的愿望。"② 金德顺讲故事，多以"穷人得好"为主题；尹宝兰讲故事，也是贯串着"穷人多济"的思想。她们都道出了当时自己传承故事时，有着使被压抑的愿望得到满足，负载的痛苦得到解脱的想法，从而获得愉快的心理效应。这样，置身于困苦生活中的故事讲述人，自然就乐此不倦，以至达到入迷的地步了。

在当时的家庭讲述中，长辈对着孩子讲故事，自然是有着一定的教育目的的。胡怀梅常对人说："为男为女在世间，良心行为要当先；为人不懂世间理，枉在人世走一番。"这是她自己为人处世的准则，自然也贯串在她所讲故事之中。如果就她从事故事活动的总倾向来考察，恐怕是把自娱自慰放在首位的。至于刘德培等人在家庭之外的其他场合对着伙伴们讲故事，自娱自乐的特点就更突出了。

---

① 张振犁：《从曹衍玉讲的故事谈起》，《民间文学》，1986 年第 9 期。

② ［奥地利］弗洛伊德：《弗洛伊德论创造力与无意识》，中国展望出版社，1986 年，第 44 页。

他自己就说，“我一直把讲经当个玩艺儿”，主要追求逗笑取乐。

在这些故事讲述家中，还有些人保持着宗教迷信心理。胡怀梅为了寻求精神寄托，参加圣贤道，学会了跳大神。李马氏的母亲会讲故事，为了给孩子们治病，又许愿当了野萨满。他们的审美情感与宗教情感往往混同在一起，头脑里还有着某些原始思维成分，往往以虔诚信仰的心理来传讲那些神奇幻想故事。

以上几个方面，都表明旧时代的故事传承具有浓厚的自发性。

有些故事讲述家，虽然他们的生活跨越了两个时代，但他们在新中国成立以后，并没有怎么讲故事，只是在民间文学工作者发现他们上门采访时，才把蕴藏在记忆深处的故事倾吐出来，秦地女和金荣这两人就是这样。金荣，生长在一个故事之家，小时从外祖父和阿妈那里听到了许多故事。可是在近六十年中，由于没有适宜的环境，她总是默默无言地干活，不曾开口给人讲故事。直到1983年冬，民间文学工作者下乡采风，她毛遂自荐，才讲出生动优美的民间故事100多篇①。这些故事像窖藏的老酒那样完全保持了它古朴的风貌。但这种情况并不多见，大多数人跨进新时代后，仍然在继续从事民间故事讲述活动，有的在这一时期的讲述活动中成长为受人欢迎的故事家。他们中间有金德顺、佟凤乙、纪文道、张文英、刘文发、张建新、王国勋等，以中年故事家为主体，也有少数老年人和青年人。由于时代的进步，社会条件和故事家本身的种种改变，故事传承活动的自发性虽然没有完全消失，但自觉性已经明显增强，表现出一些新的特点。

这些故事讲述家，在旧时代处于社会底层，新中国成立后，他们在政治、经济上获得解放，许多人成为民众中的先进分子与活动分子。他们萌发了作为社会主人公的自觉性，怀着一定的社会责任感来讲故事，便由自娱自乐到开始向宣传群众、教育群众转化。金德顺就是在新中国成立后走出家庭，走东家串西家，到处讲故事而知名于地方的。她讲故

① 琴音：《她奉献的是珍宝》，《民间文学论集》第三集，中国民间文艺研究会辽宁分会编印（内部资料），1985年，第332～346页。

事很注意教育性，她能鉴别出哪些故事是替穷人说话的，哪些是替富人说话的。裴永镇在《金德顺和她所讲的故事》一文中写道：有的故事如《七十岁老翁娶娇娘》，她认为这是糟践穷人的，通常她不讲这种故事。这些都充分表现了金德顺朴素的阶级意识和鲜明的爱憎观念。

纪文道，不但见多识广，而且接受新事物很快，“在他的讲述中，有一种潜在的社会责任感，他常常能随着时代的变化和听众的需求不断对故事进行修改”①。他所讲的故事，生活气息浓厚，清新活泼，幽默风趣，极少有宣扬封建迷信及旧的伦理道德观念的。他曾将一个挖苦庄稼人的《吝啬鬼的遗嘱》改成了讽刺财迷地主吝啬成性的故事，就是一个实例。

张文英，因当过生产队长和会计，以讲故事来做宣传教育的自觉性更为明显。如赶马的和喂马的闹别扭，他便讲《和合二仙》；一户人家里哥嫂同小叔子打架，他就讲《摇钱树》；有的社员找盲人算命，他就讲《两个大嘴子》。在工作中每遇到难事，便用故事排解纠纷和解决疑难。

因注重故事的社会教育效果，流行故事的品种也起了变化。旧时代，富于神奇幻想的童话故事特别流行，现在情况不同了。以张文英所讲故事为例，幻想故事所占比例很少，大量的是生活故事和笑话。这些故事和笑话，反映了阶级社会中劳动人民的生活愿望，所歌颂和赞扬的是正直、勤劳、善良、聪明的人，讽刺鞭挞的是那些剥削者和压迫者，同时也对人民的缺点进行善意、幽默的讽刺。这大概同张文英注重民间故事的教育作用有关。

新时代里的故事讲述人力求贴近现实，加强故事的教育效果，同听众期望从故事中认识现实生活、获得有益启示这两方面的要求是一致的，从而增强了故事传承活动的自觉性。

故事活动中自觉性的增强，还表现在我国政府文化部门所组织领导的民间文学事业对讲述活动的影响上。自 1950 年中国民间文艺研究会成

① 志华：《纪文道和他讲述的故事》，《民间文学》，1986 年第 10 期。

立以来，对民间文学的搜集、整理、出版、推广与研究，就纳入了我国社会主义文化事业的轨道。它不仅吸引了一批文化人来从事这项工作，还有力地影响到广大民众的民间文艺活动。满族故事家傅英仁就是一个突出例子。他生长在一个故事之家。“年轻时对民间文学的爱好主要还是出于个人兴趣和自发的民族感情。他自觉不自觉地做了些记录，搜集了一些文字资料。解放后，他接受了革命思想，逐渐懂得了这对于继承民族文化遗产，对革命事业都是很有意义的工作，并且懂得了如何从中区别精华和糟粕。”① 他在三十多年身处逆境的日子里，置身在普通民众之中，听故事、讲故事；又以民间文学工作者的身份四处采录故事，研究故事。这样的人在中国民间文艺研究会的会员中已有一大批。其中有些人除口头讲述传统故事外，还能参与文学创作活动。这样的新型故事家产生在旧中国向新中国转变的特殊历史文化背景上，是中国所特有的民间文学现象。

新时代文化环境的变化和故事讲述活动自觉性的增强，给民间故事本身带来了许多微妙的变化，成为一个值得研究的新课题。但讲故事作为民众自我娱乐的自发活动这一基本事实并未完全改变，这正是故事活动得以持续的文化生态，也是一些被表彰命名的故事村寻求生存发展之路亟待研究解决的迫切课题。

【附录：故事家自述】

刘德培：将心比心谈“讲经”

我讲的经都是听了来的。不管哪个讲，看有趣的、作用的，就记在心里哒。我算是“取之于民，用之于民”。

刚才你问起杜老幺的经里头，他怎么光赢不输，我答不到。我还不是想过，孔明这么狠的人，也失街亭，杜老幺就硬没有输过？我考究，是杜老幺的输仗没有传下来吧。从老辈人相传下来，我们就只晓得杜老

① 栾文海：《野火春风——记满族故事讲述家傅仁英》，《黑龙江民间文学》，1985 年第 14 期。

幺光打赢仗；跟杜老幺打官司的，没得比他还狠的人。

这个事就是这么的哒。

讲经哩，听的人多，讲的人就多。我欢喜听人家讲经，孬的[①]、不作款的[②]，我也听。听的时候，人家要我讲，我也就讲。讲的也是从四路八处听哒来的。一个人包到讲[③]也没得趣味。讲的人越多，经就越多，越讲越有趣味。讲上了劲，什么孬经都讲。

老话说的有，“舍得起三季种，必有一季收”。我不跟人家讲，哪逢得到人家讲的？经是越讲越多的哩，要讲才逢得到高手哩。

讲经跟下棋一样，不要怕逢高手，越逢高手越好。高手一是经文多，再就是经文都圆泛[④]，来龙去脉讲得有鼻孔有眼睛。逢高手才听到有趣的经。

我看哒又看的，经文人人会讲，各有高下不同，一样的经，有的人讲出来无滋寡味；有的人讲出来就有趣，就取笑。有的人讲出来就传得开，有的人讲的经就传不开。我讲的不作款的，换个人讲兴许又作得到款。可比跟挖药的一样，不认得的都是草，认得的这也值钱，那也是宝。讲经是有讲经的窍的。

我不晓得自己还活得到几年。自己算不到自己的命吵。不管还活好长个日期，我算讲哒大半辈子的经罗。

我的记性不讲好，也不算孬。《顺藤牵宝》[⑤] 那么长的经，要吸几袋烟才讲得下地；我看哒柳合甫讲的，我才晓得他讲得还圆款些。柳合甫高见[⑥]。我虽说没会过面，服他。

---

① 孬的：指笑料庸俗的。

② 不作款的：方言，意为随口胡诌的。

③ 一个人包到讲：指在一次讲述故事笑话的活动中，自始至终只有一个人讲。

④ 圆泛：方言，指有头有尾，清楚完整。

⑤ 《顺藤牵宝》，载《杜老幺》（长江文艺出版社，1982 年），讲述者柳合甫老人。柳老，五峰县湾潭公社农民，1979 年病故，生前系有影响的善讲者，在湾潭一带被称为“讲经第一”。

⑥ 高见：方言，意同高明。

《忘八不哭》[1] 又有趣又好。不晓得柳合甫背过脚没得？我是背过脚的，背脚的遭孽经文[2]，一副对子就都装在里头哒。这个经，我早先背脚的时候听到讲过，听的时候就没有把它对圆款，不是我没有听圆款，是讲的人讲不圆款我也就讲不到那么圆款。今天我算搞圆款哒，能讲哒。以前我不敢讲它，这里缺那里差，结结巴巴，自己讲都怕失格。

失格就是现丑吵，讲经的时候，听的人觉得哪个经文无滋寡味，听得打哈欠，都想走，你讲的人脸上也无光。讲的人要察言观色的哩！随便哪个经文，人家讲时没有取到彩，或是自己讲的时候没有取到彩，我下来就在心里改一下，改哒再讲。改哒还是不行的，就弃了不讲哒。经文多得很，哪个讲得完？再高见的人也讲不完。

还有这么一点：自己记得到好多，才讲得到好多。高见不高见，有个记性好不好在里头。记性好，记得的多，又会讲，才算得上高见。记性好，讲不好，也不行，没得人再听你讲的。人家熬冤枉夜工只熬得到一回。

将心比心，我也一样，不喜欢听讲不好经的人讲经。无滋寡味嘿。

我现在是一年去一年。心里想得再高，脚没得劲哒，眼睛也不斗力[3]哒。我还在想多会他几个高手。像石柱山的张作夫[4]，他的经文也好。论起来，虽说他的经文不多，中间还有些是我也讲过的，但他的讲法里头有那么一点点窍不同。他棋高一着就是师傅嘿。同样一个经文，人家比我讲得好的，我再讲就依他的讲，传他讲的。这个老头比我年纪大一点，说起来我年轻时还在杨家河帮过工，杨家河隔石柱山又不算远，一个在山上，一个在山下隔条河，我倒是杨杈打兔子，从空里过哒，没

---

① 《忘八不哭》，讲述人柳合甫，载《杜老幺》（编者将篇名改为《写挽联》）。

② 经文：这里指经历、生涯。它在本文中其他地方出现时，均为故事笑话的俗称。

③ 不斗力：方言，意为没起到什么作用。

④ 张作夫（1889—1979），又名张隆超，五峰县石柱山公社农民。在世时善讲短小的故事笑话。

有会到[①]。嗯，年轻的时候不像现在，那时候呢要满肚子，不做没得饭吃。现在有点闲工哒，自己又老得不作多用哒。要是我早些晓得，我非要去访他、会他。会到一个高手，比四路八处听几十个人讲经还相宜[②]些。那真的有蛮多趣味呐！

我一直把讲经当个玩艺儿[③]。没料想现在还受人敬重。没料想宜昌和省政府还把讲经当个事，还编这个书那个书[④]。农村里都把讲经当个玩艺儿。

受人敬重是用钱买不到的。五峰宣传部的胡同志，在长乐坪碰到我就打招呼，就装烟。文化馆的龚馆长在城里碰到我姑娘，也问我身体怎么样，饮食怎么样。我讲经，公社的碰到哒还喊声“刘老”，跟我泡茶，客气多哒。我看今年的变化最大。

找我讲经、拿笔记的人，去年以来也多起来哒。他们记没得你讲得快，也不是都记。有时候我讲哒几个经，他们才记一个。有时候呢，跟记的人讲一个黑哒[⑤]。讲哒几十个经，少说也有二三十个吧，落尾的时候他说：“好，今日讲的有这么两三个作得到用呢！”其实我还是拣好的[⑥]讲他听的吵，太孬的我不得跟他讲吵，怎么讲一黑哒只有两三个作得到用的呢？

有的记的人，又兴拦中把腰地问，我在讲，他拦中把腰地问这是什么意思，哪里哪句话没有听清白，我只好插插地讲[⑦]，趣味也不大哒。

记的人也要懂。不懂记不好，记不快。一个经文重三遍四，只为记的人记，讲的人就没得趣味。我们在农村里到处讲经，听的人只听，不

---

① 刘德培在杨家河帮工时，张作夫正当壮年，长年在湘鄂西边界以赶骡子谋生，刘德培即使有闲工去访，也很难相会。

② 相宜：本意为合适，这里引申为意气相投。

③ 玩艺儿：指玩玩笑笑的小把戏。

④ 此指宜昌地区文化局 1980 年编印的《三峡传说》。

⑤ 讲一个黑哒：指讲一个晚上。

⑥ 拣好的：选择内容好的。这里指的是按他近两年来的经验，估计能被书刊采用的。

⑦ 插插地讲：夹杂在接二连三地问和答中，时断时续地讲述。

会卯[①]跟你打岔。一讲一个黑哒，自己也不晓得讲哒好多。听的人也好哩，讲的人也好，都是讲一遍笑一遍，没得哪个数个数的……

［本文由刘德培老人在王作栋家中口述，经王作栋记录整理成文。原载《民间文学》，1986 年第 3 期。］

【思考与作业】

1．民间故事的传承有哪些特点和规律？

2．调查一个村落或一个家庭的民间文艺生活现状，了解故事传承的情况。

3．调查研究一两个会讲民间故事的人，将他们的生活经历、文化教养及语言艺术才能和普通民众相比较，说明他们的成长过程。

① 卯：方言，意为老是。

第七章　民间故事的功能

民间故事之所以能够在民众口头世代相传，富有生命力，不但因为它是民众生活与心理的折射，还由于它在民众生活中具有多种功能，成为他们实际生活中不可缺少的一部分。文化人类学家指出："一切文化要素，若是我们的看法是对的，一定都是在活动着，发生作用，而且是有效的。文化要素的动态性质指示了人类学的重要工作就在研究文化的功能。""文化历程是有一定法则的，这法则是在文化要素的功能中。"① 这种研究人类文化的方法对我们研究民间故事和整个民间口头文学也很有启发，它是我们窥探民间故事特点的一个重要侧面。

研究民间故事的社会功能，首先须对包括民间口头创作在内的整个艺术活动在社会生活中的地位作用问题作一般性的考察。在这个问题上学术界常有争论，所揭示的功能从两三种、四五种到八九种、十多种不等②。我国以三种功能——教育、认识和审美的说法较为流行。现在人们多从对现实的认识、评价、改造以及人际交往这四个方面来概括艺术的社会功能，这是联系人类的四个基本活动引申出来的。苏联美学家指出：

> 分析社会所许可和必要的，作为活动主体的人的能动性形式，可以表明，存在着四种基本的活动，每种活动具有明确的功用规定性：

① ［英］马凌诺夫斯基：《文化论》，商务印书馆，1946 年，第 10 页。

② 最细致的划分为 14 种功能：启迪、交际、社会组织、社会化、教育、启蒙、认识、预测、评价、暗示、净化、补偿、享乐、娱乐。其他不同说法均不出这个范围。

1. 改造活动，表现在对它所定向的客体的物质改变或理想改变中；

2. 认识活动，表现在关于认识对象——现实世界——的客观存在信息的获得中；

3. 价值定向活动，表现在客体对于主体（社会、社会集团、个人）的价值意义的确定中；

4. 交往活动，它是唯一的不把主体同客体、而同其他主体（或同其他主体们）联系起来的活动，从而获得主体之间对称联系的性质，并作为其他各种活动的媒介。因为其他各种活动是集体的活动，需要行为主体的作用的协调。

同这些单功用活动一起，历史地形成又一种特殊的活动，上述所划分的主体能动性的所有方向和形式在这种活动中融为一体，形成某种混合的（更准确地说，是综合的）有机的系统整体；这就是艺术活动，它同时兼有对世界的认识、对它的价值理解、对它的理想改造（在某种程度上也是物质改造），最后包括主体之间交往的形式。①

艺术的这些社会功能，是通过满足个体的审美需要来实现的。“至于作为个别看待的个性对艺术的需要，那么，这种需要首先是审美的，因为它表现每个人从完善的艺术品那里体验到喜悦、愉快和享受的意图。”② 艺术对现实的认识、改造的价值定向作用同满足社会成员的审美需求紧密结合在一起，它还在启迪人们共同享受审美愉悦的过程中发挥它的交际作用。从这里显现出艺术活动的特殊性。

正如许多民间文艺学家所揭示的，民间口头文学具有多功能性。“民间创作同时既是艺术又不是艺术；其中，认识功能、审美功能和日常生活功能构成了一个不可分割的整体，而这种统一包含在形象——艺术的

---

① ［苏联］莫·卡冈：《美学和系统方法》，中国文联出版公司，1985年，第179页。

② ［苏联］莫·卡冈：《美学和系统方法》，中国文联出版公司，1985年，第268页。

形式之中。”[1] 下面，根据我国民众讲述故事的实际情况，我们试从教育、认识、改造现实、审美娱乐和社会交际这四方面对故事的社会功能进行初步考察。

第一节　教育认识功能

关于故事活动在民众生活中的一般作用，长期生活在农民中间的故事搜集家张士杰有一段很好的概括性的叙述：

> 按我个人的体会，人们大多是在这种情况下爱讲故事的：大伙在一起干活的时候，干活当中休息的时候，开大会的前后，赶集上店或外出办事的路途上，争论一件事情的时候，阴天下雨在家中干零活的时候，逢年过节娱乐的时候，等等。在劳动生产当中，人们最爱以自己所喜欢的歌谣、谚语、笑话、故事等来介绍经验或教育年轻的一代。对于古代、近代、现代的英雄、模范、生产能手——劳动人民所喜爱的人，人们最爱以传说、故事、小唱等来歌颂他们、赞扬他们。对于那些馋嘴油滑、自高自大、损人利己的人，人们总爱用笑话、寓言、故事等来讽刺他们、教育他们。对于统治阶级，人们则以民间文艺的武器，向他们展开不可调和的斗争。在这当中，无论是数、唱、说、讲，都深刻地表达出劳动人民的思想感情，强烈的爱和恨，崇高的理想和愿望。[2]

张士杰讲的是新中国成立后农村故事活动的情况。旧时代的基本情况，大体也是这样。这里就着重讲了民间故事在对民众进行知识教育特别是道德教育方面的重要作用。

民间故事的内容包罗万象，它是民众世代积累的各方面知识的总汇，“格言、谜语、故事以及历史的叙述，不论在原始或发达的文化中，往往

① ［苏联］莫·卡冈：《艺术形态学》，生活·读书·新知三联书店，1986 年，第 210 页。

② 张士杰：《搜集整理民间故事的一些体会》，《民间文学集刊》第七本，上海文艺出版社，1959 年，第 75 页。

都是艺术和知识的混合物”①。文化人类学家的这一论断是符合实际的。

有许多民间生活故事以传授生产知识为主题，如上海文艺出版社出版的《民间文学作品选》中选编的一组故事：《秧状元》《二锄麦子碾断棒》和《老刘头智打野猪》。《二锄麦子碾断棒》讲舅舅教外甥种麦，锄两遍草，收割时籽粒饱满，装麦垛的大车碾过就能把木棒压断。“人勤地不懒，锄两遍自然有两遍的收成。”它是农谚的故事化，体现了知识教育和品德教育的结合。

瑶族以孤儿为主角的故事很多，其中一类是专讲孤儿的生产斗争经验的。例如，《山洞里的火光》讲孤儿在岩洞安家，怎样学会用火来对付老虎的侵害；《小三成亲》讲孤儿怎样摸索出烧炭技术，发现“没烟的柴”；《苞谷地里的乌鸦窝》讲孤儿怎样从观察鸟类生活发现医治跌打损伤的草药——长叶豆。人们把自己的种种发现和发明集中概括在孤儿身上，用以对青少年进行生产知识教育。

还有许多普遍流行的故事，虽不是以知识教育为主题，却也贯串着知识教育的内容。“解难题”的情节，可以和多种主题结合，它就着重考验主人公的知识与智慧。载于《杂宝藏经》，魏晋时期即已传入我国的印度《弃老国》故事中，有一系列难题，均被智慧丰富的老人所破解：

捉来两条蛇，怎样分辨它的雌雄？——把蛇放在细软的东西上，不动的就是雌蛇，烦躁爬动的就是雄蛇。

一头大象，重多少斤，多少两？——把大象赶到船上，在船身下沉入水的地方刻上记号；再把大象牵回岸上，船里装上石头，让船身下沉到刻有记号的地方，这些石块的重量就是大象的重量了。

一块上下粗细相等的檀香木，怎样区别它的头和尾？——把木块扔在水里，下沉的那头就是根部，漂浮上来的那头就是头部。

两匹体型、毛色完全一样的马，哪是母马，哪是儿马？——喂草给它们吃，把草推给儿马吃的就是母马。

这些难题后来被中国、日本、朝鲜的故事所吸收，用以显示主人公

① ［英］马凌诺夫斯基：《文化论》，商务印书馆，1946年，第68页。

的智慧，中国《曹冲称象》的故事即由此脱胎而来。由于它具有传播知识、启迪智慧的作用，因而深受民众喜爱，在口头传诵不息。

民间广泛流传的呆女婿故事，其功能不仅在使人娱乐开心，主要还在于通过聪明媳妇教呆女婿学乖的过程，使青少年受到知识教育。《金德顺故事》的附录中，有一篇《媳妇教丈夫》，梗概为：

很早以前，有一富人家的儿子，娶了媳妇三年也不见生儿育女。有一日婆婆问儿媳妇咋不生孩子。媳妇说她丈夫不会做房事，婆婆告诉儿媳一个方法。媳妇照婆婆说的教丈夫做房事。以后他们就有了孩子。

这类故事在许多地方都有流传。有些人把它看成是糟粕，简单地加以否定。其实它是一种对年轻男女进行性知识启蒙教育的故事。性知识的传播，关系到生儿育女及家庭与家族的兴衰，其意义不亚于生产劳动知识的传播。在旧时代的穷乡僻壤中，民间故事就担负着这样的任务。这正是《媳妇教丈夫》这类故事的生命力之所在。

民间故事的道德教育作用更为显著。它常常用鲜明对比的方式，赞美勤劳、勇敢、善良、忠诚、互助友爱、舍己为人以及热爱祖国和家乡等美好思想品质，鞭挞懒惰、自私、贪心、残忍、损人利己、背信弃义、阴谋狡诈等邪恶思想行为，用淳朴的道德观念给予青少年内心世界以潜移默化的影响。人们在日常生活中，除以消遣闲暇的方式讲述故事外，还往往“缘事而发”，有针对性地讲述。在这种情况下更能看出故事的教育功能。金德顺讲故事就有这样的特点。裴永镇在《金德顺和她所讲的故事》中告诉我们：

金德顺讲故事，还很有针对性，她善于根据不同年龄的听众心理，讲他们所爱听的故事。她同老人在一起时，就讲那些善良的老人得到好处的故事；同中青年妇女在一起时，就讲婆媳关系的故事；同青年男女在一起时，就讲爱情故事；同小朋友在一起时，她则喜欢讲动物和寓言故事。听了她的故事，有的婆媳和邻里关系改善了，有的更加敬老爱幼了，有的潜移默化地给孩子们播下了诚实、勇敢和热爱劳动的种子。她的儿孙们由于受到故事的熏陶，也都为人正直、贤惠和善良。

辽宁岫岩有个汉族故事家张文英，能讲200个故事。张其卓在《民间故事讲述家张文英简介》一文中，特别指出了这些故事的教育效果。

张文英所以爱听故事，不光出于求知欲望和好奇心理，还因他亲身感受到了民间故事的教育作用，也出于生活在山沟里的农民的娱乐要求。

小时候，他父亲与伯父因分家而争吵，母亲与祖母闹不和，都是吕爷爷用讲故事给调和的。有一次，邻居家的孩子来玩，一进门被张文英用棍子给绊个跟头，父亲便讲了《坏小子》的故事教育他改正错误。到他当生产队长时，每逢遇到难事，便学长辈的样子，用故事排解纠纷和解决疑难。如赶车的和喂马的闹不合，他便讲《合和二仙》的故事；韩家哥嫂与小叔子打架，他就讲《摇钱树的故事》；有的社员信迷信，请算命先生算命，他就讲《两个大嘴子的故事》。他领着大伙铲地，为了让后边的人追上他，便在前面讲故事吸引。休息时也讲故事，大伙听故事忘记了疲劳，活干得更有劲了。为此，群众给他送了个故事大王、故事篓子的称号。

对民间故事的教育作用，中外许多作家有生动的叙述。俄国伟大诗人普希金在1824年写给弟弟的信中说："……晚上听说故事——这些故事总算补足了我所受的那可诅咒的教育的缺陷。这是一些多么优美的故事呀！每一篇故事简直就是一篇诗！"①

我们所熟知的俄国伟大革命作家高尔基多次谈到他童年时代常听外祖母和保姆讲故事，从中受到许多有益的滋养。他说："我个人应该承认，当我从我的外祖母和乡下讲故事的口中听到民间故事的时候，这些民间故事对于我的智力的发展，是起了十分肯定的影响。"②

我国诗人张志民在近年所写的《我和民间文学》中，对童年时期所

---

① 刘锡诚编：《俄国作家论民间文学》，中国民间文艺出版社，1986年，第3页。

② ［苏联］尼·皮克萨诺夫：《高尔基与民间文学》，中国民间文艺出版社，1980年，第116页。

受民间文学哺育，也有生动的回忆。他特别喜爱听故乡流行的类似阿凡提的一个机智人物哭丧倌的故事：

哭丧倌的许多故事，都表现了人民群众的聪明才智，使我听得入神。这些故事，自己从大人那里听来，紧接着，在和小伙伴们一起上山拾柴、村边玩耍的工夫，又讲给别人。“我也给你说一个!”“你说完我说!”这孩子们的“故事会”，便是民间文学的课堂。

他认为：“童年时代，民间文学给了我极深的影响，它不仅给予我许多社会知识、历史知识，分辨善与恶的道德教育，更主要的是培养了我对文学的兴趣。”①

这些事例都生动地表明了民间故事的巨大教育影响。这种影响，可以归结到一点，它有力地促进着个人、特别是青少年的社会化。故事的叙事特质和它体裁的多样化，使它具有容纳劳动人民长期积累的生活知识的巨大能力。人们讲故事，既是为了彼此交流情感与知识经验，更重要的是为了向下一代传授人生必备的知识经验，使他们迅速成长为社会的合格成员，而不要像呆女婿那样走出家门之后便处处碰壁，难以立足。在这方面既要增长见识，还要引导他们形成符合社会要求的价值观念与道德规范。聪明媳妇教丈夫出门学乖，不只是教给他关于救火、劝架等知识，关键是教他要同情、帮助他人，不要在别人发生危难时袖手旁观。我们把民间故事视为民众生活的百科全书和自我教育的重要手段，是完全符合实际的。

第二节　改造现实功能

民间故事之所以为广大民众所喜爱，还因为它能够紧密配合人们的生产斗争与阶级斗争，发挥改造现实的积极作用。它不但是民众自我教育的工具，而且是他们斗争的伴侣。

许多概括反映人们生产斗争知识经验的故事，有助于人们从事各项

---

①　张志民：《我和民间文学》，《民间文学论坛》，1984 年第 1 期。

生产活动，我们在前面就已经提到。令人感兴趣的是，还有一些地方，认为口头讲述故事这一活动的开展，就有促进生产的效能。日本著名民间文艺学家关敬吾先生告诉我们：

> 民间故事，不论从其内容或流传的时期来看，都是与生产劳动紧密相连的。每年种地以前有一个特定的会讲故事的人在大家面前讲民间故事。依照他们的看法，讲述这些故事能够安慰农神，从而确保风调雨顺，五谷丰登。因此，他们在秋收之后也讲述民间故事，对在农神垂佑之下获得的丰收表示由衷的感谢。猎人往往在山中的小屋里讲述这些故事，他们认为只有这样做，那百兽之神才使他们猎到足够的野兽。迄今为止，仍有一些地区的民族保持着这一习俗。①

这里的乡俗，给故事讲述活动罩上了一层神秘色彩。实际上，它是民间故事在生产活动中给人以启示和鼓舞，从而有助于获取丰收这一过程的曲折反映。

由于我国各族民间故事主要是阶级社会的产物，大量故事反映了封建社会被压迫民众反抗封建统治阶级的斗争经验和反抗情绪，它们在这一斗争中所发挥的积极作用就更为显著了。

印度有一部古代童话寓言故事集《五卷书》，就编纂成书的目的来说，“是通过一些故事，把统治人民的法术传授给皇太子们，好让他们能够继承衣钵，把人民统治得更好”，因此被看作“统治论”的一种。可是实际上，它是民间口头创作，原来所反映的是被压迫阶级的思想感情，季羡林先生在《五卷书》的译本序言中指出，它“最重要的给我们印象最深的还是这部书里面表现出来的顽强的战斗性”。其中的许多故事，或讲述弱者能战胜强者，或说明在对敌斗争中团结一致的必要性，或鼓励勇敢、谴责懦夫。这些富于斗争性的故事，大都传入我国，众口传诵，演变成为中国民间故事，如《兔杀狮》《乌鸦和鹰》《狐狸为王》《绿豆雀

① ［日］关敬吾：《日本民间故事·致读者》，中国民间文艺出版社，1982年，第5页。

和象》《鹭鸶和小鱼》《石鸡》等。据此，刘守华在《印度〈五卷书〉与中国民间故事》一文中便提出，人们借用外来故事的情节结构是为了概括共同的斗争经验，获取克敌制胜的精神武器。

童话故事寄托着人们对现实苦难的不满和对美好生活的追求。寓言故事以高度概括的方式，汇聚了人民群众丰富的斗争经验。笑话艺术则无情嘲笑、讽刺压迫剥削者的丑态。它们都具有激励斗志、增长斗争智慧的作用。而近年引起人们重视的形形色色的机智人物故事，更是集中体现了民间故事的战斗性。

河北唐山流行着关于韩老大和五娘子这一对农民夫妻的故事，其主要内容是用各种巧妙方式与贪官污吏和地主老财作斗争。秦玉林、王国新在《韩老大和五娘子故事初探》一文中，引用两位讲述者的话，对这组故事在群众中所发生的实际影响作了生动介绍。一位讲述者王存老大爷说：

> 在旧社会，地主老财仗着有钱有势，欺压咱们穷人。那年头，因为咱们穷，没有人敢给咱们出气。可韩老大和五娘子的故事，有好多是说他们怎么和东家斗的，听了这些故事，觉得开心、解气，所以穷人都很喜欢它。

另一个讲述人赵信老大爷说：

> 在旧社会，我们这些扛活的，最爱讲韩老大和五娘子斗财主的故事。我们讲这些故事，不是只为了开开心，我们有时想，人家韩老大、五娘敢跟财主斗，咱们为啥就不能整治整治东家？所以我们也就算计开地主了。有一年夏天锄地，我们把两边的地头锄得特别好，一根杂草也没有，土锄得又松又软，可是地的当间儿，只好歹锄了。东家下地检查，怕弄脏了鞋，不肯到当间儿去，就在地头看了看，觉得我们干得好，心里很欢喜。其实，我们早把他给糊弄了。

阿古登巴是藏族著名的机智人物，益希单增的长篇小说《幸存的人》中，具体生动地描述了阿古登巴的故事对农奴的愤怒抗争所产生的鼓舞和启示作用。小桑节普珠立志要为亲人复仇，阿妈德吉桑姆给他讲阿古登巴的故事，告诉他：“会耍刀子，会打枪，一人能对付十人，这叫硬本事。还有软本事，能动脑筋、想办法治住对方。你现在是胆子超过本事，那还不吃亏？软硬两种本事将来你都要学好、学精，才能去报仇，要不然就会像虱子爬背，是爬不出衣领的。”“拜森耿杰布叔叔和洛卡达日叔叔为硬本事的师父，拜阿古登巴为软本事的师父，这样，你就会慢慢变得聪明了！”“对付坏人和仇人，要学阿古登巴的机智，这就算拜阿古登巴为师。”在主人公成长为反抗农奴主残暴统治的勇敢机智的斗士的过程中，阿古登巴的故事给予了积极有力的影响。小说里的情景虽出自作家的艺术虚构，却是藏族人民斗争生活的真实写照，对我们研究民间故事在阶级对抗社会中的功能，同样富有启发意义。

民间传说中的农民起义传说，再现了历史上大规模农民斗争的风貌；民间故事中的机智人物故事，则广泛反映了被压迫者日常的抗争行为。这些抗争存在很大的局限性，可是它灭了敌人的威风，鼓舞了民众的斗志，这两类故事的精神是相通的。有些机智人物形象，至今仍活在民众口头上，被他们反对种种坏人坏事和不良社会风气的斗争所充实而焕发出新的光彩，《阿凡提故事新编》就是一例。

民间故事中还有一类法律故事，在解决社会矛盾方面起着更积极的作用。在缅甸，它是很特殊的一类故事。这些法律故事对京城和大城市里有学问、有经验的律师和法官虽无什么帮助，可是在农村和小市镇里，它们却能指引那些由人民自己选举出来的名誉法官。在那些小地方，人们要是有了细小的民事纠纷，觉得不值得提到国家法庭上去，便就地找到镇上的名誉法官解决了。这类故事在中国也有，包公等清官断案的故事在中国的广泛流行，达到了家喻户晓的程度，就有着宣传正义与法律的积极意义。

由于民间故事同社会阶级斗争息息相关，因而不同阶级的意识便在故事中鲜明地反映出来。这首先表现为，故事里的同一人物形象，人们的评价往往截然相反。蒙古族的巴拉根仓，“王公诺颜们给他加上了‘说谎者’、‘骗子手’等种种恶名；穷苦牧民则称赞他是神通广大的‘智者’，说‘风能刮到的地方，人们都知道巴拉根仓的名字。巴拉根仓走到哪里，哪里就是家，哪里就有许多朋友'"①。

在更多情况下，则表现为民主性、革命性的精华常常同封建性的糟粕掺杂在一起。同激励人们反抗社会邪恶和封建压迫的故事相反，也有一些民间故事是宣扬封建伦理道德和封建迷信，渗透着剥削阶级意识，给人以消极有害影响的。例如，有的故事讲一些好事却坏在女人手里，另一些故事则热烈赞扬女性的聪明才智。有的故事讲贫富处境均由命中注定，不可改易，“命中注定八合米，走遍天下不满升”；另一些故事则嘲笑那些相信八字命运的人，在实际生活中怎样碰壁，而天不怕地不怕的人物，连阎王判官也对之无可奈何。这显然是两种对立的社会意识的反映，其社会功能也就不一样了。

但传统民间故事是旧时代的产物，劳动人民生活思想上的局限性不可避免地要在故事中反映出来。他们不懂得自己受苦受穷是不合理的社会制度造成的，幻想出一个“清官”、“好皇帝”就可以使百姓过好日子。他们找不到获得幸福的实际道路，便企求偶然得宝致富，并由“进宝”，而成为驸马或状元。那些机智人物虽然可以在日常生活中捉弄地主老财以泄愤，却无法从根本上改变自己遭受奴役的处境。故事中主人公的思想境界同我们今天人们的精神风貌有很大距离，这是可以理解的。我们不能因此而把这些民间创作都视为封建性糟粕。它们是旧时代民众精神生活的一部分，应给予历史主义的评价，不能求全责备。

第三节　审美娱乐功能

民间故事在旧时代的人民生活中，不仅有知识教育与道德教育作用，还有审美娱乐功能。它可以使人获得美感享受，从而愉悦身心、陶冶性情。它的教育与认识作用是结合审美娱乐作用来实现的。

心理学家把人类的高级情感分为理智感、道德感和美感等。美感是

---

① 赵永铣：《蒙古族民间故事选·前言》，上海文艺出版社，1979 年，第 11 页。

对自然、社会及其在艺术作品中反映出来的美好事物的一种富有感情的评价。对艺术作品的美感，能使人在欣赏作品时产生迷恋倾倒的愉悦心情，而且引起强烈的情绪共鸣。那些优美的民间故事，脍炙人口、百听不厌，并能激起人们喜怒哀乐的情绪反应，正是这些故事富于美感的表现。它能使故事的教育效果更为深刻有力，并把听讲故事变成了一种轻松愉快的娱乐活动。民间故事吸引人们的艺术魅力就在于此。

一、多种美感享受

我们从审美功能方面，把民间故事粗略地分成崇高型、悲剧型、喜剧型和优美型四种，它们各有其特殊的审美价值。

1. 崇高型。叙述英雄人物崇高斗争事迹的传说与童话，表现出崇高美。这类故事多渊源于神话，具有神话的美感和魅力。于乃昌在《珞巴族民间故事的审美效应与审美构成》一文中，对此作了较好的剖析。他说：

> 在人与自然、人性与非人性、善与恶的对抗与斗争中，崇高型故事所描述的人、人性与善的外部形态常常是弱小的，如血战树怪的布秀普鲁，挫败妖魔的阿巴达尼，剪除鹰魔的普公布冬等，他们都是常人躯体，他们都要经受曲折、失败和巨大的磨难与痛苦，引起人们的是紧张、沉重、怜悯、忧虑和同情的情感倾向；而他们的不可抗拒的内在力量，终于使他们取得最后的胜利，从而使人们又从恐怖、紧张、沉重、忧虑中转而产生惊赞，获得喜悦。
>
> 崇高型的故事，总是使故事的接受者在感到压抑中产生征服和趋于征服的力量，在尖锐的对立、冲突中获得心理平衡和精神陶冶。

这类故事所表现的斗争形势往往十分严峻，英雄主人公须通过艰苦的斗争方能取得胜利，在他们身上焕发出壮美或崇高之美。畲族的《天眼重开》、布依族的《射虎杀鹰》、达斡尔族的《昂格尔莫日根》等就是代表。如果斗争的胜利要以主人公的自我牺牲来换取，那就属于悲剧型故事了。

2. 悲剧型。悲剧型故事在民间童话里常常可以见到，它们多取材于人们在极端艰苦条件下对自然灾害的英勇抗争，以主人公的悲壮牺牲结束叙述。例如侗族的《长发妹》、蒙古族的《猎人海力布》、壮族的《水珠》、汉族的《两棵奇树》及《运河水的故事》等。苏芳桂搜集整理的辽宁熊岳地区民间故事集《苹果姑娘》中，就有几篇这样的故事与传说。搜集整理者曾就这类故事的形成和感染作用，问过讲述故事的外婆，这位故事讲述家作了一段意味深长的回答：

> 熊岳民间故事多悲剧性的结尾，我曾经这样问过我的外婆："为啥这些故事悲的多，喜的少呢？为啥好人到最后又得去死呢？不死不行吗？"她说："孩子，在那个世道里，好人多祸，恶人多福啊！再说，这些好人都没有白死，他们死得值，死得光彩。为了一件对人民都有好处的事，他们能豁出自个儿的性命，更让人佩服，更能给后辈人做个样子，叫后辈人都学他，人心才能慢慢地变好。"①

在这类悲剧型故事中，美受到摧残，遭到毁灭，人们痛惜惊恐，心灵受到强烈震撼。但美在遭受摧残时，更显现出它光辉的品质，激起人们的崇敬之情。这种美感具有净化人们伦理道德情感的积极作用。"在真与假、善与恶、美与丑的悲剧冲突中，伦理的因素占有非常突出的地位，其悲剧结尾总是引起人的强烈的伦理态度。特别是正义事业、进步力量遭到摧残和失败的悲剧结局，能给人们强烈的道德震撼。因此，悲剧具有深刻的道德教育作用，能够提高人的品格，激发人的意志。在审美感受的各种形态中，悲剧的感受是最接近道德判断和实践意志的。"② 那位民间故事讲述家关于悲剧性故事的一段话，是符合上述美学原理的。

3. 喜剧型。民间故事中，喜剧型故事在数量上占优势，它能唤起滑稽感和喜剧感。笑话是喜剧型故事，生活故事和寓言中也有相当数量的喜剧型故事。即使在童话故事中，往往也可以找到一些喜剧型的插曲。如《两兄弟》中那位贪心自私的老大被通灵性的野兽把脖子拉出三尺多长，他老婆见了难受，央求老二去山洞取来一面宝锣，老二敲一下，老大的脖子就缩一点，本可以回复常态，哪知事出意外：

---

① 苏芳桂整理：《熊岳姑娘》，上海文艺出版社，1959 年，第 90 页。

② 王朝闻主编：《美学概论》，人民出版社，1981 年，第 58 页。

嫂子又喜又急，上前夺过宝锣，堂、堂、堂、堂，一连敲了起来，边敲边喊："堂锣缩，堂锣缩……"老二赶紧阻拦，可是已经晚了，老大的脖子早就缩到肚里去啦。

把大胆幻想同滑稽可笑结合起来，构思十分新颖巧妙。

喜剧型故事表现真善美与假恶丑的斗争，以真善美占压倒优势，使假恶丑不得不显现其本相为特征。有的出现体现美的正面人物，如机智人物故事；有的不出现正面人物，在丑的背后隐藏着美。喜剧型故事所唤起的喜剧感和滑稽感集中表现为笑。笑的构成因素很复杂，就其社会性而言，则是由于人们从揭露假恶丑中感受到自身的优越，从而获得精神愉悦，禁不住笑声迸发。美学家指出："笑是美感的表现，是对于丑的不满。""笑虽非一种纯粹的美感，而它的存在，却须先假定美感的存在。""在大多数情境中笑都是一种游戏的活动，功用在使心境的紧张变为弛懈。"① 笑话和各种喜剧型故事的流行，正是由于它能给人们以一种特殊的美感；它能唤起备受欺凌的民众的自信心与优越感，对他们所从事的斗争具有激励作用。笑是紧张状态的解除。笑时弯腰捧腹，能舒张筋骨、顺畅肠胃、安息神经，具有解除疲乏的作用，能产生游戏的效果。恩格斯论述民间故事的使命，有一项就是在"一个农人晚间从辛苦的劳动中疲乏地回来的时候，使他得到安慰，感到快乐，使他恢复精神，忘掉繁重的劳动"。在印度尼西亚，人们把那些讲述聪明人与蠢人的滑稽故事的讲述人叫作"排忧解闷者"。民众特别喜爱这类故事，是有它的美学根据的。

4. 优美型。在喜剧型、悲剧型故事之外的一般民间故事，特别是童话，着重表现人们对美好生活的追求。它所给予人们的是优美感。人们不但幻想着娶上美丽又能干的天宫仙女或水府龙王公主做妻子，还渴望进入风光绮丽的仙山洞府，欣赏悦耳动听的音乐。黎族的《吹天箫》，讲五指山下有一个会吹竹箫的人，"他把箫吹起来，空中的鸟儿听了，马上

---

① 朱光潜：《朱光潜美学文集》第一卷，上海文艺出版社，1982年，第282～284页。

停止飞行；田间的农夫听了，立刻放下锄头；老人听了，春风满面；孩子听了，欢蹦乱跳”，南海龙王设宴请客，他正在海边一面撒网捕鱼，一面吹箫，“大家马上被吸引住，连面前的筵席也忘记了，手中的玉杯纷纷落在地上”。龙王请他去龙宫教儿子吹箫，他教了三年，什么金银财宝也不要，只要了有魔力的竹笞和蓑衣，飞上五指山，从此他的箫声便响彻云霄，“带给人间无穷无尽的温暖和欢乐”。这里叙述的生活情景优美动人，别有一番魅力。

这类故事所描绘的美好生活也是要以劳动斗争来换取的，但它不是着力表现劳动斗争严酷艰险的一面，而是侧重于表现人与自然及人与人之间关系的和谐一致。刘守华在《中国民间童话概说》一书里曾这样叙述许多童话故事的特点：

> 在人们幻想中，无论天上、人间、水底、地下，都有某种神奇的力量在活动着，随时随地可以出现奇迹，满足他们所需要的一切。高高飞翔的天鹅，可能是仙女的化身；水底潜游的大乌龟，嘴里含着宝珠；山里的虎豹，知道哪儿埋藏着金银财宝；房前屋后一株普通的树，也许会变作“早落黄金晚落银”的摇钱树；甚至水塘边不显眼的田螺，和外形丑陋遭人厌恶的蛇蛙，也有可能脱去外壳，变作英俊美丽的少男少女，以他们非凡的本领创造出光明幸福来。这正像有的童话里所讲的：“遍地都是宝，单等有缘人。”有了适当的机缘，幸福就会来到人们身边，往往以意想不到的方式一下子把他们悲苦的境遇改变过来。

民间故事能给人以轻松愉快和心旷神怡的美的享受。民间童话所着重展现的就是这种优美感，由此显出它的特殊魅力。在苦难中挣扎的劳动人民，他们知道听讲这些故事，并不能改善他们的实际生活处境，但这些故事可以激发人们的情感和想象，鼓舞他们生活的勇气与信心。这些美好生活情景多是“善有善报”的结果，这样，故事就将审美和道德教育功能结合起来了。

二、审美快感的形成

以上讲了民间故事美感的几个方面。那么，讲述和听取民间故事，是怎样在人们的心理上形成审美的愉悦之感，使人们如醉如痴、乐此不倦的呢？这一奥秘，还须做进一步探索。

有关审美心理学著作告诉我们，人的内在情感生活与外部事物结构之间，存在某种“同形”或“同构”。艺术作品的审美快感即由此而生。

> 人的内在的生命力，具有种种基本的表现，它在与种种不同的外部事物遭遇的时候，会作出种种不同的反应。假如外部事物是一种类生命的结构，即具有动态平衡的结构，它作出的反应便是迅速的、强烈的和愉快的。这样一种反应本质上是一种契合和一种拥抱，是灵魂同自己的对话，是对自我之本质的发现。如果外部事物是一种“死”的结构，一点也不具有生命的活力，它的反应就十分微弱，更谈不上愉快。如果外部事物是一种异己的结构，它看上去就讨厌，甚至听而不闻、观而不见（这同科学认识不同，科学认识就是向未知的领域进军）。
>
> 这种愉快感的产生，不是因为见到了自己熟悉的东西，而是这种类生命的结构在瞬间展示出生命的整体和全过程，通过同构和共鸣的作用，使主体在极短的时间内经历了生命体毕生可能经历的欢乐。假如眼前是一件艺术品，它对生命的动态平衡和人生总的奋斗过程的展示就更加集中、完整和连续，因而在同艺术品遭遇时，人们一般不假思索，即刻便进入了愉快的审美状态。
>
> 总之，审美的愉快产生于生命的自我发现，任何事物，只要呈现出生命的表现，只要我们从中看见生命的动态平衡和奋求过程，就能造成审美的愉快。①

民间故事这种口头语言艺术作品，虽具有极丰富多样的内容和形式，也可以运用科学方法，从中抽象概括出它们的基本结构形式。国内外已有不少学者做过这方面的尝试，如法国结构主义文学批评家格雷马斯，在《论意义》一书中就曾将普洛普提出的民间故事的31个功能加以简化，寻找出它们的二元对立关系，提出民间故事的三种普遍结构形式是：

① 滕守尧：《审美心理描述》，中国社会科学出版社，1985年，第324页。

一、契约结构（建立和破坏契约）；二、执行结构（考验、斗争）；三、分离结构（出发、追回）。美国民俗学家邓迪斯在《结构主义与民俗学》一文中，概述结构主义学者对神话、传说及故事的研究成果时，也告诉我们，对立的结构形式在这些叙事体裁中具有普遍意义，“不仅神话是由组成对立和企图消除对立两方面组成的，而且所有的民间传说形式都是这样组成的”。这种结构形式，体现出自然界和社会生活发展的对立统一规律。在这样的结构形式中，都是由主人公以自己的积极行动，打破生活的旧的平衡，建立新的平衡，体现出“动态平衡”的原则。

民间故事的这种深层结构和旧时代喜好民间故事的民众心理，正好取得了契合、共鸣，实现了异质同构。

旧时代的民间故事讲述家，大都不是以讲故事为生活职业，而是从小就喜爱故事、迷恋故事，在故事活动中自发成长起来的。他们的境遇常常是贫苦而又孤寂。他们在这样的环境中喜爱以听讲故事来消除孤寂，尤其渴望从故事中获得精神享受。他们平时在内心深处就潜藏着希望“穷人得济”，“坏人得祸，好人多福”，以及战胜灾害、消除压迫、建立美满幸福生活的理想愿望。民间故事的情节结构正好与他们的心理结构相一致。一个只要一会儿工夫就能讲完的童话故事，却可以把一个小伙子从贫苦走向幸福的过程，集中而鲜明地展现在人们眼前，“使主体在极短的时间内经历生命体毕生可能经历的欢乐”，这时，内心的愉悦便不禁油然而生了。许多人不只是为他人讲故事，还为自娱自乐而讲故事。例如，辽宁的一个女故事家李明，在患有神经官能症，夜晚难以入睡的情况下，就常常自己给自己讲故事以求慰藉。而且，故事中的美好境界都是由主人公以自己勤劳勇敢的行为奋斗而来，所激起的是人们劳动斗争、奋力进取的欢乐。这种审美愉悦同劳动人民的淳朴道德相融合，便有了积极教育作用。

由于审美快感的产生，同审美主体的心态有关，所以处于不同时代和不同民族与地区的人们，对民间故事的欣赏就有了选择性。为这一部分人所喜爱、能引起他们审美快感的故事，另一部分人听了可能会格格不入。广西三江侗族自治县有一个故事之家，几代人对故事的爱好就很不一样。杨雄新老人喜爱讲侗族的神话、传说故事，表现出他对本民族历史、传说文化追根溯源的愿望。杨正群是新中国成立后长大的，小时候就对父亲所讲的那些神话、传说不怎么感兴趣，却总是围着寨上的其他老人听故事，后来自己也学会了讲故事，他最喜爱的是具有幽默风趣特点的笑话和机智人物故事等。杨群凤则和她的哥哥不同，“她在感受一种无形的、朦胧而又是理想的爱情，爱情故事能使她从中获得快感”，所以她特别爱听爱讲爱情故事。总之，他们各人所喜爱的都是与自己“心理状态产生某种默契的故事”①。由此可见，欣赏故事的快感来自故事的深层结构同人们心理结构的自然契合，使人们从故事中发现了自己，感受到了生命的活力。

第四节　社会交际功能

口头讲述的民间故事还具有重要的社会交际功能。民间故事是供人口头讲述的，讲故事是一种群众性的文化娱乐活动。这样，故事便成为一定范围内人与人之间的交际手段了。

民间的故事讲述活动，因时因地而异，以多种方式进行。

一是农闲时在家庭范围之内讲故事，活跃家庭生活。如辽宁岫岩县的三位满族故事家，他们的故事就来自这样的家庭讲述活动：

> 冬季是农闲季节，寒夜又是那样漫长，于是，躺在温暖的炕头上，或围坐在火盆边，嘴里吧嗒着旱烟袋，也许手里纳着鞋底，手不闲，嘴也不闲地讲述着。夏季挂锄时节，夜晚坐在大树底下，或在庭院里以此来消磨暑天的酷热。秋后扒苞米或扒蚕茧，需要人手多，讲故事会吸引来劳动帮手，还会忘记了疲劳。这就是三位故事讲述家的传承人传授故事的情况。等到三位故事讲述家也当上长辈的时候，他们也怀着与他们的传承人同样的心理，选择同样的时间

---

① 李溪：《侗族一个故事之家传承诸因素调查》，《民间文学论坛》，1986年第5期。

地点来讲述故事。①

二是走乡串户讲故事。这些故事讲述家多是手艺人，在哪里做活，就把故事带到哪里。关于川西平坝新津县兴义乡民间故事讲述家的一份调查报告就告诉我们，那里的会讲故事的多是手艺人。他们长年在外，走村串户，从事个体劳动，为了消除寂寞，结交朋友，活跃生活，便学会了摆龙门阵。有一个篾匠吴南轩，因会讲故事，每到一处干活，人们总是围着他说说笑笑，给劳动生活增添了无限乐趣。

日本有的地方指定一个日子（如正月十五）为故事节，到这一天，周围的人们集聚起来特意来听某人讲故事，或参加聚会的人们轮流讲故事。中国还没有发现这样的事例，但在喜庆节日里，除举行其他娱乐活动外，也可以请人来讲故事。湖南的易法松老人，因走乡串户给人理发时讲白话（故事）出了名，这样，"别人家有红白喜事，就把他请去陪客讲白话，一讲就是几天几夜"。

三是新中国成立后，乡村的集体生产劳动和其他集体活动多了起来，在这些活动中，穿插着讲故事，深受群众欢迎。山东的刘文发就是这样，他讲故事出名之后，"村里开大会，会前让他讲；各村聚集在一起，请他讲；他成了公认的故事篓子"②。

这些讲述活动，不同于说书艺人在城镇书场的演出，它更贴近群众。中心讲述人置身于自己所熟悉的听众之中，即兴讲述，亲切交流。周围的人们不完全是带着耳朵被动地听讲，也可以张口自由插话，参与表达，说说笑笑，十分活跃。这就成为一种生动活泼的人际交往的方式了。

这种以故事为媒介的交际活动，沟通了彼此间的思想感情，密切了人与人之间的关系，把一定文化环境下的人们团结起来，起了组织社会生活的作用。许多故事讲述人也因此成为人们尊敬、喜爱的活动分子。关于川西平坝故事讲述人的调查报告就告诉我们，那些故事讲述人的性

---

① 张其卓：《这里是"泉眼"——搜集采录三位满族故事讲述家的报告》，《满族三老人故事集》，春风文艺出版社，1984 年，第 589 页。

② 潘兆仲：《刘文发简介》，《四老人故事集》，中国民间文艺研究会山东分会编印（内部资料），1986 年，第 444 页。

格大多活泼开朗，善于社交，平易近人。乡亲们说："他们没得架子，大人小娃都处得来，有他们在一块，生活再苦点，也觉得有味。"人们听到什么新鲜故事，愿意讲给他们听；有什么忧虑，也愿意找这些人摆谈。听他们讲一两个诙谐幽默的笑话，便可排忧解愁，所以深得民众喜爱。

在新中国成立后的故事讲述活动中，有不少年轻的故事讲述人，成长为乡村基层干部。广西三江一个侗族故事之家的长子杨正群，能讲200多个故事，后来当了副乡长。他就说："过去我不爱讲话，自从讲故事后，才变得能说了。"他还有意识地让两个孩子也学会讲故事，以锻炼他们的口头表达能力，提高他们思维的敏捷性，反应的灵活度，适应多场合的能力①。这些实际上是一种交际能力。

前面的三种功能——教育认识、改造现实和审美娱乐，是民间故事和其他语言艺术作品所共有的。而交际功能，则存在于民间故事的活的形态之中，只有在口头讲述故事时才能实现。一位苏联美学家讲得很好："口头文学是以情绪、精神状态，感情趋向和思想趋向的一致性联合人们、团结人们的更有效的手段，是克服每个个性精神世界的孤立性、个体闭锁性的更有效的手段。"② 民间故事的生命力，同它能够在一定范围内发挥交际作用，适应人们这种最基本的社会生活需要是分不开的。这是只能供个人阅读欣赏的书面文学，是现代视听文学都无法取代的。

正因为民间故事在民众生活中具有多种功能，所以它成为民众生活的有机组成部分。从这里，可以看出包括民间故事在内的整个民间口头文学同民众生活的密切关联。芬兰著名民间文艺学家劳里·航柯依据联合国教科文组织关于保护民间文学的文件精神，对此作了很中肯的阐述：

> 各种不同形式的民间文学是人类文明文化或某一社团文化的一个侧面。它们是一个集团或一个民族的共同产物，依据该集团或民族特有的习惯或艺术形式而发展，表达了该集团或民族的成员对自

① 李溪：《侗族一个故事之家传承诸因素调查》，《民间文学论坛》，1986年第5期。

② ［苏联］莫·卡冈：《艺术形态学》，生活·读书·新知三联书店，1986年，第349页。

然环境的态度和反应。它们与人们的日常生活息息相关，反映了人们最迫切、最基本的需要。它们为每一个人提供了与之共鸣的内容，使人们产生一种归属感。一个人如果失去了自己隶属的这种文化，就会显得没有价值。①

【思考与作业】

1. 从城乡故事活动中，搜集有关民间故事社会功能的实际事例，联系社会文化生活背景，研究这些功能在新旧时代有什么变化？

2. 怎样理解民间故事的美感作用？审美同教育、娱乐怎样统一？

① ［芬］劳里·航柯：《民间文学的保护——为什么要保护及如何保护》，《中芬民间文学搜集保管学术研讨会文集》，中国民间文艺出版社，1987年，第16页。

第八章　民间故事的类同与变异

第一节　民间故事中的特异现象

民间故事领域有一种奇特现象，即许多地方流行的故事，或不同历史时期流行的故事，它们的情节结构、人物形象和主题往往有类同之处。虽不是一模一样、完全相同，却形态近似、大同小异。一般读者对这些类同的作品往往会产生厌烦之感，民间文艺学家却怀着浓厚兴趣多方搜集这方面的资料，运用比较方法，由此探求民间故事的创作流传特点及其发展演变规律，取得了许多重要成果。

国外出版的许多“民间故事类型索引”，就是将一组大同小异的故事，集合成为一个类型，立型归类，编撰成书的。如美籍华人学者丁乃通所著《中国民间故事类型索引》中，指出中国各地和各民族中间流行的讲述兄弟分家的《狗耕田》故事共39例，这39篇情节类同的故事即属于一个类型——503E型。这些故事的基本情节相同，然而若干小地方又有差异。该书对这些大同小异之处用简要的文字概述道：

503E　狗耕田

Ⅰ.［遗产］仁慈的弟弟（a）遗产被兄嫂骗去。（b）全部遗产被哥哥夺去，只剩下一些不值钱的东西。他仅有的家畜只是（c）一条狗（d）一只猫（e）一只鸡。

Ⅱ.［狗］狗自愿犁地。它干的活和牛一样好，有时甚至比牛更好。弟弟因此（a）种植成功，（b）和不相信的人打赌赢了，（c）狗还能给田地车水。弟弟因此赢得很多赌注。哥哥听说，把狗借来给自己耕田。狗不肯耕田，哥哥生了气，杀死狗并埋掉它。

Ⅲ．［植物］在狗埋葬的地方长出一棵（a）树（b）草（通常是狗尾草）（c）竹（c^1）其他植物。当弟弟摇动这树时，许多金银等等掉下来。当哥哥摇动它时，只掉下（d）粪（e）蝎子等等（f）砖（g）什么也不掉（h）朽木头。出于怨恨，哥哥砍倒这棵树，或（i）哥哥找到了一只马蜂、一只公鸡，那狗的阴魂也出现了，哥哥吓死。

Ⅳ．［用具］（a）用植物的枝杈等，弟弟做了一个篮子来捉虾，每天，他从篮子里得到许多鱼；哥哥借了去用，仅仅捞出蛇，把他咬伤。（b）弟弟用那植物的一个枝条编成一个篮子，过往的野雁都在篮子里生蛋，但只落下鸟粪给哥哥。哥哥有时把篮子毁坏或烧掉。（c）弟弟用树茎做成洗衣棒槌，旧衣服捣成了新衣服；哥哥拿来，新衣服捣成了破布。（d）弟弟用木头做镰刀柄，销售很好；哥哥照样去做，但没人买。他把它们扔进火里，火焰升起烧毁他的房子。

Ⅴ．［蔬菜］在篮子的灰烬中，弟弟找到（a）豆子（b）萝卜。

归入这个类型的作品，故事梗概相同，在枝节上又有许多变化。哥嫂欺负弟弟，企图占有全部遗产是共同的，至于留给弟弟的是一条狗、一只猫，或是一只大公鸡却各不相同；狗具有灵性，而且死后灵魂不灭，能报恩复仇是共同的，其灵性所附的物体则各式各样，有的附着在捕捞鱼虾的渔具上，有的则附着于喂养鸡鸭的竹笼上。这些故事的共同梗概，我们把它称为“类型”，那些大同小异的不同作品，则叫作“异文”。它们之中最原始的形态，则称为“原型”或“祖型”。

在故事学中，我们常遇到“母题（motif）”这个概念。民间文艺学家认为，“母题是故事的最小的构成因素，在传承时具有稳定性的东西”①。母题的概念也常常出现于比较文学研究中，比较文学家解说道：

（母题）指的是一个主题、人物、故事情节或字句样式，其一再

① ［日］大藤时彦：《民间文学研究的方法论》，《民间文学论坛》，1983年第4期。

> 出现于某文学作品里，成为利于统一整个作品的有意义线索，也可能是一个意象或原型，由于其一再出现，使整个作品有一脉络，而加强美学吸引力；也可能成为作品里代表某种含义的符号。①

就母题在故事学中的运用而言，它是贯串于一类作品中的共同的稳定的因素，是经过分解提炼的叙述的最小单位。母题可以从不同角度来确定，它通常由鲜明独特的人物行为或事件即情节要素来构成，它们的排列组合，便构成表达一定主题的完整故事。有些故事由单一母题构成，还有许多故事由复合母题构成。如关于两兄弟的故事就由兄弟分家、狗耕田与弟弟获好报、哥哥学样失败这几个母题巧妙串接，成为引人入胜并令人开心的故事。

为什么在广阔时空范围之内流行的民间故事模样那么相似？为什么在大同之中又有小异？这种大同小异的现象是怎样形成的？在这种特异现象的背后隐藏着什么样的规律性？这是各国民间文艺学家长期探索的奥秘，也是我们学习故事学不可不注意的课题。

第二节　同源与类同

同一类型的故事，为什么会在不同时代、不同地区大范围流传？学者们提出过好些论断或假说。最粗略的说法是“同源”与“同境”。同源说认为它们出自同一本源，是一个故事在广大范围内流动的结果；同境说则认为是人们所处的境遇相同，心理状态一致，人同此心，导致故事情节不谋而合。如仔细考察这种现象的成因，区分为三种情况较为合适，即同出一源；相互交流影响；平行类同，不谋而合。这里先讲前两种情况。

一、同出一源

同出一源，也可以叫作同源异流或同源分流。杨知勇在《民间故事

① ［美］李达三：《比较文学研究之新方向》，台北联经出版公司，1982年，第391页。

大同小异的由来》一文中指出：

民族学研究成果告诉我们，各个民族的形成，都经历过同化和异化的进程，时有加入的；也时有分离出去的；分离出去的或是加入另一个民族，或是与其他分离的部分结合形成一个新的民族。在民族的同化和异化的过程中，不论是形成新的民族还是融化于其他，他们必然带着分化前形成的语言、习俗和口头创作，带着生活中的一些共同感受，亦即带着分化前共同形成的“精神行囊”到达他们融入的或新形成的民族中去，这就必然影响到有关民族的口头文学出现大同小异的情况。

20 世纪 80 年代，我国学者发现，我国裕固族西部民歌同欧洲匈牙利民歌的曲调极为相似，有些地方甚至一模一样。这种情况是怎样造成的呢？原来裕固族的先祖丁零人和匈奴人过去都居住在中国北方，同属阿尔泰语系突厥语族。匈奴族一部分于公元 1 世纪从我国北方迁往欧洲，裕固族先祖公元 4 世纪时迁居河西走廊一带。裕固人保留了丁零族民歌的特点，匈奴人把匈奴族的音乐带到欧洲保存下来，于是造成了相距甚为遥远的这两个地区的民歌的相似。这是用同出一源来解释民间文艺类同现象的一个极好的实例①。

在民间故事中，这种情况更为普遍。中国在远古时期主要活动着四五个族群，后来分化成为四五十个民族，在那些有亲缘关系的民族中，流传的故事便往往有许多类同之处。讲述青年小伙子同水中鱼姑娘或龙女相爱成婚，获得幸福生活的“鱼姑娘”故事，广泛流传在南方的壮、傣、布依、侗、水、黎等族民众口头，壮族有《鲤鱼姑娘》，傣族有《稀奇古怪》，布依族有《铜鼓的传说》，侗族有《郎付和三公主》，水族有《樵夫与龙女》，黎族有《鱼姑娘》，等等。其基本情节、人物形象和作品主题均十分接近，究其成因，似应从这些民族的族源相同、存在亲缘关系去解释。它们同属古代居住在长江中下游的百越族群的后代。因居住

① 《光明日报》1984 年 11 月 28 日报道：中国音乐学院教师杜亚雄等考证十年确认，我国裕固族西部民歌与匈牙利民歌同出一源。

在水滨，对水中鱼类便产生了很亲切的感情。而且它们都有过以鱼龙作为图腾来崇拜的原始信仰。面对滔滔江河，以水生动物为对象生发神秘幻想，在鱼姑娘身上寄托自己追求美好生活的理想愿望，可以说是这些民族的民间文艺中的一种“遗传因子”。迁徙分化，各自东西之后，这些“遗传因子”依然稳定地保留下来，反映在口头文学中，便构成互相类同的故事了。关于民族之间的亲缘关系，民族学已研究判明，反映在对它们族源、语源的说明上。以上几个民族，就主要源于古代的越族，其语言同属汉藏语系壮侗语族，其中壮、傣、布依语属壮傣语支，侗、水语属侗水语支，黎语属黎语支。族源和语源是一致的。语言接近，特别是语族、语支相同的民族，其族源大都相同。考察族源、语源是否相同，是帮助我们解开故事类同之谜的重要方法之一。

二、相互交流影响

民间故事有极强的流动能力，它能突破山河阻隔、语言隔阂及国家疆界等的限制，在广大范围传播。不同地区、不同国家民族中间流行的故事存在类同性。由民族的迁徙、分化所造成的只是一种情况，更普遍的情况是这些故事是随经济、文化等的交流而交互流传的结果。研究故事的流传，是国内外民间文艺学家十分感兴趣的一个课题，已有许多成果问世。在欧洲，就有“流传学派”。刘魁立在《欧洲民间文学研究中的流传学派》一文中，对其成果与方法作了很好的评述。

流传学派的奠基人为德国学者特奥多尔·本菲（1809—1881），他于1859年将印度一部古代寓言童话故事集《五卷书》译成德文出版时，写了一篇长达500页的序文。文中将《五卷书》中的故事和世界各民族的大量类似故事进行对比之后，提出了一种新的学说——流传说。他认为欧洲的口头和书面的故事并非欧洲原来所固有，而是起源于印度。这些故事在发源地形成后，就通过各种途径向其他民族、其他地区流动。公元10世纪之前，故事的流动并不活跃，大都是通过口头方式（借助商人、旅行家等）。自公元10世纪开始，从东方传来大量故事体的文学作品，书面形式的流传逐步取代了口头形式。印度的各种故事集传到波斯和阿拉伯，广为流布，继而通过回教徒又传到拜占庭、意大利、西班牙，便在整个欧洲流传开来。还有另一条途径，从印度经过蒙古传到欧洲。蒙古长期占领欧洲东部，随着佛教的传播，印度故事集也渐渐地流传到欧洲各个民族。

战争、民族迁徙和经济文化交流，促成故事在不同民族中间因袭流传。两个民族间存在相同故事，可从它们在历史上的密切交往中求得解释。马其顿国王亚历山大大帝于公元前 4 世纪侵略东方，直达印度，印度文化便借此横越西亚，通过希腊而传入欧洲。公元 10 世纪左右，阿拉伯帝国的势力日趋强盛，领土横跨欧亚非三洲，包括民间故事在内的东西方文化的交流更加频繁。

流传学派的成果和方法，有不少值得我们肯定的地方。但他们把印度起源说和情节流传绝对化；把民间文学当作一种自生现象来认识，忽视了民众在创造和传承民间口头文学中的作用，有其明显的不足之处。

中国和邻近各国乃至一些相距遥远的国家之间，也存在故事交流现象。20 世纪八九十年代刘守华吸取一些前辈学者的成果，对中国和日本之间、中国和印度之间、中国和阿拉伯地区之间的民间故事的类同性及其交流途径，作了一些初步的探索，结集成为《比较故事学》一书①由上海文艺出版社出版。

中国与日本的民间故事相类似的地方很多，日本著名民间文艺学家关敬吾认为，“中国的民间故事有一半以上与日本的民间故事相同或者类似”，他举了日本的《鲤鱼妻》与中国的《田螺姑娘》，日本的《烧炭长者》与中国的《各人各福》，日本的《亲切的姑娘与不亲切的姑娘》与中国的《疤妹和靓妹》，日本的《鬼女婿》与中国的《海龙王的三公主》等作为例子②。刘守华在《略谈中日民间故事的交流》中，以中国 20 世纪 80 年代翻译出版的一本《日本民间故事》（由日本著名儿童文学家坪田让治改写，原书收故事 150 篇，选译 31 篇）为例，31 篇故事中与中国故

---

① 此书后经增订，书名改为《比较故事学论考》，于 2003 年由黑龙江人民出版社出版。

② ［日］关敬吾：《日本民间故事选·寄语》，中国民间文艺出版社，1982 年，第 1～2 页。

事类同的就占一半。中日之间故事的类同，大多是中国故事传入日本所致。

中日故事交流路线，据国内外学者研究结果，一是由北方经过朝鲜传入日本。日本学者饭仓照平以老虎外婆型故事为例，认为它的原型在中国，传入朝鲜变成《日和月的起源》，再传到日本变成《天赐金锁链》。

二是随着日本遣唐人员多次出入长江中下游地区，由大陆南方直接传入日本。唐代来中国留学的日本僧人玄昉及去日本传扬佛法的中国高僧鉴真等，曾将大批汉译佛经和汉文典籍带到日本，其中就包含着许多印度、中国的故事。

还有人提出一条新的故事流传路线。苗族南迁，不仅到达四川、云南、贵州，而且最远到达越南、老挝等东南亚国家的山区。这样，苗族故事就可能经海上航路，随着东南亚与日本的交往而东传至日本。日本故事同苗族故事有许多类同之处，可能是通过多种渠道交流的结果①。

印度的民间故事丰富优美，对世界上许多国家的故事文学产生过深远影响。流传学派对此所作的研究是予我们有启发的。就中国情况而论，有相当数量的寓言、童话故事伴随佛教来自印度。仅以《五卷书》这部印度古代故事集为例，据初步比较对照的结果，其中约占全书三分之一的二十多篇故事，在中国可以找到模样相似的姐妹篇。它们大多源于印度，也有少量故事可能源于中国，如《金翅鸟》就似乎源自中国古代的《鲁般作木鸢》。

印度民间故事被佛教徒大量吸收到佛经之中，著名的《佛本生经》，就是一部包括 547 篇故事的古代故事集。随着佛教传入，佛经被译成汉、藏、蒙文，这些故事便在我国许多民族中间流传开来。这里试举一例说明。在我国民间，流传着一个乌龟驮猴子下水，要吃猴心，猴子急中生智，谎称猴心留住家中，返回陆地，因而摆脱了危难的故事。它流传在从西北到东南的汉族地区，以及蒙古族、藏族地区，已发现十来篇异文。

---

① 何彬：《中国西南地区与日本民间故事传播途径浅探》，《民间文学论坛》，1985 年第 2 期。

《中国民间故事类型索引》把它定名为《猴子的心忘在家里》，归入AT91型，它也是一个广泛流传于印度的故事，在很古老的年代，即已进入《佛本生故事》之中，称为《鳄鱼本生》。此又见于《五卷书》，构成《海怪和猴子》。两国的故事大同小异，同出一源，十分明显。从文化交流史来考察，应源于印度。载有此故事的《生经》中之《佛说鳖猕猴经》，西晋时即由竺法护于公元280年前后译成汉文。到公元604年，又由隋代来华僧人阇那崛多译出《佛本行集经》中的《虬与猕猴》。从新疆曾发现吐火罗文的佛本生故事残卷来看，载入佛本生故事的这个取猴心故事，可能一千多年前已经在新疆一带流传。随着佛教文化深入民间，这个故事便在民间传播开来，演化成各种异文了。据我们初步观察所得，借助汉译佛经传入中国，在一千多年的漫长岁月间融合在中国各族口头文学中的故事类型约有几十个。刘守华承担的一项中华社科基金研究课题就是“佛经传译与中国民间故事的演变”。

中国和阿拉伯地区之间，也有许多民间故事交互流动。在将《一千零一夜》和中国各族故事作了一番初步比较后，我们就发现了不少具有类同性的篇目，有的源于阿拉伯，如中央民族学院从拉萨藏族学员口头记录的《阿力巴巴的故事》，明显脱胎于阿拉伯的《阿里巴巴和四十大盗》。拉萨有回藏杂居的情况，这个故事看来是通过深受阿拉伯文化影响的回族居民，传播到藏族人民口头上的。有的故事则源于中国，如《巴索拉银匠哈桑的故事》，似乎由中国古老的羽衣仙女故事（《牛郎织女》即为其中一例）演化而出。

中国和阿拉伯故事互相交流的途径，一是由于公元13世纪成吉思汗西征时，大批波斯人、阿拉伯人迁居中国，以及伊斯兰教传入我国西北地区，带来了包括民间故事在内的阿拉伯文化；二是通过海上丝绸之路和陆上丝绸之路进行的贸易往来，促成了口头文学的交流。杨宪益在《译余偶拾》中提到一个例子，他推断唐代传奇中的一篇奇特故事——《板桥三娘子》，原出自非洲盛行巫术的索科特刺岛，它就是由大食（阿拉伯帝国）商人航海来中国经商，经过山东近海码头板桥镇，“为行路人述说故事”，从而流传下来，构成中国的同类型故事的①。

探索民间故事在广阔时空范围内流动的奥秘，需作深入细致的考察，然而它又是富有兴味的一项工作。

第三节　类同中的变异

上述两种类同情况，均属同出一源，情节大同而小异。它们脱胎于同一母体，因“遗传因子”相同而模样相似，又在不同的环境中发生变异。这些故事的变异表现在哪些方面？为什么会发生变异？这也是值得我们好好研究的一个问题。

汤普森在《世界民间故事分类学》一书里，曾对民间故事的变异情况，列举出 15 项，它们是：

1. 丢掉一个细节，尤其是不重要的细节，或许是故事变更的最为常见的情形。

2. 增添一个细节，一个并非原来具有的细节，绝大多数情况下可能是一个取自其他故事的母题，不过有时纯粹是这里发明的。一个故事的开头和结尾特别有可能出于这样的添加。

3. 将两个或更多个故事串连在一起。描述动物或恶魔以及恶棍骗术的短小故事，特别有可能经历这种变化。

4. 细节的增殖——往往一个变而为三。

5. 重复一个在原初故事中只出现一次的事件。有时这可能不是真正的重复，而只是与同一故事或其他某个故事中某些成分的相似。

6. 一种普遍特征的特殊化（用一只麻雀替换了一只鸟），或者是特殊事物的普遍化（一只鸟取代了一只麻雀）。

7. 尤其是在故事的结尾可能换上另一个故事的素材。

8. 角色的交换，常有相对应的特点，如聪明的狐狸和愚蠢的熊可能交换位置。

---

① 杨宪益：《译余偶拾》，生活·读书·新知三联书店，1982 年，第 76 页。

9. 动物故事可能以人物替换动物。

10. 讲述人的故事可能以动物角色替代男人和女人。

11. 同样情形，动物和精灵、妖魔也可以相互替换。

12. 虽然讲述者不是故事中的角色，他却可能用第一人称来讲述。

13. 故事中的一个变化导致故事的另一部分也发生变化，以便使这部分同整个故事相吻合。

14. 故事在流传中为了适应新的环境，不熟悉的风俗或事物被熟悉的东西所替代。在美国印第安人的讲述活动中，王子与公主变为酋长的儿子和女儿。

15. 同样情形，古老的过时的特点被现代特点所代替。如主人公搭乘火车去冒险。

这实际上是一些对民间故事传播有经验的学者已经碰到的变化。由于它们当中没有一条是绝对有效的，因此它们说不上是故事口头传播的“法则”①。

他们的论断对我们研究故事的变异问题很有启发。根据国内外民间文艺学家们进行研究和我们自己考察中国故事的结果，故事的变异性经常表现在以下几方面：

1. 增减细节。

2. 情节结构新的排列组合：如两个以上单纯故事的复合，情节曲折性的增强等，从而使故事艺术表现出由简到繁、由平直到曲折的发展趋势。

3. 变换角色：或人与动物互换（动物拟人化，动物精灵换作仙人），或同类型的自然物互换（狼外婆变成熊外婆，田螺姑娘变成鱼姑娘），或变更人物身份（王子换成普通小伙子，国王变成一般官吏）等。

4. 变化开头和结尾：和故事的开头相比，结尾最容易变化，由此表现出故事主题与情趣的差异。

---

① ［美］斯蒂·汤普森：《世界民间故事分类学》，上海文艺出版社，1991 年，第 523～524 页。

5．变换时间、空间、背景：包括将外地故事乡土化，古代故事现代化，神奇幻想故事现实化等。

6．变换讲述口吻，如将第三人称口吻改换成第一人称的亲历见闻叙述。

对民间故事的类同与变异现象，还有学者用结构主义方法进行研究。其中最著名的是俄国学者普洛普于1928年出版的《民间故事形态学》一书。他以100个俄国民间童话故事的情节结构作为研究对象。为了运用新方法对这些故事进行分类，他引进了一个新概念——功能（function)。什么叫功能呢？书中举例说：

1．皇帝送给主人公一只鹰，鹰载着主人公到另一王国。

2．一位老人送给苏成一匹马，马驮着苏成到另一王国。

3．巫师送给伊恩一只小船，船载着伊恩到另一王国。

4．公主送给伊恩一只戒指，戒指里走出一个年轻人，他带伊恩到另一王国。

这里，角色虽有变化，但动作都是相同的、不变的，民间童话“常常把同一行动分配给各种不同的人物”，这种动作就叫作功能。据他归纳，俄国民间童话中人物的功能共有31种，分别属于六个阶段。

1．准备阶段，七种功能：

（1）家庭中一个成员离家外出；

（2）主人公被要求遵守某项禁令；

（3）那个禁令遭到破坏；

（4）坏人开始侦察动向；

（5）坏人获悉关于受害者的情况；

（6）坏人企图欺骗受害者，以便抓住他或占有其财物；

（7）受害者上当，无意中帮助了敌人。

2．复杂化阶段，三种功能：

（1）坏人使该家庭一个成员受到损失或伤害，或者该成员有了什么不幸或需求；

（2）上述不幸或需求明朗化了，有人要求主人公去解决这个问题，主人公出发；

（3）主人公同意或决心采取措施。

3. 转移阶段，五种功能：

（1）主人公离家出走；

（2）主人公受到考验、盘问、攻击等，使他有机会得到一个懂魔法的使者或助手；

（3）主人公对将来能满足他追求目标的人物的行动作出反应；

（4）主人公获得了一个玩魔法的使者；

（5）主人公被转移，或被引导到他所寻求的目标的所在地。

4. 斗争阶段，四种功能：

（1）主人公与坏人进行面对面的斗争；

（2）主人公未被识出真面目，就被叫作这样那样；

（3）坏人被击败；

（4）原来的不幸或需求得到弥补或满足。

5. 返回阶段，七种功能：

（1）主人公回来了；

（2）主人公被追捕；

（3）主人公得救；

（4）主人公在不被人知的情况下回到家乡或另一国家；

（5）一个假主人公提出没有根据的要求；

（6）对主人公提出一项困难的任务；

（7）那个任务被完成。

6. 公认阶段，五种功能：

（1）主人公得到公认；

（2）假主人公（或坏人）被揭露；

（3）假主人公以新面貌出现；

（4）坏人得到惩罚；

（5）主人公成亲并得到王位。

普洛普作了这样一番分析之后，归纳出童话故事结构方面的四个特征：

1. 人物的功能是故事中稳定不变的因素，由谁完成或怎样完成对它没有影响，它们构成了故事的基本成分。

2. 童话故事中人物的功能是有限的，总共不超过 31 个。

3. 童话故事中功能的顺序是一样的。

4. 所有的童话故事在结构上属于同一类型①。

普洛普认为构成民间故事基本单位的是"功能"，而不是通常人们所说的"母题"。民间故事的情节结构可区分为不变部分与可变部分，如他所指出的，"童话具有二重性：一方面，它千奇百怪，五彩缤纷；另一方面，它如出一辙，千篇一律"。他紧紧抓住不变的功能，作为故事的要素，并以故事中功能的多少及其组合情况来确定它们的结构类型，从而为包括故事在内所有叙事散文的结构分析打开了一条新路。此书于 1958 年译成英文在西方出版后，引起热烈反响，成为文学批评中结构主义的先声。

普洛普对民间故事结构形态的分析，引起很大争议。他企图深入故事内部，寻求它基本的结构模式及变化规律，他自己虽然没有就这一模式的意义作出详尽的解释，却使人们运用一种新方法来推断童话故事的深层含义成为可能的事②。美国民俗学家邓迪斯甚至认为此书是"几十年来对民俗学理论最革命、最重要的贡献之一"③。因而此书值得我们予以重视。

民间故事在口头流传过程中为什么会发生变异呢？

在不同时间、地域流传的故事，常因时因地而变，从而反映出当时当地社会生活与社会意识的特点。在同一时空范围内流传的故事，也往往因人而变，表现出故事讲述家个人的风格。这里试以源于印度，在中

① ［俄］普洛普：《民间故事形态学》，英文版，德克萨斯州立大学，1968 年，第 19～23、101 页。

② 张紫晨编：《民俗学讲演集》，书目文献出版社，1986 年，第 576 页。

③ ［荷兰］佛克马、易布思：《二十世纪文学理论》，生活·读书·新知三联书店，1988 年，第 68 页。

国、朝鲜和日本广泛流传的《乌龟和猴子》这组故事的变异为例加以说明。

从载于印度古典文献的几种异文来看，其故事梗概为：

1. 一水中动物（鳄鱼、大鳖、虬龙、海怪）和陆上猴子结为朋友。

2. 海怪哄骗猴子下水，企图取猴心为妻子治病。

3. 猴子急中生智，谎称猴心留在家中，骗得海怪将自己送回陆地，因而脱险。

其主题是讲交友之道：交朋友要谨慎，一旦发现朋友变了心，就要用计摆脱。这显然是进入阶级社会以后产生的故事。

这个故事传入中国后，在漫长年代里流传于民众口头，构成一系列异文。汉族中间，有吉林的《猴子和乌龟》，山东的《哪有闲心挂树梢》，山西的《树梢猴心》，陕西的《猴子和鳖打老庚》，上海的《乌龟和梅花鹿》，福建的《海母丞相》等。蒙古族中间有《猴子和乌龟》《猴子和青蛙》。藏族中间有《猴子和乌龟》。由朝鲜迁居中国的金德顺老大娘，带来了朝鲜族的《兔子和乌龟》。

这个故事还传入日本，演变成《猴子的鲜肝》；传入马来西亚，演变成《猴子和鲨鱼》，等等。

这些异文中角色的改变，最为明显。汉族喜爱梅花鹿，日本和朝鲜人民喜爱兔子，便分别用梅花鹿和兔子替换了猴子形象。关于故事中水下动物角色，印度故事中的鳄鱼、虬龙，大都让位于各地常见的乌龟。但情况也不一样，蒙古草原是青蛙，陕西是老鳖，山东是落水的狼，马来西亚是海里的鲨鱼。人们总是选择自己所常见的事物来编织故事，并让一些动植物扮演的角色与其心理倾向相一致。

细节的变异之处更多。吉林故事中，乌龟不是驮猴子下水，而是拿着一种叫“分水箕”的宝物在水下开路。陕西故事中，猴与鳖不是一般的交朋友，是因发现彼此同年同月同日生而“打老庚”（结拜成弟兄）；老鳖取猴心，是为了献给龙王做“药引子”；猴子自称没把心带在身上，是因为在河坝里练习翻跟斗，怕把心抖坏，便取出来挂在树梢上了。马来西亚故事中，猴子指着树上的椰子说：“那就是我的心！”这些添加的细节，生动地点染出不同地区的生活与文化特征。

印度故事中无一例外都有海怪妻子因嫉妒丈夫同猴子的友谊而逼迫丈夫取猴心的细节，表现出对妇女的严重歧视。中国故事大都把它删除了。

载于印度佛经的《虬龙与猕猴》，是用佛祖的口吻来讲述的，开头、结尾用“尔时佛告诸比丘言”相呼应，猕猴脱险后以一首偈言相告，最后两句的大意是：小小猕猴我不贪，宁在此树乐陶陶！表现了佛家出世的人生哲学，因而带上古代佛教文化色彩。中国则均以普通故事讲述人的口吻来说故事，流行的结尾是嘲讽乌龟的背信弃义：“无义之人不可交，哪有猴心在树梢！”“狼心狗肺不可交，哪有闲心挂树梢！”其中表现出劳动人民的道德观念与爱憎情感。

在这些故事中，也有几篇改换背景，充实情节，使故事面貌有较大改变的。藏族的《猴子和乌龟》不满足于猴子用计脱险，还增添了一个回合的斗争：乌龟不甘心失败，爬上岸来躲在山洼里想伺机害死猴子。猴子再施巧计，对着山洼唱道：“山洼，山洼，我猴子在你的怀里安家；如果没有坏蛋乌龟，请你长长地说声‘啊’！”乌龟听了，为了表示自己不在这里，喊了一声“啊”，阴谋立刻败露。猴子以自己的聪明把愚蠢乌龟又耍弄了一番。这实际上是又一个小故事，加上去便把它变成了复合体，情节就更为生动丰富了。

中国故事的背景大都在山地，可称为“山地型”。中国福建和日本、朝鲜的故事则以海洋为背景，可称为“海洋型”。它们不满足于让猴子、乌龟以朋友关系直接发生纠葛，却构造出一个龙宫来，讲龙王生病，龟丞相自告奋勇去取兔肝，用“享受荣华富贵”的甜言蜜语把兔子骗进龙宫。然而同情兔子的水族却揭破阴谋，兔子便用计逃脱了灾难。结果这些水族受到了龙王的处罚。经过一番再创造，故事曲折地反映出封建社会复杂的阶级关系，压迫者与被压迫者之间的斗争，主题有了很大改变，可以说是“推陈出新”了。

上述变异，是劳动人民在传述故事时，为了使它切合当时当地的生活与文化特征，或借用这个故事来更好地表达自己的意愿，予以加工改造的结果。真正的故事家，对故事总是主动传承，既尊重它的原型，又把自己的生活情感及艺术趣味巧妙地融合进去。变异结果，民间故事便获得了紧密附着于人民生活的顽强生命力①。

在一个地方流行的故事，因人而变的情况，董均伦做过很具体生动的介绍：

> （山东昌南地区）每一个庄里，每一个说故事的人，都有几个新鲜的故事。不过，大多数还是一些差不多的故事。有的，基本上是一个故事，各人却有各人的说法，情节也有许多地方不同。比方俺以前整理的《三件宝器》和《画上的媳妇》，只俺知道的，开头就有好几种不同的说法。《三件宝器》，一个开头是那小伙子救了一只狐狸，狐狸送给他三件宝器；另一个开头说小伙子的爹会拉琴，感动得妖怪送给了他三件宝器；还有一个开头说那小伙子上山打猎，到枯坟里去躲雨，得了妖怪的三件宝器。《画上的媳妇》，有一种开头说那小伙子背一个老妈妈过河，老妈妈送给他一张画子；另一个开头，那就是他到集上去买了一张画子。有的人说他和他娘一起过日子，有的人说他和他哥哥嫂嫂一起过日子，还有人说他自己过日子。其中的情节也有许多不同的地方。有人说那媳妇过了三年自己走了；有人说跟嫂嫂合不来走了的；还有人说叫老道化缘化走了的。
>
> 在阎家庄听故事，因为跟“玻璃灯”熟了，有时，他说起一个故事，俺说这个故事听过了。那他会摇摇头说：“你说你那故事什么样，我这个故事不和你那个一样。”有的地方真不一样，像他说的《画上的媳妇》，其中有这么个情节，说那小伙子，虽是看好了那画子，可是舍不得买。走了几步，回头一看，画上的媳妇，难过得好像要哭一样。他忙转回身，买了画子，再看看，那画上的媳妇已经笑嘻嘻的了。这是在发表了《画上的媳妇》以后才听到的。
>
> 在接家河有一个王大嫂，常这样来比方故事没有固定的话，她

① 刘守华：《一个印度故事在我国一些民族中的变异》，《比较故事学》，上海文艺出版社，1995年，第212～225页。

这样讲："多说上一句也不是一个补丁，少说上一句也不是个窟窿。"这是确实的情况。在接家河有一个三十多岁的小伙子叫王惠，他很会说故事，一样的故事，从他嘴里说出来，听起来格外好听。还有一个很爱说故事的小伙子，他也知道很多故事，可是一样的故事从他嘴里说出来，无声无色。俺的一个房东，是一个四个孩子的妈妈，只要听说是王惠说故事，大雨直浇，她也抱着孩子找去听。可是那个人说故事，她听得就不感兴趣了，或是说："他说不出一个好故事来。"①

可见在同一时间和地区流行的故事，因讲述者各人的生活经验、情趣爱好及艺术才能的不同而引起故事的变异，也是常常发生的。故事是集体智慧的结晶，讲述时又会带上个人的印记，表现出个人的创造性。

民间口头文学的变异，既是一种社会文化观象，又是一种心理现象。故事是口耳相传的艺术，它储存在人们的记忆里，以口头即兴讲述的方式来传播。它要受人类记忆这种心理过程的规律的制约。从心理学角度来研究、考察故事的变异现象，是很有意义的。早在1932年，英国剑桥大学的巴特莱特就做过一个有趣的实验。他把一篇北美印第安人的民间故事，给他的被试者——英国大学生读了两遍。15分钟以后，间隔不同的时间，记下他们回忆复述的结果，根据故事再生情况研究它在记忆中变化的规律。通过实验发现：

1. 故事逐渐被缩短，被省略。也就是说，内容的细节部分被丢失。但是，故事的重大线索并未失去。

2. 故事中的说话语气和表述方式，换成了被试者惯用的说法。

3. 故事变得更有连贯性，并被合理化，变成适合于英国人的言语习惯和价值观念的故事。

最后被记住的故事常常和原来听到的故事很不相同。与其说是遗忘，不如说是把材料进行明确的、连贯的重新加工，成为一篇新的故事。

---

① 董均伦：《搜集整理民间故事的几点体会》，《民间文学》，1958年第7、8期。引述时有删节。

记忆包括重现与创造性的重新构造两个方面。记忆的表象在某种程度上被想象形象补充着，同想象形象结合着。记忆中的错误往往来源于围绕一个小小的细节而精心炮制出一套情节，是“精心炮制的错误”，遗忘实际上是一种“创见性的遗忘”①。

心理学家的研究成果，特别是他们利用转述民间故事所作的心理实验，对我们研究故事的类同与变异问题极有启发。由于遗忘的存在，人们听到的故事不可能全部记住，只能记住梗概，以及有选择性地记住同他们生活心理有关联的内容；对容易遗忘、记忆模糊（这些常常是他们感到陌生、格格不入的）的地方，则自觉或不自觉地用自己加工创造的东西来做补充，使得“最后被记住的故事常常和原来听到的故事很不相同”，甚至产生出“从未听到过的新的故事”。从人们心理过程来考察，故事在口头流传过程中既保持它作为核心的共同因素，又发生一定程度的变异，是心理活动客观规律性的反映。

第四节　平行类同

是否所有相类似的故事，都可以用同源说来解释呢？看来不能。不约而同、不谋而合的情况在故事领域也是存在的。表面看来，似乎是一种偶然巧合，深入探究起来，便可以发现，这种平行类同是由相同或近似的历史文化环境中人们共同心理结构所造成的，仍有一定规律可循。由于远古时期人类的原始思维具有一致性，因而孕育出许多类同的神话传说，这是人所共知的。到故事艺术繁荣兴盛时期，人类交往日渐频繁，经过各种曲折复杂的途径交流文化所造成的故事类同情况增多了，这是难以抹杀的事实。可是民间故事无处不在，而不同国家、民族之间的实际交往毕竟有限，各自独立生成的故事数量更多。苏联《大百科全书》中的《民间诗歌创作》条目，按照国际上民间文艺学进展获得的成果，

① ［美］克雷奇等：《心理学纲要》下册，文化教育出版社，1981年，第300页。

说“这种（类同）情况的产生，或是因为起自同一本源，或是因为文化上的交互作用，或是因为在社会发展共同规律的土壤上产生了雷同的现象”。从三方面加以说明，是较为符合实际状况的。这里就平行类同试举一例。

在中国许多地方，流行一个叫《哭笑不得》的故事，讲一个在财主家帮工而富于机智的人物，为了报复财主的虐待，便谎称东家捞鱼淹死在河里，骗得他家里的老婆孩子哭天喊地下河搬尸；回头又谎称家里失火烧得精光，骗得东家也号啕大哭起来。接着两方见面，哭笑不得。这个故事在湖北广泛流行，见于沔阳的徐荀三故事、嘉鱼的吉二爹故事和肖德哥故事、汉川的何三麻子故事、咸丰的陈二郎故事、鹤峰的周三甲故事之中。它也流行在与湖北邻近的一些省份之内，如河南庞振坤的《劝父》，把上述基本情节用在父亲身上。贵州布依族中有两个机智人物，一个叫甲金，一个叫卜当，甲金故事中的《总有一天要对着哭》，卜当故事中的《哭笑不得》，所讲的就是上面这个故事。云南哈尼族把这个故事附会在他们的机智人物阿拜身上，故事题目叫作《“谁能使我落泪?”》。云南傣族的著名机智人物艾苏和艾西两兄弟，也用这种方式捉弄过一勐之主，只是以上山打猎为背景，故事题目叫《又哭又笑》。丁乃通的《中国民间故事类型索引》，将这个故事题为《虚惊》，列入 AT1635A 型，收录了二十多例。

更为奇妙的是，在世界著名的阿拉伯故事集《一千零一夜》中也可以找到这个故事。《一千零一夜》中译三卷本第一卷的《白侯图的故事》中，就有这么一节：白侯图是个被人当牲口一样买卖的奴隶，善于说谎，他有一次被转卖到富商家当仆人，在陪主人出外饮酒作乐时，回家取东西，谎称酒店墙倒屋塌，把老爷压死了，骗得太太、小姐大哭大叫去收尸；回头又对商人讲，家里墙壁倒下来压死了太太、小姐，骗得主人哀痛欲绝。两头哭叫，一家人丑态毕现，演了一出闹剧。它和中国的《哭笑不得》多么相似！

这个故事源于何处？不同国家、民族和地区之内流传的各种异文，互相之间有什么联系？就中国和阿拉伯之间的同类型故事来说，目前还找不到它们彼此间存在交流影响的线索，只能用社会生活、社会心理相近似，因而不谋而合地生出情节相近的故事做解释。中国的徐苟三、甲金、艾西，阿拉伯的白侯图，都是受欺凌的被压迫者，他们积蓄了满腔怨恨，便设法以精心编造的谎言去捉弄主人以泄愤，这是世界范围之内普遍存在的社会现象。而突然遭逢不幸，引起亲人的悲痛，更是到处可见的人之常情。人们从彼此相通的某些生活素材与心理状态出发来编织故事，在情节结构上形成不约而同的相似之处是完全可能的。至于在湖北省内以及在湖北、河南、贵州、云南等邻近省区之内流行的同一故事，则可以断定是口头文学交流影响的结果。庞振坤是河南邓县人，他的故事主要在豫西南流行，也是湖北光化一带民众所熟悉和喜爱的一个机智人物。贵州布依族甲金、卜当的故事，均以下河捕鱼为背景，和湖北流行的同类型故事，连细节也那么一致，完全可以断定是同出一源。至于究竟哪一个地方的故事是它们的源头，一时尚难以确定。

如果说这个故事还不足以说明由情节自生所形成的类同现象，我们还可以举出国外学者对民间故事传说的情节结构进行广泛概括所得的结论作为例子。他们发现在世界范围内流行的各类故事，普遍采用二元对立结构，对立的形式包括善/恶、真/伪、无辜/罪恶、爱/恨、生/死等。这不仅是散文故事，而且几乎是所有史诗构成的一个主要规律。这种情况显然难以用民间创作的互相流传影响来解释，它应当是人类深层心理结构具有某种一致性的反映。“如果有人说令人愉快的感觉是依靠缓和紧张的气氛得来的，那么民间传说就是通过解决对立来缓和紧张气氛的。”① 这种共同心理又是以自然界和社会生活中普遍存在的对立统一作为基础的，表现出客观事物发展的辩证法。

探寻不同国家、民族中间流行的同类型故事之间实际存在的联系，属于比较文学中“影响研究”的课题；而考察并无实际联系的口头文学的平行类同性，则属于比较文学中“平行研究”的范围。流传学派执着于用情节流动、相互影响来解释所有情节类同的故事，全然不顾世界历

① 张紫晨编：《民俗学讲演集》，书目文献出版社，1986年，第561页。

史文化发展中本来就存在的平行类同现象，这样，他们的研究成果中就不免带有一些牵强附会的成分。“平行研究”方法适用的范围更广，视野更为开阔，能够更深刻地触及民间口头文学发展演变的规律。我们考察民间故事的类同现象，应从实际材料出发，区别不同情况，引申出有关结论，不必拘泥一说。

民间故事的类同变异，普遍存在于口头文学之中。它不但具有深入研究的学术价值，也同搜集整理故事的工作有关，同正确欣赏评价故事有关，它受到越来越多的民间文学工作者和民间文学爱好者的关注是有道理的。

【思考与作业】

1. 民间故事的大同小异现象是怎样形成的？

2. 结合自己所熟悉的情况，分析一下同源故事因时因地或因讲述者个人特点而变异的具体表现，并说明它的意义。

3. 试用丁乃通编撰的《中国民间故事类型索引》一书，选取其中一个类型，搜集有关材料，写出一篇比较研究论文。

第九章　民间故事的叙事艺术

第一节　故事的魅力

我们在前面分别论述民间故事的几种不同样式时，已经初步评述过它们的艺术表现形式。本章再就它们的叙事艺术，作一综合性的考察。

民间故事最吸引人的地方，首先是它的故事情节曲折生动、引人入胜。人们被这些故事所深深吸引，把听故事当作一种休息和娱乐，同时又毫不费力地从中汲取了智慧和力量，受到教育和启迪。富于“故事性”，是广大故事爱好者对民间故事的直接感受，也是故事学所要探寻的奥秘之一。我们考察故事的魅力就从这里开始。

叙事文学中的故事情节是由一系列生活事件构成的。严格说来，故事与情节的含义是不同的。文艺学家认为，故事是对那些按时间先后顺序排列的事件的叙述，而情节则是指那些包含着因果关系的事件。我们这里把故事情节作为一个概念来使用，包括以上两方面的含义——既是按时间顺序排列又有着因果关系的一系列生活事件。它是现实生活中矛盾冲突发展过程的反映，这些矛盾冲突又是由代表不同社会势力的各式各样人物的思想性格的冲突纠葛所引起的，所以叙事文学中的故事情节便成为人物性格发展的历史。故事情节是叙事文学的要素之一，小说的基本面便是故事，口头讲述的民间故事更是以故事情节取胜。我们通常所说的故事性，实际上是指情节的丰富生动而言。情节丰富生动，故事就会产生出吸引人的魅力。

这里试以秦地女讲述的《张打鹌鹑李钓鱼》为例。下面是它的梗概：

张打鹌鹑李钓鱼，两人是拜把兄弟。

李钓鱼下河钓到一条像门扇那样长的金翅鲤鱼，张打鹌鹑见它眼中流泪，要过来把它放了。哪晓得这鱼是龙王的五小子，龙王便派巡海夜叉把张打鹌鹑请到龙宫里去做客。龙王要送给他一件宝物作谢礼。他金银珠宝一样也不要，只要了龙王面前的那只小哈巴狗回来看家。

张打鹌鹑出门做活，他心里想吃什么，回到家里揭开锅就摆着什么。他好生奇怪，有一天躲藏在房背后，终于看清了是那只哈巴狗变成一个花似的闺女给他烧火做饭。原来她是龙女。张打鹌鹑把她脱下的狗皮烧了，两人结成夫妻。龙女叫男人去耕地种庄稼，男人舍不得离开她，龙女便用纸糊了四个美人，插到地里，一边耕地一边看，一点也不觉得劳累。

纸人被一阵风刮走，落到王员外院子里，他家恶小子查访美女，找到张家。千方百计想霸占龙女。他提出用打赌的办法换老婆。先要张打鹌鹑用鸡蛋碰他的石头碌轴，接着又要赛马，张打鹌鹑从龙宫里取来宝物相助，比赛获胜。张打鹌鹑随口说了个“没意思”，恶小子要他交出一个“没意思”来，借故刁难。龙女从龙宫里取来一个能变化的宝物——红疙瘩，作为“没意思”交给恶小子。轰隆一声，红疙瘩爆炸开来，把王员外家化成了一片灰烬。张打鹌鹑和龙女从此过上了安定的日子。

《张打鹌鹑李钓鱼》讲述的是一个天天上山打鸟的穷小伙子的生活史，可以称之为“猎人奇遇”。主人公将捕获的鲤鱼放生，想不到由此进入神奇的龙宫做了贵宾；要来一只哈巴狗，竟变成一个俊俏能干的媳妇；男耕女织，日子本来过得很舒心，却因大风刮走纸人，飞来横祸；三次打赌，开始时主人公完全处于劣势，后来竟然一下子取得了胜利；最后坏人由于无理刁难，给自己招来无情惩罚，这个故事以大快人心的结局收场。故事中主人公的生活遭遇，经历了六七次波折，一会儿突降好运，一会儿乐极生愁，一波未平，一波又起。这样，广大听众对主人公的命运便不能不深为关注了。由于情节的曲折发展，主人公活动的背景不断更替，时而上山打鸟，时而水府作客，时而下地耕作，时而争强斗胜，从而大大扩展了故事的空间范围与生活内容。故事情节的丰富性，主要指情节发展要有一定的曲折波澜，并由此透视出广阔时空背景下社会生活的复杂丰富性。秦地女讲述的这篇童话故事正具有这样的特点。

至于故事情节的生动性，则主要指它的新奇巧妙而言。俗话说“无巧不成书”，这句话里包含着深刻的辩证法思想。民间故事的奇巧表现为两种形式，用幻想编织而成的故事，以“神奇”引人入胜。《张打鹌鹑李钓鱼》就很有代表性。人们日常所见的鲤鱼和哈巴狗，竟然是龙子、龙女的化身，它们的神奇力量一下子就改变了穷小伙子的命运；恶小子仗势欺人，要小伙子拿鸡蛋来碰他的石头碌轴，输了就得换老婆，这本来是一着死棋，想不到主人公从龙宫里借来一枚鸡蛋，居然把石头碌轴碰得粉碎；后来恶小子又要主人公交出一个“没意思”来，这不用说是胡搅蛮缠，谁知在龙宫里真的找到了一件叫“没意思”的宝物，它实际上是一个爆炸物，由此惩罚了恶人。情节发展变幻莫测，令人惊奇神往。有人说，情节发展使读者、听众产生出乎意料的感觉，便是情节成功的象征，这话颇有道理。可是出乎意料的情节发展，细想又必须合乎情理，符合实际生活的逻辑。幻想故事也不能例外，不是越离奇古怪越好。就以上述故事为例，鱼龙变幻、龙宫得宝，虽出自大胆想象，却符合我们的民族文化心理。而且在幻想情景中，交织着生动活泼的农村生活细节。哈巴狗变闺女，把狗皮搭在门栓上，烧了狗皮，她就再也不能变形了，这是童话的幻想，可是接着描述闺女的神态：“‘你还我的袄，还我的袄！’闺女直嚷嚷，也不给他做饭了，坐在灶柴上哭去啦。”这又是完全从民众日常生活中提炼得来，亦虚亦实，虚实交融，既奇幻优美，又使人感到亲切可信。

就大量写实性的故事来说，不可能借助于神奇因素来构造引人入胜的故事，那就得以情节的新奇来吸引听众了。长工杜老幺同县太爷打官司，一下子摘掉了县太爷的乌纱帽，就十分新奇。这种新奇是由杜老幺的无比机智和那位县太爷的愚蠢透顶的性格对比所产生的。那些讲述善恶报应主题的故事，常借偶然性来构造情节。两伙计出门经商，好心人被谋害，落入陷阱，在偶然情况下偷听到野兽们议论人间秘密，由此走向富贵，因祸得福。黑心人得知究竟后，前去学样，也是在偶然情况下被这伙野兽吞食，受到无情惩罚。正反面主人公境遇的逆转，都出于偶然巧合，那伙野兽并不是有意识地出来执行赏善惩恶的职能，人们对上述情节发展的感受是出乎意料的。可是这种偶然巧合又在一定程度上体现出社会生活发展的必然趋向，可以说是对必然性的一种补充，并非纯粹的偶然。因偶然巧合而因祸得福的事例，在实际生活中屡见不鲜，以致形成“塞翁失马，焉知非福”的成语众口传诵。民间故事巧妙地把生活中的这种偶然性和必然性结合起来编织故事，就获得了既新奇又真切可信的巨大魅力。

故事的内容和形式，当然都源于生活。为什么人们编故事、听故事，又不满足于简单再现平凡的日常生活现象呢？其基本原理已由马克思主义的文艺论著所阐明：

> 人类的社会生活虽是文学艺术的唯一源泉，虽是较之后者有不可比拟的生动丰富的内容，但是人民还是不满足于前者而要求后者。这是为什么呢？因为两者虽然都是美，但是文艺作品中反映出来的生活却可以而且应该比普通的实际生活更高，更强烈，更有集中性，更典型，更理想，因此就更带普遍性。①

就民间文学来说，人们喜爱那些情节神奇或新奇的故事，因为在这些故事中，以更强烈、更集中的形式反映实际生活丰富多彩的面貌；还因为人们不满足于静观生活，而渴望从故事中感受到劳动人民的热烈情感、丰富智慧以及对光明美好未来的向往，对世界奥秘的探求等。

把故事编得离奇怪诞并不困难，困难在于故事情节的曲折奇巧须有一定的生活依据，既要出人意料，又须在情理之中。这同善于运用夸张、巧合、想象等手法有关。有人写文章，将民间故事的“奇”的表现手法归纳为：“有的通过幻想寓奇，有的高度夸张出奇，有的构思巧妙见奇”，

① 毛泽东：《毛泽东论文艺》，人民文学出版社，1992 年，第 49 页。

主张“新故事创作中应吸取传统民间故事中‘奇’的表现手法”是颇有见地的。试以本书附录的《憨子寻女婿》这篇叙说奇巧婚姻的生活故事为例，它的故事情节完全从乡村日常生活中提炼而出，在一波三折的曲折中由险出人命而逆转成大团圆；既出人意料，又在情理之中；既洋溢着生活情趣，又饱含美好情操；看似信口说道，实则精心构造。由此显示出的口头文学家编织故事的高度技巧，不能不令人称绝。

第二节　民间故事的叙事技巧

前面我们对民间故事的魅力作了初步考察，下面再就它叙述故事的技巧做进一步探讨。这里，我们借用国内外现代叙事学的研究成果，从叙事时间、叙事体态和叙述语式三方面来剖析民间故事所特有的叙事方法①。

一、叙事时间

故事发生的时间和叙事的时间这两者之间是有差别的。实际生活中故事发生的时间是立体的，许多有关联的事件往往发生在同一时间。可是人们用话语叙述故事时，只能按一条直线排列，把一件一件的事叙述出来，所以叙事的时间是一种线性时间。故事里的人物和事件，已经被投射到一条直线上，和它的本来面貌有所不同了。时间的处理表现出技巧。随着叙事文学的发展，人们越来越重视用歪曲和颠倒时间的手段来达到自己的美学目的，影响听众和读者的心理。积累的手法有顺叙、倒叙和插叙，连贯、交替和插入等。

托多罗夫在《叙事作为话语》中，对民间故事的时间结构形式做过这样的评述：

> 这些故事可以用几种形式联系起来。民间故事和短篇小说已经

---

① 本节主要参考兹韦坦·托多罗夫：《叙事作为话语》，《美学文艺学方法论》下册，文化艺术出版社，1985年，第562～572页。托多罗夫为法国结构主义叙事学家，有《〈十日谈〉的语法》等著作。

运用了其中的两种，即连贯和插入。连贯只是并列各个不同的故事，第一个故事刚结束，就开始第二个故事。在这种情况下，它们的协调是由每个故事结构的相似来保持的。例如，三兄弟先后出发去寻找一件宝贝，每个人的旅行都给一个故事提供了基础。

插入是把一个故事插到另一个故事里去。因此，《一千零一夜》的所有故事都被插入在叙述山鲁佐德的故事里。可见，这两种组合形式是并列关系和主从关系这两种基本的句法关系的精确反映。

还存在第三种组合形式，我们可以把它称为交替。交替是同时叙述两个故事，一会儿中断一个故事，一会儿中断另一个故事，然后在下一次中断时再继续前一个故事。这种形式显然是同口头文学失去了任何联系的文学体裁的特征，因为口头文学不可能有交替。

这段论述大体适合我国情况，我国民间故事一般采用顺叙手法。即按时间先后顺序，以一人一事为主线，连贯地展开叙述。连贯式又可以细致地区分为重叠式、连锁式和递进式等。

重叠式即我们通常所说的三段式、三叠式，以同类型情节的几次平行反复来构成，如三兄弟接二连三去远方寻宝，英雄主人公经历三次磨难，好人同坏人进行三次较量等。

连锁式结构相当于修辞中的顶针格，由上一段具有相对独立性的情节引发出下一段具有相对独立性的情节。一些情节单一的故事常采用这种结构形式拼接成复合故事，它也是较为常见的，彝族童话《淌来儿》就是一个具有代表性的实例。有时，它们也可以彼此脱落，作为几个小故事独立存在。

递进式结构不同于以上两种结构形式的地方是围绕情节主线，逐步深化矛盾冲突，层层递进，形成高潮。于乃昌在《珞巴族民间故事的审美效应与审美构成》中指出，在珞巴族故事中，就有这种较为复杂的结构形式存在，例如《苦九龙草》，它开头讲苦九龙草把妹妹包进了草心，三个哥哥去救妹妹；三哥拔出苦九龙草，没有看到妹妹，却发现草根下有一条地道；三哥沿地道走进地府，见一老妪，即苦九龙鬼，三哥索要妹妹，老妪使妹妹复活；三哥和妹妹赛跑，发现这个妹妹是假冒的，再次同苦九龙草争斗，才将真妹妹找到领回。这个有着曲折情节的故事，它的结构就明显属于递进式。其实前面的重叠式和连锁式也都有递进的特点，否则，很难抓住听众的心弦。我们这里提到的递进式，则是指在这两种情况以外、递进特征更为鲜明的结构形式。

以上三种结构形式在长篇故事中常常结合起来加以运用。维吾尔族故事《一个女人的爱情》，讲那个美丽聪明而又坚强勇敢的女人逃出王宫，本想找到丈夫，不料落入坏人之手；随后女扮男装流落到一个陌生的地方，竟被选为国王；经历重重磨难，最后终于同丈夫幸福团聚。就这个故事的整体结构来说，属于递进式。可是中间的巧遇秃子、猎人和赌徒，却采取了典型的三叠式结构。

由此可见，按照时间顺序的连贯叙述，同样可以构成曲折丰富的故事情节，产生吸引人的巨大魅力。

在民间故事（主要是童话）的连贯叙述中，常使用一些套语，如“从前，在很远很远的地方……”“他走了七七四十九天，渡过九十九条河，跨过九十九座山……”之类。这些不只是在前后情节之间起连接黏合作用，还扩大了故事的时间与空间跨度，在人们的艺术想象中，延伸了线型时间，增加了故事容量。它们也是加强表达效果的一种艺术手段。

插入是把一个故事插到另一个故事里去，也就是我们通常说的故事里头套故事。它是由插叙演进而来的，穿插叙述另一个故事的时间虽然和这个主干故事发生的时间是连贯一致的，而那些故事本身却发生在不同的时间背景上。它是几个或一系列发生在不同时间里的小故事的复合体，故事情节显得更为曲折，所概括的生活内容自然也要复杂、丰富得多。我国藏族的一部长篇故事《尸语故事》或称《说不完的故事》即以这种结构形式编成。它有一个引言，讲小伙子顿珠偷学巫师法术，遭巫师迫害，引起争斗，顿珠在斗法过程中杀死巫师，造下罪孽。鲁珠祖师为了使其赎罪和为众生谋取幸福，指示顿珠去远方墓地大树上寻找一具神奇死尸（尸精）。如果能把他背回来，他全身就会化作金子。可是在尸精讲话时，顿珠不能答话，只要一开口，尸精就会飞走。顿珠不辞艰辛找到尸精，把他背在身上往回走。途中，尸精给他讲起故事来，讲到紧要处，顿珠出于对故事中人物命运的关切，情不自禁地插问了一句话，尸精立刻飞回原处，顿珠只得再去相请，尸精又讲故事，这样的事又重演一遍，一共讲了二十来个或三十来个故事。最后顿珠牢记失误教训，一口气把他背到鲁珠祖师面前，坚毅勇敢，终于成功。这部著名故事集中的几十个故事，用顿珠寻取神奇死尸的故事串连起来。顿珠一次又一次去寻找尸精，是按时间先后顺序连贯叙述出来的，采取重叠式结构。而由尸精穿插讲述的那些故事，则发生在不同时间里，每个故事的时间、空间背景不同，具有相对独立性，合起来又是一个整体。《尸语故事》最早是从印度的《僵尸鬼故事》脱颖而出，在藏族人民群众长期口头流传过程中，染上了鲜明的藏族生活与文化色彩。

这种特殊结构，在印度、阿拉伯故事中很流行。印度的《五卷书》、阿拉伯的《卡里来和笛木乃》及《一千零一夜》，都是借助它来构造长篇故事框架。《五卷书》的中译者季羡林先生告诉我们，外国学者称这种结构形式为“连串插入式”，即“全书有一个总故事，贯穿始终。每一卷各有一个骨干故事，贯穿全卷。这好像是一个大树干。然后把许多大故事一一插进来，这好像是大树干上的粗枝。这些大故事中又套上许多中、小故事，这好像是大树粗枝上的细枝条。就这样，大故事套中故事，中故事又套小故事，错综复杂，镶嵌穿插，形成了一个像迷楼似的结构”。这种结构形式，给人的印象如同重峦叠嶂，风光无限。它是故事艺术由简到繁，不断演进的结果。它主要用于长篇故事中，我国一些故事艺术很发达的少数民族，也用这种结构形式来编织短篇故事，维吾尔族的《太子爱吓山》就是一例。

至于颠倒时间顺序的倒叙手法，以及将发生在不同时间、空间背景上的几件事交替叙述的手法，在一般民间故事里确实较少见到。但在我国的说书艺术中，是常常用“花开两朵，各表一枝”这样的套语提头，来展开交替叙述的。说书也是一种口头文学，是由职业艺人在某些方面作了发展提高的一种口头叙事文学。

按时间顺序连续叙述的事件并不能构成故事，故事情节中的那一系列事件，还须彼此间具有某种逻辑联系。叙事中的“时间和逻辑混淆”，便成为叙事学研究的中心课题。现代小说强调逻辑优于时序，发展了“非时序化”的倾向；民间故事则如普洛普在《故事形态学》中所指出的，极其重视时序的不可改变性，扎根在时间里。人们喜爱听曲折新奇而又时序清楚、头尾分明的故事。故事家巧妙地将扣人心弦的因果关系消融在自然清晰的时序里，形成引人入胜的故事情节，他们的叙事技巧是很高明的。

二、叙事体态

故事都是由叙述人口头叙述出来的，叙述人观察人物事件的方式及其主观感受，不可能不表现出来，只是色彩或浓或淡罢了。叙事学把叙事人同故事中人物事件的关系称为叙事体态。民间故事的不同风格和魅力，同它所采用的叙事体态有着密切关系。

有关学者把古今流行的主要叙事体态分为三种：

叙述者＞人物（“从后面”观察）。叙述者比故事中的人物知道得更多，甚至是一个对人物身上的一切包括他们的内心隐秘无所不知的“全知”者。古典主义的叙述常采取这种方式。

叙述者＝人物（“同时”观察）。叙述者和故事中的人物知道得一样多，第一人称就属于这种叙事体态。也可以采用第三人称，由叙述者跟随故事中的一个人物或几个人物，用他们的感受来叙述故事。

叙述者＜人物（“从外部”观察）。叙述者比故事中的任何一个人物都知道得少，只限于叙述从外部观察所得的某些特殊印象，叙述人就像《红楼梦》中初进大观园的刘姥姥，它是叙事文学中的一种新探索，能够使平凡生活显现出不平凡的光彩。

民间故事的叙事体态具有怎样的特征呢？

民间故事中尚未发现第三种叙事体态。有些故事讲述家爱用第二种叙事体态，以第一人称的口吻来讲述故事，如刘德培所讲的《背脚佬和草鞋》《你是自讨的》，这些故事是依据他亲身的经历见闻编成的，叙述人和故事中的主人公“合二而一”，显得十分真切生动。

民间故事的绝大多数属于第一叙事体态，或兼用第二叙事体态。叙述人既是故事的见证人，又是主人公的亲密伙伴，他比当事人知道得更多，但一般不以“全知”者的身份对有关人物进行客观冷静的剖析；而是贴近自己的人物，怀着热烈的情感来叙述故事、描绘情景。下面试看1986年第6期《民间文学》刊出的山东著名故事讲述家胡怀梅口述的一篇小故事《丈夫回来了》：

这个人闯关东，一去三年，挣了好些银钱，拾了个破袄穿着，把银子揣在怀里，用根草绳束得嘣嘣的，头戴一顶破帽子，推诿着斜里呱嗒，龟腰罗锅，拖拖啦，拖拖啦到了家。

他问老婆：“你做什么的？”他老婆连眼皮都没翻。你看这小子穷种样，真是埋汰人，你还有脸回家。心里想的，没说出口来。又问：“我走那年，咱那头牛要抱犊子的，抱了没？”不搭腔！“我走时，咱喂那对小猪怎么样？”不搭腔！“上东庄去叫他姑来过两天不？”也不搭腔！“我走那年，年成不孬哟。咱那个秫秫谷子都打了多少？”也不搭腔！“你闲来无事也不做个豆腐吃？”行了，老婆把耳朵塞上了。男人知道老婆嫌他穷，不需回话了。

他使劲咳了一声，草绳鼓断了，银子突突啦啦地往外掉。老婆一眼溜着了，上去一把抱住男人说：“我的个人，我的个福，三担秫秫两担谷，要吃豆腐咱就做，背上个毛驴叫他姑，喂了个黄沙牛，抱了个花犊犊，小猪喂得滑溜溜！”

它叙述一个男人出外闯关东，带着银钱回家见老婆的喜剧性故事。故事采取第三人称，叙述者熟悉主人公的全部经历，知道在他身上紧裹的破棉袄里揣着银子，这是那位妻子所不及的。同时，他还能看出妻子见到男人的穷酸样子后心里所想而嘴上并没有说出来的话语，这又是那男人所不及的。这位叙述人显然属于全知型了。正因为他比故事里的人物和故事听众知道得更多，才能赋予这个普通的生活小故事以不平凡的丰富内涵。可是他并不满足于充当见证人静观事态，却贴近男主人公，似乎是这个人闯关东的亲密伙伴随他归家，目睹了这幕喜剧。在叙事话语中间，情不自禁地流露出他的热烈情感。前面的六个“不搭腔”和后面的“一眼溜着”、“一把抱住”，构成鲜明对比，对那位认钱不认人的妻子给予了辛辣的讽刺。从这方面看，它又具有第二叙事体态的特征。实际上，只要稍稍变动几句话，就可以改作第一人称叙述的故事。

人们介绍胡怀梅讲述故事的特点是，“她总是把自己的同情放在受苦受难的劳动人民、社会中的弱者和被迫害者一边，对地主老财、地痞恶霸、官府显贵们欺压蹂躏人民的凶恶罪行进行辛辣地揭露和鞭挞”①。其实大多数故事家都是如此。作为故事叙述人，他们一方面比自己的人物知道的事情更多，能够把听众引向更广大的世界，让听众增长见识，体验大千世界的丰富人生；同时又以十分亲近的态度对待自己喜爱的主人公，常常在立场与情绪上同人物融合无间，用自己所喜爱的主人公的眼光来看人看事，使所讲故事更加亲切感人。也就是主要采取第一叙事体态，有时又禁不住转向第二叙事体态。故事叙述人“一人多角，进进出出”，可以灵活地变换叙述角度、叙述者的身份和口吻，不必始终拘泥于某一种叙事体态。现代小说家常以在一部作品中自始至终严守自己所选择的某种叙事体态作为艺术追求的目标之一，自然也是值得称道的。至于广大民众听故事，却更易于接受这种混合型的叙事体态，它不只是一种较为定型的艺术习惯，也是为了使口头表达显得更加生动活泼的缘故。

三、叙述语式

叙述体态所涉及的是叙述者观察各种事相的方式，这里讲的叙述语式则指叙述者的语言表达方式。叙述语式主要有两种：叙述和描写。我国民间故事在叙述和描写的运用上具有自己的鲜明特色，这一特色可以概括为粗细结合、简捷明快。试以秦地女讲述的《张打鹌鹑李钓鱼》这篇著名童话的后半截为例：

张打鹌鹑没答话。等恶小子的马跑开五十步了，张打鹌鹑才上马，他扬起鞭子没落上马身，那马已跑出一百步了。恶小子的马连九十步也没跑到，就急得跌倒摔死了。恶小子背回个空马鞍来。

张打鹌鹑说：“我说不跑吧，你说跑呀跑呀，跑下个没意思吧！”

“没意思？我就跟你要这个‘没意思’！明天拿不来，你那老婆

① 华积庆：《胡怀梅和她讲的故事》，《民间文学》，1986年第6期。

就是我的。”

张打鹌鹑回去跟媳妇一讲，媳妇说：

“不怕，咱们有的就是‘没意思’。你去吼巡海夜叉，说我妈柜里有个红箧箧，我要嘞。”

第二天一早，张打鹌鹑去河畔畔吼：

“巡海夜叉，巡海夜叉！他家三闺女说，她妈柜里有个红箧箧，她要嘞！”

话刚落音，他定眼看，从水里漂上来个红箧箧，他一把逮住了。心想：“这就是个‘没意思’?”

回家媳妇跟他说：

“一起走吧。”

老婆、汉子相跟上，来到恶小子家了。恶小子一看，说：

“你手里那个红疙瘩就是‘没意思’?”

“是呀，”媳妇说，“你要大要小?”

“喝，它还能大能小嘞，我要个豌豆大。”

再看那个红疙瘩，变得像豌豆一样大了。

恶小子说：“我要上个没！”

再看“没意思”没了。

王员外一家人都在院里看热闹来不是?！恶小子乐得吼起来了：

“我要上个房大——好娶你呀！”

“‘没意思’大！”

媳妇喊了一声，和张打鹌鹑齐跑出门外了。就听“轰轰隆隆”一阵子，王员外家烧起漫天大火，恶霸全家人都焖在火里了，没跑出来一个。

张打鹌鹑和媳妇回家了，人家回去过安生日子呀。①

这一节故事里有叙述，也有描写，讲了两件事，描画了三个人物，叙述性的语句约占三分之一，描写性的语句约占三分之二。开头和结

① 孙剑冰采集：《天牛郎配夫妻》，上海文艺出版社，1983 年，第 22～24 页。

尾的两段叙述话语，都不到一百个字，却将赛马同火烧员外家这两个重要情节叙述得清清楚楚，有声有色。“恶小子的马连九十步也没跑到，就急得跌倒摔死了。”“张打鹌鹑和媳妇回家了，人家回去过安生日子呀。”在客观叙述中，渗透着强烈的爱憎情感，表现出叙述人的鲜明立场。

它的描写属于我们通常所说的白描手法，即粗线条的勾画。故事场景从野外赛马，到海边要宝，又到员外家去送宝，变换了好几次，然而故事家并没有细致地去描绘环境特征；出场人物有好几个，故事家也没有具体介绍他们的相貌美丑；没有大段心理分析，但简略的心理描绘(如，心想：“这就是个‘没意思’?”）有力地揭示出人物心理变化情况。故事家着力用简练传神的手法刻画人物的行动和语言，尤其是人物对话十分精彩，不但成为情节发展的契机，人们还可以“听其声知其人”，从那三言两语中立刻想象出人物的声音笑貌与性格特征来。“我说不跑吧，你说跑呀跑呀，跑下个没意思吧!”活画出张打鹌鹑比赛获胜后的喜悦得意心情。“我就跟你要这个‘没意思’！明天拿不来，你那老婆就是我的。”恶小子的蛮横霸道嘴脸，跃然纸上。“不怕，咱们有的就是‘没意思’。”龙女的有恃无恐，不畏强暴，活灵活现。

从这里可以看出，我国民间故事的叙述语式，是以简明的叙述和粗线条的勾画为主，一般不对人物环境进行精雕细刻，但很注重描写人物对话。可以说是粗中有细，粗细结合，表达明快有力。鲁迅在《论“旧形式的采用”》一文中，曾说中国民间艺术具有“明快简捷”的特色，我们完全可以把它用来概括民间故事的叙事特征。

民间故事对人物性格的各个侧面不做精细描绘，但各类人物的主要性格特征仍是较为鲜明的，因为它以情节的反复逐步加深人们的印象。民间故事的人物具有类型化的特点，美丽的公主、勇敢的王子、勤劳善良的小伙子、狠毒的后妈、贪心的老大、机智的长工、昏庸的官吏或国王，在许多地方流行的故事中出现，其性格特征都是一致的，较少个性色彩。故事家不着重表现人物的个性，而是把许多人物作为现实社会中不同类型人物的代表来描述，甚至是作为某种道德观念的化身来表现。

他们具有广泛的概括意义。各个地方的故事家和听众，都可以依据自己的生活体验生发联想，在心目中浮现活生生的人物形象。

民间故事艺术上的明快简捷，同面对听众口头讲述的语境有关。口头讲述故事要求迅速展开情节以抓住听众，在静止状态中细致地刻画形容人物环境，很容易招致听众厌烦。而且口头讲述时可以用手势、表情、语调等来补充语言之不足。有的故事搜集家就讲到这种情况：那些会讲故事的人，讲到高山，手一扬，头一抬，就意味着这山很高很高；讲到妖怪来了，眼睛瞪得大大的，作出惊恐的表情，借以显现妖怪狰狞可怖的姿态。有许多描述简略的地方，可由人们以联想来做补充。这样，记录成文时，就显得线条粗略了。

第三节　民间故事的叙事风格

从民间故事的叙事方法和技巧来看，它在艺术风格上，属于重“写意”而不重“写实”，重“表现”而不重“再现”的一类艺术。美学家告诉我们，再现和表现这两个在艺术理论中常用的术语，人们把它们都当成主观对客观的反映来使用着。二者的区别在于，前者着重于反映客观性特征，后者着重于反映主观性特征。“与再现对应的表现，内涵比较侧重于形象对艺术家的主观态度的体现。”① 表现与再现当然不是截然对立的，在艺术作品中，常常是对立的统一。但每种艺术又往往有所侧重而显出自己的特色。国外一些民俗学家曾指出，世界上许多民族的原始艺术，就属于表现艺术，“表现艺术具有感情的特色”，它不要求真实再现客观对象，而是着重表现作者所感知的对象的突出特征，或强调整体而置细节于不顾，或为了突出表现细节的真实而忽略整体形象。象征性的表现成为最主要的方法，因此人们也称之为象征艺术或意念造型艺术②。

① 王朝闻：《审美谈》，人民出版社，1984 年，第 317 页。
② ［美］弗朗兹·博厄斯：《论表现艺术》，《民间文艺季刊》，1986 年第 3 期。

口头语言艺术也以着重感情表达为重要特征，文艺学家指出："有声的文本更多地从情感上被知觉，而阅读的文本更多地从理性上被知觉。""音响能够使语言形象不借中介地、有语调地体现和传达人的感情、体验和情绪。"① 所以，口头文学传达的感情信息比书面文学无可比拟地要丰富得多。

民间故事作为一种渊源久远又借口头语言来表达的艺术，其重情感表现就不难理解了。故事家讲述故事并不在于精细地再现人物、事件、环境的客观性特征，而在叙述那些牵动自己和面前听众情感的关于好人得福、坏人得祸、善有善报、恶有恶报等的故事。这些故事在口耳相传中已被民众渲染上浓重的主观感情色彩。讲述时对人们喜爱的主人公尽力加以美化，对邪恶者尽力加以丑化，并按照人们的意愿，给他们安排下应得的结局。这种主观感情色彩，在故事家的叙事时间、叙事体态和叙述语式中都明显地反映出来，并带来了夸张、对比、象征、幻想等手法在叙述描写中的广泛运用。

南海边会吹箫的渔民，让箫声一起，龙宫里客人的玉杯便纷纷坠落地下；北方草原的勇士，可以用双手推着大山走路；狠毒的后妈，要吃前娘子女的心肝治病；悭吝成性的财主，临终时要家人把自己的尸体解剖开来冒充猪肉卖钱。这类出奇的夸张，在民间故事里习以为常。

许多流行故事常用对比方式构成，如三个儿子故事、两姐妹故事、两伙伴故事等就是人所熟知的几例。实际生活中的兄弟姐妹并非思想性格都是截然相反，故事家不过借此将勤劳与懒惰、善良与奸诈、勇敢与怯懦、仁爱与残忍、智慧和愚蠢进行强烈对比，使人物思想性格的美丑更加鲜明突出罢了。

无辜被害者灵魂不灭，变形成动植物以复仇；对作恶多端的人则让他变形成狰狞丑恶的兽类，以示惩戒。遭魔法变形的好人，有功于民众或获得美好爱情之后又可以恢复人形，由丑变美。这样的幻想与象征性的情景在故事中流行不衰。

---

① ［苏联］莫·卡冈：《艺术形态学》，生活·读书·新知三联书店，1986 年，第 345 页。

我国著名美学家王朝闻指出“再现”的美学意义是：“主观感受因素的表现高于对客观因素的再现，这不是艺术形式落后于它的反映对象的结果。相反，正是艺术形式在广阔的范围内，能动地而不是被动地反映了对象的结果。”① 他对《镜泊湖民间故事》的评论，就贯串着上述观点。他说这本故事集，“在艺术性方面，具备着各种值得借鉴的好处。例如，强调人对自然的感受与情感，而不满足于被动地模拟自然现象自身的这种艺术才能和艺术手段，较之只会平铺直叙地记述客观现象，或者没有由衷的感情而硬挤感情，空洞地叫着前进的口号的作品，显然更有可能吸引着愿意欣赏艺术的读者”②。他着重评论的是那些优美的自然风物传说，作为一种美学特征，它也同样体现于广泛反映社会生活的各类民间故事之中。它同中国绘画、戏曲、小说中强调“写意”、“神似”的民族艺术传统是一致的。只不过民间故事是山野间开放的艺术花朵，显得比较质朴罢了。

对民间故事的上述特征，我们用富于浪漫主义色彩来概括自然也是可以的。浪漫主义同样是以着重主观感受的表现为基本特征。现在我们借用有别于“再现”的“表现”一词来突出其特征，似乎更为简明确切。我们把它和“明快简捷”联系起来，因“明快简捷”的风格正是为了便于人们充分表现自己对社会生活的主观感受，以及为了在讲故事时便于讲述人同听众交流情感，在长期的故事讲述活动中，逐渐形成的一种特殊风格。

第四节　故事和评书、小说的界限

为了更深入地了解民间故事的艺术形式的特征，将故事、评书和小说三种体裁做一番比较，研究一下它们的联系和区别，是很有意义的。有些从事文学创作和民间文学工作的人，常常将这三种体裁混同一体，

① 王朝闻：《审美谈》，人民出版社，1984年，第318页。

② 王朝闻：《留有余地》，《民间文学》，1982年第1期。

用评书和小说的笔调来整理和改写故事，使故事所特有的艺术形式和风格遭到破坏，弄得不伦不类。对这个问题的研究，具有重要的理论和实际意义。

一、故事、评书、小说的历史渊源

从文艺发展史上看，这三种体裁都源远流长。它们既互相影响、互相渗透，又分道扬镳、独立发展，形成了自己鲜明的艺术特色。它们的共同之处是，都要叙述故事。最古老的故事就是由劳动人民口头创作的，小说、评书都起源于民间故事。鲁迅说，老百姓在闲暇时彼此谈论故事，“正就是小说的起源”。故事到职业说书人手中，经过他们的加工制作，又演变成为书场里演出的评书、评话。这种演变在元明时期最为明显。宋以后，城镇说话艺术十分盛行，艺人说书时吸取民间说故事的技巧和故事传说素材而又加以发展提高。明代文人模仿艺人说书脚本（话本）编造短篇小说，被文学史家称为“拟话本”，它是专门写给人们看的，其艺术形式特征越来越鲜明，便演进为独立体裁，于是在这个历史时期形成了短篇小说、长篇小说创作的繁荣景象。

劳动人民的讲故事活动，并不因说书的流行和小说的兴起而有所削弱。旧时代，粗通文化的人阅读印成书本的小说，市镇居民在书场里听艺人说书，一般农民群众则在劳动之余彼此口头讲故事。在民众文化生活中，它们是各得其所，互相补充的。

二、故事与评书

故事和评书都是一种口头文学，都要注重故事性。我国三百多个曲艺品种，有人把它分成说故事、唱故事和说笑话三大类别。评书、评话就属于说故事的艺术。但艺人说故事和普通民众说故事是很不相同的。这就造成了记录整理成文的民间故事和评书在文学形式上的差异。

说书是一种口说结合表演，具有很强表演性的艺术。扬州评话艺术家王少堂就说：“凡演说古书，要描摹书中人物，贤愚忠奸善恶，三教九流，残疾不全，声音笑貌，必须尽情形容，如闻其声，如见其人。说时要有起落波澜，阴阳高下，紧慢凸凹，速而不乱，有声有色，入情入理。”① 艺人除主要用口来评论和模拟各种情状外，还要和姿态表情相配合，以造成“装文装武我自己，一人一台大戏”那样的效果。

为了适应评书表演的特点，它的本子在艺术表现上便格外细腻。除了尽情形容、不厌其细之外，还穿插着不少评议解说、插科打诨乃至节外生枝。如讲走路，在民间故事里，讲勇敢的小伙子出门建功立业，通常用“他走了七七四十九天，渡过一条大河”，“他又走了七七四十九天，跨过一座高山”这样的话一带而过，王少堂说的扬州评话《武松》中《太白镇》，讲武松在雪地赶路的情景却到了刻画入微的地步：

武二爷进了谷，走着走着，噫喂，大风起啦，他也不在意。什么风？东北风！刮得不是时候！冬令天，东北风刮不得，一声刮到东北风，请谨防下雪！走着走着，居然天上就落啰，飘飘洒洒，落在衣袂上，定神望，一点点的雪白，罢！就是雪。这个雪，堆起来快呢。堆着堆着脚下就好深的了，走着走着，嘿，直即齐小腿子了。这个时候还就不大好走，走得不好，一跐，就是一个跟头；一绊，一个倒跟头，周身跌的都是雪；一潮，身上肮脏泥浆！啊？武松怎么跌起跟头来的啊？练武的，会拳脚的人哪，走路该派脚下有根哪。哎，他往日不会跌跟头，即便天上下大雨，他也不会跌跟头，这个雨地好走，雨地不过有水塘，远远地望见水塘嘛，当然小心在意啰！唯有这个雪地难走，最迷人。这个干雪，堆啊堆啊，能堆多高的，地下有洼，有塘，有沟，有渠，这雪最兴旋啊旋的都给旋平了。武松又没有走过这条路，不晓得前头有条沟，一绊，就是一个跟头，不晓得前头有个塘，一跐，就是一个屁股坐子。武松从不跌跟头的人，今日跌得和泥淋子仿佛，身上闹得鸡淋透湿，头上头发都湿漉漉的。武松走着，怨着，恨着，心里头急，他还从来没有见过这个样子的大雪。（以下略去形容雪景的韵文二百余字）

整整下了一夜，到天色亮了，武松把八十里一条穷谷也走完啰，

① 王少堂：《扬州说书》，《说说唱唱》，1953 年第 8 期。

雪也住了。什么道理？调了风了。西北风，雪住云晴，红日东升。

艺人不但一个跟头接一个跟头细致描写他赶路的艰苦情形，还穿插介绍了天气知识。这种讲法的好处是给人的印象具体生动，还可增长一些自然社会知识。但过于琐细也有缺陷，它同旧时代的艺人以说书为谋生手段，不得不往书里大量掺水有关。赵树理对此有很中肯的评述，他提到一个艺人说《西厢记》，讲到莺莺进一重门的时候，说了一个礼拜脚步还没跨进去作例子，指出，“过去在茶馆里说书的评书艺人是每说一段收一段费的”，市民听众有的是闲工夫，于是艺人“有时候就得加油添醋以适应他们的需要”。一般来说，小说的笔墨比故事要细致，而评书的细致刻画和枝蔓又超过小说。古典长篇小说中的某一章节，常常被说书艺人再创造成能说几十天的一部大书。现在的新评书，已是推陈出新的艺术成果，不像旧评书那样繁琐芜杂了，可是刻画细致，描述与评说结合，便于艺人表演，仍是它有别于其他文学样式的特点。

民间故事是普通劳动群众（包括置身于群众之中的故事家）在日常生活中不拘形式随意讲述的故事。以明快简捷、朴素自然为其艺术表现的特征，在新故事创作中，有些人为了加强表演效果，常吸取评书的艺术成分，这对丰富故事的艺术形式是有好处的。但整理传统民间故事，则应尊重它们不同于说书的艺术风格。

此外，民间故事的篇幅比较短小，情节结构较为单纯，艺人则多以讲说长篇大书来吸引听众，情节结构自然不能不趋于复杂，叙述、描写的方式也更为多样。实际上，它已具备长篇小说的结构形式，在这方面评书同民间故事的区别就更为明显了。

三、故事与小说

我们要比较民间故事和短篇小说的异同，首先须说明一下短篇小说的类型。古今中外的短篇小说有多种类型，并非只是一种单一样式。有人把它分做三类：故事小说、性格小说和心理印象小说①。这三类小说

① 高尔纯：《短篇小说结构理论与技巧》，西北大学出版社，1985 年，第 22 页。

是小说艺术逐步演进的结果，所以有人又把它看作是小说发展的三个阶段，即生活故事化的展示阶段、人物性格化的展示阶段和内心世界审美化的展示阶段①。其中最流行的是前两种。它们在艺术表现形式上各有自己的特点，不能一概而论。故事小说即从民间故事中脱胎而来，两者十分接近。性格小说和心理印象小说则同民间故事有明显的差异。我们这里主要将着力描写人物性格的小说和民间故事作比较，因它是小说艺术的代表。

故事和短篇小说在艺术表现上的相同之处是，它们都是一种叙事散文，以文学语言来叙述故事情节，刻画人物形象。一般小说也要讲故事，故事是小说的基本面。

两者的主要区别在于：

故事是民众的集体创作，口头叙事散文，以口耳相传的方式进行传播。小说则是作家的个人创作，是写出来供有一定文化的人阅读欣赏的书面作品。

民间故事在艺术上着重叙述故事，通过故事情节发展，以表达主题，展现人物性格。粗线条的勾画正可以突出故事性。小说着重在塑造人物形象，以细致笔墨从多种角度描绘人物外貌内心及人物关系、环境特征。故事叙述具有强烈的主观感受色彩；小说则要求客观再现实际生活面貌，作家的主观倾向性愈隐蔽愈好。

为便于口头讲述，故事的结构特别单纯、紧凑。常用一人一事构成一条单一线索，以顺叙手法展开情节，首尾完整，连贯性强。小说的结构形式复杂多样，不拘一格，可多人多事，几条线索交错发展；顺叙、倒叙、插叙，灵活穿插；可以砍头去尾，截取一个生活片断，以见一斑；甚至可以将人物刹那间的感受敷衍成篇，将矛盾纠葛投射到人物的心理上予以描绘，等等。并且，小说在艺术表现形式的运用上更为灵活。

故事的语言要口语化，既通俗明快，又精练生动，能上口入耳，造成娓娓动听的效果。写小说当然也要采用群众口语，特别是写平凡人物

① 刘再复：《性格组合论》，上海文艺出版社，1986年，第82页。

的对话；但它是以书面语言为基调而创作出来的，词语的调配和句式的选择均可以不受口头表达的限制而有较大的自由。

由于民间故事是一种集体创作，受着民众长期形成的审美心理的制约，它的艺术表现形式往往具有程式化的特点，较为稳固。国外学者在研究欧洲和其他地区的大量民间故事的基础上，提出民间故事具有以下“结构律则”，就是这种程式化的具体表现。

1．任何故事均不以最重要的情节作为开头，结尾也不是霍然刹住（即无大起大落），而是经过“开端—高潮—收尾”这样一个循序渐进的过程。

2．几乎所有的故事都有重复的叙述，最常见的重复次数是“三”，由于习俗信仰的不同，也有重复四、五、七次的。

3．每一场面通常只出现两个人物，如超过两人，每次只能有两个人同时活动。

4．具有鲜明对比的人物同时出现。常见的对比有人与妖、善与恶、富与穷、聪明与愚笨、诚实与狡诈、英雄与恶魔等。

5．当两个人物以同类角色出现时，他们总是显得很弱小。通常，这两个人物是同胞兄弟，他们变得强壮时即成为仇敌。

6．弱者常常是最厉害的，年纪最小的弟妹通常胜过长者。

7．人物性格比较单纯。只描述与故事直接有关的人物性格，超出该故事主题范围的人物性格概不涉及。

8．故事情节简单，情节常常是单一的，如果两个以上的附加情节与故事主题并存，那只能是书面文学作品（这一论断并不确切，口头故事早已出现由单一情节向复合情节演进的趋势——引者）。

9．故事中很少回忆往事，如需回忆，多采用对话形式，罕用叙述手法。

10．用最简单的方法处理每篇故事。同类人物和事件均以尽可能相同的方法进行描述，以消除变异和复杂性①。

---

①　［丹麦］阿克塞尔·奥尔里克：《民间文学的结构律则》，《民间文学论坛》，1986 年第 2 期。

这些结构律则虽然主要是依据欧洲民间文学资料归纳出来的，其中大部分也适合中国民间故事的情况，在世界上具有普遍性。

作为个人创作的小说，其艺术形式和风格则更富于变化，呈现出更为多样化的趋势和更为鲜明的个人印记。我们以上说的只是三种主要小说类型，实际上它们的花样繁多，难以尽述。

既然民间故事和小说属于不同类型的叙事散文，各有自己的艺术形式特征，我们在整理、写定民间故事时就不要随意移花接木，把它们杂糅起来，弄得不伦不类。

然而在我们的民间文学工作中，却常有生硬套用小说笔调来写定民间故事的现象发生。陶阳在《泰山民间故事大观》一书中，就列举了一个很有代表性的例子。《饿狼寺》这篇传说故事的开头部分，口述稿本来是开门见山、简捷明快的：

> 泰山后边有个叫三岔的地方有个寺。
>
> 从前，那个寺里有个叫志清的老和尚，在那里管理寺院，因为那地方香火不盛，养不了多少和尚，只有他自己在那里。

有人在“整理”时把它写成这个样子：

> 在泰山极顶玉皇顶的后面的山谷中，有个三岔路口。三条崎岖的山路顺着三条山沟向不同的方向伸向山峦深处，人们把这个岔路口取名叫作“三岔”。
>
> 此处松柏苍翠，峰峻石奇，云烟苍茫，地势偏僻。有一座孤零零的小寺院，坐落在山半腰间。俗话说：“地偏僧稀”，因为香火不盛，所以只有一个名叫智清的老和尚给管着寺院。
>
> 此时，正是春天，桃李花盛开，杂于苍松翠柏之间，红绿相依，妖艳无比。涧中清水淙淙，枝头翠鸟歌喉婉转，峭壁上迎春花倒悬。“名山佳境更宜春”，泰山的春天，果然景色不凡。

这个开头，显然是模仿一般小说的笔调写成的。整理者的意图，是想用小说的笔调来“丰富”、“提高”民间故事的艺术性，效果却适得其反。它用繁乱芜杂、生硬做作的描写破坏了故事艺术朴素自然之美，而且把适于口头叙述的格调完全变成了书面文学的套子。这是一段模仿小说笔调然而写得并不高明的文字。即使是写得很高明的小说的开头，放在这篇故事里，也仍然像油水一样难以融为一体。

总之，故事与小说是彼此既有联系又有区别的两种叙事文学体裁，各有其特殊魅力与适应对象，不应混同一体。

【思考与作业】

1．怎样理解叙事文学中的“故事性”？

2．向群众朗读主题相近的短篇小说和民间故事，搜集他们的反映，对这两种叙事体裁的不同特征进行比较研究。

3．艺术上的“表现”和“再现”有什么区别？试结合民间文学和民间艺术作品的实际加以说明。

第十章　从传统故事到新故事

第一节　中国传统故事的历史发展线索

古老的动物故事和童话故事，早在原始社会末期就已经出现了。就总体而言，中国民间故事的繁荣兴盛，是社会历史步入阶级社会以后的事。从汉文典籍记载的故事资料来看，中国民间故事的发展，似乎有过三次高潮。

一、先秦寓言

在中国和世界上，寓言都是一种很古老的故事。《中国古代寓言史》指出："先秦是中国古代寓言产生和蓬勃发展的时期，其中的战国时代是中国古代寓言创作的黄金时代。"① 这些寓言集中在诸子散文中间，为阐述不同学派的哲理与政治主张服务。现在人们断定，其中大部分取材于当时的民间口头创作。从那些有代表性的作品中可以看出，和神话、传说相区别的故事文学已独立形成。人们已能自觉运用拟人手法编织动物故事，或从日常生活中提取或智勇或愚痴的形形色色的事相予以夸张的表现而构成故事，形象也相当鲜明生动。寓言的思想内容是随着社会历史的进展和人类智慧的积累而不断丰富的，就艺术形式而言，它们已达到相当成熟的地步，和一两千年后民间流行的寓言相比并不逊色。

二、晋唐志怪故事

鲁迅在《中国小说史略》中说："自晋讫隋，特多鬼神志怪之书。"

① 陈蒲清：《中国古代寓言史》，湖南教育出版社，1983年，第9页。

随后志怪演为唐代传奇，“传奇者流，源盖出于志怪，然施之藻绘，扩其波澜，故所成就乃特异，其间虽亦或托讽喻以抒牢愁，谈祸福以寓惩劝，而大归则究在文采与意想，与昔之传鬼神明因果而外无他意者，甚异其趣矣”。这些志怪之作，见于《搜神记》《搜神后记》《拾遗记》《酉阳杂俎》等书之中。除文人创作者外，有相当一部分属于民间神怪故事，可归入童话体裁之中，刘守华在《中国民间童话概论》的“古童话”一节里，列举了最有代表性的七篇故事，它们是：

干宝《搜神记》中的《毛衣女》；

句道兴《搜神记》中的《田章》；

段成式《酉阳杂俎》中的《叶限》《旁㐌》；

皇甫氏《原化记》中的《吴堪》；

张鷟《朝野佥载》中的《鲁般作木鸢》；

玄奘《大唐西域记》中的《龙女招亲》。

这些志怪故事，又经历了不同的发展阶段。“六朝人视一切东西，皆可为妖怪”，所以把志怪文章，都“当作记事实”来写，这显然是原始性神话思维的遗留。《搜神记》中的故事就保留着这种原始朴素的形态。到唐代兴起“有意”造作故事的风气，同是志怪，内容和形式却有了巨大演进。如大大扩展了故事的题材和主题范围：封建社会里的阶级关系、家庭伦理关系——从贫富对立、官吏与百姓的矛盾，到两兄弟、两姐妹的纠葛，寡妇改嫁以及巧匠的创造发明等，均可成为故事素材，内容趋于复杂丰富；保持了神奇幻想，但把丰富的人情世态和幻想情节巧妙融合起来编织故事，情节结构富有波澜曲折，叙述描写生动细致，充满生活情趣。鲁迅所说的“施之藻绘，扩其波澜，故所成就乃特异”，是完全符合实际的。这些故事不但成为后来广泛传播于世的“羽衣仙女”、“灰姑娘”、“田螺姑娘”或“鱼姑娘”、“两兄弟”、“木鸟”等著名故事的原型，而且好几个故事在艺术上走向成熟定型，以致一千多年后民间口头流传的同类型故事，也没有能超越它们的艺术水平。

志怪或传奇故事在唐代之所以能获得这样的发展，一是社会经济文化空前繁荣，促使人们的艺术思维获得一次大解放；二是吸收外来文化的影响，主要是印度佛教文化的影响。古印度有丰富的民间故事，佛祖释迦牟尼常用故事比喻来讲经说法，因此佛经中记载了许多印度民间故事。佛教传入中国后，随着大量佛经被译成汉文，在僧俗中传诵，这些故事便在我国流传开来。鲁迅说："魏晋以来，渐译释典，天竺故事亦流传世间，文人喜其颖异，于有意无意中用之，遂蜕化为国有。"鲁迅是就文人创作而言，实际上承受佛教文化影响最深最广的是普通民众；传诵印度佛经中所载故事，并吸收其影响于自编故事中的恐怕也首先是民众。文学史家认为，佛法入中国，使文学为之一变，这不论对作家文学与民间文学，都是适用的。

作为民间故事一大类别的幻想性故事，不能说唐代就已完全定型，但它的表现手法和体制，已在这个时期奠定了基础。在世界故事艺术发展史上，这是值得我们引以为豪的事。

三、明清笑话

包括故事在内的中国古代小说，可分为志怪和志人两大类。志怪系统的故事已如上述。志人系统的故事，一种是名人轶事，因属于传说范畴，我们这里不予论述；另一种是表现普通人生活的，多带有讽刺和滑稽意味，被文人记录在各种笑话书里。中国古代的笑话书，本来应从三国时魏邯郸淳的《笑林》算起，但在很长时期内，著录不多，在社会上影响不大。直到明清时期，笑话书才广传于世，成为社会文化生活的一大特点。周作人在刊行《明清笑话四种》时指出："唐宋以后文风称极盛，但笑话却几乎没有了，至少我们未能见到，这大概只是存在民间口头，不曾有人写了下来。等到明朝，我们才有了笑话集。"王利器选编《历代笑话集》，主要作品即来自明清以来的几十种笑话书中。这些书中的笑话，大部分来自民间口头创作。我们不能说明清以前，民间笑话艺术完全处于停滞状态，也可能有笑话流传而没有人去记录成书；但明清笑话书的盛行于世，可以肯定是同当时社会上笑话艺术的流行分不开的。

这些笑话书中所录，除大部分属于我们通常所称的笑话之外，还有相当一部分是喜剧性的生活故事，由某一机智人物为主角来揶揄嘲弄贪吝愚劣之辈，由此造成欢娱开心的效果。现在人们感兴趣的机智人物故事，在这些书中可以找到不少实例。联系到现在从城乡民众口头采掘到的机智人物故事，许多是以明清以来的社会生活作背景和历史人物作原型，我们便很自然地获得了这样的印象：这是中国民间故事发展的又一个高潮。它们以写实手法反映封建社会末期的社会生活，把批判嘲讽的锋芒指向形形色色腐朽丑恶的社会现象，直接或间接地表现广大民众民主意识觉醒，并从中引出令人愉悦的喜剧性。这个历史时期的社会大变动，在民间文学园地催开了又一簇新的语言艺术花朵，旧时代民间口头文学创作的高潮也就到此终结。这正是人们用爽朗的笑声向旧时代诀别的表现。

由于中国社会历史发展缓慢，长时期滞留在封建社会形态之中，因而民间故事的发展也比较缓慢。那些产生在一两千年前的表现当时社会阶级关系和家庭伦理关系的故事，经历漫长岁月依然保持着它的生命力而为民众所津津乐道。可是故事艺术也并非停滞不前，仍然伴随着社会历史的大变动与文化的大交流，表现出推陈出新的趋势，体裁几度翻新。这样不断积累，汇聚到故事宝库中的作品就琳琅满目、美不胜收了。

这里是就中国传统故事的发展线索粗略提及。在学人的奋力耕耘下，近几年已有系统论述中国民间故事发展史的大型著作问世，这就是刘守华著，湖北教育出版社于 1999 年出版的《中国民间故事史》；还有谭达先著，2001 年在甘肃人民出版社出版的《中国二千年民间故事史》。我们可以从这些大型论著中充分领略中国各族民间故事的古今风貌和演进脉络。

第二节　新故事

劳动人民创造的故事艺术是推陈出新、不断发展的。他们在旧时代创造了难以计数的优美动人的传统故事，这些故事至今仍被广大群众所珍爱。新时代又孕育出新故事。

一、新故事的发展过程

什么是新故事，怎样确定它的时限？目前多数研究者的意见，可从中国共产党成立以来领导各族人民进行革命与建设算起。早在革命战争年代，人民群众就开始创作与传播表彰革命领袖、革命英雄的传说故事，使故事领域出现新的突破。新中国成立后，我国进入社会主义历史时期，反映新生活、新思想的新故事大量产生，艺术上逐渐趋向成熟，产生了广泛影响。

新中国成立以来新故事的发展，经历了曲折的过程。

1. 初期，在农村，曾涌现出一些反映新人新事的小故事，如《瞌睡的故事》《王本回头》等，它们采用民间生活故事的传统形式，朴素自然。由于当时编讲故事的活动完全处于一种自发状态，规模和影响不大，创作成就也不显著。

2. 1958 年以后，一些地方的文化部门，为了活跃群众新的文化生活，积极开展编讲新故事的活动，采取开故事会、培训故事员、出版《故事会》刊物等具体措施，使这一活动得到蓬勃发展，一直持续到 1966 年春。

这一活动在群众文化生活中的重要地位可与新民歌运动相比拟。但它不是在短时期内一哄而起，而是此起彼伏、持续不断。它的主要成绩之一是："经过长时间的反复探索，经过无数次的创作讲出的艺术实践的检验，各地的同志逐渐找到了一种富有口头文学特征，易于反映现实生活，好讲、好听、好懂、好传的新故事的艺术形式，这便是像《老队长迎亲》《种田状元》《幸福桥》一类的后来逐步定型下来，并被大家普遍采用的新故事形式。"①

这个时期的新故事活动的缺陷是，由于受思想文化战线上"左"的倾向的影响，片面利用编讲新故事来宣传政治中心，而不是把它作为群众自我教育、自我娱乐的一种文艺形式加以因势利导；在某些人鼓吹的"彻底革命"的口号下，粗暴地割断了新故事同传统民间故事以及一切民族文艺传统的联系。这样，新故事活动就未能按照故事艺术发展的客观规律深入、持久地发展下去并获得更大成就。后来在"文化大革命"时

① 祁连休：《建国以来新故事选·前言》，上海文艺出版社，1980 年，第 3 页。

期，“左”倾思潮愈演愈烈，“革命故事”成为“革命样板戏”的附庸，就完全走入歧途了。

3. 粉碎“四人帮”，我国进入以社会主义现代化建设为中心的历史新时期以来，新故事获得解放，进入迅猛发展的新时期。随着经济生活的改善，广大群众对文化生活产生了更迫切的需求，故事这种从来为群众所喜闻乐见的文学样式自然会得到发展；对传统民间故事的采录和研究广泛深入展开，使新故事有可能充分借鉴前人创造的故事艺术成果而不断提高。在我们面前，已展现出新故事繁荣的动人景象，故事报刊如同雨后春笋般涌现，在群众喜爱的文艺读物中占据着从未有过的重要地位。其中特别是以发表新故事为主，兼及传统故事的《故事会》，据《光明日报》1985 年 7 月 16 日报道，该刊当时最高发行数量多达数百万册，以健康有益而又引人入胜的故事丰富了人们的文艺生活，受到各方面的好评，充分显示了故事文学的巨大影响。

二、新故事的类型

我们现在通常所称的“新故事”，是一个包容很广的概念。实际上它包括好几类情况不同的故事。

1. 口头创作的新故事。这类故事是人们继承口头创作传统，从现实生活中吸取素材，以口头方式集体创作出来的。上海文艺出版社选编的《恐怖的脚步声》一书中的许多故事，就属于这一类。它们的内容多是集中反映一个时期内人们所普遍关心的社会问题，如鞭挞“四人帮”、抨击不正之风、表现家庭伦理道德等。由于它以传统故事形式表现了人们所关注的社会生活内容，因此易于流传，为群众所欢迎。它被人们称为流传故事，艺术上和传统民间故事最为接近。

2. 书面创作的新故事。它由个人书面创作出来后，通过报刊予以发表。它广泛取材于现实生活及历史题材，有意识采用故事的艺术形式，除供人们阅读外，也供故事员和其他人口头讲述之用。其中有些符合群众意愿及适应群众艺术趣味的作品，在群众口头不胫而走，成为口传故事的一部分。

这类故事的艺术形式，从 20 世纪 60 年代开始，就呈现多样化的趋势。北京《民间文艺通讯》1965年第2期曾刊出一篇《关于上海郊区新故事运动的调查》，就提到当时的新故事，有的接近于传统民间故事，有的接近于评书，有的接近于小说。当时人们认为，它们“还没有构成一种定型的文学样式，也没有形成比较统一而成熟的艺术上的特点。这是新故事成长、发展过程中很自然的现象”。就后来情况而论，多样化的特点并没有改变，这是有益于故事艺术发展的。但“一种继承和发扬了传统故事的艺术特色，而又适当吸收小说、评书等体裁的优点，适于口头讲述，深受群众欢迎的故事体裁，已经被人们创作出来，并且在新故事中占了主导地位”①。

3. 根据其他文艺作品改编的故事。它们大都是选择一些情节曲折、故事性强的小说、电影、戏曲改编而成，使之更为故事化和通俗化，便于口头讲述和书面阅读。它是向群众普及一些优秀文艺作品的有意义的活动，但改编的本子很难获得独立的艺术生命力。

4. 依据革命史实创作的传说故事。其中有的是人民群众运用民间传说的艺术手法概括革命领袖和革命英雄人物的斗争史迹创作成功的，如《毛主席懂得老百姓的苦楚》、贺龙《单枪匹马会陈黑》等。它们是十分珍贵的艺术品。如果只是对革命斗争史迹的一种传闻和直接回忆，并未经过一定程度的艺术加工，则不宜作为传说看待。

现在，一般研究者都是将“新传说”归入“新故事”之内，因此他们称新故事为“当代民间传说故事”。随着我国民间文艺学的发展，“故事学”和“传说学”的分立，“新传说”和“新故事”将归入不同门类供人们研究。

第三节　新民间故事

新故事的内容和形式，都是相当复杂多样的。总的来说，它属于通俗文学的范畴。其中只有一部分具备社会主义时期民间文学特征的作品

① 刘守华：《略谈故事创作》，长江文艺出版社，1980年，第36页。

才能算作新民间故事。应当把一般新故事同新民间故事区别开来，这是研究者们一致赞同的。目前只是对什么是新民间故事认识不完全相同。王一奇认为，在新故事中，只有那些“经过流传，经过群众的集体的加工琢磨，而又被广大群众承认是口头文学的那一部分，才能算新民间故事”①。具有传统口头文学特征，又在群众口头流传的集体创作（往往匿名）的故事，无疑属于新民间故事，对此人们不会有什么争议。有争议的是那些个人署名创作发表的书面故事，能否也算作新民间故事。我们以为，如果这些作品表达了群众的意愿，具有民间口头文学特征，并已进入口头流传过程，即使它最先是以书面形式发表的个人署名之作，也可以作为新民间故事看待。在现时划分民间文学与非民间文学的界限，不能简单地以作者是否属于工农劳动群众以及是否采取集体的匿名的创作方式而定，主要以是否具有民间口头文学特征，以及是否在群众中流传为标志。也就是主要看口头性与流传性（实际上是群众性）。下面让我们列举几篇有代表性的作品予以评述。

1. 由传统民间故事蜕变而来，在群众口头流传的故事。如《故事会》1985 年第 2 期发表的由湖北好壁搜集整理的《说不清与查得明》。

> 索家湾有个老头，本来姓名是索伯清，因他总说现在的事情说不清，人们就把他喊成“说不清”了。农村实行生产责任制后，他家成了冒尖户，春节前他搭火车进县城去办年货，在车上遇见一个解放军战士查得明。
>
> 途中火车停靠小站，旅客拥挤上车，一个小伙子扛着扁担碰了女同志的脑壳自己不道歉，反而恶狠狠地骂人，查得明主持公道，小伙子无理取闹，索大伯叫他少管闲事，“如今的事情说不清”。查得明批评老人不应该不分是非，当和事佬。索大伯不服。
>
> 查得明见老人喊冷，把自己的军大衣给老人披上。小车到站后，索大伯一声不吭地下车往前走。查得明请他还大衣，他竟倒打一耙，喊叫有人抢大衣。说这件大衣是儿子从部队寄来的，在大衣里边左

① 王一奇：《新民间故事纵横谈》，《民间文学论坛》，1982 年第 3 期。

侧，有一个烟头烧的煳眼作记号。公安人员查对，记号相符，狠狠地教训了查得明一番，走出公安局后，索大伯才笑呵呵地告诉查得明这是他的巧安排。“我说现在的事情说不清，你偏不信，现在该服输了吧？”

公安人员经过深入查访，了解到索大伯的大衣留在家里，揭穿事实真相。“今天，‘说不清’遇到了‘查得明’，什么事情都会搞清楚的。”

这个故事用“说不清”老人和“查得明”同志的一场纠葛，概括反映社会风尚的变化——混淆是非的“说不清”怎样被实事求是、明辨是非所代替，情节生动，寓意较深。它在湖北的具体流传情况未作说明，但从作品本身看，它是从一个流传很广的传统机智人物故事蜕变出来，并进行了创造性加工的作品，湖北的好几个机智人物都干过这样的事情，著名的徐文长故事中也有这一则。宜昌徐三爹故事中的《一床被褥》就讲，徐三爹为了报复一个作风霸道的客店老板，住店后卷起床上的被子要带走，老板不让，说他偷被子，两人争吵起来，便到县衙门告状，徐三爹说那床被子是自己带来的，被角盖有私章，店老板想霸占旅客财物。县官查验，果真如此，实际上那印章是徐三爹自己半夜里偷盖上的。店老板有理说不清，反挨了一顿板子。走出衙门后，徐三爹将被子还给老板，说明实情，他不过是借此开个玩笑，教训一下老板罢了①。两相比较，《说不清与查得明》的“大衣官司”明显由上述“被褥官司”脱胎而来，情节生动，富有戏剧性和诙谐情趣，但又不是简单沿用旧的情节。耍弄小聪明捉弄别人的人成了善意批判的对象，原来吃苦头而无可奈何的人变成了坚持真理、无所畏惧的硬汉子，由此看出世道人心的改变。让“说不清”与“查得明”这两个具有象征性的人物发生纠葛，构思十分巧妙。它具有浓厚的口头文学色彩，又恰当地反映了新生活、新人物的特点。这种化旧为新的情况，在湖北歌谣中早就存在有许多实例。

---

① 《湖北民间故事传说集　宜昌地区专集》，中国民间文艺研究会湖北分会编印（内部资料），1980年，第110页。

这类例子还可以找到一些篇目。金洪汉在《试论当代民间故事的形成》中，把它作为新民间故事的三个来源之一，向我们介绍了三个有趣的例子：《两兄弟》脱胎自《错杀妻》，《三兄弟分家》脱胎自《化蜡签》，《诓妻计》脱胎自《王才教妻》。它们总的数量不多，但说明反映旧时代生活的传统民间故事，不但可以继续流传，有一些（主要是表现社会伦理道德主题的）还可以直接转化成为新民间故事。它对于我们认识民间故事的巨大生命力是颇有启发性的。

2. 直接取材于现实生活，由群众集体创作口头流传的故事。如四川绵阳地区文化馆 1981 年编印的《民间文学资料》第一辑中，曾刊出一篇当时民众口头流传的新故事《醉翁之意》：

> 1976 年“天安门事件”后，“批邓”达到高潮。有一位六十多岁的老头在成都市某处写了一副对联。上联是：“邓小平不倒我倒了。”下联是：“邓小平倒了我不倒。”
>
> 一些“批邓”的勇士们见了，立即鼓掌欢呼，一再请老头发表演讲。老头眨了眨眼睛，捋了捋胡须，微笑着说：“造反派同志们，我是一个酒罐罐。邓小平在台上时，成都到处有酒，我每天都要喝二两，醉醺醺地倒在床上睡一觉。现在你们把他打倒了，市面上也没有酒卖了，我就醉不倒啦！”围观的群众听了，拼命鼓掌。这时老头又写了个横批：“醉翁之意。”

这篇故事由石缘搜集整理，祁连休作为一个有代表性的新传说故事推荐给读者。它是在“四人帮”横行时，人们取材于当时的政治生活而创作的，以曲折隐晦的方式，表现革命人民鲜明的政治态度和强烈的爱憎情感。它的情节完全是从当时震撼全国的政治事件中提炼概括而来的，有着浓郁的时代气息，而它在艺术表现上又富于民间文学色彩。这种曲折隐晦，在诙谐幽默中包含尖锐嘲讽的艺术手法，在阿凡提及其他机智人物的故事中常常可以见到。这位似醉实醒的老头，就是新时期的阿凡提。这类具有尖锐政治讽刺性的故事，在一段时期里相当流行，已发表的《龙大爷巧骂“四人帮”》也是一篇受人称道之作。在当时情况下，它只能以匿名的集体的口头创作方式产生，以口头方式传播。它们是富有时代特征的新民间故事，是一场伟大斗争在口头文学中留下的生动记录。

这类口头创作故事不断产生，已搜集整理发表的优秀之作就有《王奶奶的小枕头》《会做媒的自行车》《如此恋爱》《米兰的教训》《母亲的故事》《新家》《三个戴大口罩的人》《吃得开的理发员》《试试看》等，是新民间故事的主要构成部分。

3．个人书面创作，流传群众口头的故事。中国历史上的作家书面文学和群众口头文学，本来就存在互相影响、互相融合的现象。新中国成立以来，由于我们倡导故事活动、热心写作新故事的人日渐增多，这些故事既有可读性，又有可讲性。其中一部分在内容与形式上深受群众喜爱的作品，进入口头流传过程后即融合在民间文学之中，成为新民间故事的一部分。1980 年发表于《故事会》的吴伦创作的《三百元的故事》就是一个很好的例子。

> 故事发生在 60 年代末。一个老实温和的青工温林下了晚班，雨中赶路回家。遇见一个妇女摔倒在雨地里，便关切地将自己的雨衣给她披上，搀扶着送她回家。家中只有她一人，对温林热情相待。温林正要离开，女人的丈夫突然敲门。女人央求温林躲进厕所，以免丈夫怀疑误解。她丈夫贾大权进来后发现温林，以通奸罪名相威胁，逼迫温林交出 300 元钱了结此事。
>
> 温林回家，将事情经过告知妻子金梅。金梅无奈，只得从银行取出 300 元存款交丈夫送贾大权。用一张《参考消息》包好，并将一张 10 元钞撕下一个角来。
>
> 温林将钱给了贾大权，取回自己被迫写下的《悔过书》。贾大权乘坐公共汽车回家，身边一女人突然喊叫自己给病人住院开刀用的 300 元被扒。一张 3 月 2 日的《参考消息》包着 30 张 10 元钞票，其中有一张还缺了一个角。群情激愤，当即进行搜查，从贾大权身上找到这笔钱。贾大权理屈词穷，无法对答。这个女人就是温林的妻子金梅。

这篇故事的前半截，明显是从一个传统民间故事中借来的情节。那个故事讲的是，一个地主看中了美丽而又聪明的长工妻子，处心积虑妄图加以凌辱。女主人公夫妇俩便将计就计，把这个坏蛋关在屋里狠狠惩治了一番。《三百元的故事》把它巧妙地糅合在反映十年动乱时期正义与邪恶势力斗争的新故事中。它的情节惊险曲折，波澜迭起，扣人心弦，又使人感到入情入理，真切可信，因此发表后很快被人们口头传诵，产生种种变异，深入群众之中。

值得提起的是，在 2006 年出版的《耿村一千零一夜》这部河北耿村故事合集中，第六集所选录的 170 多篇新作，全部来自该村故事家的口头讲述，内容以当下社会生活中形形色色的正邪人鬼、智巧愚拙事相为主，叙述形式活泼风趣，逗人喜爱，可以看作是新民间故事的代表作，是这个著名故事村深厚故事文学传统的新延伸。

从 20 世纪 80 年代开始，伴随着中国改革开放的大潮，在推进传统民间文学普查采录，编辑出版民间文学三套集成的同时，各地的新故事活动也十分活跃。上海的《故事会》，杭州的《山海经》，多年在城乡畅销直至今天。这些刊物上也发表传统民间故事，但主要靠新故事来支持，它们的存在就是中国新故事富于活力的明显标志。以《山海经》杂志选编的《2004 中国年度故事》为例，主编陈惠芳在前言中告诉我们，这一年的故事作品有“四多”：一是故事作品的产量比往年明显增多。由于故事期刊由 2003 年之前的 30 多种，猛增到 50 余种，而且许多刊物还由月刊改成半月刊，因阵地扩展便促使作品数量激增。这固然使得泥沙俱下，质量参差不齐，却也扩大了读者的选择余地。二是故事的题材广泛、丰富，就以“新故事、新传说”这个栏目而言，就表现出我们这个时代社会生活的五光十色、多姿多彩。三是故事作品的表现手法多样。她就此写道：

> 传统的故事表现手法强调情节性，要求每个故事有个“核”，从发生、发展到高潮、结局有一个情节“链”，语言讲求节奏感，朗朗上口；如今的故事作品，虽大多数仍继承传统的故事做法，但不少已经有新突破，做了新的尝试。在结构上带有散文化的味道，有的不再突出情节而注重情感，在语言上则更为自由，融入了更多的书面语言而不再强调口语化，或者说，自己怎么便于表达就怎么写。

有用第三人称写的，也有用第一人称写的，故事本身则有悲的，有喜的，有凝重的，有轻松的，有幽默的，有嘲讽的，篇幅长的两三万字，短的只有几百字，比起以往来，故事作品少了一些拘泥，多了一份随意。

四是新作者多。本集中所选的60篇作品，其中三分之一的作者是近年崭露头角的新人。这部年度故事选集中的作品和编者的前言，大体代表了中国当前新故事的风貌。

从20世纪50年代起，刘守华即致力于传统民间故事的研究，从60年代开始以上海为中心兴起新故事活动以来，也一直给予热情关注，并于1980年在长江文艺出版社出版了《略谈故事创作》一书，受到许多新故事爱好者的好评。编讲新故事，曾一度被纳入“灭资兴无”、“破旧立新”的社会政治运动浪潮之中，因不适当的政治化而偏离了它的正确轨道。可是民众喜爱故事文学，传统故事应该推陈出新、与时俱进，则是确定无疑的。所以，我们说新故事活动是新的历史条件下推进故事文学的一种积极而有效的试验。那些新旧参半或以新故事为主体的故事报刊长时期为广大新民众所喜爱而畅销城乡，就是新旧故事富于活力的明证。

最值得我们关注的还是新故事的艺术质量。就近年报刊发表的取材于现实生活的“新故事、新传说”而言，确有一批故事情节新奇巧妙、引人入胜，思想文化内涵又发人深省，使人振奋的作品。以上述这本年度故事所选取的31篇新故事、新传说来看，就有好几篇给人留下了较深印象。如《拾妻不昧》①，讲一个农村单身汉从垃圾堆旁拣回一个弱女子，在乡邻撮合下结成夫妻；可随后发现这女人的苦难遭遇后又主动与之离婚，使她和前夫破镜重圆；后来又有一女秀才上门帮他通过科学种田发家致富，原来是前妻之妹上门报恩。这个故事借用了流传千百年的“田螺姑娘”的艺术框架，将现代社会生活中的复杂曲折的婚姻纠葛与之相融合，别有一番动人情趣。只是叙述风格有些繁琐拖沓，尚缺乏故事

① 张道余：《拾妻不昧》，《民间文学》，2004年7月上半月刊。

的艺术魅力。再如《人性的证明》①，以一张放在皮夹里失落，经几番转手、风波迭起的万元借条为线索，将善良与邪恶进行对比，最后由法官明断冤案、伸张正义。初看它似乎是一个普通公案故事，这篇作品却在富于现代生活情趣的背景上展开叙说，将“人性的证明”这一颇有现代意味的主题融化在峰回路转、娓娓动听的故事叙述中。本篇也是一个长故事，有着为拉长篇幅而节外生枝的瑕疵，这几乎成为许多新故事的流行病。

关于新故事，当下虽在文化市场上占有较为重要的位置，但尚未引起文艺评论家和学术研究者的关注，迫切需要进行积极引导。我们在这里从故事学的视角去考察，把它作为中国源远流长的口传故事的支脉来看待，肯定其社会与文化价值。以引人入胜并撼动人心的故事情节来满足人们的审美和娱乐需求，是故事文学古今一体的根脉所在。但当下的新故事大都是书面创作，而且受着文化消费市场的强烈制约，难以避免媚俗趋向，这就和传统民间文学园地中活在民众口头，而且完全由民众自娱自乐的自发机制所支配的情况有了巨大的差别。总之，现在的新故事，实际上只是通俗文学的一角，因而难以纳入民间文学范畴来进行评判。

【附录：故事一则】

叶 限

南人相传，秦汉前有洞主吴氏，土人呼为“吴洞”。娶两妻，一妻卒，有女名叶限。少慧，善淘金，父爱之。末岁父卒，为后母所苦，常令樵险汲深。时尝得一鳞，二寸余，赤鬐金目，遂潜养于盆水。日日长，易数器，大不能受，乃投于后池中。女所得余食，辄沉以食之。女至池，鱼必露首枕岸。他人至，不复出。其母知之，每伺之，鱼未尝见也。因诈女曰：“尔无劳乎？吾为尔新其襦。”乃易其弊衣。后令汲于他泉，计里数里也。母徐衣其女衣，袖利刃，行向池呼鱼，鱼即出首，因斫杀之。

① 钱岩：《人性的证明》，《故事会》，2004 年 8 月下半月刊。

鱼已长丈余，膳其肉，味倍常鱼，藏其骨于郁栖之下。逾日，女至向池，不复见鱼矣，乃哭于野。忽有人被发粗衣，自天而降，慰女曰：“尔毋哭，尔母杀尔鱼矣！骨在粪下。尔归，可取鱼骨藏于室，所须，第祈之，当随尔也。”女用其言，金玑衣食，随欲而具。

及洞节，母往，令女守庭果。女伺母行远，亦往，衣翠纺上衣，蹑金履。母所生女认之，谓母曰：“此甚似姊也。”母亦疑之。女觉，遽反，遂遗一只履，为洞人所得。母归，但见女抱庭树眠，亦不之虑。其洞邻海岛，岛中有国名陀汗，兵强，王数十岛，水界数千里。洞人遂货其履于陀汗国。国主得之，命其左右履之，足小者履减一寸。乃令一国妇人履之，竟无一称者。其轻如毛，履石无声。陀汗王意其洞人以非道得之，遂禁锢而拷掠之，竟不知所从来。乃以是履弃之于道旁，即遍历人家捕之，若有女履者，捕之以告。陀汗王怪之，乃搜其室，得叶限，令履之而信。叶限因衣翠纺衣，蹑履而进，色若天人也。始具事于王，载鱼骨与叶限俱还国。其母及女即为飞石击死。洞人哀之，埋于石坑，命曰“懊女冢”。洞人以为媒祀，求女必应。陀汗王至国，以叶限为上妇。

一年，王贪求，祈于鱼骨，宝玉无限。逾年，不复应。王乃葬鱼骨于海岸，用珠百斛藏之，以金为际。至征卒叛时，将发以赡军。一夕，为海潮所沦。

成式旧家人李士元所说。士元本邕州洞中人，多记得南中怪事。

［转引自刘守华：《中国民间故事史》，湖北教育出版社，1999 年。］

【思考与作业】

1. 一般新故事和新民间故事有什么区别？试联系具体作品予以说明。

2. 到一个乡村调查一下今天人们口头讲述故事的情况，写一份调查报告。

第十一章　民间故事的采录

第一节　历史的回顾

口耳相传的故事，要通过民间文学工作者的采录，以书面文字固定下来，才能更好地保存和推广。旧时代由于广大劳动人民处在屈辱地位，他们创造的文化财富得不到社会的尊重，由进步文人采录下来的民间口头文学数量极少，整个民间口头文学事业处于自生自灭状态之中。随着现代学术文化的发展，民间文学的重要价值日益受到人们的重视，采录和研究故事的活动也就活跃起来。刘魁立概述了这个工作在世界范围内的进展情形：

> 格林兄弟于1812—1814年发表以《格林童话集》闻名于世的德国民间故事记录（《儿童和家庭故事集》），在民间故事搜集史上开辟了一个新的科学的历史阶段。从此，建立在科学基础上的民间故事的搜集工作，几乎在世界的每一个角落里相继开展起来，并且达到了前所未有的规模。19世纪下半期和20世纪上半期在欧洲搜集和印下了不可胜数的故事资料，在亚洲、非洲、拉丁美洲，这一项工作至今仍方兴未艾，除掉出版了大量的民间故事之外，还在学术单位的档案馆里和有关的私人手中积累、保存了难以统计的民间故事资料。从整个历史发展过程来看，这一百余年在全世界范围内确实是民间故事搜集工作的“黄金时代”。①

① 刘魁立：《世界各国民间故事类型索引述评》，《民间文学论坛》，1982年第1期。

中国现代民间文艺学虽然兴起于“五四”新文化运动中，但在过去的历史上，早就有一些喜爱民间故事传说的文人，从事过零星的采录工作，唐人段成式的《酉阳杂俎》中就保存了不少极宝贵的资料。清代作家蒲松龄，为写作《聊斋志异》，曾以别出心裁的方式在家乡广泛搜求民间奇闻逸事，其中有许多属于民间故事传说。据同时代人的笔记所载：

相传先生居乡里，落拓无偶，性尤怪僻。为村中童子师，食贫自给，不求于人。作此书时，每临晨，携一大磁罂，中贮苦茗，具淡巴菇一包，置行人大道旁，下陈芦衬，坐于上，烟茗置身畔。见行道者过，必强执与语，搜奇说异，随人所知。渴则饮以茗，或奉以烟，必令畅谈乃已。偶闻一事，归而粉饰之。如是二十余寒暑，此书方告蒇，故笔法超绝。①

这也就是蒲松龄在《聊斋志异》中所说的“才非干宝，雅爱搜神；情类黄州，喜人谈鬼。闻则命笔，遂以成篇”。据学者考证，在《聊斋志异》这部文言短篇小说集中，取材于口头传说的近九十篇，除“四方同人，以邮筒相寄”，即除间接来自民间口头的材料外，他自己长时间用这种在大路边设立茶棚的方式直接采录得来的故事传说，其数量应当是相当可观的。他当时没有我们现在这样的民间文艺学观念，不懂得将这些民间口头文学作品忠实地保存下来，而把它作为素材，完全融合到自己的小说里去了。可是他从事的这种采集民间故事传说的活动，却给我国的民间文艺学史增添了光彩。

受“五四”新文化运动中激荡中国社会的民主与科学思潮的启迪，继 20 世纪 20 年代北京大学倡导歌谣学运动之后，30 年代兴起于南方的民俗学运动，使采录研究民间故事的活动形成一股热潮。中华人民共和国成立后，在中国民间文艺研究会的推动之下，以“全面搜集，重点整理，大力推广，加强研究”为工作方针，对各族民间故事的采录才普遍而持续地开展起来。其中书面整理发表的故事传说，累计达 10 万篇左

① 刘守华：《中国民间故事史》，湖北教育出版社，1999 年，第 431 页。

右。上海文艺出版社出版的《中国少数民族民间文学丛书·故事大系》，以及中国民间文艺研究会组织编选出版的《中国民间故事集成》，集中展现出我国民间故事采录工作的丰硕成果。各地还编印了琳琅满目、难以计数的故事资料，正在我国民间文艺学研究中发挥越来越大的作用。

民间故事采录工作，作为我国民间文学工作的一个重要方面，走过了曲折的道路。中国民间文艺研究会成立初期编辑出版的《民间文学集刊》上发表的故事与传说，均署名“××记”，《稿约》中所欢迎投寄的，也是民间文学作品的“记录”。1955 年 4 月《民间文学》创刊，在《发刊词》中提出，“我们要用较多的篇幅来刊载整理过的各种人民口头创作”，广泛使用“搜集整理”这个概念。但对“整理”工作，并未提出十分明确的要求，而更主要的是由于思想文化领域“左”倾思潮的影响，以简单粗暴的态度对待旧时代的民间文学作品，于是胡编乱改成风，把一些民间创作“整理”得面目全非。1956 年 8 月，《民间文学》发表社论《民间文学需要百花齐放、百家争鸣》，着重就搜集整理问题发表评论道：

> 要发掘我国民间文学的丰富宝藏，使各族人民的优秀口头创作都能经过记录整理而完美地列入文艺宝库，还必须反对搜集整理中的胡乱修改的现象。整理民间文学作品是一种复杂而艰巨的工作。整理者对他的工作对象需要做一番深入的研究，并且在着手整理的时候，采取虚怀若谷、十分谨慎的态度。旧时代的作品，往往不免含有封建性或其他落后性的糟粕部分，剔除糟粕无疑是应该的，一字不动论的繁琐主义是错误的；但是何者为精华，何者为糟粕，里面却大有文章，而不是法官老爷式的简单判决能够区别清楚的。对于反映丰富多彩的现实生活的文学作品，特别是内容距离我们生活太远的旧时代的作品，粗暴的简单判决，很容易把一篇好作品轻轻一笔勾销；根据这种简单的判决来进行整理加工，也就会把民间原作涂改得面目全非，弄到可笑的地步。例如，有些不愿意承认描写公主的爱情的故事是好作品，也不愿意承认描写断案清明的法官的

故事是好作品，因为它们“歌颂”了剥削阶级或剥削阶级的“爪牙”；例如，有的《蛇郎》里描写的是货郎的二女儿因嫉妒、自私而陷害她的小妹妹的故事，整理者却硬要把它理解为阶级矛盾，索性把货郎改为地主，而把勇于自我牺牲的漂亮能干的妹妹改为长工的女儿，以为这就合乎“阶级观点”了，诸如此类。今天在民间文学的搜集整理工作中存在的主要危险不是一字不动论，这种迂腐的学院气倒还好些；而是庸俗社会学在作怪。庸俗社会学在“左”的词句的掩护下，往往可以把读者吓住。而且庸俗社会学的观点也是很容易产生的，它可以产生在“词严义正”的教条主义者身上；也可以产生在仅仅是由于政治热情很高，而又对文艺缺乏基础知识的人们的身上。此外，也还有一种情况，就是有些人把整理民间文学作品和创作混淆起来……其所造成的严重后果是：使读者欣赏不到真正的民间创作，也毁坏了劳动人民的生活历史的生动记录；对民间文学的学术研究工作来说，提供了一堆毫无科学价值的不可靠的材料。

忠实的记录，慎重的整理，这是当前需要引起大家注意的头等重要的事情。一切参加民间文学的搜集整理工作的人，应当把它们看得像法律一样尊严。这就是我们的殷切的希望。

这篇在党中央当时发布的“双百方针”思想指导下写成的社论，站在现代民间文艺学的高度看待搜集整理问题，所发议论切中时弊、尖锐有力。虽时隔 30 年，今天读来，依然十分亲切，称得上是新中国民间文艺学史上的一篇重要历史文献。其中作为“头等重要事情”提出的口号“忠实的记录，慎重的整理”，从那个时候起，便作为中国民间文艺研究会关于搜集整理民间文艺的重要原则一直坚持了下来。

在这个原则指导下，我国各族的许多民间文学工作者，进行艰苦深入的发掘整理工作，给我们提供了真正保持民间文学本色的大量故事传说珍品，取得了巨大成绩。但也还有不少关于搜集整理工作的理论与实践问题未能完全解决，如对“慎重整理”，就未能提出和坚持具体明确的要求；虽然讲到要把记录、整理、改编几项工作相区别，却没有采取相应的措施，解决不属于整理范围的原始记录稿以及改编作品的发表出版问题，等等。这里有认识问题与工作问题，而更主要的是由于思想文化领域从 1957 年以后，“左”的倾向愈演愈烈，民间文学事业不得不从属于当前政治，并未作为一项真正科学工作进行认真的建设。这样，搜集整理的原则和方法等，自然也就难于正确解决了。

1984 年底，中国民间文艺研究会召开了第四次会员代表大会。大会在正确总结历史经验的基础上，根据我国进行社会主义现代化建设、发展科学文化的要求，确定在这个历史新时期内，我国民间文学的工作方针为：“全面开展搜集和抢救工作，有步骤地加强理论研究，尽快提高学术水平，建设有中国特色的民间文艺学，全面开创社会主义民间文学事业的新局面。”对搜集工作，不但要全面开展起来，以紧迫感进行抢救，还要“努力达到科学化的要求”。我国民间故事采录活动，正进入一个运用现代科学方法大规模展开的新的繁荣时期。

第二节　中国当代的几位故事搜集家

怎样采录民间故事？这里先让我们介绍几位中国当代著名的民间故事搜集家，用他们的实践经验和探索成果作回答。

几十年来，从事采录故事并取得重要成果的民间文学工作者数量很多，我们在这里只能推出最有代表性的几位。他们是：董均伦和江源、孙剑冰、王作栋。

一、董均伦和江源

董均伦早在 20 世纪 40 年代就开始搜集故事。《半湾镰刀》这个集子，曾受到钟敬文先生的好评，说它采用的是老老实实地把民众的艺术传达出来的科学的方法①。中华人民共和国成立后，董均伦、江源两人合作搜集整理故事，出版了《传麦种》《金瓜配银瓜》《龙眼》《宝山》

① 钟敬文：《民间文艺谈薮》，湖南人民出版社，1981 年，第 204 页。

《金须牙牙葫芦》《玉石鹿》《石门开》《三件宝器》《玉仙园》《匠人的奇遇》《找姑鸟》等十多本故事集。20 世纪 80 年代，他们把这些故事结集为《聊斋汉子》两集，由中国民间文艺出版社出版。全书收录故事 232 篇，主要采自山东的平度、昌邑县牟家庄，沂蒙山区的临朐以及崂山等地，他们在有关故事集的前言、后记和讨论民间故事搜集整理问题时所写的文章中，对自己的工作情况做过具体生动的介绍①：

说起来，俺俩真正搜集整理民间故事，是从 1953 年开始的，那是因为当时的环境，和群众喜欢民间故事促成的。那时，为了体验农业合作化的生活，俺俩下到了昌邑县的牟家庄，住在一家老贫农的小厢房里。因为是乍办社，许多事情得经过社员讨论，每晚上都开会到深更半夜。农村中没有定准的吃饭时间，早到的和晚到的常相差一两个钟头。先来的便聚在一起拉呱，讲起故事来。俺在牟家庄前后住了八年，越待的时间长，越觉得民间传说故事具有广泛的群众性。那时农村中的文化娱乐生活，并没有像现在这样的方便条件，不用说没有电视，连电影也很少看到。农民翻身做了主人，生活得到了改善，就有文化娱乐上的要求，在那种情况下，口头文学确有它的优越性，连炕头上、饲养棚里，都能听到有人讲故事。作为一个文艺工作者，有责任把这些既有思想性又有艺术性的传说故事记录下来。

搜集故事，能够多到些地方，是很必要的。但这只是一个方面。另一方面，搜集故事也不能像刮旋风那样，漫天铺地的乱飞，即使不能安家立户，也应该“安营扎寨”。到了一个地方，至少要住上一个时期。这样有很多的好处。俗话说：“人熟是一宝。”搜集故事，可以说是不能离开这一宝的。人熟了，他心里没有隔阂，也不掂斤

① 这些文章是：《搜集整理民间故事的一点体会》，《民间文学》，1955 年第 9 期；《搜集整理民间故事的几点体会》，《民间文学》，1958 年第 7、8 期；《从“聊斋汉子”说起》，《民间文学》，1959 年第 12 期；《搜集整理民间故事的一些体会》，《民间文学集刊》第九本；《聊斋汉子·前言》，中国民间文艺出版社，1982 年；《行万里路，找千人谈——〈聊斋汉子续集〉代后记》，中国民间文艺出版社，1987 年。

论两的，什么故事都对你说，还说得格外生动有趣。另外，住久了，还有一个好处，不只是熟悉了人，还能瞅他有工夫、有闲心的时候去听。故事嘛，不管听的说的，总得有兴趣才行，若是他思想不痛快，心里不愿意说，即便勉强说了，也说不好。在绿化社，有一个叫宋万仁的老汉，曾经说过："故事装在心里头，愿意说说半天，不愿意说，一样的故事，几句就能说完它。"

搜集民间故事，心急敲不出好当当，不要叫别人服从自己的时间，最好自己去凑合别人的闲空。这样做，既不耽误别人的营生，也能做了自己的工作，只要留心，不管农村是怎么忙，还是能找到听故事的机会的。

因为山东是我们的家乡，我们又在那个地区住了很长时间，比较熟悉当地语言，我们听了一个故事，就能把它再说出来，而且和原来说得不差上下。我们搜集的故事，都是事后记下来的，这样做，觉得有许多方便的地方，可以不选择地方、不选择时候的去搜集。夏天的晚上，在场上、河滩上乘凉的时候，在等着开会人没到齐的时候，随时随地都可以搜集。还有一桩好处，就是能够集中思想去听故事。很多的时候，说故事人的声音表情，对我们领会故事的内容，都有很大的帮助。说到妖怪来的时候，眼常常瞪得很大，说的也快也急；说到坏人的时候，常是狠狠的。还有，故事里的主人公应该小声说话的时候，他也小声说。应该快说话的时候，他也急忙说。我们如果留意的话，在整理故事的时候，能帮助我们更恰切的表达出原故事的意思。

搜集故事是比较容易的一步，第二步便是比较困难的整理加工工作了。首先把听来的故事加以选择，我们选择的标准，主要的看它是不是对人民有教育意义。其次是看这故事本身是不是生动。故事选择好了，就需要进一步把这些口头上流传的作品，用文字写成文学作品。假如你照葫芦画瓢地记录下来，那一定会使原来的故事减去许多声色。因为每个人说故事的时候，声调的高低快慢，眉目的表情，以及手势，都在帮助着言语表达出故事的内容。它们相互的关系，好像红花和绿叶一样。所以就必须把声调和表情烘托出来的气氛，用文字表达出来。

我们所整理的民间故事，说起来，总不出以下的三种写法：第一种是故事本身比较完整的，我们只加以整理就行了；第二种是整个故事不坏，但某些情节不好，我们在不失掉它原来面貌的要求下，给以加工，使其所表现的主题更加完整，更加鲜明；第三种是从很多主题相同的民间故事中，有的采取它的一个头，有的采取一个尾，有的采取其中的某一段，糅合起来重写而成的。

民间故事可以适当的加工，却不能乱加工，在加工的时候，绝不能使故事失去原来的面貌，原来的风格。

董均伦、江源两人采录的山东民间故事，优美动人，深受我国少年儿童和成人读者的热爱。他们是以文学工作者的身份，在长期深入群众的过程中，用“安营扎寨”的办法来搜集故事的。作为群众中普通的一员参加故事活动后，依据自己的记忆把故事复述或整理出来。这些故事在发表和出版时，有时署名为“董均伦、江源著”，有时署名为“董均伦、江源记”，一般都有适当的加工。加工的程度不一，有一类是按阿·托尔斯泰笔下的《俄罗斯民间故事》的写法写定的。那种写法实际上属于加工幅度较大的改写。由于他们熟悉群众的生活、语言，笔下的故事大都较好地保持了民间故事原来的风格和魅力，就其文学价值而言，和阿·托尔斯泰的《俄罗斯民间故事》乃至《格林童话》相比并不逊色，是具有独特风格的杰出艺术作品。但加工程度不一，而又未做具体说明；未保存关于这些故事讲述和流传的情况及原始资料，因此把它们作为科学材料来使用时，便有着一定的局限性。

中国民间文艺家协会于 2000 年 3 月曾授予董均伦以中国民间文艺山花奖首届成就奖，认为他编写的民间故事，不但保存了口传形态的基本面貌和特色，而且有较丰富的思想内涵和较高的艺术水平，自成一家，对我国的民间文学事业作出了有益的贡献。

二、孙剑冰

孙剑冰采录的故事，在 1955 年 4 月《民间文学》创刊号上开始发表后，即受到民间文艺学家们的重视。这些故事中的一部分曾结集为《中滩民间故事》于1955年由少年儿童出版社出版。1983年他又将搜集到的全部材料，用《天牛郎配夫妻》的书名由上海文艺出版社出版，共收录各类故事38篇。从《略述六个村的搜集工作》等文章①中，可以看出他采录这些故事的情形和意图。

去年（1954年）秋天，我去内蒙乌拉特前旗做了两个月的搜集工作。

这一带是接近牧区的农业区。居民绝大多数是汉族，又多半是数十年前从山西、陕西等省迁徙过来的。解放前因土地相当集中，给地主当佃户、干长活的很多。

我原和韩燕如同志一块去的。我们到的时候，正是麦收季节，农民忙得很。搜集工作自然要服从中心服务。加上规定的工作期限，要求我们一切必须集中，所以我们就决定抓住六个村子，主要以邀请人来开会和个别访问的方式进行工作。

进村前的准备工作，我们主要是向干部和群众了解一些与工作有关的问题，如社会历史背景、风俗习惯、人民生活情况等。进村以后，便急速调查能说会唱的工作对象，过后把这些人请来，用故事、民歌中的例子，结合一两点通俗易解的说明，去打动他们，激起他们说、唱的兴头，也同时使他们理解这一工作的意义。接着，就分成小组，说的说，唱的唱，或者不分，先说后唱。

这种邀请人来开会，也可说是自由集会的搜集方式，有几点好处：

1. 便于搜集同一主题、同一体裁、互有关系或多相近之处的资料。

2. 便于发现重点的工作对象。

① 这些文章分别是：《略述六个村的搜集工作》，《民间文学》创刊号；《中滩民间故事·再版后记》，少年儿童出版社，1959年，第99～101页；《口头文学要有原始记录》，《民间文学》，1984年第9期。

3. 听故事的人多了，讲故事的就高兴，可以使讲故事这一人民口头创作的表现形式，尽量发挥独具的特色。

邀请人开会是搜集材料的一种较好的办法，但它不是唯一的办法，不必受它的限制。

为了做好搜集工作，实地搜集者要考虑的事情蛮多，但必须考虑的最主要的问题，是如何发现典型，抓住典型。因为这是决定全部搜集工作有无成就的关键。所谓发现典型的人，就是用尽全力，兢兢业业，发现劳动人民中的真正的诗人。有了诗人，典型的资料就摆在我们面前了。

在发现典型的过程中，我们会遇到四种情况：

第一种，是经常遇到的工作对象，是普通的工人农民，几乎他们每一个人，都有自己的故事，自己的歌唱。这些故事和歌唱的社会、历史价值，艺术价值，基本上是应当肯定的。但其中很大一部分又难免是一般化的，平平常常，并不出奇。所以我们不能满足于这些。接近它，吸取其中有益的东西；又要离开它，去寻找更好的东西。

第二种情况，可以说是“双重误会”。由于搜集者缺乏客观冷静的调查，往往听风就是雨，一时瞎捕一阵，结果，浪费了时间，工作收获极少。

譬如在道听途说的场合，常常有人告诉我们：“某人说得可好哩！”“某某的故事有枝有叶有根源哩！”这时我们如不经过具体的调查了解，就马上跑去访问，往往失败的时候多，成功的时候少。

第三种情况，是会说故事的人被群众忽略了，例如傅家圪堵村有位老婆婆秦地女，附近一带没有谁不知道她，可是知道她说故事的人极少。实际上，她却是个真正的故事家。几乎没有人知道秦地女会说故事，这并不奇怪。因为旧社会不容妇女公开讲话，在人场里说故事更办不到。解放以后，她是个忙人，是本乡的拥军模范、本村的生产模范和各项工作中的积极分子。所以她平时来不及也想不起来说故事。再，她的故事又多半是童话，童话大人也能听，但它更是孩子们的精神财富。所以这些故事不见得是在很多人面前出现的，而常常是在母亲守望着孩子的枕边，它们做了漫长的冬夜的来客。

第四种情况，是我们需要调查的对象已经被群众确定了，正在等待我们去发掘。如出名的民间艺人、歌手和故事家等皆是。

上述四类情况是我们在工作过程中常遇到的。虽然接触第一种情况，会有些收获；接触第二种情况，会得到失败的教训，但是为了发掘典型工作做得较好，我们更应重视后两种情况。

在我看来，搜集工作是必须做好的。怎样才能做好呢？最中心的一点是搜集到真实可靠的材料。

我同意用记录的方法搜集故事；用记忆又是一条路子，它可能写得更完美；两种都可以用。但要强调科学性，强调尽可能多保留一些原来的东西，特别是劳动人民的语言、生活及其他，恐怕前边一种工作方法比后者靠得住点。

口头文学的确生动得不得了，它给很多大作家提供了素材，从典型的创造，到故事的影子；给语言学家、历史学家，给民族学、民俗学、人种科学等，提供了极为丰富的资料。在这方面，它确实不简单。是不是可以这样说：它的资料价值、科研价值，是相当高的，要是没有原始资料，这种价值就降低了。

我原来整理这些故事的目的，是为了种点“试验田”，探索整理工作的道路。我的做法是尽量使这些故事保存原述者讲述时的面貌。我只是将自己在群众中听到的故事记录下来，在稿纸上写了几遍，主要是细节和文学语言的斟酌，然后把它们引到书面上来。

我的整理存在两个问题：首先是方法不一，有综合，有单一，现在我肯定后者，也不完全抹杀前者。例如《老羚胡》，我是用前一种方法整理的。有的异文，还要整理。对过去那种综合法我有些怀疑。单一能够把说故事人的特点保留；综合会显露整理人的墨痕。第二，我尊重原始材料，但也存在问题，主要是认识模糊和研究得不够，也还有其他方面的原因，如欠考虑等。

孙剑冰是以民间文学研究家的身份到内蒙地区去采录民间故事的。这个指导思想一开始就很明确，如同他自己所说的，搜集资料和整理、研究工作是紧密联系的。“搜集的性质虽则是调查，但在某种情况上讲，也可以说是研究。所以它一开始，就应当有整理、研究的目标。”因此，他在采录过程中作了详尽的原始记录，并对同故事内容、同讲述人有关的各种情况进行了认真的调查研究。以原始记录为依据进行整理，既再现了原作的主题和情节，还尽力保持了原有的细节和语言特色。经他书面写定的故事，不但仍显现出口头文学的特殊魅力，甚至还能传达出不同故事家叙述口吻和情趣的差异来（如秦地女口述故事中女性的细腻，木匠孙贵口述故事中男性的幽默等）。在发表和出版的故事中，一一注明讲述者及整理情况（或属原始记录，或为单一整理，或为综合整理）。靠着他的严谨作风与科学方法，使得秦地女、孙贵、刘胡开、阎银旺这些“不识字的作家”的名字能够在中国民间文艺学史上留传下来。《天牛郎配夫妻》这个集子自然也是为读者所喜爱的文学读物，然而它在民间文艺学上的学术价值，却超出了它的文学价值。孙剑冰不仅是一位故事搜集家，也是一位故事研究家。他用“阿冰”笔名写作的那些内容切实的文章，常给人以有益启示。他使故事采录活动科学化，在中国民间文艺研究会成立初期，就提供了自己示范性的成果，对我国故事学的发展作出了宝贵贡献。

三、王作栋

王作栋因采录鄂西著名故事讲述家刘德培的口述故事而获得学界好评。他大学毕业后分配至湖北五峰县文化馆工作，于 1976 年同该县农民刘德培老汉结识，是在说说唱唱中交上朋友的。随后在 20 世纪 80 年代全国掀起的民间文学工作热潮中，用心采录他的故事，于 1989 年出版刘德培故事专集《新笑府》，从而受到海内外文化学术界的赞誉，在中国民间文艺学史上留下了鲜明的印迹。他在 2000 年新撰写的《民间故事家刘德培发现经过述略》中告诉我们：

那是 1976 年冬，我在五峰县文化馆工作。馆舍坐落在穿城而过的天池河边，是石木结构的小楼房，上下两层，因年久失修，屋顶多次漏雨，单位上早已酝酿请人检修。12 月份我从乡下出差回来，瓦匠已经到了，在搭梯子，准备上屋顶。没想到的是，这人竟是一个慢吞吞的老头儿……晚上 7 点多钟，我见老瓦匠把手笼在袄子下摆里面，一个人冷清清地在客房里坐，就请他到我的寝室去烤火喝茶。寒暄之间，我得知老人名叫刘德培，农民，65 岁，家住在白鹿庄公社香联大队，离县城 30 里……被我同情的贫困老人，原来是一位歌师傅！我赶快拿起笔来记录。在采录中，刘老又由讲到民歌中的风俗典故，带出了风俗传说，带出了地方史事掌故，带出了故事笑话，兴致越来越浓，我们听得也笑个不止，他乐滋滋地讲到凌晨两点才睡觉。就这样，一个十分偶然的机会，使我们开始萌生了不解之缘。

老人在馆里检瓦半个多月，天天晚上有讲的，有唱的，或民歌，或故事，或谜语，或跳丧习俗，连锁交叉，不炒现饭；对我的提问，他也大多有答复。我叹服他是一位吃苦不叫苦，为难不输志的老汉，一位阅历丰富、多才多艺的长者，一位可以传教地方风俗民情的老师。

在刘老为文化馆检屋的 17 天里，我采录的资料繁杂，计故事、笑话、传说 231 则，民歌 413 首，皮影戏文 3 部，和上梁词、升匾词、撒禄米词、酒令、谜语、俗谚等一批民俗资料，以及罕见的盘古赞等赞词、咒语、八卦、风水之类，多数内容按当时学术环境难登大雅之堂，只能录以备检。

刘老离开文化馆的前一天，我为他饯行，请他以后进五峰县城，都到我们住处落脚。老人说话算数，每逢进城，我这里就成了他的落脚处。老人每次来，往往因忙于生计，当天来当天走，间或住一宿。1979 年 6 月，我被调到县创作组后，住入县文工团宿舍。刘老便找到那里去，每次住个两三天、五六天不等。我的住处是办公室兼宿舍，很窄。睡的时候，刘老与我同挤一张单人床。讲到天色微明成了家常便饭。

至 1981 年 5 月我回家乡宜都县为止，我在五峰的那两年，是

> 我与刘老往来最多的一段时间。这与党的十一届三中全会以后思想活跃、政治环境逐步宽松分不开。不仅是刘老一次次不请自到，我去白鹿庄也勤——去他的居住地柳冲子看望，去他的出生地杜家坳访问，和他一起爬山转岭找他的老伙计、老乡邻调查等等，每次日同行夜同宿，两师徒遇咸吃咸，遇淡吃淡，那时，他已经无话不谈。
>
> 1979年11月，我将刘老讲述的故事整理了几则，试投给省内几家报刊发表。1980年5月，我参加湖北省第一期民间文学骨干培训班，汇报刘德培的情况，引起湖北省民间文艺家的重视。培训班后，省民协强调对年事已高的重点传承人进行“抢救”。1983年，中国民间文艺家协会湖北分会要求我将刘老的故事全部录音留存。这年12月，民间故事家刘德培命名表彰大会在武汉召开。1989年，刘德培故事专集《新笑府》由上海文艺出版社出版。[①]

王作栋称他和刘德培老人有长达24年之久的师徒情谊。他对刘德培故事的采录有鲜明独特的个人特色与时代印记。第一，从20世纪80年代开始，中国进入改革开放的历史新时期，在民间文学工作方面，全国开展民间文学普查，编纂民间文学三套集成，跨入采录研究民间文学的又一个黄金季节，因而王作栋采录刘德培故事得到多方面的大力扶持；第二，王作栋虽然是在偶然情况下结识刘德培的，却和他有着长达一二十年的师徒情缘，不仅熟悉他所讲述的民间故事，所传承的其他民间文艺作品，还对刘老的艰难身世及其生活环境的了解达到了细致入微的程度，因而互相配合也达到最佳状态；第三，王作栋初次结识刘老时，就已是大学中文系毕业，具有较高文化素养的文化工作者，后来又不断学习民间文艺学理论知识，努力提高自己的专业技能和学术素养。他一方面采录刘德培的故事，另一方面写出了一系列研究刘德培口头文学传承的学术论文。理论与实践相互渗透、相得益彰，从而使这位中国当代口

---

① 王作栋：《民间故事家刘德培发现经过述略》，贾芝主编：《新中国民间文学五十年》，大众文艺出版社，2004年，第320～331页。

头语言艺术大师的几百篇故事能够很好地保留下来，在文学性与科学性上达到较高水准。联合国教科文组织在表彰中国十大故事讲述家时将刘德培老人置于首位，正是讲述人和采录者珠联璧合取得的优秀成果。

第三节　采录故事的基本原则和方法

前面介绍的这几位故事搜集家，代表了我国故事采录工作的几种不同类型。他们有的以文学工作者的身份采录故事，有的以专业民间文学工作者的身份采录故事，有的则以生活在群众之中的业余民间文学爱好者的身份采录故事。运用的方法因人因环境而异，或广泛采录，或选择合适对象后集中采录，或凭记忆来复述整理，或借助录音技术再现口头讲述时的面貌。加工整理的幅度也不一律，或接近于原始记录，或接近于改写。这些故事各有自己的艺术光彩与社会价值，它们的采录整理工作反映了不同历史时期我国民间文学事业的发展特点。这几位故事搜集家的经验和成果，已经给我们启示了在各种不同情况下采录故事的方法。因此，我们只需就这个问题再作简单的说明就可以了。

1. 采录工作的紧迫性。正如刘锡诚所指出的，搜集工作对我们这一代人来说是至关重要的事情，随着科学的昌盛、文化的发达，传统的民间文学日益衰亡，许多民族、许多地区，面临着人亡歌息的局面[①]。裴永镇曾将采录金德顺故事的前前后后，列出一个时间表：1981 年 4 月 12 日，发现金德顺；5 月 9 日至 5 月 15 日去裴永镇家讲述故事 150 篇；5 月 19 日送老人回家；8 月初老人即患脑血栓，一段故事也记不得了。《金德顺故事集》就是这样抢救下来的。我们应以抢救民族文化珍贵遗产的紧迫感来从事故事采录工作。

2. 研究故事传承规律，提高采录工作效率。发掘地下矿藏，须探明其蕴藏特点；发掘口头文学遗产，也须探明它的传承规律。过去我们对

---

① 刘锡诚：《民间文学工作在新时期的任务》，《民间文学》，1984 年第 12 期。

此不甚了了，满足于盲目性的泛采，常常费力大而收效微。《金德顺故事集》的出版打开了人们的眼界。我们可以根据故事传承特点探索多种最佳采录方式，如专题采录、村落故事采录、家庭故事采录、故事家个人故事采录等，务求以最小的代价收获又多又好的故事。

3．采录工作要达到科学化的要求。要注重采集的质量，一律要求忠实记录。有条件的地方，应采取录音的办法，力求使搜集工作达到科学化的要求。要把采录与研究结合起来。在搜集民间文学作品时，也要做历史、宗教信仰、风俗人情等方面的调查，调查资料既可做注释用，也可做研究用①。

科学化包括多方面的要求，主要是：尊重讲述人，选择和创造最佳的讲述环境与讲述情绪来记录故事，使故事保持它的鲜活姿态；做忠实的记录，尽量使用录音的办法；对同故事有关的生活、民俗、方言及讲述者的职业、经历、文化教养等进行深入细致的调查研究，给予注释说明。这样的记录材料就是很有价值的科学研究资料。这些要求和方法，可以简要归结为八个字，即讲活、听清、记全、查明。

4．整理写定。民间故事的整理写定，大致有三种类型：

一是接近原始记录稿的。如山东《四老人故事集》中的一篇小故事《金驴喝水》：

> 人说这娘俩净穷，娶一个儿媳妇子。
>
> 晚上担上一缸水，黑夜里，就下去半缸，老婆婆整天骂她儿媳妇："你没的偷了，偷水给人家。"
>
> 这个媳妇气得整天哭，也怪纳闷："什么哎？晚上担上一缸水，黑夜就下去半缸。"老婆婆整天骂："旁没的偷了，你偷水给人家。"
>
> 这天黑夜，媳妇心想："管怎不睡觉，奶奶，我坐这坟看着，看看什么人来弄水。"坐她那屋门上看着。
>
> 不多会从外头来个驴子，趴缸里就喝水哩！"噢，我说担缸水就

---

① 刘锡诚：《民间文学工作者在新时期的任务》，《民间文学》，1984年第12期。

少了哩！”

媳妇找根绳，系个扣：“我今回逮着拴上你，我叫你来喝水，整天叫我挨骂。”

这媳妇逮住驴，拴在树上，缠了好几道子说：“今回你呆这垓吧！”

到明天，看看是个金驴，叫她捉着了，还是命大啊！

这篇故事由山东著名故事家尹宝兰讲述，她的孙子王全宝先录音，再用文字记录写定。它是一种较为严格的忠实于口头讲述稿的整理，除了在语词上略加规整修饰外，其他方面均未作改变和加工。它可以作为一种科学资料提供给人们，也具有可读性，是一种别具一格的文学读物。各地民间文艺研究会编印的民间故事资料本，大体都属于这个类型。《四老人故事集》就是由中国民间文艺研究会山东分会作为研究资料于 1986 年编印的。

二是有一定程度加工的整理。整理内容包括：思想内容的适当增删、情节结构的适当调整、细节的提炼修饰、语言的加工润色等①。孙剑冰笔下的故事大都采用这种整理方式，它代表了在报刊上发表的保持民间口头文学特色较好的那部分故事的整理情况。

三是接近于改写的整理。阿·托尔斯泰在《俄罗斯民间故事·序》中有一段关于他如何编辑这些故事的自述，他说：“当我从各部分这样拼成一个故事，或者说‘恢复’这个故事的本来面目的时候，某些地方我不得不增添，某些地方我不得不改变，某些不够的地方我不得不补足。”我国许多民间文学工作者，曾把他这段话作为整理故事的规范。钟敬文先生曾就此写道：“这种做法，在供给大众，特别是青少年的读物上是可以采取的。但是，它已经不能说是‘记录’，甚至说是‘整理’，也好像有些越境。我想，它比较切合的称呼应该是‘改写’，这是名实相符的。”② 我国作为流行文学读物发表出版的民间故事，许多是这类加工幅

① 刘守华：《民间文学概论十讲》，湖北教育出版社，1985 年，第 228 页。

② 钟敬文：《民间文艺谈薮》，湖南人民出版社，1981 年，第 322 页。

度较大的作品。然而，它们还是保持了民间口头创作的基本面貌。只是用作科学资料，存在相当的局限性就是了。

5. 改编和再创作。这也是发挥民间故事积极影响的一项重要工作，中学语文课本中所选的《孟姜女》和《牛郎织女》，就是按照中学语文教材的要求，由编者改写的。我们同样应给予积极鼓励。但那已超出故事学范围，我们就不打算详加评论了。

第四节　《中国民间故事集成》的编纂

1984 年 5 月，中央文化部、国家民族事务委员会和中国民间文艺研究会联合发出通知，决定编辑出版《中国民间故事集成》《中国歌谣集成》和《中国谚语集成》。这是一项宏大的民族文化建设工程，它推动着我国民间文学的搜集整理工作朝向更广泛、更深入和更科学的目标迈进。

中国民间文学集成总编委会就这些作品的搜集整理和编选出版提出了一系列新的要求①。归纳起来，主要有如下几项：

1. 科学性。新编选的必须是真正的民间口头文学作品；按忠实记录的原则进行采录；尽可能把与作品有关的资料同时调查记录下来；对少数民族民间文学作品的翻译，力求忠实、准确；坚决反对胡编乱造和任意增删改换，严禁伪造。

2. 全面性。应包括全国各地区、各民族的作品，以及各种体裁、形式、类型、风格的作品。

3. 代表性。选取在地区、民族、内容、形式诸方面有代表性的作品，同一作品如有多种异文，选编其中最完整、最优秀、最有特色的一种。对其他异文，则在注释中加以说明或作为附录。

在这三性当中，应以科学性为核心。坚持三性的目的在于保证三套

---

① 《中国民间文学集成工作手册》，中国民间文学集成总编委会编印（内部资料），1987 年，第 14～27 页。

集成能够科学地、完整地反映我国民间文学的真实面貌，向社会提供全面的、完整的、真实的民间文学资料。

4. 进行普查。以县为单位开展民间文学普查，进行广泛搜集。普查坚持全面搜集、忠实记录的原则。有条件的地方尽可能录音，笔录和整理时，要尽量保持口头文学的原貌。所有搜集到的材料，都要按照总编委会制定的分类编码登记卡片，编码存档，以便永久保存。

5.《中国民间故事集成》的编选范围是所有用民间口头语言以散文叙述方式表达的各种有情节的作品，除狭义的民间故事外，还包括神话与传说。无论古代神话、传说，还是当代流传的新故事，均可入选。但均以现代搜集、记录者为限，不收古代文献所载的作品。内容的选取，力求健康、富有思想意义，既要贯串历史唯物主义原则，又要考虑对今天读者的影响。

6. 关于科学性与文学性的关系。故事集成既要具有较高的文学价值，也要具有较高的科学价值，它的文学性与科学性是统一的。但它的文学性是民间口头文学所固有，为广大民众所喜闻乐见的文学性，和其他种类文学作品所体现的文学性有别。因此，它的民间口头文学的本来面貌保持得愈完整，其文学价值也就愈高，而它作为一种活的人类文化史资料的科学价值正蕴含其中。反之，如果它的民间口头文学原貌受到了伤害，则文学性与科学性都将受到影响，甚至完全丧失。

在国内外民间故事的采录活动中，怎样对待它们的文学性与科学性，在理论与实践上均存在明显分歧。科学工作者采录的故事资料，未做任何文学加工，对学术研究具有宝贵价值，却难以再回到群众中去，作为文学读物流行于世。文学工作者采录的故事，为了适应人们阅读的需要，发表出版时都作了不同程度的文学加工。《意大利童话》的编写者伊·卡尔维诺在这部畅销书的序言中就告诉我们，在西方，从人们口头上记录民间故事的方法虽始于德国格林兄弟，可是仔细考察，便可以发现：

> 格林兄弟采用的方法，在今天看来称不上“科学”，最多只能称为半“科学”。对他的原稿的研究可以证实行家在阅读《格林童话》

> 时的强烈印象，即格林兄弟（尤其是威廉·格林）在老妇人口述的故事里，加上了自己个人的色彩。他们不仅根据德国方言翻译出版了故事梗概内容，而且还把故事的各种不同说法统一起来。他们删去了故事中的粗俗部分，对故事的表达和意象作了润色，并力求文体风格前后一致。①

卡尔维诺自己编写《意大利童话》，所采用的也是这种“半‘科学’的方法，或四分之三的‘科学’方法”。他选取前人记采的口述资料进行文学加工：

> 我努力充实故事的内容，但从不改变它的特征和完整性。同时，我力求使情节丰富，使其具有更大的可塑性。对故事中遗漏和过分粗略的部分，我尽可能予以精心增补。我还努力使故事的语言在不流于俚俗的同时，保留方言的清新和纯朴，极力避免使用过于高雅的词句。②

俄国著名作家阿·托尔斯泰编写《俄罗斯民间故事》，所运用的大体上也是这样一种方法。

我国的民间故事采录工作，在 20 世纪 30 年代的民俗学运动时期，以给民俗学研究提供资料为宗旨，比较注重科学性。但受着历史条件的局限，在科学性上并无严格的要求。新中国成立以来，民间故事的采录取得了巨大成绩。由于这时偏重于发挥民间文学的社会教育作用，因而产生了注重文学性而忽略科学性的偏向。有些人完全按照一般文学读物的标准来改编民间故事传说，并视为本色之作，以致模糊了人们对真正民间口头叙事文学的认识。

这次全国通力合作，编纂民间故事集成，在总结过去经验教训的基础上，着重强调了科学性，使真正的民间口头文学得以发掘保存，传之永久，这是十分必要的。但也允许以慎重态度进行整理，做必要而适当

---

① ［意］伊·卡尔维诺：《意大利童话·序言》，上海文艺出版社，1986 年，第 9 页。

② ［意］伊·卡尔维诺：《意大利童话·序言》，上海文艺出版社，1986 年，第 9 页。

的加工，使之既可作学术研究资料使用，又可作文学读物供人们阅读欣赏，从而在文学性与科学性的统一上迈出了巨大的一步。这样，就可以使这份宝贵的文化遗产能够从多方面服务于我国的社会主义文化建设事业。

【附录：一则故事的记录与整理】

《三理①先生》的整理稿

三个走江湖的，一个郎中，一个阴阳②，一个算命先生，都在一家大户人家打歇③。三个人互相看不起眼，打起嘴巴仗来了。

算命子先开口，问郎中："医理先生，您高姓呐？"

郎中说："我姓蔡呃。"

算命子就说了个四句：

"医理先生本姓蔡呃，
百草拿来当药卖。
您有这宗好手段呐，
父母大人该双在呀？"

郎中脸一红，转问阴阳："地理先生，您高姓呐？"

阴阳说："我姓龚呃。"

郎中也说了个四句：

"地理先生本姓龚哦，
青龙山上看真龙。
您有这宗好眼力呀，
有几个儿孙在朝中呵？"

阴阳慌了神，连忙问算命的："命理先生，您高姓哪？"

算命子说："我姓陈呃。"

---

① 医理、命理、地理，俗称"三理"。

② 以看坟地、相宅基等为业的人，俗称阴阳先生、风水先生、地理先生。

③ 打歇：方言，意为歇宿。

阴阳也说了个四句：

“命理先生本姓陈罗，

五行八字①看时运。

您有这宗好算法，

您的妻儿怎清贫哪？”

呵，这一下说了，三个人就卯争，酸溜溜地争不清白。杜老幺在旁边推磨，听得好笑，他也说了个四句：

“推磨的呃本姓杜，

请三理先生不吃醋。

看准了算你们时运好哩……”

那三个见他没朝下说，都问：“噢，看准了算我们的时运好，若是没有看准呢？那怎么说呵？”

杜老幺说：

“招呼戳烂背脊骨哟！”

［刘德培口述，王作栋整理，见《新笑府》，上海文艺出版社，1989 年。］

《三理先生》的录音记录稿

有这么三个走江湖的，就是这个郎中，一个阴阳，一个算命子，他们三个。三个在一堆打歇，在一个地方打歇。他们就打起嘴巴仗来哒。呵，这个算命子就架势问。他说：“医理先生，您高姓？”

那个医生呢，他说：“我姓蔡。”

那个算命子他就说是：

“医生先生本姓蔡呀，

百草拿来当药卖。

① 五行：金、木、水、火、土。八字：用天干地支表示人出生的年、月、日、时的生辰八字。迷信职业者以五行相生相克及生辰八字，来推算人的命运好坏，行运和倒运的时间。

您要有这宗好手段呐，

父母大人该双在呀？”

好，这个医理先生呢，他就问地理先生，就问这个阴阳，问地理先生。他说：“地理先生您高姓哪？”

他说：“我姓龚。”

他说：“地理先生本姓龚哦，

青龙山上看真龙。

您有这宗好眼力呀，

有几个儿子孙子在朝中呵？”

好，这个地理先生呢，他连忙又问算命子。他说是：“您这个命理先生您高姓哪？”

他说：“我姓陈。”

他说：“命理先生本姓陈罗，

五行八字看时运。

（他说）您有这宗好算法，

您的这个妻子儿女怎清贫哪？”

呵，这一把说哒，他们就争起来哒吵，打起嘴巴仗来，一阵争哪。争哒呢，尽杜老幺听见哒，杜老幺就跑呵来，他就来几句。（插问：“杜老幺在旁边搞么事呵？”）他在旁边推磨吵喂。他就来：

“推磨的，本姓杜哦，

三位先生不吃醋。

您们若是看准哒呢，

那就是该您们时运好。”

那三个先生，他说：“哦，看准哒就该我们时运好，若是没有看准该怎门说呵？”

杜老幺说是：

“招呼戳乱您们背脊骨噢！”

[刘德培 1983 年 6 月 17 日口述，王作栋录音记录。]

【思考与作业】

1. 进行一次调查采录民间故事的活动，记录整理若干篇故事，或写一个调查报告。

2. 阅读几个著名故事搜集家采录编定的故事集，了解他们各自不同的工作特点，吸取他们的成功经验。

第十二章　民间故事的研究

第一节　民间故事研究的广大空间

由于民间故事在民众日常生活中的广泛影响和在现代人文学科中的多重价值，它被许多从事现代人文学科的学者所重视，从多种视角对之展开研究就是势所必然的了。正如美国学者斯蒂·汤普森在《民间故事分类学》一书的卷头语中所概述的：

> 半个世纪以来，我们目睹了对于民间故事的不断增长的兴趣。故事的搜集者们忙于在世界各地倾听故事讲述者的讲述，并以日益完备的技术手段将他们听到的一切记录下来，发表出来。一些学者对民间故事进行了分类和地区性的调查研究，以便将庞杂的材料整理有序。另一些人发展了研究口头叙事作品的多种方法。还有一些学者则用这些方法去描述许多著名故事的历史。
>
> 所有这些活动都致力于揭开先前笼罩在许多领域里的黑幕，纠正早期的或不成熟的理论。我们开始把口头故事看作是叙事形式中最为普遍的一种，开始懂得它与我们自身文明中的文学故事的联系。我们得知这种故事在其讲述者和听者当中活跃着的功能，这种艺术在不同的时间地点所共有的本质。

这部民间故事概论型的著作，其主体虽然是概述从爱尔兰到印度，以及北美印第安人中间流行的民间故事，但对其他各国的民间故事均有所涉及，同时它也用了约三分之一的篇幅来评介欧美学者对民间故事的研究成果，其内容包括有关民间故事的各种理论、研究民间故事的国际学术团体、民间故事的分类、民间故事存活史和作为现行艺术的民间故事的运用等。作者以自己的丰富见闻，给我们展示出各国学人研究民间故事的广阔天地，探索人类文化奥秘的真知灼见。正如译者所介绍的，本书出版后在欧美受到广泛好评，被誉为文学理论家、历史学家、人类学家、心理学家和语言学家的必读之书，堪称民间故事这一学术领域的经典性著作。因而 1946 年由印第安纳大学出版之后，又于 1977 年由加利福尼亚大学出版社再次印行。汤普森的这部著作，可以作为我们走进世界民间故事研究领域的有益向导。

该书除分别评介有关故事研究的成果与方法之外，还特地概述了一个多世纪以来引起各国学人关注的如下问题：

1. 民间故事的起源。讲故事的习俗是怎样开始的，以及什么是我们现在所见的特定民间故事的起源？

2. 民间故事的含义。民间故事仅仅只有故事本身的含义还是具有其中隐喻的重要意义？

3. 民间故事的传播。对民间故事搜集的研究清楚地证明，许多民间故事广泛分布在整个地球上。这种分布的特征是什么？这是怎样产生的？

4. 民间故事的种类。一个口传故事的每一种讲述往往与其他任何一种不同，这些差异的特征和原因是什么？

5. 不同类型的民间故事之间的关系。

这位著名故事学家告诉我们，一个多世纪以来各国学者对民间故事的研究内容十分广泛，还涉及其他方面，“但是大多数讨论都与上述五个方面有关”①。虽然各国学者对这些问题已经提出了许许多多的答案，可是口头故事遍及人类各个生活角落而长存不衰，这一人类文化的巨大谜团至今并没有完全解开，仍然对各国学者保持着深深的吸引力。

① ［美］斯蒂·汤普森：《世界民间故事分类学》，上海文艺出版社，1991 年，第 439 页。

第二节　民间故事的比较研究

一、比较研究的兴起及其意义

关于民间文学的比较研究，钟敬文先生在为 1982 年《中国百科年鉴》撰写的专稿《民间文学理论的发展》一文中作了精辟的评述。他写道：

> 比较方法，是近代科学（不管它是自然科学或人文科学）广泛使用的方法。因为比较能使事物更容易显露出它的性质或特点，在民间文艺学的领域中更是一贯被采用的、有效的一种研究手段。从中国现代民间文艺和民俗研究的历史上看，这种情形极为明显。不管北大《歌谣》周刊时期，或中大《民俗》周刊时期，这种方法，都相当流行过。自然，从我们今日的立场、观点看来，它不是科学研究的主导方法，而是一种次要的、技术性的方法，但也绝不是可有可无的方法。
>
> 新中国成立后，由于种种原因，在民间文艺研究领域中这种方法很少被采用。近年来因为"比较文学"的热潮流入，民间文学研究方面，也有人在新的学术思想基础上采用了这种科学方法。现在尽力进行这种工作的学者还不多，但是，预计不久它将会热闹起来。
>
> 世界学术不断前进，对于研究方法的运用，也提出了较高的要求。今天在民间文学研究领域里使用比较方法，除了首先必须服从于先进的观点和基本方法（辩证法）之外，还须精细地检查所比较作品相同点或差异点的大小、轻重，并考虑作品流传地域的社会、文化、民俗等有关情况，特别要严格考察那些作品中的相同点或差异点，跟流传地人民的思想及民间文艺的特点是否有亲密的关系。这样才能使我们的论断安放在比较可靠的基础上。

二、跨国跨民族比较

比较方法可以广泛而灵活地运用在各类民间文学的研究上，参照比较文学的学科规范，比较民间文艺学的研究重点可确定为对民间文学作跨国、跨民族和跨学科的比较。由于神话和民间故事的流行具有极大普泛性，在世界上许多国家、民族中间，人们津津乐道的神话和故事，常常彼此接近或类同，成为一个难解之谜，因而对它们作跨国、跨民族的比较研究，也就深深地吸引各国学人，使得比较神话学、比较故事学应运而生了。

关于民间故事的跨国研究，以日本伊藤清司的《中日两国民间故事的比较研究》为例，他在论文中对流行于中国、日本、朝鲜三国口头文学中的《狗耕田》故事作了精细比较，认为这个故事是由狗在农耕生活中起重要作用的神话中分离出来，然后演变成为劝善惩恶型的幻想故事的。它源于中国，故事情节及其内涵大体一致。因三国的社会制度及有关习俗不同，而呈现大同小异的形态。中国的《狗耕田》故事由兄弟分家讲起，因中国从汉代起，就实行兄弟均分遗产制；可是长子常利用自己的特权欺负年幼的弟弟，造成纠纷；故事中弟弟只分得一只狗的情节即由此而来。朝鲜故事中的狗则是从父亲墓后走出来。朝鲜十分重视孝道，先获得一定比例遗产、承担了祭祀祖先义务的长子不去祭祀，一只神奇的狗便从墓后走出来，给精心护墓、极尽孝心的弟弟带来种种好处。日本中世纪以后，父母遗产大多由长子单独继承，次男以下一般在长子手下劳动。所以，从中国传入日本的《狗耕田》故事，兄弟分家的情节便逐渐消亡了。那只神奇的狗来自海上，这反映了日本作为岛国对大海彼岸的憧憬。在这项研究中，伊藤清司以开阔的文化视野，揭示了《狗耕田》故事的异同之处及其构成奥秘，并由此展现出三国历史文化的风貌。

中国是一个多民族国家，对民间文学作跨民族比较有着广阔的天地和特别重要的意义。这里试举一例。云南有关学人于 1960 年编撰第一部《白族文学史》时，曾将《黄氏女对金刚经》这部民间叙事长诗作为白族口头文学代表作来看待，并断定它为白族聚居的云南剑川地区的产物，形成于当地佛教鼎盛的元明清时期。可是，20 世纪 80 年代初经有关学人用比较研究眼光加以考察，发现在明代著名长篇小说《金瓶梅》第七十回中，就载有尼姑被邀请到居民家中宣讲《黄氏女》宝卷情节。至今在川鄂一带的汉族地区流行的善书《女转男身》，所叙说的就是黄氏女对《金刚经》的故事。在湖南汉瑶杂处地区发现的“女书”中，有一部长篇唱本《王氏女》，也由上述故事构成，只不过“黄氏”在口头传承中讹成“王氏”，在情节细节上小有差异罢了。由此可以断定，它原是渊源于唐宋时期的变文、宝卷，曾流行于南方许多地区的一部佛教通俗文学作品。白族唱本只不过是它的多种民族异文之一①。可见，只有通过跨民族比较，才能对各个民族在口头文学领域的独特创造以及文化上的相互关联给予科学阐释。

人们在比较研究中发现，在许多国家、民族居住的广大区域之内流行的神话、故事，在主题、情节上大同小异的现象十分普遍。除对其异同之点进行精细比较外，更以浓厚的兴趣追溯它的成因，这成为比较研究的主要内容。苏联《大百科全书》概述了这方面的研究进展情况：

> 世界各民族口头民间创作的作品，虽然具有鲜明的民族色彩，但其中许多主题、形象甚至情节是彼此雷同的。例如欧洲各民族童话的情节，约三分之二与其他民族的童话相重合。这种情况的产生，或是因为起自同一本源，或是因为文化上的交互作用，或是因为在社会发展共同规律的土壤上产生了雷同的现象。

人们曾将这种现象概括为“同源”说和“同境”说，同源即它们出自同一本源；同境即由于人们所处的境遇相同、心理状态一致导致故事情节的不谋而合。深入考察其成因，区分为三种情况较为合适，即同出一源、交流影响和不谋而合。前两种情况表明相类似的作品之间，存在着直接联系。在后一种情况中难以找到这种直接联系，属于人类文化发展的平行类同。例如，在原始宗教信仰和古代神话中遍及全球的对太阳的崇拜，就是基于全人类普遍感受到太阳的恩惠，不谋而合所构成的意象。对文化事象由表及里的这种研究，揭示出人类文化构成演变的规律，

---

① 刘守华、刘晓春：《白族民间叙事诗〈黄氏女〉的比较研究》，《民族文学研究》，1993 年第 3 期。

给人以有益启示。

三、跨学科比较

比较研究这种方法还可以打破学科之间的界限来进行，最常见的是将宗教、民俗和民间文学进行比较。这几种民间文化事象各有其特质，考察它们的异同之处及其联系，属于跨学科比较，它也是跨文化比较的一种形式。

民间传承的神话、传说、故事，常从人们的宗教生活中吸取素材，将宗教文化中的正反面人物形象纳入自己的艺术世界，两者互相渗透、彼此融合，甚至达到“你中有我，我中有你”的地步。这种密切联系显而易见。但作为世俗文化的民间口头文学，又表现出和宗教文化截然不同乃至鲜明对立的特质。美籍华人学者丁乃通，读到湖北大冶市的许多篇土地菩萨的故事之后，被它们丰富的人情味所深深吸引，认为“土地神显然是农民根据自己的形象创造的，在关于他的故事中常常表现出农民阶级的思想感情”①。这些土地神的形象和纯粹宗教信仰中的偶像相比，已是形似而神异，获得了新的艺术生命。还有另一种情况，民间文学中有歌颂玉皇大帝、张天师等为民消灾赐福的传说，表现出和尊崇这些偶像的民间信仰相一致的倾向；同时人们也编了不少故事，来抨击他们昏庸霸道、祸害百姓的行为，把他们作为现实社会中邪恶势力的代表，由此流露出怀疑和叛离宗教信仰的倾向。我们不必讳言宗教对民间文学的影响，但又要看到民间世俗文化对宗教因素的改造与背离，不应被其某些表层色彩所迷惑而将它们混同一体。刘守华所著《道教与中国民间文学》，系统阐述了道教信仰和民间口头文学之间的复杂联系，成为这个领域引人注目的一项学术成果。

关于就民俗和民间文学这两个领域所作的跨学科研究，万建中的《解读禁忌——中国神话、传说和故事中的禁忌主题》是一项出色成果。例如，作者将民间叙事中的禁忌主题，划分为完全式禁忌主题、非完全式禁忌主题和故事外的禁忌主题三种情况。完全式禁忌主题，指的是故

① ［美］丁乃通：《民间文学民间办》，《中南民族学院学报》，1988年第3期。

事中的禁忌情节和民间的禁忌习俗相一致，它们起着强化现实禁忌的作用；非完全式禁忌主题，指的是人们所叙述的禁忌只是古代某种禁忌习俗的遗留（如对某些动植物的图腾崇拜）；故事外的禁忌主题，则是指先有故事叙述，然后才在民间由附会而生成相关的禁忌民俗。可见，故事叙述和真正的禁忌民俗同样存在着既一致又不一致的情况。随着人类文明进步，口头文学禁忌的叙说已从禳灾避祸的准宗教信仰中分离出来进入艺术文化层面，获得了新的意义。

跨学科研究，能够在比较对照中，更好地揭示出相关文化事相的不同特点，又从其相互关联中探求文化演进的轨迹，是一个亟待大力开拓的新领域。

在通常情况下，文学研究的对象是那些各自独立的单篇文本。对口头传承、富于变异性的民间文学作品而言，学人的研究对象常常是拥有若干篇异文的类型，而又以解析类型中所含的母题为重点。这样，比较研究也就不是单篇文本的情节、主题、人物的比较，而是就类型、母题所作的跨国、跨民族和跨学科的比较了。如刘守华对 AT461《求好运》这个故事类型的研究。贯通其中的核心母题是对“命运”的探求。它在古代文学艺术作品（如希腊悲剧）中的表现，是命运的力量无法抗拒；西方近现代流行的这类故事，也仍有命运之神对穷孩子一生境遇的安排无法用人类力量加以改变的叙说；中国的《八代穷》《问活佛》等篇目，却突出地表现了穷孩子离开家乡，偏要改变自家“穷八代”的命运，最后终于如愿以偿的积极进取精神，由此使中国故事的思想艺术闪现异彩①。

第三节　历史地理学派的民间故事研究

一、历史地理学派的兴起

研究中国民间故事的著名美籍华人学者丁乃通指出，19 世纪研究民俗和民间文学的方法大都是从别的学科借来的，“一直到 19 世纪晚期，

① 刘守华：《比较故事学》，上海文艺出版社，1995 年，第 468～489 页。

研究民间文学都没有自己的方法。研究民间文学的自己的一套方法，是芬兰人发明出来的，这就是历史地理学派的方法”①。

芬兰原附属于他国，1917 年才获得独立。为复兴本民族的文化传统，有关学人采录整理了一部长篇英雄史诗《卡勒瓦拉》，由此兴起采录和研究民间口头文学的热潮，后逐渐转向对民间故事的比较研究，并在研究中使他们创立的历史地理方法不断完善。他们研究了几十个故事类型。由安蒂·阿尔奈编撰，经斯蒂·汤普森增订的《故事类型索引》（简称 AT 分类法），现已成为检索世界民间故事的通用工具书。汤普森还编纂了一部《民间文学母题索引》，从大量素材中提取两万多个母题。这个学派于 1909 年创办的学术刊物《民间文学工作者协会通报》（FFC），现已出版 200 多期，成为推进民间文学研究最有影响的国际学术园地。他们的成果在世界各国享有盛誉，其研究方法不仅具有民间文学特色，而且被各国学者竞相采用，具有广泛的国际影响。

他们的研究目的在于弄清一个又一个故事类型完整的生活史。研究工作大体分为如下几个步骤：一是尽可能搜集同一故事的丰富异文，把它们汇聚在一起，作为一个类型进行考察；二是从这些异文中提取作为最小叙事单元的母题或情节单元，并按照母题的排列组合情况，解析归纳出若干亚型；三是寻求这些亚型包含的历史地理因素，构拟出它的原型和发祥地；四是将原型同相关异文进行比较，分析这些异文在不同时空背景上的变化情况。这样就可看出一个故事类型的生活史，也可由此评判相关异文在故事演变过程中的地位及其特征与价值。

二、历史地理方法的运用

下面试以丁乃通撰写的长篇论文《云中落绣鞋——中国及其邻国的 AT301 型故事群在世界传统中的意义》为例②，看看历史地理学派方法在故事研究中的体现。

---

① 刘守华：《比较故事学》，上海文艺出版社，1995 年，第 50 页。

② ［美］丁乃通：《中西叙事文学比较研究》，华中师范大学出版社，1994 年，第 150～269 页。

《云中落绣鞋》是这个故事最流行的中国篇名。它的故事梗概是：一位公主被妖怪掠走，从云中落下一只绣花鞋；英雄主人公跟踪前去搭救，下到洞穴深处，救出公主后他自己却遭同伴陷害困于洞中，后被洞中的神奇动物相救脱险，出洞后同公主结婚，而那位狡诈险恶的伙伴最终受到了严厉惩罚。这个故事的众多异文流行于东西方许多国家和地区，具有世界影响，被编列为 AT 301 型。丁乃通撰写学术论文，就是为了探求这个著名故事在东西方文化背景上构成演变的历史。其研究方法的特点是：

1. 作者参照《故事类型索引》，又经过自己的多方搜寻，汇集了中国及其邻国的现代口头异文共 50 篇，对它们所含母题和结构特点一一予以解析；然后把它们归纳成为 4 组或 4 个亚型：301、301A、301B、301F。文章将每篇异文形态用代码一一标出，如异文 44 的形态为：Ⅲf＋Ⅱ1＋Vah＝301B。其中 301A 是中国故事的主型。

2. 按照在异文中出现频率较高的即属构成原型要素的通例，经过对全部异文的比较综合，构拟出 301A 型。

原型如下：

> 英雄在山上砍树时，突然看到一个妖怪或可怕的动物经过（可能在一阵可怕的风中），他向它扔出武器。从飞行物中掉下血，同时也可能还有一只女人的鞋子。他沿着血迹追到一个很深的地下洞口。后来，他听说一个公主在这阵风中被劫走，并悬赏让人去营救。他带着他的一个亲密朋友来到那洞口，用绳子下到洞内。在公主的帮助下，他趁抢劫者视线模糊或眼睛被蒙住时，杀死了它。公主感恩地将一个首饰一分为二，送了一半给他作为信物。恶人救出公主后，封住洞口，冒领了报赏。然而，英雄在地下世界救了一条被缚的龙，在龙的帮助下，他回到了地面。他可能从龙那儿得到了一件具有魔力的礼物。总之，他赶到了宫殿，当他拿出信物时，公主认出了他。结果是恶人受到惩罚，英雄同公主结了婚。

由于这是从众多异文中构拟出来的“原型”，即故事的起源形式或者标准形式，所以在现存口头异文中，很难找到完全具备它的每一个情节的文本，或多或少总有些差异。

3. 构拟原型是历史地理方法的关键所在。以原型为依据，再回头来同相关异文作比较，并结合故事所含历史地理因素进行分析，就可以看出这个故事在不同时间、空间背景上流传并发生变异的情况，从而展现出它的生活史。

如丁乃通参照301A中国故事原型对异文26的评述。异文26是一篇苏州弹词《云中落绣鞋》。丁乃通将它和口传故事原型即标准型进行比较之后，发现它在情节细节上的一系列变异，同说唱弹词的职业艺人进行有意识艺术加工有关。“职业故事家有精心编织情节的习惯，使情节更复杂，细节变得拖沓等等。”这成为本故事生活史的一部分，丰富了我们对这个著名故事的形态多样性及广泛影响的认识。

4. 丁乃通又从中国古典文献中搜寻，发现了十余篇相关记载，其中都含有见于301型故事的母题。最值得学人注意的有两篇，一是唐代地方志《鄱阳记》所载的《望夫冈》：

> 鄱阳西有望夫冈，昔县人陈明与梅氏为姻，未成，而妖魅诈迎妇去。诣卜者，决云：“西北行五十里求之。”明如言，见一大穴，深邃无底。以绳悬入，遂得其妇。乃令妇先出。而明所将邻人秦文，遂不取明。其妻乃自誓执志，登此冈首而望其夫，因以名焉。

这里的记叙虽然很简略，而包含的情节却较为复杂：妖怪诈迎梅氏，未婚夫陈明同邻人秦文结伴出门寻妻，陈明攀绳下洞将梅氏救出，而秦文却将陈明抛置洞中，企图强占梅氏，梅氏不从，常登冈望夫归来，人们便称此冈为望夫冈了。地方志中的这段文字，是为说明“望夫冈”这个地名的由来，所以对情节的记述较为简略。但它已是包含一系列母题的完整故事，同301A型的原型很接近。因此，丁乃通在论文中写道：“（它）尽管不及现代口头异文那样成熟丰满，但据我们所知，它无疑是最早含有姑娘凭绳得救和主人公被同伴出卖等特殊情节的异文，因此它可以被称作世界上最早的301A型故事的异文。”它没有外来影响的痕迹，“这个故事在起源上可能完全是土生土长的”。

另有一篇经清人笔记小说《墨余录》转述的唐代故事《石洞绣鞋》，叙事生动，其形态也接近原型。这两篇唐代异文构成中国故事的基础。

经宋元时期的传承与充实，演进成为现代口头传承中的流行文本。

5. 301A 还是一个世界性的著名故事，它最早的西方异文载于 13 世纪的骑士传奇《托切》之中，故事梗概如下：

国王的女儿被一侏儒抢走，朋友们决定营救她。梅隆斯用一条绳子下到地洞，在那儿找到了公主——托切爱着的一个姑娘，和其他女子。他听从托切恋人的建议，用妖怪的剑一下子杀死了那个妖怪。姑娘被拉上去了，但梅隆斯被留在了下面。他发现了一匹马、两条狗和两只鹰，它们帮助他找到了出路。奸诈的朋友受到了惩罚，梅隆斯和公主结了婚。

丁乃通将它和中国唐代故事进行比较之后认定，两者情节结构相近，特别是一个重要方面也十分一致："主人公是一个公主，英雄力图去救出公主的动机不是爱情而是骑士气概。它从中国向东流传的时间也很容易被推测，大约是在公元 800 年至 1100 年之间。"联系到唐代来到中国的胡人甚多，"它可能是通过一个了解中国最近异文（可能是原型或接近原型的异文）的胡人故事讲述者从中国带入西方的"。在西方流传自然会发生一些变异："在这个变体中，由于他们不具有中国听众的欣赏习惯，绣花鞋情节单元被删去了；动物营救者也不是一条龙（这样的特征只有中国才有可能出现），因为在西方，龙很少作为慈善的化身。"

丁乃通所考察的这个故事至今仍富有生命力，正如他在文章中提到的："当今 AT301 故事仍十分活跃，其中有一部目前在美国许多城市，估计同样在世界各地都可看到的西班牙电影，就是人们对这一主题兴趣不衰的证明。"

三、历史地理方法的中国化

历史地理方法也有其不足之处：一是对故事异文的数量要求过严，如在相关的历史地理背景上找不到适当材料，缺失某一环节，便无法完成构拟故事原型的工作，造成一系列推论的失误。二是它以所有同类型故事均同出一源为前提，而学界公认的事实是：人类文化包括民间口头文学在内，平行类同发展的情况更为常见。因此，把世界各国所有类同故事都用"同源"说来解释显然难以成立。三是他们对故事的解析，主要从外部形态着眼，而对故事中有关情节和细节中所蕴含的思想生活内容，以及传承这些故事的人们的心态等则很少涉及。因而我们在借鉴这一方法时，应从实际需要出发，加以改造，为我所用。

刘守华在主持《中国民间故事类型研究》这一大型研究项目时，有意识地吸取和改进历史地理学派的方法，选取 60 个中国民间故事常见类型进行解析，主要做法是：

1. 参照 AT 分类法及有关学者依此编撰的《中国民间故事类型索引》，按类型汇集尽可能多的故事异文，以之为基础进行综合概括性研究，而不是随意抓取一些单篇故事文本给予评说。

2. 故事类型在结构上由单一或复合母题连接而成。母题是最小的叙事单元，因而类型研究的重点也是解读或剖析贯串于众多异文中的母题。由母题和母题的排列组合情况，来考察故事的文化内涵和叙事美学特色，帮助人们更深入地理解故事的文化价值。以 AT433《蛇郎》为例，它由蛇郎提亲，七妹嫁蛇，大姐谋占妹夫，蛇郎害死妹妹，七妹变形复仇这几个母题构成。从表层看，它是一个荒诞不经的人兽婚故事；深入考察其构思特点与文化内涵，却是以蛇之变形来象征人的境遇变化，将蛇郎塑造成为由贫贱走向富贵的男子，在他命运急剧转变的过程中，将两姐妹——实际上是两种女性的思想性格进行鲜明对比，称颂善良抗击邪恶的胜利。这正是它得以在民间世代相传、激动人心的魅力所在。一般历史地理学派研究成果对揭示故事的这种内在素质往往比较忽视。为帮助读者解读和鉴赏民间文学，由表及里地剖析这些作品的思想文化内涵及其社会艺术价值，应成为我们研究的重点。

3. 由于“构拟原型”这种方法在理论和实践上所存在的问题，不宜简单套用。但清理故事的来龙去脉，追寻其生活史，仍是一项吸引学人而且富有价值的工作，可以在一定范围内有所变通地进行。做法是将众多异文的叙事形态进行比较，联系与之相关的历史地理因素，确定某种异文为其原型或祖型，借以探求故事的生活史。但只能做到大体看出故事传承演变的线索。以 AT400 天鹅处女型故事为例，载于晋人《玄中记》和《搜神记》中的《毛衣女》，形态古朴，年代久远，而且出自南方民族的重要发祥地江西，我们就可以把它作为本类型故事的祖型看待，来清理它传承演变的谱系①。这样做是切实可行而有价值的。民间故事何以具有能在广阔时空背景上存活而经久不衰的旺盛生命力，这是一个人类文化之谜，亟待研究者奋力开拓新的学术境界。

第四节　表演理论与民间故事研究

近几年来，在世纪之交激荡的学术潮流中，又有一种和故事学研究密切相关的西方理论及方法传入中国并受学界关注，这就是以美国理查德·鲍曼为代表的表演理论。杨利慧撰有《表演理论与民间叙事研究》一文，对它作了简要而中肯的评述。杨利慧在概述其理论要点之后告诉我们：

> 总体上说来，与以往关注“作者事象的民俗”的观念和做法不同，表演理论关注的是“作为事件的民俗”；与以往以文本为中心的观念和做法不同，表演理论更注重文本与语境之间的互动；与以往关注传播与传承的观念和做法不同，表演理论更注重即时性和创造性；与以往关注集体性的观念和做法不同，表演理论更关注个人；与以往致力于寻求普遍性的分类体系和功能图式的观念和做法不同，表演理论更注重民族志背景下的情境性实践。

这篇文章还介绍了鲍曼本人在《故事、表演和事件》一书中就德克萨斯流行口头叙事所作的一项研究。他在比较一个美国故事讲述家15年中讲述同一故事的3个异文之后，发现故事的长度明显地一次次增加了。原因何在呢？他除了注意到故事情节插曲的增加、母题的粘连、故事内容的丰富，以及这些变化对故事讲述的影响之外，还特别留心考察了故事变化和讲述语境变化之间的关联。原来15年前，听众是他狩猎打鱼的同伴，大家对故事背景知识很了解，所以讲得比较简短；而15年后讲述人成了公共场合的表演者，听众对故事背景一无所知，他便在故事中加

① 刘守华：《孔雀公主故事的流传和演变》，《比较故事学》，上海文艺出版社，1995年，第386～401页。

入了许多介绍他个人和狩猎活动的细节描写。正是这种语境的变化促成了故事文本的变化。

杨利慧的文章在肯定表演理论对民俗文化研究具有巨大影响的同时，也提到中外学者对其局限性的揭示，如过分关注特定叙事过程的追寻，过分夸大民间叙事变异性的作用等。

随着对表演理论的引入和评介，已有一些中国学人开始尝试用它来研究中国故事，如江帆近年出版的《民间口承叙事论》的第三编“口承叙事的空间与情境”①，就是有意识借鉴这一理论方法，以她所熟悉的辽宁故事家谭振山的讲述活动为实例，从叙事空间的讲述人、叙事空间的听众和叙事作品的空间指向与意义结构等方面，对故事表演的活态情境与文化指向进行细致分析，从而使故事学研究的深度有所提高。

中国从 20 世纪 80 年代中期开始，全国各地通力合作，在普查基础上，编纂民间故事、歌谣和谚语三套集成，并由此带动民间文艺学研究走向深入。当时对一系列民间故事传承人口述作品的专题调查采录和研究，和国外表演理论学派所探求的目标实际上有不少不谋而合之处。以湖北为例，王作栋在和鄂西著名故事家刘德培亲密相处的十多年间，不仅采录了《新笑府》一书选编的四百多则故事，还把刘德培关于“讲经”的自述和他“讲经”的具体情景如实描述，写出了《将心比心谈“讲经”》和《博闻强记，自娱娱人》② 等文章。现在看来，可以说就是一种接近表演理论的民间叙事研究成果。早在 20 世纪初叶，从俄罗斯到日本，就有一批学人对杰出故事讲述家的口述作品进行集中采录和研究，这一做法于 20 世纪 80 年代被中国学人所吸取，在进行田野作业开展民间文学普查编纂民间故事集成时发掘出大批故事讲述家。对这些重点传承人，进行深入的调查研究，和西方学人倡导的表演理论具有殊途同归的价值。

---

① 江帆：《民间口承叙事论》，黑龙江人民出版社，2003 年，第 127～148 页。

② 王作栋：《博闻强记，自娱娱人——记民间故事家刘德培老人》，《布谷鸟》，1984 年第 4 期。

【附录：故事二则】

鳖与猴

过去无数劫时，有一猕猴，处在林树，食果饮水，悯念一切……时与一鳖以为知友，亲亲相敬，初不相忤。鳖数往来到猕猴所，饮食言谈，说正义理。其妇见之数出不在，谓之于外淫荡不节，即问夫："卿数出为何？所至凑将无于外放逸无道？"其夫答曰："吾与猕猴结为亲友，聪明智慧，又晓义理，出辄往造共论经法，但说快事，无他外逸。"其妇不信，谓为不然。又瞋猕猴诱訹我夫数令出入，当图杀之，吾夫乃休。因便佯病困劣著床，其瞻劳医药疗治，竟不肯差。谓其夫言："何须劳意损其医药，吾病甚重，当得卿所亲亲猕猴之肝，吾乃活耳。"其夫答曰："是吾亲友，寄身托命，终不相疑，云何相图以活卿耶。"其妇答曰："今为夫妇，同共一体，不念相济，反为猕猴，诚非谊理。"其妇逼夫……往请猕猴："吾数往来，到君所顿，仁不枉屈，诣我家门。今欲相请到舍小食。"猕猴答曰："吾处陆地，卿在水中，等得相从？"其鳖答曰："吾当负卿，亦可任仪。"猕猴便从。负至中道，谓猕猴言："仁欲知不？所以相请，吾妇病困，欲得仁肝，服食除病。"猕猴报曰："卿何以故不早相语，吾肝挂树，不赍捺来，但还取肝，乃相从耳。"便还树上，跳踉欢喜。时鳖问曰："卿当赍肝，来到我家，反更上树，跳踉踊跃，为何所施？"猕猴答曰："天下至愚，无过于卿！何所有肝而挂在树？共有亲友，寄身托命；而还相图，欲危我命。从今已往，各自别行。"

［本故事为佛经故事。选自《生经》卷一，《大正新修大藏经》第三卷本缘部上册，台北财团法人佛陀教育基金会印，1990年。］

猴子和鳖打老庚

一只猴子下河洗澡，遇到一个大鳖在石头上晒盖。相互攀谈起来，它俩原是同年同月同日生，便打了老庚。从此，每天在河边相会，很是亲热。

过了些时候，猴子便邀请鳖到它家去玩，鳖去了，猴子住在岩洞里，没有别的东西招待它，摆了一席毛桃、花生、苞谷、黄豆之类的土特产。鳖玩了两天就要走，猴子说："轻易不来，再玩几天。"鳖说："不玩了，我得回去准备一下，也请你到我那儿玩几天。”猴子说：“你在水里住，我咋得去？”鳖说：“我背你去。跟我一路，水里和岸上是一样的。明天早上，你在河边等一会儿，我就来接你。”

第二天清早，猴子走到河边上等了一会儿，果然鳖从水里爬出来，把猴子背到水底一个大石洞里，鳖摆了一席鱼虾之类的美味食物，猴子自然很高兴。

它们吃罢饭，鳖突然提出要和猴子商量个重要事情。猴子说：“老兄有何要事，尽管提出来。”鳖说：“昨天晚上龙王给我捎信来，说他得了个心慌病，要一颗猴心做药引子，他知道我和你是老庚，所以托我向你要。我相信老兄一定能给为弟办到的。”

猴子听鳖说出这样的话，顿时心里不自在，想了想，说：“既是老兄要拿我的心敬献龙王，为弟怎能推脱。不过，我早上在河坝里练跟头，怕把心抖坏了，就取出来挂在柳树梢上……”不等猴子话落点，鳖就变了脸色：“那，龙王派人来取东西，我无法交待，你也走不脱！”猴子接着说道：“老兄不用着急，咱们现在就去取，烦你再把我背到河边。”

鳖一心想得到猴心，马上背起猴子往上爬，刚爬到河边，猴子一个跟头翻上岸，眨眼工夫又攀上了大柳树。鳖原以为猴子上树给它取猴心，仔细一看，柳树上啥都没有，只有猴子在上面高声叫道：

鳖老庚你快回朝，
我在岸上啃毛桃。
不义之人不可交，
哪有猴心挂柳梢？

［唐德坤讲述，李发林搜集整理，见《安康民间故事》，陕西安康地区群众艺术馆，1983 年。］

【思考与作业】

1. 从中国民间故事中选取两三篇在不同民族地区流传的故事，试作比较研究。

2. 实地考察和记录一两篇口述故事，写出一篇田野报告。

附录　中国民间故事概述

——《中国民间故事集成》总序

《中国民间故事集成》在全国各有关部门大力支持下，经过广大民间文学工作者和群众文化工作者几年的辛勤努力，现在陆续和读者见面了。《中国民间故事集成》的编辑工作，发起于1984年，当时，文化部、国家民族事务委员会、中国民间文艺研究会（今中国民间文艺家协会）为适应文化建设的需要，联合签发了《关于编辑出版〈中国民间故事集成〉〈中国歌谣集成〉〈中国谚语集成〉的通知》（1984年5月28日），中国民间文学集成全国编辑委员会遵照通知精神，在总结新中国成立以来关于民间文学搜集工作经验的基础上，提出了集成编纂工作应贯彻科学性、全面性、代表性的原则。为此，在全国范围内组织了大量人力进行全面普查，科学采录，以县为单位编印民间文学的资料本。各省、自治区、直辖市编辑委员会汇集县、地、市普查出版的成果，根据全国编委会确定的要求和规格，精心编纂故事、歌谣、谚语的省（自治区、直辖市）卷本，经全国编委会审定后，公开出版。

《中国民间故事集成》作为全面反映中国民间故事状况的权威性版本，所选印的作品，总体上说是各地区、各民族口头流传的优秀故事的忠实记录，这些作品既具有鲜明的民族性和突出的艺术特色，是文学欣赏和借鉴的艺术珍品；又有很高的科学价值，是民间文艺学和其他有关学科（包括文化史）的宝贵的研究资料。《中国民间故事集成》集现阶段流传于中国各族人民口碑之中的民间故事之大成，在普查、采录、甄选、编定等每一个环节上都凝聚着许多人的心血，这项工作确实是我国民间文学事业上一项空前浩大的系统工程。集成的出版将对我国社会主义精神文明建设有贡献，同时也为世界文化宝库增添新的异彩。

《中国民间故事集成》所使用的“民间故事”这个名词，是一个广义的概念，它包括中国各族人民群众口头散文叙事文学的各种体裁和形式，其中有神话、传说，还有其他各种样式的故事，如动物故事、幻想故事、生活故事、笑话、寓言，以及某些民族或地区特有的口头散文叙事文学体裁等。

一、中国古代民间故事发展概略

中国是一个具有悠久历史的统一的多民族国家。在辽阔的国土上，除占人口最大多数的汉民族以外，还居住和生活着其他 55 个少数民族。祖国大家庭中的各族人民，在长期的历史过程中，在政治、经济、文化各个方面，密切联系，互相影响，团结共进，以辛勤的劳动和不屈不挠的精神，共同开拓祖国的疆土，共同创造和发展祖国丰富多彩的文化及祖国灿烂辉煌的历史。

56 个民族使用着汉藏语系、阿尔泰语系、南亚语系、印欧语系、南岛语系五大语系的 50 多种语言。新中国成立以前，只有部分民族拥有自己的文字。在不同的历史时期，佛教、道教、伊斯兰教、基督教及喇嘛教、东正教和原始的自然崇拜、多神信仰等，在不同民族的群众当中，产生了程度不等的影响。

由于多种原因，各民族的甚至一个民族在不同地区的社会发展状况是很不平衡的。在共同进入社会主义社会之前，在不同民族、不同地区当中，分别存在着封建地主经济、资本主义经济、封建农奴制、奴隶制甚至原始公社制残余等多种社会经济形态。

我国作为统一的多民族国家的形成和发展，经历了漫长的历史过程。

远古时代，夏、东夷、三苗、羌以及山戎、猃狁等诸多古老民族，分别在黄河流域、淮河流域、长江流域、西北高原、大漠南北等广大地区生息繁衍，开发了祖国的辽阔疆土。

商周以降，各族人民相互往来日益增强，以夏族、商族、周族为主，吸收了羌、戎、狄、苗、蛮等许多民族的成分，演化成为华夏族。

公元前 211 年，秦始皇统一中国，建立中央集权的封建国家，为民族间的政治、经济、文化等方面的交流创造了更为有利的条件。在以后的长期历史过程中，汉族在全国社会生活中往往居于主导地位，但是在不同的历史阶段，许多少数民族如蒙、满、维吾尔、白、彝、藏以及羌、匈奴、鲜卑、契丹、女真等民族，或在中国全境，或在部分地区，都曾建立过政权，统辖政务，行使管理职能。几千年的历史说明，祖国统一和历代政治经济文化建设的伟业，是由各民族人民共同完成的。

各族人民以艰苦卓绝的劳绩和高超的聪明才智，创造了无比丰富的历史文化，对世界的发展与进步，作出了巨大的贡献。

在发展物质文化的同时，广大人民群众还创造了极为丰富的精神文化。人民群众经过无数历史时代口耳相传、辗转丰富的口头艺术创作便是其中最有特色、最可宝贵的文化遗产之一。

中国民间故事作为民族文化的一个组成部分，经历了漫长的历史发展过程。在这个漫长的历史过程中，民间故事口头讲述和流传的许多具体情况今天很难追寻，但在长期历史过程中也保存了有关这方面的许多文字记载和其他资料，这些资料反映了各种民间故事的基本内容和某些形式特点，因而，我们就有可能根据这些资料，对中国民间故事源远流长的发展做一些简略的推测性的追溯。为了叙述的方便，下面把中国民间故事整个历史发展，区分为“古代”和“近现代”两大时期（即大体上以 1840 年鸦片战争为界，此前统划为“古代”，此后划为“近现代”）。对“古代”时期民间故事的发展，又大致分两个阶段：

（一）从远古至唐代，是古代各种民间故事产生发展、众多体裁逐渐齐备的历史阶段。

在这个历史阶段最先流传并见于记载的是远古传下来的各族神话传说。根据《诗经》《尚书》《周易》《山海经》《淮南子》，还有屈原的一些创作和其他著述所保存的材料，以及钟鼎彝器、墓葬石刻上保存的神怪图像等，可以看出，中国古代神话传说是相当丰富的。其中盘古、女娲、伏羲、神农、黄帝、蚩尤、尧、舜、鲧、禹以及盘瓠、九隆等神话，透露了各种文化创造、社会发展等的信息，也反映了各族先民勇于同自然斗争的精神。这些神话人物中的大多数很早就历史化了，他们在后人的心目中以各族始祖和文化英雄的身份出现，开中华民族艰苦创业传统之先河，在中国历史和文明的发展上影响十分深远。先秦时期，诸子散文创作十分繁荣。为了阐述自己的学说或记述历史，先秦诸子在著作中经常运用和改编古代神话、历史传说、动物故事等，无形中扩大了这些故事的影响，完善了寓言的体裁，有的还汇集许多故事、历史资料，以备游说之用（如《韩非子》中有《说林》《内外储说》等篇），于是形成了我国寓言故事记录和创作史上一个高峰时代。随着史官文化的发展，历史著作逐渐增多，许多历史人物，如商汤、伊尹、姜太公、周穆王、伍子胥、秦始皇、项羽、张良等的传说故事，多被收入其中。魏晋时期的著作还记述了方士、神仙一类人物，如王子乔、赤松子、费长房等的神奇事迹。这样，人物传说的体裁也渐渐地发展起来。

地方传说早在《山海经》中已有萌芽，《史记》等历史著作和《水经注》《括地志》等地理著作以及魏晋南北朝的小说中，都引述过很多这类传说。其中既有记述古代神话人物和历史人物遗迹的故事，也有以普通劳动者生活为题材的作品，以及关于天河与海相通、某地沉陷为湖、灵物协助筑城等的故事。这些情况说明，各族人民很早就对自己生产、生活的自然环境和人工建造等给予切实的关注，并把它们和神或人的社会历史活动联系起来。其他和地方传说体裁特点相近的传说，在这一阶段也有相当发展，见于书面记载的为数甚多，如属于动植物传说的《斑竹》（《博物志》）、《懒妇鱼》（《述异记》）；属于特产传说的《千日酒》（《博物志》）；属于风俗传说的《屈原和端午节》（《续齐谐记》）、《阴子方祭社》（《搜神记》）等。

魏晋南北朝时代，志怪小说盛行。小说一向被视为不见经传的琐屑之言、“残丛小语”，“出于稗官，街谈巷语，道听途说者之所造也”。它的内容十分庞杂，其中各种民间故事为数不少。仅在晋代干宝《搜神记》中就有关于狐精和其他精怪的故事，人同天仙或鬼灵成婚的故事，不怕鬼和不迷信鬼神的故事，斩妖除怪的故事，动物报恩的故事，为水神传书带信的故事，以及《盘瓠》《韩凭妻》《三王墓》《董永》等著名传说。一般讲来，口头故事书面记载的时间并不等于故事产生的时间，魏晋南北朝志怪小说中各种故事大多在此之前就已产生、流传相当时间了。

民间故事主要以口头方式创作和传述，许多故事在世界各地广泛流传。我国古代文化高度发展，和世界各地的交往也很频繁，民间文学创作的彼此影响、互相交流自是经常发生的事，一些世界著名故事在我国文献中也早有记述。例如，《搜神记》中的《毛衣女》，是世界著名“天鹅处女型”幻想故事最早的文字记述，此故事在后出的《田昆仑》（见句道兴本《搜神记》）中，情节又有了很大发展。唐代段成式《酉阳杂俎》中的《叶限》，是世界许多国家流传的“灰姑娘型”幻想故事最早的完整的记录。《酉阳杂俎》还记述了新罗国旁㐌兄弟的故事，古龟兹王降龙的故事，波斯王女滴血筑城故事等，这些故事都是很有研究价值的。此外，随着中外交往的发展，在我国民间传说故事中也出现了一些新的涉及外国人的题材（如波斯人识宝传说）。佛教传入，在相当长的历史时期内对我国很多民族的文化产生了多方面的影响。在汉族人民群众中，佛教的地狱观念、因果报应、轮回转世等思想广为流行，并反映在民间传说故事中。一些佛教著名人物（如观音菩萨）在故事中成为劳动群众解脱苦难的寄托。许多佛经故事（如《百喻经》《佛本生经》中的一些故事等）也为群众所接受，并在流传中有所演变。至于那些全民信仰佛教的民族（如藏族、傣族等），在故事创作中所受佛教的影响就更大些。

（二）唐宋至清代中期，是古代各族民间故事进一步繁荣发展的历史阶段。

在前一个历史阶段，民间故事各种主要体裁均已逐渐形成；唐代以后各族民间故事得以进一步繁荣，并留下较为丰富的资料。

从汉族来看，此前出现的各种民间故事体裁，这个阶段大都继续传承下来，并有许多新的作品和新的类型产生（神话方面较少）。这个阶段历史人物的传说，如关于李白、包拯、沈万三，特别是黄巢、杨家将、岳飞、戚继光、郑成功、李自成等的传说，具有最为鲜明的时代色彩。这个阶段还有许多反映染色、刺绣、接花、烧瓷等工艺技术的故事出现，唐宋以后又产生一批新的道教人物和神仙的传说，其中流传最广的是八仙传说，许逊、张三丰等的故事也很有影响。在沿海各地和台湾则盛传海神天妃（亦称天后、妈祖）的传说。著名的白蛇和许仙的传说、梁山伯与祝英台的传说，也主要形成并发展于这个阶段。

生活故事和笑话在这个阶段蓬勃发展，有关记载也较为丰富。笑话编为专集最早的是三国时魏·邯郸淳的《笑林》，此书记述的一些作品至今仍有口头流传。此后有隋代侯白的《启颜录》，有托名宋代苏轼的《艾子杂说》，有明代江盈科的《雪涛谐史》、赵南星的《笑赞》、冯梦龙的《笑府》《广笑府》，有清代石成金的《笑得好》、游戏主人的《笑林广记》等。这些书所收作品十分庞杂，许多并非民间笑话，有的为低级趣味的谐谑。但其中确也保存了许多民间流传的思想性较强的笑话和幽默滑稽故事，反映了民间故事现实性加强的重要趋势。

和民间故事关系密切的大型类书是宋初编纂的《太平广记》，它收录了宋代以前许多传说和神怪故事。其他如宋洪迈的《夷坚志》，明陈士元的《江汉丛谈》、徐应秋的《玉芝堂谈荟》，清王士禛的《池北偶谈》、袁枚的《子不语》等，也都记述了许多神奇的传说和民间鬼怪故事。如山魈、叫人蛇、秃尾巴老李以及各种鬼狐故事等。在动物故事和寓言方面，元代以来见于记述的有寒号鸟、中山狼、牛虎相斗等。幻想故事方面常见记述的有龙女、老虎外婆、画中人、孝妇天相等类型的作品。

许多此前产生的故事在新的历史条件下继续流传，并有新的发展，地方志书常常引述自古相传的故事。鲁班传说产生于春秋末期，唐宋以后鲁班被奉为建筑业祖师，他的传说进一步扩展。牛郎织女传说起源很早，魏晋南北朝时形成完整的故事，唐宋时期继续有新的记述。孟姜女传说，《同贤记》中所记孟仲姿故事可能在唐代以前即已形成，它标志着这个传说发展到一个新的阶段，这个传说在明末说唱文学中又有所丰富。

另外，这个阶段通俗说唱、小说、戏曲等盛行，它们常常采用民间故事的题材。如唐人传奇《补江总白猿传》《柳毅传》，宋人话本小说《西湖三塔记》，元代戏曲《董永遇仙记》《沙门岛张生煮海》，明清小说《白娘子永镇雷峰塔》《上洞八仙传》《桃花女阴阳斗传》，以及《长城宝卷》等，都以民间传说、故事为题材。至于著名古典小说《水浒传》《西游记》《聊斋志异》等，与民间故事有着程度不等的密切关系，更是众所周知。这些作品在性质上虽然属于作家个人创作，但它们大多形式通俗，广为群众所接受，从而对所采用的传说、故事的传布和演化也起着重要作用。这类作品有些还在民间引发出新的口头故事。

特别值得提到的是，这个历史阶段关于少数民族民间故事的记载也明显增多。此前，少数民族的神话传说多以汉文形式被记入历史和地理典籍之中，这个阶段这方面的记载仍不断增加，并且还出现了用少数民族文字记述的各种故事，这就在很大程度上丰富了我们对我国古代民间故事的内容和艺术形式的认识。

第一，在这个阶段出现了少数民族诗歌体创世神话的书面记录。例如，纳西族东巴经中的《创世纪》（又译作《人类迁徙记》），学者们认为它可能写录于公元11世纪中叶，这是一部相当完整的创世神话。属于同样性质的神话记录，还有彝文典籍《勒俄特依》和《西南彝志》中的《创世志》，后者成书于清代康熙三年（1664）至雍正七年（1729）之间。

第二，很多民族记载了关于本民族起源、民族先祖和著名人物的传说。如：藏族的《西藏王统记》等藏文历史著述都详略不同地记有“猕猴生人”的神话。傣族的《巴塔麻嘎捧尚罗》中有神王英叭创世的神话和关于诸多神祇的传说。满族的“三仙女传说”也一再被记入《满文老档》《满洲实录》等书。《蒙古秘史》开头就叙述成吉思汗祖先的传说，还有阿阑豁阿叙说天光感生神话，和她命五个儿子折箭的故事。其他如黎族叙述民族起源的《黎母山的传说》，白族“白子国”的传说、慈善夫人等的传说，藏族关于迎娶文成公主的传说，壮族关于刘三妹的传说，维吾尔族《乌古斯可汗的传说》等，也均有书面记载。故事方面，有的民族的文字记录相当丰富，如藏族就有多种形式的书面故事集传世，《尸语故事》《故事宝鬘》，以及为多种格言书作注释的故事集，如《萨迦格言注释故事集》等，不胜枚举。

二、近现代中国民间故事现状

1840年鸦片战争以后，我国进入一个新的历史时期，即习惯上所称的“近代”（1840年至1919年“五四”运动）和“现代”（“五四”运动以后）的时期。由于帝国主义列强的不断侵略，我国自1840年以后逐渐由一个独立的封建大国变为任人宰割的半封建、半殖民地国家。在民族危机十分严重的时刻，各民族人民发起一次又一次反帝、反封建的斗争，直至1949年彻底推翻压在中国人民头上的帝国主义、封建主义、官僚资本主义三座大山，建立了中华人民共和国，并开展了蓬蓬勃勃的社会主义现代化建设。鸦片战争以后的150多年，是中国社会生活发生翻天覆地变化的时代，在这样的时代里活跃在人民群众口头的民间故事也不能不发生变化；同时，这个时期的民间文学工作也有了新的进展。因此，我国民间故事在近现代自然形成一个单独的发展时期。

民间故事主要在人民群众口头流传，只有进行调查、采录才能对它有切实的了解。在近代，我国文化思想发生许多新的变化，当时所谓“西学”波及各个学术领域，关于民间文化也引进了不少新的观点，但在民间故事的采录方面，尚未发生重大变化，当时除了出版少数笑话集，其他传说、故事还是散在各种文言笔记小说和史、地著作之中。当然，其中也不乏具有一定时代色彩的作品，如讽刺清代官吏的笑话，反映“西人”采宝或盗宝的故事（例如《千里井》，见《醉茶志怪》）等。可是，到了“五四”新文化运动期间，情况就大不相同了。

在“五四”新文化运动中兴起了搜集、研究民间文学和民俗的新学科，这方面理论探讨和作品发表出版的活动十分活跃。1922年12月北京大学歌谣研究会出版了《歌谣》周刊，但它不只搜集、研究歌谣，从该刊第69号起连续刊出讨论《孟姜女故事》的9个专号，对民间故事的采录与研究起了一定的推动作用。此后，中山大学民俗学会的《民间文艺》和《民俗》周刊，杭州中国民俗学会的《民间月刊》和其他报刊，也经常刊出各种传说、故事，中山大学民俗学会和其他出版社还出版各种故事的集子，仅北新书局在20年代中期到30年代中期就接连出版林兰编的故事集37本。当时较有影响的故事集有《徐文长故事》《呆女婿故事》，还有《大黑狼的故事》(谷万川编)、《巧女和呆娘的故事》（娄子匡编)、《祝英台故事集》（钱南扬编）、《广州民间故事》（刘万章编）、《娃娃石》(孙佳讯编)、《泉州民间传说》（吴藻汀编）等。

在《歌谣》周刊创刊至1937年抗日战争全面爆发这段时间内，民间故事采录发表的情况最突出之处，在于这项工作是在一种新的认识之下进行的，民间故事作为一门新兴学科的资料和群众性读物，出现在新文学领域之中。由于“五四”以后白话文流行开来，这时民间故事的记录也都采用白话，从而在口头故事的忠实记录方面迈出了重要的一步。当然，这个时期多数故事的记录在保存民间语言方面还有较大差距，但在故事情节和思想内容方面则大体保存了当时民间流传的原貌。1942 年毛泽东《在延安文艺座谈会上的讲话》发表，它在提高对人民群众文艺创作的认识方面，产生了极大的影响，对以后的民间文学的搜集、研究和宣传发挥了十分重要的作用，解放区的文艺工作者搜集出版了一些民间文学作品，其中尤以反映革命斗争和农村阶级矛盾的传说故事最有特色。

中华人民共和国成立后，民间文艺工作者在毛泽东文艺思想指导下，把民间文学工作作为整个文艺工作的组成部分，在中国民间文艺研究会和各地相应的机构推动下，广泛开展了各种民间文学作品的搜集整理与研究的工作。尽管在一段时间内这方面的专业人员并不太多，但全国参与搜集工作的人数和发表出版作品的数量，都是二三十年代所无法相比的。而尤其突出的是，人民革命胜利之后，人民生活充满蓬勃生机，搜集工作者直接深入劳动群众中，有些人还长期在基层工作，因而这时发表的作品大多具有新的时代特色。其中以表现长工和地主斗争的故事，关于近现代历次革命斗争的故事（如关于鸦片战争中抗英故事、太平天国故事、义和团故事、红军故事），反映劳动人民生活和智慧的故事等，影响最为显著，有一些还获得学术界的赞许。这时各少数民族的故事也得到发掘，出版了包括几十个民族作品的《中国民间故事选》（两集）（贾芝、孙剑冰编），《白族民间故事传说集》（李星华记录整理），《大凉山彝族民间故事选》（四川民研会编），藏族民间故事集《奴隶和龙女》（肖崇素整理）、《泽玛姬》（陈石峻搜集整理）等，各省、市、自治区也大多出版了本地区的民间故事选集，如北京出版了金受申编写的《北京的传说》，上海出版了赵景深主编的《龙灯》《华东民间故事集》等。可以说在 20 世纪 50 年代到 60 年代中期，我国民间故事的采录形成了一个高潮。但是，在部分搜集工作者中间也曾出现过把民间文学作品的教育作用、欣赏价值和科学研究价值对立起来的倾向，于是有的在整理作品时拔高传统故事的思想，有的不做忠实记录，根据片断情节就加以发挥，从而在一定程度上混淆了民间作品的记录、整理和改编、再创作的界限，损害了民间故事可贵的科学价值。

经过 1966 年至 1976 年“文化大革命”之后，文化界深入批判了那种把传统文化一律打成“封建主义”糟粕的谬论，民间文学界也吸取了过去搜集工作的经验教训，进一步扩大民间故事搜集范围，那些过去搜集不够的故事，如关于清官和历代文学艺术家的故事，各地山川风物、土特产和风俗的故事，关于仙佛等带宗教色彩的故事等，一时如雨后春笋般地发表出来。在前一阶段已注意搜集的作品，这时期又有发现，并出版了这方面的选集，如《历代农民起义传说故事选》《老一辈革命家的传说故事选》等，一些有影响的搜集工作者，这时期也出版了个人作品的选集，如董均伦、江源出版《聊斋汉子》（两集），孙剑冰出版《天牛郎配夫妻》等。民间故事家的发掘是这一时期故事采录的一项突破，故事家专集的出版（如裴永镇整理的《金德顺故事集》，张其卓、董明整理的《满族三老人故事集》，王作栋整理的《新笑府》），促进了这方面工作的进一步开展。还有，我国大多数少数民族的故事在这一时期都得到发掘，上海文艺出版社“中国少数民族民间文学丛书·故事大系”，仅第一、二辑就出版了 16 个民族的民间故事选，其他出版社也出版了这方面的作品，并有《少数民族机智人物故集选》、《中国少数民族神话》（上、下册）、《中国少数民族民间故事选》（上、下册）等分类综合性选集问世。

党的十一届三中全会以后，我国进入了一个新的历史时期。为了更有计划地进行民间文学作品的搜集，使之为社会主义文化建设服务，中国民间文艺研究会在国家有关部门支持下，于 1984 年发起编纂中国民间文学三套集成工作，提出指导此项工作的方针和原则，再一次掀起民间文学普查、采录的高潮。这次普查、采录，投入了大量的人力和物力，普查的地域、民族和采录的对象十分广泛；采录作品数量十分巨大(1984 年至 1990 年全国采录民间故事 184 万多篇)；在普查中发现大批各种类型的民间故事讲述家（全国能讲 50 则故事以上的 9900 多人）；部分地区还对故事讲述者比较集中、故事蕴藏量较大的“故事村”进行了重点采录，如河北省藁城县耿村、行唐县杏庵村、湖北省丹江口市伍家沟村、重庆市巴县走马乡等，有的还编印了“故事村”作品专集。其中河北省石家庄地区和藁城县对 200 多户人家的耿村先后进行过 8 次普查，采录到 4300 多篇故事，编印了 5 册资料集。辽宁省也编印了故事家作品专集多种。集成卷本为了贯彻“三性”原则，在编辑体例上突破了过去一般故事集的格局，兼收部分优秀作品的异文，以编者“附记”的形式介绍故事的历史、民俗背景、流传地区及有关讲述情况，还采取了其他保存有关科学资料的方式（如讲述者基本情况简介、作品注释、图表、索引等）。此次集成编纂工作声势浩大，发动面广，作品甄选严格，科学性较强，因此从一开始就引起国内外民间文学界的关注，在广大人民群众中也引起强烈反响，实为我国民间文学工作历史上空前的壮举，这一次规模宏伟的采录工作，使我们对我国当代各民族民间故事的现状有了更全面、更深刻的认识。

通过“五四”以来，特别是新中国成立以来几十年民间故事的科学采录工作，我们清楚地看到，在近现代这个历史时期，各种民间故事依然广泛流传在各族人民的口头上，活跃在各族人民的生活中。在古代，由于种种原因，很多故事只知其情节骨干（甚至仅存情节片断），具有民间生活气息、有血有肉的生动记录十分难得。在近现代人民群众的口头上，完整、生动的故事随处可见，即使是一些十分古老的体裁（如神话），同样以活生生的完整形态流传在人民之中。

我国各民族社会发展极不平衡，有些民族由于历史具体情况所致，在他们的社会和文化生活中至今还存在着神话产生和发展的肥沃土壤，流传有各种口头神话，不同民族的神话各呈异彩。例如关于天地开辟，珞巴族认为天地自开；景颇族、傈僳族、独龙族认为是神或神化的人把天地分离开来；壮族有世界树把天地撑开之说；白族、彝族、哈尼族等则传说神或某种动物死后尸体化生出世界；阿昌族、土家族、瑶族、布郎族神话则说是神创造了天地；满族则有在天地开辟过程中天宫诸神发生大战的传说。其他关于人类起源、洪水泛滥、谷物起源等神话、传说，也都流传许多不同说法，显示出各族神话幻想的丰富多样。许多民族还把一些单个情节组织成具有完整脉络的创世史诗，如瑶族的《密洛陀》、苗族的《古歌》、阿昌族的《遮帕麻与遮米麻》、拉祜族的《牡帕密帕》、羌族的《木姐珠与斗安珠》等。有的民族此种史诗还不止一部，如彝族中就流传着《梅葛》《阿细的先基》《查姆》《勒俄特依》《阿里西尼摩》等多部作品。这种创世史诗是我国各民族神话体系化的重要形式。它在古代即已出现并见于书面记录；在现代，口头流传数量之多和形式之完整，更是世界各民族神话和史诗发展史上罕见的现象。

如果从总体来看，在我国各种民间叙事体裁中，当以传说流传最为广泛，作品最为丰富，这一点早在 20 世纪 20 年代末民间文学工作者即已指出，当时中山大学《民俗周刊》的《传说专号序》就说："中国立国之久，地方之大，传说不知有几千几万件，有的已发展而今衰落，有的还正在发展之中，材料的丰富绝不是随便可以估计。"（《民俗》第 47 期，1929 年 2 月 3 日出版）尽管神话的生命力很强，一些优秀神话作品在社会文明高度发达的民族中仍有流传（如汉族中原地区近年发现不少神话，其他汉族地区也有少量神话），但那毕竟是一种余波，因为神话以远古时代的生活为背景，以原始思维为基础，随着社会文明的发展，原始思维逐渐削弱，许多神话日渐消失。传说这种体裁样式主要以特定的人物、事件、自然物和人工物等为对象，题材十分广泛。我国文明发达较早，历史发展波澜壮阔；地域广大，物产丰富；民族众多，生活多彩，传说的题材取之不尽。同时，传说还具有较大的适应性。它可以在原始思维的基础上展开想象，也可以根据现实生活编织情节。它可以描述著名历史人物的活动，表现对于祖国和家乡的热爱，对于英雄人物的敬仰，对于劳动技艺的赞扬；也可以用各种生动的情节解释风俗习惯、地方风物、土特产品等的来源和特点，因而不论过去的书面记载，还是现代口头流传的作品，传说的数量都是最多的。

现代口头流传的传说，有大量作品是以古代历史人物、历史事件等为题材的。一般群众进行此种作品的创作不一定直接从书面记载中取材，不一定以正史定论为依据，他们往往将本地区历史文化的遗迹同历来的口头传承结合起来编讲故事，因而许多传说常常把本地的历史、民族、宗教的因素综合在一起。如有关北京建城的传说，其中主要讲刘伯温、姚广孝等的活动；湖北一些地方流传三国时期人物的传说，大多和当地三国历史遗迹相结合；各地著名古代建筑的传说，其中多借鲁班的巧艺来赞扬劳动者自己的智慧；蓬莱、崂山等地，历来有方士、道士的活动，这些地方的著名风物，多被命名为"仙人桥"、"聚仙台"、"玉女盆"之类，即使涉及古代神话人物，在现代流传中也常常表现出地方化趋势，这种情况是我国传说不断产生、日益丰富的原因之一。

在各地区和各民族中，虚构性的故事同样十分丰富。和传说相比，故事不需要依附特定的人物、事件、地方、风俗等，它的题材和思想意义一般具有较大的普遍性。因此，如果说传说的丰富性主要表现在题材内容上，那么故事的丰富性则主要表现在它的艺术形式的多样性上。在这里有专门表现各种动物之间的纠葛的动物故事，有现实生活与神奇幻想交织而成的幻想故事，有借鬼、狐及其他精怪表现社会人情世态的作品，有据普通劳动者的生活虚构而成的情节曲折、具有幽默和诙谐特点的生活故事，有专以喜剧性手法讽刺统治阶级和人民生活中落后现象的笑话和滑稽故事，有专门表现人物机智行为和恶作剧的故事，有以隐喻的方式说明生活教训和哲理的故事，有用谜语、通俗诗歌、对联等结构而成的故事等。

近年来对民间故事进行全国性普查、采录，还使我们看到，许多故事传播的地域是很广的。例如，关于盘古、伏羲、女娲、大禹和射日、奔月、洪水等的神话，关于鲁班、诸葛亮、李白、包拯、八仙、秃尾巴老李以及牛郎织女、孟姜女、白蛇娘娘、梁山伯与祝英台等的传说，还有关于龙王龙女、老虎外婆、蛇郎、猫狗成仇、十二生肖、狐仙、呆女婿、巧女等的故事，在很多地区和民族中广泛流传。但是，在各地区和各民族民间故事中数量更为众多、更具代表性的则是本地区和本民族所特有的作品。例如，各民族大多有自己的创世神话（如鄂温克族女萨满创世神话，布朗族《顾米亚创世》，哈萨克族《萨迦甘创世》），各民族各有本民族的英雄传说（如彝族的支格阿龙，蒙古族的成吉思汗，满族的老罕王，侗族的吴勉，赫哲族的乌克定），各地区各有关于本地区和本民族特殊的宗教、风俗和物产的传说故事（如藏族《茶和盐的故事》，傣族《泼水节的传说》，水宁纳西族关于干木女神结交阿注的神话，白族关于本主的故事，满族《尼山萨满的传说》，汉族舟山群岛关于海洋动物的传说和故事，桂林山水的传说，东北地区关于人参的故事）。此外，各地区和各民族还大多有本地区和本民族的以机智著称的人物的传说和故事等。这样，我国各民族民间故事就表现出异彩纷呈而又具有许多共同因素的特点。

形成上述特点的原因是多方面的。各地区、各民族在经济、文化上长期互相依赖、互相往来，历史上的战争、自然灾害等原因造成大规模人口流动，各民族在发展过程中的分化与融合、聚居与迁徙等，都会给民间故事的交流创造很多方便条件（自然，各地区、各民族出现某些雷同的故事也有可能是它们各自独立产生的，这是一个需要具体分析和考察的问题）。但是，这些受赐于共同的民族历史的“精神行囊”和来自其他地区或民族的口传作品，不可能完全满足本地区人民的精神需求，各地区人民根据本地区民情风俗、宗教信仰、地理环境、语言特点等，创作反映本乡本土、本民族历史和反映本民族性格的故事，乃是十分自然的事。就是对那些历史上传承下来和别的地区传播而来的作品，也常常要根据本地区的生活习惯、民族心理等加以改造，因而它们同样表现出民族的差异性和地方的差异性。例如，畲族和瑶族关于盘瓠的神话有着共同的根源，但因两族分布地区、文化发展不同，盘瓠神话在现代口传中有许多相异之点。又如，关于洪水的神话传说，我国许多民族都有流传，但情况各不相同，在汉族中从古代的书面记载到现代的口传，大都以治水为核心内容，现代流传的水灾故事则着重表现惩恶扬善的主题，甚至连人物的姓名也已经性格化了（王恩——忘恩，石义——实义）。但在西南许多民族中，洪水故事大多和兄妹结婚相结合，兄妹婚后生肉团，砍碎后成为周围各民族先民；或兄妹结婚后种出葫芦，从葫芦中生出各族先民。而在大小凉山彝族和纳西族中，洪水后遗民却只有一个男性，由他到天上娶得天女为婚，再次繁衍人类等。这些差异大都有民族历史、婚姻制度、民族道德观念等的根源。其他许多广泛流传的传说和故事的类型（如望夫石型、谎粮堆型的传说，两兄弟型、田螺姑娘型的幻想故事）在不同地区不同民族中也因地方生活、关联的风物以及主人公的身份、遭遇等不同而产生程度不等的差异。至于像汉族的“四大传说”传入少数民族之后，那就更要发生一系列变化，如孟姜女和万喜良的结合，在壮族传说中变为二人因对歌而产生爱情；梁祝二人在白族中也不再是书生、小姐，而成了自己动手盖课堂、造桌椅、挑水、做饭的劳动者；他二人求学的地点，各民族说法也不相同，布依族说在贵阳，苗族说在镇远，壮族说在柳州；至于故事的结尾，除了化蝶之外，在各少数民族中还有化为孔雀、金鱼、柳树、翠竹、金佛等说法，整个故事的面貌大为改观。总之，各地区各民族的民间故事，尽管存在着各种联系，但其口头流传的形态总是富有鲜明的民族特色和地方色彩的。

近现代口头流传的故事，不仅因为横向传播和各地人民依据本地区生活进行创作等原因，显示出明显的地区的和民族的差异性，而且因为纵向的传承和时代变化的影响等，显示出历史演变和发展的轨迹。口头故事的时代不像书面创作那么容易确定，很难追寻它的具体创作年代，我们只能结合作品的内容，从一定历史时期或一定社会发展阶段着眼，看出故事发展和演变的一些线索。比如神话，从涉及人类和自然万物起源、天地开辟、洪水泛滥和人类再繁衍，到社会文明的创造和反抗天神的英雄的出现，以及创世女神演化为男性天神等，就曲折地体现着原始社会发展的某些历程，从中也可探寻出神话自身发展的轨迹。以古代历史人物为中心和以历史事件为背景的传说，尽管不一定都是人物生活年代和史事发生当时的创作，但其中多少保留了一些历史内容，具有一定的历史性，至于反映近现代历史事件和人民革命斗争的传说故事，以及“文化大革命”期间流行的讽刺“四人帮”的故事等，更是有力地反映了民间故事、传说在当代生活中生生不已的发展情况。

各种民间故事的发展并不完全表现在直接反映特定时代的生活上。有时，一个故事、一个情节或某个人物类型，由于反映了人民生活的某些基本方面，而在民间长期流传，并且形成了多种演变方式。例如识宝传说，它以持宝者和识宝者的识宝、购宝活动组成稳定的情节模式，不同时代故事的演变主要表现在构成情节模式的各个成分上。在唐宋以前和唐宋时期，故事主要讲“波斯贾胡”在我国各地识宝、购宝活动，从一个侧面反映当时中外通商的一些情况。这时期故事中的持宝者多为上层人物（官吏、富家、书生等），故事在民间进一步传播，持宝者渐渐变为一般百姓、农民、手工艺工人；宝物也不再是珠宝之类，而多为民间常见之物（如打草鞋用的石头，农家种植的瓜类，畜养的小猪、小鸡等）；识宝者的身份也变为中国人。到了近代，这个故事中采宝的人物和情节又有新的变化，出现了“洋毛子”（或称“西洋人”）、“盗宝”的传说，在传统的识宝故事模式中注入中国人民对帝国主义侵略和掠夺的憎恶和抗争，故事也因之获得新的生机。又如孟姜女传说，它的流传演变方式和识宝传说又有不同，在长期流传过程中人物和基本情节几经转变（特别是由杞梁妻到孟姜女故事的大转变），而一直流传至今。牛郎织女故事，则由《诗经》中关于牵牛、织女二星名称开始，在魏晋南北朝时形成牛郎织女婚后一年一度相会的格局，此后在流传中继续演变，现代口传又吸收了两兄弟故事和天鹅处女型故事的部分情节，整个故事沿着由简到繁、逐渐丰富的道路久传不衰。鲁班的传说从春秋末期开始出现，但鲁班作为巧匠的基本性格特征一直保持不变，他的传说的发展演变主要通过各种故事的增多，逐渐把历史人物变为箭垛式传说人物，并在现代和各地古代建筑联系在一起，流布的范围继续扩大。西王母故事的演变则是另一种情形，她的身份、职能屡经改变。在《山海经》中西王母是一位女神，“其状如人，豹尾，虎齿”，职掌瘟疫和刑罚。到《汉武帝内传》她被描写为年三十许、“容貌绝世”的女仙，还把三千年结果的蟠桃赐给武帝。后来她进一步成了女仙领袖，称为王母娘娘，作为玉皇大帝的配偶，经常在口头故事传说中出现。

由于时代发展，古代作品中的某些因素逐渐淡化，致使体裁发生转化，这也是民间叙事创作发展演变的一种方式。如古代一些表现图腾崇拜的神话，在流传过程中图腾观念逐渐消失，演变为人和异类婚配的传说或幻想故事。某些神话、动物故事在流传过程中衍化成寓言，也属于这种情况。还有，某些类型，古代记载视为传说，强调人物姓名、地点等细节的“真实”，而在现代口传中这些成分则变得比较模糊，而突出故事情节的曲折和生动，从而转化为虚构的故事。如清代《墨馀录》所记《石洞绣鞋》，确切记述孽龙所居的石洞在终南山秦岭之下，孽龙所掠之女子为唐代某公主；还说至清代乾隆三十年夏间，有人还在该石洞中寻得一只绣鞋云云。这些“确凿无疑”的记事，其用意不外加强作品的可信性。但现代口传的云中落绣鞋型幻想故事，对文献中那些确切的细节就不屑一顾，其中情节的曲折性却大为增加了。当然，相反的情况也可见到，即虚构的故事在传承过程中被“落实”到某个地方，衍化为解释地方风物的传说等。由此可见，现代民间故事活在人民群众的日常生活和口碑之中，它的许多方面（从作品的情节、人物到作品的体裁特征等）都经常处在运动变化之中，而这正是口头故事生命力的表现。

三、中国民间故事的文化价值和社会功能

中国民间故事具有多种文化价值和功能，这是它长期为广大人民群众所喜爱，并为许多学科的研究者所关注的重要原因，也是我们编纂《中国民间故事集成》的出发点。

民间故事作为人民群众喜闻乐见的一种口头创作，始终和人民生活紧密联系在一起，发挥着多种作用。在原始时期人们以故事的形式借助想象反映自然和社会生活，当时人们并不把这种作品看作具有更多审美价值的文艺。在许多情况下这些作品往往在生活中发挥着各种实际的功能，借以保障某些社会制度、习俗的实行。例如，云南佤族神话中关于砍人头祭木鼓等内容，就起着这种保障的作用，它在很长的历史时期内维护着这种习俗的延续，被该族视为这种习俗的神圣依据。又如，广西瑶族民间流行的《过山榜》，以盘瓠神话为依据，提出瑶民“刀耕火种山田，蠲免国税夫役”等条件，长期以来瑶民就带着这件文献，翻山越岭，到处游耕。根据民族学者的调查，民间故事是很多少数民族生活中不可缺少的组成部分，在民族的重大节日、婚丧期间或部落争斗前夕，都要

由巫师吟诵本民族的创世神话、洪水传说等，借以温习民族历史，加强民族团结，传播社会习俗和某些生产知识，动员和组织本族成员投入战斗等，而这些神话也就这样一代一代地传承下来。

在长期社会发展中，随着社会生产的发展、文明的进步，各种口头叙事作品和人民生活的联系也有新的开拓。民间传说在描述民族历史、反映人民生活方面，较神话更为广泛，在旧时代广大群众由于缺乏受教育的条件，多不识字，他们关于历史、自然方面的知识和生产经验的传承，其他社会信息的传播等，多靠口头文学（特别是传说故事）来进行。而在革命年代里，关于革命形势的发展、战争的消息、领袖人物的事迹等，更是传说的重要题材，这类传说故事常常起着宣传革命、瓦解敌人的作用，成为配合革命的一种无形的力量。

各种故事情况各异，某些动物故事和幻想故事，在古代具有严肃的性质，但随着时代的发展，其严肃的性质逐渐淡化，人们不再抱着信实和虔敬的态度去讲述这类作品，而把讲述这类故事视为一种娱乐活动，并笼统地称之为“瞎话”（自觉虚构的故事），其他虚构性故事如笑话、生活故事、寓言等，也都具有这种性质和作用。不论寒冬的夜晚，还是劳动的间歇，众人聚会在一起讲谈，这些故事总是最受欢迎的。

但是，民间故事这种娱乐作用并非毫无意义的消遣，那些轻松愉快的故事大多具有寓教于乐的特点，在谈笑和美丽的幻想之中常常包含着富于积极教育意义的内容。其中广泛反映惩恶扬善的主题和人民优良的伦理道德观念，如崇尚勤劳勇敢、聪慧善良、尊老爱幼、知恩必报、爱情忠贞、嫉恶如仇等。尤其是那些关于贫苦劳动者追求幸福生活的故事（如问活佛、龙女、灰姑娘等类型的故事），表现在黑暗时代人民对未来充满信心，更具有巨大的鼓舞和慰藉作用。对人民群众的思想教育作用同样是神话和传说的重要社会功能，而且随着一些古代作品在民间的传承，这种作用越来越突出。如古代传说大禹治水“三过家门而不入”，表现他公而忘私、为人民利益献身的精神，这种崇高的精神培养着一代又一代仁人志士，也一直为人民群众所赞赏，并不断为大禹的这种精神编讲新的故事。现代口头传说大禹治水第三次路过家门时，被家人拉进家中，但他受到杯倒水流的启发，悟出疏导的治水方法，立即又离家去挖河了。此外许多民族英雄传说，表现他们为民族利益而斗争的不屈不挠的精神，披荆斩棘、开拓创业的精神，爱憎分明的态度等，也都不断地在民间发挥着极为重要的教育作用。

民间故事对群众的教育作用，主要体现在故事的内容上，但和故事的讲述活动也很有关系，现代一些民间故事讲述家常常自觉运用故事对听众进行教育，如朝鲜族故事家金德顺和汉族故事家刘德培、谭振山等人讲述故事都有选择性，他（她）们常常针对不同听众讲述他们爱听的故事，或了解到某些群众生活中的矛盾，而有目的地讲述。有的人甚至利用故事来排解村民间的纠纷和解决某些疑难问题，这样就使故事的教育效果更为显著。

民间故事不仅为人民群众自己所享用，它还是民族文化的组成部分，并对民族文化的研究与发展具有重要价值和作用。

广大群众是民族成员中的大多数，他们从事各种生产活动，为民族文化的创造提供物质基础。人民的口头故事也是从其劳动和社会经验中产生，其中包含多种文化知识，这些知识同样是民族文化创造的始基和宝贵资源。民间故事是文艺学特别是民间文艺学的重要研究对象，并在国内外发展为神话学、传说学、故事学等单独的分支学科。民间故事因其为人民群众所传承，它还是民俗学的研究对象之一，由于民间故事中有许多作品对其他生活习俗，如婚丧礼仪、年节活动、衣食住行、生产和生活中的禁忌等有所解释，给这些习俗增添情趣和历史文化内涵，更增加了故事在民俗学中的价值。民间故事反映氏族、部落到民族的发展过程，民族心理和民族性格的特点，民族特有习俗、宗教信仰，民族成员对民族始祖、民族英雄的崇敬，民族历史上的重大事件等，这些都是民族学的重要资料。特别是一些发展比较缓慢、长期没有文字的民族，由本族口头故事所保存的这些民族学资料，显得更加珍贵。此外，文化人类学、宗教学、哲学等，也常常从自己学科的需要出发利用民间故事的某些内容。尤其是历史学和民间故事的关系更为密切。对于文字产生以前的远古时代的历史来说，最可靠的资料当然是考古发掘的地下实物资料，但实物资料只能说明社会发展的一般状况，对于历史事件、人物活动等则很难反映出来，所以历史学家常常还要参考神话、传说，研究真实历史的内核，以为文字和实物史料的补充。司马迁为了撰写《史记》亲自游历名山大川，广泛搜求民间遗闻轶事和民间传说，这部分资料成为他著作中最为脍炙人口的部分（如关于五帝的传说，张良和圯下老人的故事，项羽自刎乌江，赵氏孤儿等），并为中国史学建立了这方面的优良传统。长期的社会历史发展中，虽然有大量文字史料作为依据，但在历史的某些方面，文字史料难免有其局限，如封建时代关于农民起义的文字著述，大多受到统治阶级正统观点的歪曲，民间传说、故事则站在人民大众的立场，把农民起义看作正义的行动，更多地保存了历史的真实面貌。因此，高尔基说："如果不知道人民的口头创作，那就不可能知道劳动人民的真正历史。"

民间故事不仅在反映一般社会发展和阶级斗争方面具有重要的历史价值，在文化科学技术史方面，民间故事资料同样有重要意义。人民群众是劳动生产者，在他们的口头故事中保存着大量关于天象、地理、水利、航海、动植物、医药、各种手工业（建筑、蚕桑、纺织、陶瓷、刺绣、雕塑、绘画等）以及采集、农、牧、渔、猎等方面的知识、经验、技术，还有关于著名工匠、医师、艺人、科技发明家、文学艺术家等的传说、故事，这些资料对于天文学、地理学、医药学、工艺学等无疑有着重要的参考价值，因而一向受到文化史家和科学技术史家的注意。如古代地理著作《水经注》中就引用大量民间传说，现代英国李约瑟的《中国古代科学技术史》中，也多次根据民间故事的资料对中国古代科学技术的发展作出分析。

民间故事在供人们进行文艺欣赏和滋养文学艺术发展方面，其作用同样是十分显著的。民间故事是现代最为普及的读物，也是具有优秀思想和高尚审美情趣的语言艺术作品。民间故事中许多神话人物为人类生存进行艰苦斗争，表现出崇高的精神境界，许多英雄人物为了拯救集体危难而献出自己的生命，许多地方传说对山河的自然美进行了生动的描述，许多工艺故事表现出劳动者创造的智慧，许多爱情故事展示了人民对未来美好生活的向往，许多幽默、讽刺故事在笑声中揭露假恶丑的事物，表现人民群众精神上的优越感……这些都不只对人们的思想认识具有积极作用，而且令人产生愉快、悲壮、景仰等感情，引起思想情绪的共鸣，使人获得多种美的享受。

从文学艺术发展的历史来看，远在专门的文艺创作产生之前，民间文学（包括民间故事）已经产生、流传了很长的时间，业已在民族心理扎下深厚的根基。因此，各民族早期的作家创作无不以它为前提，马克思在《〈政治经济学批判〉导言》中称希腊神话为希腊艺术的“素材”“土壤和母胎”，正是对这种情况的概括。我国文学史上第一个伟大诗人屈原的创作与民间文艺有多方面密切联系，神话、传说对他的《离骚》《天问》《九歌》等著名诗篇起着十分重要的作用。作家文艺产生之后，民间故事并没有丧失它在文艺创作发展上的意义，很多关心民族命运和人民疾苦的作家，常常从民间故事和其他民间文艺中吸取有益的思想上和艺术上的营养，使自己和人民息息相通。古代小说以记述民间道听途说为主，唐宋以后根据民间传说和民间说书发展起来的白话小说，每前进一步都和民间故事密切相关。此外，许多神话、传说、故事等，经常作为典故运用在各种体裁的文学创作中，给作家创作增加民族、民间传统的色彩。像金乌、玉兔、女娲、伏羲、夸父、共工、禹、羿、嫦娥、杜鹃、瑶池、昆仑、牛女以及望夫石等形象和情节，一直被作家文学沿用不衰，直至20世纪现代文学兴起，郭沫若、鲁迅还借用这些古老的故事创作出具有时代精神的小说和诗歌（如郭沫若的《凤凰涅槃》《女神之再生》等诗剧，鲁迅《故事新编》中的《理水》《铸剑》等小说）。新中国成立后，少数民族作家创作在全国获得较大反响的作品，如歌剧《刘三姐》等，也多是在民间故事和民间艺术土壤上开出的奇葩。

民间故事滋养文学艺术的方面是很广的，它是作家童话创作题材和形式的重要资源；它的人物形象经常为民族艺术所吸取（如一些少数民族地区的岩画、民间年画）；在创世史诗和英雄史诗中常常讲唱和神话、传说相同的故事；在说唱文学和戏剧中，民间故事经常被改编。此外，民间故事和其他民间文艺还经常在思想和审美意识上影响作家的世界观和艺术风格，为文学艺术在更深层次上开拓广阔的民族化、群众化道路等。

总之，民间故事作为民族文化的组成部分，对许多学科的研究和文学艺术创作都有重要影响。随着现代文化、科学的发展，人们对它还会不断地取得新的认识和发现。当然，民间故事中也有历史局限和封建糟粕，但这些成分在民间故事中不占主要地位，在批判地继承民族文化遗产的原则指引下，也不难发现和剔除。我们编纂《中国民间故事集成》正是为了促进民间故事在当前社会主义精神文明建设中发挥更大更好的作用。

[本文选自许钰：《口承故事论》，北京师范大学出版社，1999 年。文后“附记”如下：“根据十套民族民间文艺集成、志书的统一要求，每套集成都要有一个总的概述性文章，民间文学三套集成称为总序。《中国民间故事集成》的总序，主编钟敬文先生让我执笔，在写作过程中，由钟先生主持，几位副主编和总编辑部同志参加，进行了多次讨论，两次易稿，定稿时又由刘魁立副主编等同志在文字上做了修订，全文第一节开头约一千字也是刘魁立同志执笔的。本文是集体研讨的产物，在各省、市故事卷上以‘中国民间文学集成全国编辑委员会’的名义刊出，收在本书中借以纪念我在这项工作中所受到的那些十分难得的教益。”]

修订后记

1987 年 12 月，我在本书（第一版）的后记中曾写过一段话介绍它的编写经过道：中国民间文艺学学科建设起步较晚，直到 1980 年，才有钟敬文先生主编的第一部大学文科教材《民间文学概论》问世。5 年后，北京中国民间文艺研究会的一批热心人创办中国民间文学刊授大学，分头约请有关学者撰写神话学、歌谣学、传说学、故事学、民间文艺学史等教材，成为建立中国民间文艺学分支学科的一个可贵尝试。《故事学纲要》的初稿就是在这种情况下完成的。在两年多试用的过程中，吸收到许多宝贵的意见，得到热情的鼓励，才使它能够通过修订，正式交付华中师范大学出版社，以新的面貌和广大读者见面。

时光匆匆，这本小书的问世不觉已经过去了将近 20 年。它曾受到海内外许多喜爱故事学的朋友的热心关注。旅居澳洲的著名中国民间文艺学家谭达先博士，曾撰写书评在 1994 年 4 月 10 日香港《文汇报》刊出，他开门见山地指出此书的特色：一是密切联系中国和湖北民间文学及事业发展的生动实际，直接引进了大批优秀故事和众多的故事家活动资料；二是相当广泛地吸收国内外学术前辈和同辈的研究成果；三是紧密地联系中国民间故事发展史。全书论析得趣味盎然，色彩缤纷，呈现出鲜明的学术风格。

另一位在北京师范大学攻读民俗学的日本留学生西村真志叶，在她于 2004 年 5 月完成的硕士学位论文《中国民间幻想故事的文体特征研究》中，就国内很少有人关注的幻想故事的文体特征作了富有见地的深入论析，在肯定《故事学纲要》一书“从论述的分量和考察的质量看，该书代表了目前中国故事体裁与文体特征研究的最高水平”的同时，还就本书涉及的一系列学理问题进行质疑，展开讨论。这两位学人热情而坦诚的评说，使著者深受启迪，有力地促成了本书的再一次修订。

本书著者是在著名民间文艺学家钟敬文先生数十年献身于民间文学事业的精神感召下，迈步跨入民间文学这块学术园地的。1987 年将此书交付华中师范大学出版社正式出版时，又承钟老欣然命笔，为本书题写书名，在这位百岁老人辞世四周年的日子里，我们禁不住再次涌起对他的崇敬与感谢。

我喜爱民间故事，从 1956 年在《民间文学》杂志上发表《慎重地对待民间故事的整理编写工作》，到 20 世纪八九十年代撰写出版《中国民间童话概说》《比较故事学》《中国民间故事史》和《中国民间故事类型研究》，一直在这个学术园圃打转。《故事学纲要》作为中国故事学草创时期的习作，此次只是局部修订，虽有所改观，内容与体例上的粗浅之处势难避免；更不消说还有许多学理上的疑难点有待学人深入研讨方能形成共识了。本书特地附录关于中国故事学的两篇重要论文，除对本书内容予以充实之外，也寄托着著者对有志之士开拓故事学新境界的热切期待。

华中师范大学中文系于 20 世纪 50 年代开始设立民间文学专业，第一本自编《民间文学概论》出版于 1960 年。本书是作为民间文化学系列教材之一出版的。与之配合出版的还有每年一本的《中国民间文艺学年鉴》。华中师范大学多年来对民间文艺学学科的重视，突出地体现了这所百年老校校风中的“博雅”二字，相信它会在中国文化学术史上留下深刻印记。

刘守华

2006 年春节写于东湖湖滨斗室

主要参考文献

[1] 中国少数民族文学学会. 中国少数民族民间故事选 [M]. 北京: 中国民间文艺出版社, 1981.

[2] 中华民族故事大系编委会. 中华民族故事大系 [M]. 上海: 上海文艺出版社, 1995.

[3] 卢正佳, 缪力. 中国民间故事精品库 [M]. 北京: 中国文联出版社, 1999.

[4] 李征康. 伍家沟村民间故事集 [M]. 北京: 中国民间文艺出版社, 1989.

[5] 戈宝权. 阿凡提的故事 [M]. 北京: 中国民间文艺出版社, 1985.

[6] 杨亮才, 关艳如. 民间笑话集 [M]. 兰州: 甘肃人民出版社, 1985.

[7] 王利器. 历代笑话集 [M]. 上海: 古典文学出版社, 1956.

[8] 王利器, 王贞珉. 历代笑话集续编 [M]. 沈阳: 春风文艺出版社, 1985.

[9] 中国社会科学院文学所民间文学研究室. 建国以来新故事选 [M]. 上海: 上海文艺出版社, 1980.

[10] 孙剑冰. 天牛郎配夫妻 [M]. 上海: 上海文艺出版社, 1985.

[11] 董均伦, 江源. 聊斋汉子 [M]. 北京: 中国民间文艺出版社, 1982.

[12] 董均伦, 江源. 聊斋汉子: 续集 [M]. 北京: 中国民间文艺出版社, 1987.

[13] 张士杰. 铁金刚 [M]. 北京：中国民间文艺出版社，1984.

[14] 张士杰. 箭射山门 [M]. 北京：中国民间文艺出版社，1984.

[15] 陶阳，等. 泰山民间故事大观 [M]. 北京：文化艺术出版社，1984.

[16] 王作栋. 新笑府：刘德培故事集 [M]. 上海：上海文艺出版社，1989.

[17] 裴永镇. 金德顺故事集 [M]. 上海：上海文艺出版社，1983.

[18] 张其卓，董明. 满族三老人故事集 [M]. 沈阳：春风文艺出版社，1984.

[19] 肖国松. 孙家香故事集 [M]. 武汉：长江文艺出版社，1998.

[20] 王树英，等. 印度民间故事选 [M]. 北京：北京大学出版社，1984.

[21] 常任侠. 佛经文学故事选 [M]. 上海：古典文学出版社，1958.

[22] 朱维之. 圣经文学故事选 [M]. 北京：北京出版社，1983.

[23] 杨连凯，等. 古兰经故事 [M]. 乌鲁木齐：新疆人民出版社，1986.

[24] 许友年. 印度尼西亚民间故事 [M]. 北京：中国民间文艺出版社，1983.

[25] 董天琦. 非洲童话 [M]. 上海：上海文艺出版社，1987.

[26] 中国社会科学院文学所民间文学研究室. 笑的艺术：中国机智人物故事论文集 [M]. 南宁：广西民族出版社，1985.

[27] 顾颉刚. 孟姜女故事研究集 [M]. 上海：上海古籍出版社，1984.

[28] 姜彬. 中国民间故事初探 [M]. 上海：上海文艺出版社，1981.

[29] 罗永麟. 论中国四大民间故事 [M]. 北京：中国民间文艺出版社，1985.

[30] 刘守华. 中国民间童话概说 [M]. 成都：四川民族出版

社，1985.

[31] 刘守华. 比较故事学 [M]. 上海：上海文艺出版社，1995.

[32] 刘守华. 中国民间故事史 [M]. 武汉：湖北教育出版社，1999.

[33] 刘守华. 中国民间故事类型研究 [M]. 武汉：华中师范大学出版社，2002.

[34] 刘守华，黄永林. 中国民间故事精选 [M]. 武汉：华中理工大学出版社，1993.

[35] 刘守华，黄永林. 民间叙事文学研究 [M]. 武汉：华中师范大学出版社，2005.

[36] 谭达先. 中国民间寓言研究 [M]. 香港：商务印书馆，1980.

[37] 谭达先. 中国动物故事研究 [M]. 香港：商务印书馆，1981.

[38] 谭达先. 中国二千年民间故事史 [M]. 兰州：甘肃人民出版社，2001.

[39] 谭达先. 中国的解释性传说 [M]. 北京：商务印书馆，2002.

[40] 王焕镳. 先秦寓言研究 [M]. 上海：古典文学出版社，1957.

[41] 公木. 先秦寓言概论 [M]. 济南：齐鲁书社，1984.

[42] 陈蒲清. 中国古代寓言史 [M]. 长沙：湖南教育出版社，1983.

[43] 段宝林. 笑话：人间的喜剧艺术 [M]. 北京：北京大学出版社，1991.

[44] 祁连休. 智谋与机趣：中国机智人物故事研究 [M]. 石家庄：河北教育出版社，2001.

[45] 程蔷. 中国民间传说 [M]. 杭州：浙江教育出版社，1989.

[46] 李扬. 中国民间故事形态研究 [M]. 汕头：汕头大学出版社，1996.

[47] 许钰. 口承故事论 [M]. 北京：北京师范大学出版社，1999.

[48] 陈岗龙. 蟒古思故事论 [M]. 北京：北京师范大学出版社，2003.

[49] 万建中. 解读禁忌：中国神话、传说和故事中的禁忌主题[M]. 北京：商务印书馆，2001.

[50] 关敬吾. 日本民间故事选 [M]. 北京：中国民间文艺出版社，1982.

[51] 伊·卡尔维诺. 意大利童话 [M]. 刘宪之，译. 上海：上海文艺出版社，1985.

[52] 阿法纳西耶夫. 俄罗斯童话 [M]. 沈志宏，方子汉，译. 上海：上海文艺出版社，1991.

[53] 瓦尔特洛特·魏奥勒. 德意志童话 [M]. 曹乃云，译. 上海：上海文艺出版社，1990.

[54] 珍妮·约伦. 世界著名民间故事大观 [M]. 潘国庆，等译. 上海：上海文艺出版社，1991.

[55] 艾伯华. 中国民间故事类型 [M]. 北京：商务印书馆，1999.

[56] 丁乃通. 中国民间故事类型索引 [M]. 北京：中国民间文艺出版社，1986.

[57] 丁乃通. 中西叙事文学比较研究 [M]. 武汉：华中师范大学出版社，1994.

[58] 李福清. 中国神话故事论集 [M]. 北京：中国民间文艺出版社，1988.

[59] 斯蒂·汤普森. 世界民间故事分类学 [M]. 郑海，等译. 上海：上海文艺出版社，1991.

[60] 麦克斯·吕蒂. 童话的魅力 [M]. 张田英，译. 北京：社会科学文献出版社，1995.

中国当代少数民族文学

《中国当代少数民族文学》简介

《中国当代少数民族文学》是王庆生主编的全国高校通用教材《中国当代文学》中的专章。中国普通高校文科的中国文学史课程，通常均按历史时期划分为古代文学史、现代文学史和当代文学史三个序列。华中师范大学中文系于 20 世纪 80 年代新编的《中国当代文学》，由王庆生任主编，冯牧任顾问，上海文艺出版社出版。教材按多元一体的中华民族文化格局，议定设立“少数民族文学”专章，将少数民族的民间文学与作家文学融为一体，约请刘守华撰写。20 世纪 90 年代后成书的当代文学史不再沿用这一体例。将“少数民族文学”列为专章的这部《中国当代文学》三卷本，在 20 世纪 80 年代作为高校通用教材曾印行 80 多万册，拥有广泛影响，对中华多民族民间文学在新时代重放异彩作出了重要贡献，故此次将该专章抽取出来，列入《刘守华故事学文集》之内，独立成册。

目　录

引　　言

《中国当代文学》是由教育部委托华中师范大学中文系集体编撰的一部高等学校文科教材，由王庆生教授任主编。1979 年成立编写组，经三年艰苦劳作，于 1983 年 9 月在上海文艺出版社出版问世。随后几次修订再版，总计印数高达 80 余万册，成为全国高校使用最为普遍的中国当代文学即新中国文学的通行教材，产生了巨大影响。

这部关于新中国文学的专著，在建构体系时，特地设置了“少数民族文学”以及“儿童文学”专章，直至 20 世纪 90 年代重编本才予以改变。

上海文艺出版社于 1983 年问世的《中国当代文学》三卷本，其中特设的“少数民族文学”专章，由刘守华主持撰写，含少数民族作家文学与民间文学，按历史年代分别插入书中，现将它们合编为一册收入《刘守华故事学文集》。

第一章　1949—1956年间的少数民族文学

第一节　概　述

我国有五十多个民族，各兄弟民族的人民共同创造了祖国光辉灿烂的文学。新中国成立前，许多民族没有文字，绝大多数文学保留在人民群众的口头上；少数有文字，并且有着比较悠久文化历史的民族，文学事业也受到百般摧残，专业作家寥寥可数，民族文学得不到发展。新中国成立后，党和政府执行了正确的民族政策，大力发展少数民族地区的政治、经济、文化事业。少数民族文学也随之迅速繁荣兴旺起来。

党和政府一直关怀着少数民族文学的发展。在第一、二次文代会上，都强调要继承民族文学传统，发展社会主义的民族的新文学。1955年，中国作家协会邀集了八个兄弟民族的文学工作者和作家举行座谈会，了解他们的工作情况和困难。1956年2月，中国作家协会召开第二次理事会会议（扩大），把发展兄弟民族文学作为最迫切的问题之一列入议程。老舍在会上做了《关于兄弟民族文学工作》的专题报告，总结了新中国成立以来的兄弟民族文学工作，提出了今后的任务。茅盾在会议的结束语中特别指出："在我们国家里，发展兄弟民族的文学是很重要的一件事，而事实上，各兄弟民族不但都有悠久的丰富的文学传统，而且在解放以后的几年中，他们的文学潜力已有了惊人的发展。""我们希望以后能按照我们的工作纲要，在发展兄弟民族文学上多做些工作。”①

这一时期少数民族文学的发展，主要表现在：

第一，少数民族民间文学的发掘和整理，取得了引人注目的成绩。在旧中国，少数民族的劳动人民处于被压迫和受歧视的地位，他们世代相传的丰富而优美的口头文学也湮没无闻。新中国成立后，这些民族民间文学的珍宝才开始受到人们的重视。1950 年春成立的中国民间文艺研究会，在推动这项工作上发挥了积极的作用。中国民间文艺研究会编辑出版的《民间文艺集刊》《民间文学》月刊，成为广大群众所喜爱的发表各族民间文学作品的重要园地。这一时期除搜集整理了大量的各族民间歌谣和民间故事外，特别值得注意的是少数民族史诗和长篇叙事诗的问世。

光未然早在 1944 年就搜集整理了云南彝族阿细人的史诗《阿细人的歌》。它形象地、生动地反映了阿细人从原始社会到阶级社会的历史，1953 年又重新出版。虽然限于新中国成立前的条件，对原诗的搜集整理并不完整，但对这一工作却起了积极倡导的作用。（1959 年云南省民族民间文学红河调查队又进行搜集整理，出版了全诗《阿细的先基》。）

《嘎达梅林》《阿诗玛》和《逃婚调》三部长诗的整理出版，充分显示出少数民族民间文学的光彩。

陈清漳等整理的《嘎达梅林》，1950 年 1 月在《人民文学》发表后，引起人们的广泛注意。它是蒙古族的一部现代民间叙事诗，叙述嘎达梅林举行武装起义，反抗阶级压迫与民族压迫的悲壮故事。它是在真人真事的基础上由蒙古族人民用集体智慧创作而成的，不但热烈歌颂了英雄人物不畏强暴、敢于斗争的崇高品质，而且艺术上相当成熟，代表了蒙古族民间叙事诗在近代、现代所达到的高度成就。

《逃婚调》是云南傈僳族长歌，由徐琳、木玉璋、曾芪等搜集整理。1955 年 12 月发表于《民间文学》。它通过男女对唱的形式，叙述一对青年男女反抗旧社会的包办婚姻，双双逃奔他乡所经历的艰险和苦难。主

① 中国作家协会：《中国作家协会第二次理事会会议（扩大）报告、发言集》，人民文学出版社，1956 年，第 423 页。

人公不仅具有对于封建买卖婚姻的强烈反抗精神，而且用勤劳的双手开荒种地，建设家园，抚育儿女，最后以自己的劳动成果为礼物，愉快地返回家乡，和家人父母团聚。新中国成立以后，虽然青年男女获得了婚姻自由，“但是因为这首长诗歌颂了纯真的爱情和不屈不挠的追求自由幸福的意志，赞美了劳动，充溢着饱满的乐观主义的情感，傈僳族青年仍像从前一样爱唱它”[①]。

彝族撒尼人的叙事长诗《阿诗玛》更为光彩夺目，“堪称为近年来从兄弟民族文学遗产中发掘出来的一块‘连城之璧’”。“不仅语言优美，情节动人，抒情成分非常强烈，几乎每一节、每一句都充满着缤纷的色彩和浓郁的芬芳；而且所塑造出来的人物形象又是那么庄严，那么美丽，像秋日的朝阳那么光芒夺目，又像晴空的满月那么皎洁迷人，这在叙事诗中是十分难能可贵的。我们可以毫不夸张地说，像《阿诗玛》这样珍贵的长诗，完全可以媲美汉魏乐府中的某些名篇。”[②] 这个评价是并不过分的。

第二，少数民族作家队伍的初步形成和新作的不断问世。绝大多数兄弟民族过去都没有自己的作家队伍，新中国成立后，在党和政府的关怀下，少数民族作家才一个一个地涌现出来，初步形成了一支文学队伍，文学创作呈现出初步繁荣的局面。

新中国成立前就已开始从事文学创作的几位少数民族作家，写出了反映人民群众斗争生活的新作品。满族作家老舍以其杰出的作品丰富了我国现代文学史，新中国成立后又为新的时代热情讴歌，创作了《龙须沟》等优秀剧作。蒙古族诗人纳·赛音朝克图的诗集《幸福和友谊》代表了草原人民的心声。另一位蒙古族民间说唱诗人毛依罕创作的《铁牤牛》，运用“好力宝”这种民间说唱诗的形式，通过歌唱在草原奔驰的火车，热情歌颂了草原上的社会主义建设和工人阶级的伟大创造力量。它

① 徐琳、木玉璋：《关于〈逃婚调〉》，《民间文学》，1955 年 12 月号。

② 《文艺报》编辑部：《突飞猛进中的兄弟民族文学》，《文学十年》，作家出版社，1960 年，第 270 页。

曾在1955年内蒙古自治区第一届民族、民间音乐、舞蹈、戏剧观摩演出大会上获奖，被人们认为是“民间创作的重要的新收获”。维吾尔族作家祖农·哈迪尔的短篇小说《锻炼》，通过描写主人公麦提亚孜由一个懒散成性的游民转变为好社员的过程，表现了初期农业合作化运动的胜利进程。1956年7月维吾尔族诗人尼米希依提随中国伊斯兰教朝罕团前往麦加朝圣，在西奈半岛写的《无尽的想念》一诗，表达了对祖国母亲的刻骨铭心的思念。另一位维吾尔族诗人铁衣甫江·艾里耶夫，写出了一系列歌唱党和新中国给各族人民带来新生与幸福的动人诗篇。侗族作家苗延秀写出了长诗《大苗山交响曲》，云南彝族作家李乔取材于凉山彝族在新中国成立后的斗争生活，写作了长篇小说《欢笑的金沙江》三部曲中的第一部，它们都立刻受到了人们的重视和欢迎。

更为可喜的是，少数民族的青年作家不断涌现，人才辈出。蒙古族作家玛拉沁夫以短篇小说《科尔沁草原的人们》在全国读者面前显露出自己的才华。他在1954年出版了短篇小说集《春的喜歌》，并开始酝酿创作长篇小说《茫茫的草原》。另外几位蒙古族青年作家，也写出了各有特色的优秀作品，扎拉嘎胡的中篇小说《春到草原》，安柯钦夫的短篇小说集《草原之夜》，朋斯克的中篇小说《金色的兴安岭》，超克图纳仁的剧本《金鹰》，敖德斯尔的剧本《草原民兵》等，都是广大读者所熟悉的。

少数民族的民间诗歌十分优美丰富，在民族诗歌的肥沃土壤上，一批青年诗人茁壮成长。壮族的韦其麟取材于民间传说而创作的长篇叙事诗《百鸟衣》，是这个时期民族诗歌园地的重要收获。藏族的饶阶巴桑，诗作的数量虽然不多，但优美含蓄，饶有诗味。臧克家曾说他是“最惹人注意”的一个青年诗人，“他写得很细致，很委婉，像春天的泉水，涓涓地流着，带着清脆的声响，把人引到一个幽深的诗的境地”①。仫佬族包玉堂的诗集《歌唱我的民族》，蒙古族巴·布林贝赫的长诗《生命的礼花》，彝族吴琪拉达的诗集《奴隶解放之歌》，土家族汪承栋的诗集《从

① 臧克家：《鲜果色初露》，《学诗断想》，北京出版社，1962年，第92页。

五指山到天山》等相继出版，他们热情洋溢地歌唱本民族的新生，歌唱社会主义建设的胜利，各以其具有浓厚民族色彩的诗作丰富了我国民族诗歌的百花园。

第二节　彝族撒尼人叙事诗《阿诗玛》

《阿诗玛》是云南彝族撒尼[①]人民集体创作的一部杰出的民间叙事长诗，长期在人们口头上流传。1954 年，由在云南从事文艺工作的黄铁、杨智勇、刘绮、公刘等发掘整理出来后[②]，产生了广泛的影响。它显示出我国少数民族民间文学宝藏的丰富优美，不但受到国内广大读者的喜爱，而且被译成日、俄、英、法等国文字出版，在国外获得好评。

《阿诗玛》叙述勤劳勇敢、聪明美丽的姑娘阿诗玛，为追求自由幸福的生活，反对强迫婚姻，同她哥哥阿黑一起，向封建统治者进行不屈不挠的斗争的故事。它用生动的形象，富有民族色彩的优美诗句，展现出劳动人民热爱劳动，机智勇敢，不屈服于封建压迫的崇高品质和追求美好生活的强烈愿望。

长诗一开头就讲到阿着底地方的两户人家。一户是阿诗玛和阿黑兄妹俩出生的格路日明家：

格路日明夫妻俩，
绕过树丛穿过塘，
就在这里安了家，
种着山地住着房。

---

① 撒尼是彝族一个支系，聚居于云南省路南县圭山一带。

② 《阿诗玛》最初发表于 1954 年 2 月的《云南日报》，由云南省人民文工团工作组搜集，黄铁、杨智勇、刘绮、公刘整理。1954 年至 1956 年由云南人民出版社、中国青年出版社、人民文学出版社和中国少年儿童出版社先后出版。1960 年人民文学出版社出版了由中国作家协会昆明分会修订（李广田执笔）的新版本。1980 年，中国青年出版社又出版了黄铁等的第二次整理本。现在据 1980 年版评述。

格路日明家，
花开蜜蜂来，
嗡嗡地叫嚷，
忙着把蜜采。

另一户是有钱有势的热布巴拉家：

阿着底的下边，
住着热布巴拉家，
这家人良心不正，
蚂蚁都不敢进他的门。

热布巴拉家，
有势有钱财，
就是花开蜂不来，
就是有蜜蜂不采。

长诗用强烈对比的手法来描写这两户人家，显然是为了在阶级对立的背景上来展开故事。聪明美丽的阿诗玛长大后，热布巴拉家便垂涎三尺，企图占有她。“阿诗玛的美名人人夸，/阿诗玛应该归我家。”他家指使海热去说媒，遭到阿诗玛的严词拒绝。阿诗玛的妈也表示，姑娘“要嫁好人家，/不嫁坏人家”。但热布巴拉家却依仗财势，以野蛮的方式抢亲：“人马像黑云，/地上腾黄尘，/热布巴拉家，/厚脸来抢亲。”阿诗玛一方面同热布巴拉家进行不妥协的斗争，一方面盼望哥哥阿黑前来拯救自己。阿黑挺身而出，以超人的智慧和力量奋力营救阿诗玛，使凶横霸道的热布巴拉家计穷力竭，丑态百出，不得不放走阿诗玛。阿诗玛在归途中虽被山洪卷走，却化成了山岩间永生不灭的回声，永远活在撒尼人民中间。民间文学中许多反映婚姻问题的作品，往往带有阶级斗争的色彩，这是阶级压迫的必然结果。但像《阿诗玛》这样，通过婚姻问题这个侧面，把劳动人民反抗封建压迫，追求自由幸福的斗争和意志表现得这样鲜明有力，却不可多得。

《阿诗玛》成功地塑造了阿诗玛和阿黑这两个光彩夺目的艺术形象。

长诗用明丽的笔调来描绘阿诗玛的动人形象。“天空闪出一朵花，/天空处处现彩霞，/鲜花落在阿着底的上边，/阿诗玛就生下地啦。”作者将她从呱呱坠地到长成为美丽姑娘的过程，生动地展现在人们的眼前。她不仅像鲜花一样美丽，“歌声最响亮”，“手艺最高强”，而且在撒尼人民的哺育下和劳动生活的锻炼中，养成了勤劳勇敢的优良品质，她的心灵和她的外表一样美丽。这种美好的性格集中表现在她对爱情的憧憬中：“两股水到头要淌在一起，/青松和磕松从不分离。/春夏来播种，/秋冬来收获，/会盘田的人我才中意。”“直树不弹线，/弯树弹墨线。/他的心和直树一样直，/我喜欢像直树那样的人。”人们歌唱她是千万朵山茶花中最美的一朵，千万个撒尼姑娘中最好的一个，不仅是赞扬她的美丽，更重要的是歌颂她的美好品德。这样，当热布巴拉家来逼婚时，遭到她的严词拒绝就是人们意料之中的事了。她的回答是多么坚决有力：

清水不愿和浑水在一起，
我绝不嫁给热布巴拉家，
绵羊不愿和狼作伙伴，
我绝不嫁给热布巴拉家。
你家谷子堆成山，
我也不情愿，
你家金银马蹄大，
我也不稀罕。

无论是物质引诱，还是皮鞭抽打和黑牢折磨，阿诗玛的态度始终如一，毫不妥协：“不嫁就是不嫁，/九十九个不嫁。”在当时的历史条件下，阿诗玛还不会有明确的阶级观点，但劳动者的朴素的阶级意识和爱憎情感，使她对热布巴拉家产生了一种势不两立的仇恨。压迫的结果只能激起更强烈的反抗。在民间文学中，这类反对强迫婚姻的故事，往往是以女主人公的自杀表示出最后的抗议。阿诗玛却在哥哥阿黑的支持下，与热布巴拉家进行了一场强有力的斗争，即使在遭到暗害，被山洪吞没的情况下，她也要变成“日灭我不灭，/云散我不散”的山谷回声长留人间。这自然是人们的美丽幻想，然而显示出阿诗玛不屈的反抗意志。这样，《阿诗玛》中塑造的女主人公的形象，就以其为任何邪恶势力所压不倒的坚强不屈性格，闪射出独特的艺术光彩。

被人们誉为山上青松的阿黑，深切关怀着妹妹阿诗玛的命运。阿诗玛遭难后，一心盼望阿黑回来救她，阿黑在外放羊，担心家里出事，“不分白天和黑夜，/三天三夜就赶回家门”。听说阿诗玛被抢，阿黑立刻骑马飞奔，“两天路程一天追”，“五天路程两天赶”，奋勇去救阿诗玛。撒尼人中间，保留着“舅舅为大”的风俗，如果妹妹遇难，哥哥总是尽力援助，倾家荡产也在所不惜。长诗中阿黑和阿诗玛的关系，与人们的这种传统观念是一致的。它虽是一种古老的习俗，所表现出来的兄妹之间的深厚情谊却十分动人。

阿黑是以神奇非凡的智慧和力量保护妹妹阿诗玛的英雄人物形象而出现的。追赶阿诗玛时，“别人不敢走的地方阿黑敢走，/别人不敢过的山涧阿黑敢过”，他的叫喊声“像山崩地震，像风吼雷打”，一出场就显示威武雄壮、移山倒海的巨大力量。热布巴拉家把他关在门外，提出要跟他进行比赛，比唱歌、砍树、接树、撒种、拾种等，比赢了才准进。这些具有象征意义的比赛，都难不倒阿黑。热布巴拉家不得不把阿黑请进去，可是夜里又放出三只猛虎来，想把阿黑吃掉。阿黑是出色的猎手，“豺狼虎豹死他手，/少说也有九百九十九”，三只老虎都死在他手下，并在剥虎皮的比赛中再次表现出惊人的神力，使“热布巴拉两父子，/吓得全身打哆嗦”。凶横霸道的热布巴拉家还不放阿诗玛走，又关上大门，斗争达到高潮。愤怒的阿黑连发三箭，第一支箭射在大门上，第二支箭射在堂屋的柱子上，第三支箭“正中在堂屋的供桌上”。按照撒尼人的习俗，敬奉祖先的供桌，是神圣不可侵犯的地方，阿黑的神箭直射供桌，像生了根似的，全家大小来拔也拔不动，甚至“五条牛来拖”也动不了，这就极大地震动了热布巴拉家。在无可奈何的情况下，只有求阿诗玛来拔箭，答应拔出箭来就让她回家。“哥哥射的箭，/妹妹拔得下，/好人轻轻拿，/坏人休想拔。”像“摘下一朵花”那样，阿诗玛一举手就把神箭拔了出来。兄妹俩终于以顽强不屈的斗争意志、无坚不摧的力量与智慧，灭了热布巴拉家的威风，取得了斗争的胜利。

阿诗玛和阿黑的形象，具有深刻的典型意义。撒尼女青年认为她们“个个都是阿诗玛”，撒尼的男青年则认为他们“个个都是阿黑”。他们成了撒尼人民传统美德、集体智慧和力量的化身。正如一位整理者所概括的：“在这诗篇里，创造了两个撒尼族劳动青年的典型——阿诗玛和阿黑，他们代表着撒尼族人民无穷的智慧、无限的能力和不可屈服的精神；他们带着生命的活力至今活在撒尼族人民心中——不像传说中的人物，而像今天仍然真实活着的被广大青年男女所热爱着的人物。”①

《阿诗玛》具有引人入胜的魅力和独特的艺术风格。它的人物、故事，都植根于民族生活的土壤之中。那一幅幅风俗画和风景画，反映出鲜明的民族生活特色，使人感到真实亲切，从这个意义上说，它是现实主义的。然而它又具有浓郁的浪漫主义色彩，作者巧妙地采用富有诗意的象征手法来概括尖锐的斗争，在民族生活的土壤上，驰骋美丽的想象。抢亲后，阿黑和热布巴拉家展开的那几场斗争，就是民间故事中常常出现的象征性的情节，以三箭射倒三只虎，象征阿黑的神勇；以一箭射中热布巴拉家的供桌，他全家人都拔不掉，象征阿黑在斗争中具有压倒对方的优势。阿诗玛变成回声永生不灭，更是劳动人民的瑰丽想象。通过这些描写，主人公的力量、智慧和意志就得到了夸张的表现，具有神奇非凡的特征，染上了浓郁的浪漫主义色彩。

《阿诗玛》的故事曲折，安排巧妙。作为一部叙事诗，它不是一般地来叙述故事，而是以热烈的感情来歌唱故事，歌唱主人公的命运，将抒情融化在叙述描写之中。这种手法突出地表现为用反复咏唱的方式来展开情节，如长诗中写阿诗玛被抢走以后人们对她的怀念及对阿黑的呼唤：

玉鸟依然叫，
白云照样飘，
可爱的阿诗玛啊，
小伴见不着她了！
…………

---

① 杨智勇：《〈阿诗玛〉整理经过》，《阿诗玛》，人民文学出版社，1955年，第100～101页。

“天空的玉鸟啊，
替我们传句话：
要阿黑快点回家，
救他的亲妹阿诗玛。”

玉鸟依然叫，
白云照样飘，
可爱的阿诗玛啊，
老年人见不着她了！
…………
“天空的玉鸟啊，
替我们传句话：
要阿黑快点回家，
救他的亲妹阿诗玛。”

这样采用句式和节奏大体相同而内容略有变化的诗节，从不同的侧面反复咏唱，就把阿诗玛遭难后的情景渲染得更鲜明，把人们的怀念表达得更深切了。长诗在写阿诗玛的成长、阿黑追赶阿诗玛和阿黑战胜热布巴拉家等章节中，都是采取这种反复咏唱的手法，营造了浓重的诗意。

《阿诗玛》的语言既朴素而又优美。它广泛运用了比兴、夸张、拟人、对比等修辞手法。如：“院子里的松树直挺挺，/生下儿子像青松；/场子里的桂花放清香，/生下姑娘像花一样。”这是用比和兴的自然结合，赞美主人公出生的环境。“场子里的树长得格杈杈，/生下个儿子长不大，/他叫阿支，/阿支就是他，/他像猴子，/猴子更像他。”这是用比兴来描写热布巴拉家。在鲜明对比中，表达出作者强烈的爱憎。海热来说媒，用“山林里的麂子，/找出涧深的地力躲；/天空的飞鸟，/朝粮食多的地方落”来劝说阿诗玛，阿诗玛则用“清水不愿和浑水在一起”，“绵羊不愿和狼作伙伴”来表示拒绝，双方都借用形象鲜明的比喻来表达自己的意思，蕴含着不同的感情。写阿黑的神勇，说他“一口气跑了两座山，/两口气跑了五座山”，他射在供桌上的箭，“五条牛来拖，/也不见动半分”，用强烈的夸张来显示他的巨大力量。从这些例子可以看出，《阿诗玛》的语言既来自人民群众的实际生活，又经过了群众集体智慧的锤炼，它的朴实同贫乏、单调毫无共同之处，却同丰富、明丽联系在一起，具有一种特殊的魅力。正如有的同志指出的：《阿诗玛》的艺术魅力，首先就表现在它的语言的朴素美和单纯美。这种朴素，是语言经过反复提炼后达到纯净的结果，是思想、感情和形象的集中而鲜明、真实而自然、准确而生动的表现。

《阿诗玛》是用“综合的方法”进行整理的。据整理者介绍，他们曾搜集到二十份原始材料，整理时“将二十份异文全部打散、拆开，按故事情节分门别类归纳，剔除其不健康的部分，集中其精华部分，再根据突出主题思想，丰富人物形象，增强故事结构等等的需要进行加工、润饰、删节和补足”①。整理民间口头文学可以运用不同的方法，《阿诗玛》属于丰富和加工较多的一种。它的整理工作虽有某些缺陷，但就整体而言，却是一次成功的尝试，它为丰富我国文学艺术宝库作出了可贵努力。

第三节　蒙古族叙事诗《嘎达梅林》

《嘎达梅林》是蒙古族近代、现代民间叙事诗的代表作。这部长诗由陈清漳、赛西和芒·牧林整理翻译，于 1950 年 1 月在《人民文学》发表后，受到我国各族读者的喜爱，成为新中国成立后最早问世的民族民间文学珍品之一。1979 年，上海文艺出版社又将他们 1963 年的重新整理本列入“少数民族民间文学丛书”出版。

这部长诗取材于嘎达梅林起义的真实历史事件。起义爆发于 1929 年，以哲里木盟达尔汗旗（今科左中旗）牧民反对蒙古王公勾结军阀张作霖肆意掠夺人民的土地、财产为主要斗争内容，一位在王府中任职的下级军官嘎达梅林（梅林是职位较低的军官称呼），成了这次起义的首领。起义斗争历时数年，扩展到四五个旗县，是蒙古族现代史上一次影

① 黄铁：《〈阿诗玛〉第二次整理本·序言》，中国青年出版社，1980 年。

响巨大的著名的人民起义。嘎达梅林起义发生不久，即有歌颂起义的民间诗歌产生，开始以抒情短歌流传，后来逐渐形成为一首概括起义全过程的叙事长诗。诗中的主要人物保持了真实姓名，但人民群众为了表达自己的意愿，增强作品的艺术感染力，打破了真人真事的局限，在人物塑造和情节构成上，进行了一番艺术加工处理。因此，这首长诗和真人真事又有一定距离。如嘎达梅林和牡丹夫妇本来只有一个养女，而且起义时并没有把孩子杀死，然而民间流传的七份原始材料中，却有六份叙述了牡丹杀死女儿，决心毁家起义的动人情节，整理本把它保留了下来，成为长诗中十分壮烈感人的场面之一。它取材于真实历史事件，而又不拘泥于史实，具有广泛的概括性和典型性，这是许多优秀的历史题材的文学作品所共有的特点。

长诗的主要成就是成功地塑造了嘎达梅林的英雄形象。他在达尔汗王手下供职，目睹王爷和军阀勾结、横行无忌，草原牧民灾难深重的黑暗现实，忧心如焚，便向王爷直言进谏。然而，他得到的却是大骂一顿之后被革除职务。他回到家中，眼看百姓的灾难一天天加重，内心十分痛苦，仍不甘心，又找了几位好朋友，远道跋涉，再次向王爷苦谏。可是倒行逆施的达尔汗王不仅毫无悔改之意，反而将他判处死刑。严酷的现实打破了嘎达梅林等人对反动统治者的幻想，于是嘎达梅林的妻子牡丹联络了被军阀、王公所迫害，进入山林造反的一伙弟兄，劫狱救出嘎达梅林，然后聚众起义。长诗对起义后的战斗情景叙述得比较简略，但通过嘎达梅林粉碎达尔汗王的劝降奸计，赞颂了他坚强不屈的战斗意志："背起大枪起来反抗，/是为了十旗的土地，/老嘎达宁愿粉身碎骨，/绝不投降万恶的仇敌!"还抒写嘎达梅林在转战途中经过家乡时的感受，刻画他无力战胜强敌，忧愤难遣的悲壮情怀："麻绳可以接成万丈长哟，/要接到天上难上难；/千思万想一团线哟，/要回到家乡难上难。"最后，在敌我力量悬殊、寡不敌众的形势下，嘎达梅林奋不顾身掩护弟兄们撤退后，"连人带马投入了西拉木伦河激浪"。人们用激昂的调子歌唱嘎达梅林的英雄事迹：

天上的鸿雁从南往北飞啊，

是为了迎接春天的降临；
反抗王爷的嘎达梅林啊，
是为了蒙古人民的利益。

天上的鸿雁从北往南飞啊，
是为了寻求太阳的温暖；
反抗军阀的嘎达梅林啊，
是为了蒙古人民的草原。

长诗中的嘎达梅林，始终置身于错综复杂的矛盾斗争之中，思想性格经历了曲折复杂的发展过程。在他身上，既有历史上那些忧国忧民然而对反动统治者抱有幻想的忠臣义士的思想性格特征，又有农民起义首领冲天的英雄气概和坚强不屈的斗争精神。作者既写出了他千里苦谏、死里逃生直到最后壮烈战死的不平凡经历，又刻画了他在这过程中复杂丰富的内心世界，如嘎达梅林在公堂上的慷慨陈词，被捕后的愤怒控诉，以及出狱后的夫妻悲叹家世，转战途中的思念家乡等，无不真切动人。因而他的形象血肉丰满、栩栩如生，在我国民族民间文学的人民英雄画廊中，表现出独特的风采。

长诗刻画得比较鲜明的人物形象，还有嘎达梅林的妻子、深明大义、无比坚强的牡丹，嘎达梅林的哥哥、胆小怕事的朱日喇嘛，嘎达梅林的好友、开明正直的哈拉，以及军阀、王爷的帮凶、阴险狡诈的韩色旺等。作品通过以嘎达梅林为中心的众多人物形象，揭示了广阔的社会生活画面和错综复杂的斗争形势。

长诗继承蒙古族民间叙事诗的优良传统而又有新的发展，具有鲜明的民族风格和较高的艺术成就。

叙事诗这种体裁在蒙古族民间早已存在，最古老的作品可以追溯到13—14 世纪产生的《成吉思汗的两匹骏马》。经过长期发展，到近代、现代，叙事诗的内容和形式都起了很大变化，它在反映现实生活的深度和广度上，大大超过了以往任何时代的同类作品。表现形式也有了新的特点。早期叙事诗多是讲诵的或以马头琴伴唱的演唱形式，其格式比较自由，韵律和章法并不严格；晚近出现的叙事诗则是在抒情短歌的基础上，继承早期叙事诗散韵结合的优良传统而发展起来的，它们或通体咏唱，或说唱结合——以唱为主、辅以说白，基本上采取民歌格调，具有抒情民歌四行一节、韵律整齐、重叠复沓的严谨表现形式。由于晚近叙事诗脱胎于抒情民歌，唱词是它的基础和骨干，因而富有浓郁的抒情色彩。这种抒情性贯穿在对环境描写、情节铺叙和人物刻画之中，通过独唱、对唱和演唱人的叙事抒情等多种方式来实现，十分生动活泼，富于表现力①。《嘎达梅林》就是在艺术上日臻完美成熟的蒙古族近代、现代民间叙事的代表作。它具有自己独特的形式和风格。

第一，说唱结合，富于抒情性。例如：

自从嘎达梅林走后，一连三个月没有音讯，牡丹在家提心吊胆，日夜盼望，忽然听到外面传来歌声，说嘎达梅林判处了死刑，押在王府，急忙把门打开。送信的孩子把血书交给牡丹，又一阵风似的走了。

牡丹看完血书，心中悲痛万分，头晕眼黑，一阵昏迷。

牡丹：

上辈子要是无缘呀，佛爷，
为什么要我和嘎达结为夫妇？
上辈子要是有缘呀，佛爷，
为什么转眼要成为孤儿寡母？
…………

前面的说白部分，以简洁明快的语言交代人物关系，叙述事件过程，然后在此基础上，用大段唱词，酣畅淋漓地进行描写或抒情；既保持了故事情节的完整性，又不追求叙事的细致委婉，而且充分发挥了诗歌艺术长于抒情的特点，以饱含诗意的抒情为基调来结构作品，手法是高超的。

---

① 参见《民间叙事诗·前言》，色道尔基等编注：《蒙古族历代文学作品选》，内蒙古人民出版社，1980 年。

第二，抒情方式的多样性。长诗根据故事情节的发展和刻画人物性格的需要，灵活地采用独唱、对唱和演唱人的叙事抒情等几种不同方式来结构唱词。牡丹在看完嘎达的血书后所唱的“上辈子要是无缘呀，佛爷……”那四节即属于直抒胸怀的独唱的例子，它是长诗中运用得最广泛、最富于抒情性的部分。对唱，即诗体对话，如牡丹为了救嘎达，同嘎达胞兄朱日喇嘛的对唱：

牡丹：

嘎达定了死罪啊，大哥，
难道你不知道他是为了全旗？
砸了牢房也不过是死罪，大哥，
难道说手足无情，妻也无义？
…………

朱日喇嘛：

老孟家祖辈都是忠顺百姓，
反抗王爷有辱祖先的名声，
老嘎达已成了叛臣逆子，
你要是再去造反天理难容。
…………

在对唱中，抒写了不同人物的心理，深刻揭示了他们各自的思想性格。

演唱人以第三人称的方式叙事抒情，有的是单纯的咏叹调，如：“天上的鸿雁从南往北飞啊，/是为了迎接春天的降临……”有的是将深沉的感情融化在对客观情景的叙述描写之中，如咏唱牡丹被情势所迫，不得不杀死女儿天吉良的那几段唱词：

掏出十响的“自来得”，
枪口对准孩子的心窝，
三岁的孩子望着枪口，
牡丹一阵心痛，手枪掉落地上。
…………

黄风啊，吹得日月无光，
牡丹啊，烈火焚烧胸膛，
左思右想决心已定，
决不让孩子落入魔掌。
…………
杀人的主意冲上了心头，
盒子枪对准了天吉良，
随着震耳的枪声，
牡丹跌倒在地上。

劫狱造反，在旧时代是要给加上诛灭九族的罪名的，连嘎达的胞兄都怕受牵连而不愿收留他的女儿，还能委托给谁呢？面临着一场极残酷的斗争，孩子在没有亲人照顾的情况下，势必落入敌人魔掌。为了同反动统治者作拼死斗争，牡丹不得不狠心杀死自己的女儿，彻底斩断母女之情。长诗描述这一动人场面时，将细节描写和气氛渲染、演唱人的深沉感受和主人公的复杂心理融为一体，使一个具有刚毅性格的叛逆者形象栩栩如生，激昂悲壮的气氛扣人心弦。

第三，比兴和重叠复沓手法的运用。以咏唱嘎达思乡的两节诗为例：

二龙山上哟，白云飘飘；
蓝蓝的天上哟，雁群在飞叫。
日夜转战的老嘎达哟，
想起了可爱的家乡浩林毛道。

西拉木伦河哟，浪花滔滔；
茸茸的草甸哟，黄羊在奔跑。
日夜杀敌的老嘎达哟，
想起了出生的故乡浩林毛道。

以草原上的山河、蓝天白云、雁阵羊群等自然景物起兴，抒写主人公的思乡情绪，十分亲切自然；上下两节的诗句结构对称，内容相似，只是变换了一两个词或韵，然而思想感情却加深了一层；以同样的节奏韵律反复咏唱，显得更加意味深长。整理者指出，蒙古族民间诗歌的重叠复沓，“不仅不使人感到累赘拖沓，而且产生了巨大艺术效果，使人感到语汇惊人的丰富，再加上蒙古族民歌中多彩的音韵上的变化，演唱或朗诵起来，就非常感人。这些特点，不仅在较短的抒情歌中存在，在《嘎达梅林》中也是很突出的”①。它构成了长诗强烈的抒情色彩，带来了浓郁的草原生活气息。

《嘎达梅林》最初发表时，仅有六百多行，和现在的两千多行相比，还不足三分之一，比较粗糙，远远未能反映出它的本来面貌。1959 年和 1963 年又做了两次整理。最初整理时只有一份不完整的资料，后来搜集到七份原始资料，因而在故事情节和人物塑造方面都做了充实，如对牡丹这个人物的描写就作了许多补充，比最初的整理稿更为突出。又，最初整理时，由于对蒙古族民间诗歌的特点缺乏理解，缺少研究，把原诗中一些重叠式的句子和段落，一些对偶性的描写，都看成是多余的，于是在整理中把两行合为一行，两段并为一段，有的甚至干脆删掉了，结果损伤了民族民间文学作品的艺术特色。重新整理时便把这些处理不当的地方改正过来，恢复了它的本来面目。

长诗《嘎达梅林》不仅是蒙古族近代、现代民间叙事诗的代表作，作为 20 世纪 30 年代出现的一部由劳动人民集体创作成功的、直接反映当时人民斗争生活的优秀诗篇，它还是旧中国民间诗歌创作发展的一座最后的纪念碑。

第四节　韦其麟的长诗《百鸟衣》

韦其麟，壮族，1935 年生，广西壮族自治区横县人。1955 年他在《长江文艺》上发表的长诗《百鸟衣》，是这一时期诗歌创作上的重要收获之一。周扬在《建设社会主义文学的任务》的报告中，曾

---

① 陈清漳：《关于〈嘎达梅林〉及其整理》，《嘎达梅林》，上海文艺出版社，1979 年，第 170 页。

把它和《阿诗玛》放在一起，同誉为“经过整理和改编的民间创作的珍品”①。

《百鸟衣》原是一个民间传说故事，《壮族民间故事资料》中所载的《百鸟衣的故事》及《张亚源和龙王女》②，就是在韦其麟的家乡——广西横县一带搜集的这个故事的原始记录稿。它的主要情节是：一个自幼失去父亲的少年，因心地善良，赢得了由母鸡变的仙女的爱情。他俩成亲后，过着美满幸福的生活。女主人公惊人的美丽与智慧，引起了当地官员的注意。官员把她抢去献给皇上，她坚贞不屈，沉着机智地要丈夫穿一件百鸟衣来京城与她相会。皇帝为了逗引仙女发笑，用自己的龙袍换取百鸟衣披在身上，结果被做了皇后的仙女命人打死，惩罚了他的暴行，而小伙子则穿上龙袍当了皇帝。这样的仙女故事在我国许多民族中间以不同的形式广泛流传在人民群众中，而壮族的百鸟衣故事更为生动完整。《阿诗玛》出现之后，少数民族民间文学的奇光异彩，强烈地吸引着人们。韦其麟便取材于他所熟悉的百鸟衣故事，创作了长篇叙事诗《百鸟衣》。

《百鸟衣》吸取民间传说故事的基本情节，从壮族人民的实际生活出发进行大胆的创造，围绕着古卡和依娌这一对青年男女悲欢离合的遭遇，真切地反映了壮族劳动人民在封建势力残暴统治下的苦难历史和勇敢不屈的反抗精神，流露出对自己前途无比乐观的豪迈感情。

长诗成功地塑造了古卡和依娌的动人形象。

古卡生长在穷困的家庭里，他还未出生，父亲就给土司做苦工累死了。善良的母亲用乳汁和泪水把他养大。“在风风雨雨里，/青草长得壮又快；/在穷人家里，/生的儿女个个乖。”母亲怕伤害孩子幼小的心灵，把他爹早已惨死的事瞒了下来。古卡长到十岁，母亲才不得不把实情告诉他。懂事的古卡满怀着悲愤，开始拿起他爹曾经用过的柴刀、扁担等

① 中国作家协会：《中国作家协会第二次理事会会议（扩大）报告、发言集》，人民文学出版社，1956年，第24页。

② 《壮族民间故事资料》第1集，广西壮族自治区科学工作委员会、壮族文学史编辑室1959年编印，第111～120页。

上山打柴，坚毅地走上了祖祖辈辈所走过的艰苦生活道路，很快成长为一个勤劳勇敢的小伙子。诗里这样来描写他的形象：

长大了的古卡呵，
善良的古卡呵！
像门前的大榕树——
那样雄伟，那样繁茂。
像天空迎风的鹰——
那样沉着，那样英勇。
像壮黑的水牛，
那么勤劳，那么能干。

他种田、射箭、打猎、耍武艺、唱山歌，样样都超过常人，成为一个概括着壮族人民的集体力量与智慧的英雄人物。由于贫困，他娶不上媳妇。然而一只神奇的公鸡却来到他家，变成一个美丽的姑娘依娌做了他的妻子，同他一起过着勤劳生产、相亲相爱的美满生活。这一幻想的情节，寄托着旧时代劳动人民追求幸福生活的美好愿望。

残酷的阶级压迫破坏了他们的美满生活。土司为了霸占依娌，千方百计地刁难古卡，要他把混在一起的芝麻和绿豆分开，黑芝麻和白芝麻分开，还要他交出公鸡蛋。这一切都难不倒古卡，因为有依娌给他出主意。最后凶恶的土司抢走了依娌，并且把古卡赶进深山。依娌胸有成竹地吩咐古卡："你去射一百只鸟做成衣，/等一百天找我到衙门里！"她在土司衙门里坚贞不屈，不吃土司丰美的菜肴，不穿土司的金丝衣。为了营救依娌，重建美好的家庭，古卡在山里历尽艰险，射下一百只鸟，做成百鸟衣，终于巧妙地进入土司衙门，和土司互换衣着，乘机杀死土司，救出了依娌。于是一对情人"像一对凤凰，/飞在天空里"，"像天上两颗星星，/永远在一起闪耀"。诗里不仅热情赞美了依娌的美丽和能干，尤其是在斗争中充分地表现出她的聪明与智慧。正如贾芝所指出的，依娌是"劳动人民聪明智慧的典型。她像同类故事中的仙女或有些民间故事中的巧媳妇一样，几乎什么难题也不容易将她难倒。在她身上，人们看到了劳动人民的无穷无尽的智慧和本领”①。依娌是民间故事中经常出现的仙女型的形象，她具有现实中劳动妇女的美好情感和高尚品德，超群出众的才智和神奇的本领，身上披着幻想的彩衣。这种神奇的特征，是用夸张的手法把劳动人民的集体智慧集中在她身上的结果，也是劳动人民“特别意识到自己的不朽并深信他们能战胜一切和他们敌对的力量”②这种乐观主义精神的形象体现。她的出现，使阴沉的黑暗王国闪现光明，使得主人公在一切邪恶势力面前占有压倒的优势。这就使《百鸟衣》这部长诗具有一种欢乐轻快的调子，而有别于《阿诗玛》的悲壮激越的风格。依娌这类女性形象，是劳动人民用集体艺术智慧在民间文学中创造出来的一种特殊典型，作者对她进行了富有诗意的再创造，丰富了我们民族民间文学艺术形象的画廊。

《百鸟衣》在艺术表现上也是成功的。诗人取材于这个古老的民间故事进行再创作，不仅有一个去粗取精的问题，还有一个按照叙事诗的要求加工处理的问题。作者在这方面作出的努力是值得肯定的。例如，原故事的神奇色彩比较浓厚，需要什么，依娌就可以变出什么来，因此古卡和她成亲后，立刻变成了一个商人和富翁。作者对故事进行了改造，着重把主人公作为现实的劳动者来描写，对其聪明才智给予适当的夸张，使作品更能真切地反映出壮族劳动人民的实际生活与阶级斗争情景。又如，原作的情节比较复杂曲折，适于口头讲述，而叙事诗则要具有浓郁的抒情色彩，因此作者精简了叙述故事的笔墨，只选取了几个主要情节，而加强作品的抒情性。如开头的景物描写：

春天的时候，
满山的野花开了，
浓浓的花香呀，
闻着就醉了。

---

① 《诗篇〈阿诗玛〉》，《文艺报》，1956 年第 1 期。

② 高尔基：《苏联的文学》，《高尔基论文学》，新文艺出版社，1957 年，第 12 页。

夏天的时候，
满山的野果熟了，
甜甜的果子呀，
见着口水就流了。

情景交融，富有诗意，既是描绘主人公生长的环境，也抒发了作者热爱家乡的感情。原作中叙述主人公制作百鸟衣及杀死压迫者的情节比较简略，而且是单线发展，作者在这一部分交错地描写古卡和依娌的活动，着力抒写他俩彼此忠贞不渝的感情。如：

十五的月亮圆堂堂，
圆圆的月亮亮光光，
亲爱的古卡呀，
你在哪一方？

天上的星星亮晶晶，
麻麻的银河亮闪闪，
亲爱的古卡呀，
你在哪一边？

这样，就把这场斗争表现得更充分，把人物的思想性格刻画得更丰满了。可以看出，作者是较好地把握了叙事诗的特点，充分发挥了叙事诗的艺术表现力的。

《百鸟衣》的语言也具有较浓郁的民族民间文学的特色。作者广泛运用了比兴、夸张和反复等修辞手法，力图以朴实简洁的诗句来营造明丽的诗的意境：

依娌绣的蝴蝶，
差点儿就飞起来。
依娌绣的花朵，
连蜜蜂也停在上面。

诗句既朴实而又生动，富有民间诗歌的韵味。这是作者有意识地吸取民歌滋养的结果。他在《写〈百鸟衣〉的一些感受和体会》中就说过：

“写的时候，我是注意能从头到尾贯穿民歌的情调，使诗保持着朴实、生动、活泼的风格。”①

这首长诗也存在着一些缺点，如神话式的幻想情节和现实的人物与环境的结合还处理得不够协调；公鸡变美女的情节安排得不太合理（原故事中本来是一只母鸡）；有些语言还缺乏加工锤炼，存在着模仿《阿诗玛》的某些痕迹等。

第五节 纳·赛音朝克图的诗

纳·赛音朝克图（1914—1973），蒙古族，原名赛春嘎，生于牧民家庭。新中国成立前当过小学教师，二十四岁开始用蒙文写诗。早期的诗作《压在苦笆下的小草》《窗口》和《沙原，我的故乡》等，表现了对光明幸福的向往和对黑暗现实的抗议。在《压在苦笆下的小草》一诗中，诗人写道：“吸吮着大自然的营养，/取得了生存的力量，/我这棵生长在这世界上的小草，/将随着日月生长。”但是，“破旧而腐朽的苦笆，/偏偏沉重地压在我的身上”。不堪忍受压迫的小草向苦笆勇敢挑战：“我虽然弱小却是新的生命，/看吧，我将怎样穿透你的胸膛!”“我将以巨大的威力挣脱你的纠缠，/去和天空的曙光会面!”诗作“表现了旧社会一个弱小民族的知识分子的惆怅、迷惘与希求上进的心灵，也记录了一个弱小民族的人民贫困、愚昧、濒于消亡的绝境，但他也曾热切地呼唤过光明”②。虽然诗人只是呼唤光明，并不知道怎样去找到光明，诗中深沉的愤懑和热烈的追求，却表现得十分真切感人。

新中国成立后，内蒙古的诗人和他的民族一起获得新生。他们以自己的智慧、才华和诗人特有的激情，歌唱蒙古族的新生，赞颂祖国的繁荣和党的伟大。1956 年出版了第一本诗集《幸福和友谊》，其中选辑从

① 韦其麟：《写〈百鸟衣〉的一些感受和体会》，《长江文艺》，1955 年第 12 期。

② 玛拉沁夫：《纳·赛音朝克图诗选·序》，人民文学出版社，1981 年。

1938年到1955年间的抒情短诗十八首。以后又出版了诗集《金桥》《我们的雄壮的歌声》《正蓝旗组诗》，长诗《狂欢之歌》，中篇小说《春天的太阳来自北京》《阿茹鲁高娃》，散文集《蒙古艺术团随行杂记》等。“文化大革命”中，诗人遭受林彪、“四人帮”的残酷迫害，不幸于1973年去世。人民文学出版社于1981年选录了他最有代表性的长短抒情诗三十三首，编为《纳·赛音朝克图诗选》出版，他的诗作已成为蒙古族人民的可贵精神财富。玛拉沁夫在这部诗选的序文中概括了诗人一生所走过的道路：“他是牧民中的诗人，诗人中的牧民。苦难、迷惘；新生、狂欢；屈辱与在黎明前的黑暗中停止呼吸——这就是我们可敬的诗人的一生。他是个富有者。他给自己的民族留下了巨大的遗产，那不是银元、黄金、股票、资本，而是一首首优美的诗——人类文明的结晶。”

诗人1947年底写的《沙原，我的故乡》和1949年10月写的《我们的国旗》，是迎接新时代来临的具有历史意义的诗篇。1947年内蒙解放，解放战争正在向全国范围内推进。诗人歌唱故乡“黄金般的沙原”，一方面坚定地表示，“绝不让国民党反动派的魔爪，/掠夺我们肥美的牛羊”；另一方面着力抒写在共产党领导下把沙原建设成人间幸福乐园的热情展望：“啊，沙原，/我的母亲，/我的故乡！/朝着共产党指引的方向前进吧，/让自由放射出灿烂的光芒！”中华人民共和国一诞生，诗人以澎湃的激情歌唱“像红艳艳的火焰徐徐高升”的五星红旗：“每当仰望我们的国旗，/就回忆起历代的那些英雄；/每当想起祖国这个神圣的字眼，/我的赤心便随之沸腾！”诗人这些歌唱新时代的诗篇，艺术上虽然锤炼不够，却以对党、对新生的社会主义祖国的赤热感情，显示他在诗歌创作上一个新的开端。

1954年至1962年间，诗人写出了一系列歌唱内蒙古地区人民新生活和祖国社会主义建设新面貌的动人诗篇。它们的内容和形式大体分为两个类型：一类具有小叙事诗的特点，如《蓝色软缎的“特尔力克”》《幸福和友谊》《两个挚友》等。《蓝色软缎的“特尔力克”》一诗，摄取牧区姑娘为自己的恋人精心缝制“特尔力克”（蒙古袍）而“我”却出于好奇，同这家母女俩对话的情节，赞美了青年男女在劳动中建立的自由幸福的爱情，也赞美了“生活前程无限好”的新时代。《幸福和友谊》一诗原题为《舞会》，它以锡林郭勒草原第一座发电厂即将诞生，牧民和建设者们举行露天舞会以示庆祝的盛况为背景，刻画了一对饱经风霜的老两口的形象，通过描绘他们为这盛况所激动，“笑得像一个青年”，“昏花的两只眼睛/闪射着幸福的光芒”，并和青年人一起“纵情欢跳”的情景，抒写了牧民们因成为伟大祖国的主人而产生的自豪感。《两个挚友》借一个来自江南的汉族姑娘帮助蒙古族姑娘学医的小故事，赞颂民族团结及各族青年奋发向上的社会风貌。这些诗篇有人物、有情节、有场景，诗情画意交融，叙事中蕴含着诗人赞美新生活的激情，写得优美清新，令人喜爱。

诗人最有特色的作品，是另一类以直抒胸怀的方式写成的赞颂党和祖国，赞颂新生活的诗歌。如《北京组诗》《红色的瀑布》《鱼湖之歌》《昭乌达纪行》等。长篇抒情诗《狂欢之歌》，更是诗人的力作，他满怀激情地写道：

愿我金色的笔尖
　　宛如骏马的劲蹄
　　　　向前奔驰！
我用诗赞美
　　伟大胜利的
　　　　建国十周年！
愿我舒畅的喉咙
　　像马头琴一样
　　　　铮铮鸣响，
我要歌唱
　　绚烂光辉的
　　　　可爱的祖国！

诗人热情歌唱“在无垠草原的深处/展现出美景万千”，荒凉的草原怀抱里，如今建起了新的村庄；往日野鹿成群的地方，钢水如同红色的瀑布滚滚流淌；热情歌唱北京，“可爱祖国的脉搏/在这里跳动，/英雄人民的心脏/在这里激荡，/人民群众的智慧/在这里闪光”；歌唱兄弟民族的团结，“谁能割裂我们/亲如手足的/兄弟民族？/谁能分离我们/钢铁般紧握的/十个手指”；歌唱美好的未来，“团结一致的/各族人民/勇往直前！我们可爱的祖国/要变成/人间的乐园”。诗篇热情澎湃，音调高亢，它们像马头琴铮铮鸣响，像劲马放纵奔驰。但诗作并不只是以倾泻而下的激情取胜。无论是歌唱草原，还是歌唱祖国，诗人常常“思接千载，视通万里”，在广阔的背景上进行构思，将今天的美好现实同昔日的苦难与抗争相联结，使沸腾的感情同深刻的思索融为一体，铸造出优美而深远的诗的意境。诗人写鱼湖，并不以描述美丽的自然景色和丰饶的水产为满足，最后浮想联翩，说“淼淼浩荡的湖水，/犹如烫金的书的蓝色封皮”：

微风掀起千层涟漪，
像是逐页翻开诗篇，
看到封建官僚的罪恶，
读到无数奴隶的苦难。

在你黑色的无底深渊，
埋葬着侵略者的头颅，
用你蓝色的轻柔帷幕，
包裹着英雄的胸骨。

诗篇《鱼湖之歌》就显得蕴藉深厚，气势磅礴，富有拨动心弦的魅力了。

纳·赛音朝克图的诗作，具有鲜明的蒙古族诗歌艺术的特色。它们的艺术表现手法多样，在不同作品中运用得十分灵活巧妙，所构成的富于诗情画意的境界常常使人目眩神驰。如《昭乌达纪行》中的一节：

哪能有这样的套马手——
　　套得住冲天飞翔的雄鹰的翅膀？
哪能有这样的射击手——
　　射得中奔驰向前的人民的志向？

人们在白色的海面上，
　　掀起了绿色的滚滚波浪，
使这儿变成一座花果园，
　　布谷鸟在愉快地歌唱。

宛如万条鱼儿闪着鳞光，
　　遨游在澄澈的深水湖塘；
山羊翘起一双双犄角，
　　在白杨的绿荫里奔跑。
宛如千只天鹅振动双翅，
　　在碧空欢欣地翱翔，
这里勤劳的牧民热情奔放，
　　动听的歌声回荡悠扬。

诗人写的是沙漠变绿洲的情景，他把人们改造沙荒的伟大业绩，比作在白色海面上掀起绿色波浪，把绿荫里奔跑的山羊比作在水中遨游的鱼群，而把欢乐的牧民，则比作在碧空自由翱翔的天鹅。“套马手”和“射击手”也是比喻，以“射得中奔驰向前的人民的志向”来比拟代表各族人民意愿的党的领导作用，新奇而有力，而用反问句式来表达，更显得别具一格，富于诗的情趣。

诗人常用新旧对比的方式来抒写情怀，如《狂欢之歌》中：

过去从春天的瘦驼般
　　摇摇欲坠的
　　　　破帐篷；
鼻梁陷下
　　屈背弯腰的老尼姑
　　　　呻吟着走出来；

如今怀抱着
　　红脸孩子们

　　　　健壮的妇女，
从那舒适崭新的
　　白色的蒙古包
　　　　微笑着走出来。

诗人精心选择具有民族生活特色的生活细节作对比，揭示新旧时代的巨大变化，从一粒水珠看太阳，富有艺术概括力。

诗人在诗歌形式上，主要采用两种体裁：一种是句式比较整齐的四行体，一种是句式参差错落的自由体。它们与蒙古族民间诗歌的传统形式都有密切联系。其中尤以舒展流畅的自由体最富于民族特色：

你那映入湖水的
　密布丛林的
　　　小山，
你那美丽如画的
　白玉凿成的
　　　渡桥，
你那铭刻史实的
　朱砂书写的
　　　碑文，
你那勾引人心的
　孩子嬉戏的
　　　场所，
当我漫步在那里时，
激动着我的心弦。

你那巧夺天工的
　别致出奇的
　　　龙壁，
你那手扶拐杖的
　年迈幸福的

老人，
你那矫捷如海燕的
活泼伶俐的
儿童，
你那仿佛如天鹅的
携手游览的
情人，
当我漫步在那里时，
激动着我的心弦。

——《北海公园》

粗看它似乎是新诗中常见的楼梯式，其实它是由蒙古族民间诗歌宝库中所特有的祝词和赞词的格调演化而成。这些祝词和赞词“多在庄重肃穆的场合或节日喜庆的仪式上吟唱，所以色彩绚丽，情真词切，感情奔放，语意激荡。它在表现形式和语言风格上不同于一般民歌。民歌多是四行一节，重叠复沓，而祝词和赞词则是一气呵成，长短不拘，不一定讲究严格的韵律，主要是追求口语的自然旋律，朗朗上口，舒展流畅，是一种有一定套式和吟诵曲调的自由诗”①。纳·赛音朝克图笔下的那些直抒胸怀，一泻千里的抒情赞歌，正是吸取它们的格调，加以发展变化而来。它在抒情写意上，讲究语句的铺陈、色彩的绚丽，不受严格的格律限制；追求感情的奔放舒展，然而也并非漫无节制，诗篇的结构依然注重节调的对称和谐。它们和一般的楼梯式有相似之处，细读又具有自己的特殊韵味。

诗人由衷地赞颂“阳光般光辉明朗的生活”，没有预见还会有暴风骤雨来临，不免显得过分天真。林彪折戟沉沙之后，他兴奋地写了《警惕花脸狼一类骗子——读〈法兰西内战〉》等诗，告诫人们，“对狐鼠般的伪君子，/我们要随时把它的面具撕摘；/对花脸狼一类骗子，/我们要随

① 色道尔基等编注：《蒙古族历代文学作品选》，内蒙古人民出版社，1980年，第36页。

时把它的画皮剥开”。然而他坚信：“在鹏雕盘旋的悬崖绝壁上，/哪有蛇蝎隐身的地方；/在人民革命的钢铁巨轮下，/哪有蚍蜉过路的地方？”这些火热的诗句，凝聚着热烈深沉的爱憎和坚定的革命信念让人铭记在心。

第六节　玛拉沁夫的长篇小说《茫茫的草原》

蒙古族作家玛拉沁夫，1930 年生于辽宁省吐默特旗一个贫苦家庭里，从小就受蒙古族的民间文学的熏陶。1945 年参加八路军，次年转入内蒙古文工团，开始从事文学创作。1951 年发表短篇小说《科尔沁草原的人们》，受到全国读者的好评。1955 年出版短篇小说集《春的喜歌》，收入 1951 年至 1954 年写作的《科尔沁草原的人们》等五个短篇。1962 年出版短篇小说集《花的草原》，收入小说二十二篇，打倒“四人帮”后，略作增删于 1978 年再版。茅盾在为这本小说集写的序言《读〈花的草原〉》中，对作品的特点作了全面而深刻的概括：

一、行文流利，诗意盎然，笔端常带感情而又十分自在，无装腔作势之病。

二、民族情调和地方色彩是浓郁而鲜艳的，不但写牧民生活的作品如此，写矿山工人生活的亦复如此。

三、不以复杂曲折的故事强加于人物，换言之，即是不借助于复杂尖锐的矛盾、冲突来刻画人物的性格，而只是拈出一二最有典型意味的情节，又辅之以抒情的叙写，来表现人物的性格。

四、自然环境的描写同故事的发展有适当的配合，结构一般都谨严。①

茅盾认为这些特点始终一贯，已经成为玛拉沁夫小说创作的风格——自在而清丽。“但是，自在而清丽者不一定隽永。玛拉沁夫所缺少的，似乎正是这一点。”②

① 茅盾：《读〈花的草原〉》，《花的草原》，人民文学出版社，1978 年。

② 茅盾：《读〈花的草原〉》，《花的草原》，人民文学出版社，1978 年。

玛拉沁夫的短篇小说多取材于内蒙古草原人民建设新生活的斗争，以其新颖的艺术构思、鲜明的民族特色和诗意浓郁的抒情笔调，构成自在而清丽的艺术风格。虽然深厚隽永不足，对现实生活中复杂尖锐的矛盾冲突未能作深入开掘，因而尚缺少一种扣人心弦的力量，但是在少数民族作家中，他的作品的思想与艺术成就仍是相当突出的。

玛拉沁夫还写了许多富于诗意和哲理的散文，集成《远方集》出版，创作了几部电影文学剧本，如《草原上的人们》（与张海默、达木林合作）、《草原晨曲》（与珠岚琪琪珂合作）、《沙漠的春天》、《祖国啊，母亲!》等。《祖国啊，母亲!》在 1981 年举行的第一次全国少数民族文学创作评奖中获电影文学一等奖。

1957 年出版的长篇小说《茫茫的草原》（上部），是新中国成立后我国第一部反映蒙古族人民斗争生活的长篇小说，也是玛拉沁夫的代表作。它出版后即受到文艺界的重视，并获得内蒙古自治区成立十周年文艺评奖中的文学一等奖。为进一步提高作品的质量，作者吸取读者的批评意见，于 1962 年作重大修改后再版，无论在思想性与艺术性方面均有显著提高。

玛拉沁夫从 1956 年起，在内蒙古文联和作协内蒙古分会担任领导工作多年，后来又调任中国作协书记处书记，主持《民族文学》的工作，并致力于写作《茫茫的草原》第二、三部，以最后完成这部反映蒙古族人民斗争生活的绚丽多姿的历史画卷。

《茫茫的草原》所表现的是一个具有重大历史意义的主题。

抗日战争胜利后，“在中国人民面前摆着两条路，光明的路和黑暗的路。有两种中国之命运，光明的中国之命运和黑暗的中国之命运”①。当时全国人民都面临着两种命运、两个前途的抉择，辽阔的内蒙古草原更处于激烈动荡之中，是跟共产党走，还是受国民党反动派的控制引狼入室，或者脱离祖国而“独立”，走一条实际上并不存在的“中间道路”？

---

① 毛泽东：《两个中国之命运》，《毛泽东选集》第三卷，人民出版社，1991 年第 2 版，第 1025 页。

这个问题在草原各阶层人们的心头激起巨大波澜。牧主瓦其尔听到各种消息后，“一夜没睡着：这成了什么世界呀！一天一个动静，一夜一个风声，老天爷啊，快点发发慈悲，把这混沌的世界，用你圣洁的‘仙水’洗净吧”！但这种“仙水”在世界上是找不到的，他一家就分成几派，深深卷入这场斗争之中。那个曾经当过日伪警察大队长的贡郭尔，很快就找到了自己的新主子，同国民党特务刘峰秘密勾结，打着“复兴蒙古”的旗号，建立明安旗保安团，以配合国民党的内战，蹂躏草原人民。瓦其尔的大儿子旺丹参加了这支队伍。中国共产党领导的“内蒙古自治运动联合会”，也在这时派出以苏荣为首的工作队深入草原，发动蒙民，组织人民武装——明安旗骑兵中队，一步一步把察哈尔草原引向真正的解放。瓦其尔的小儿子沙克蒂尔成了骑兵中队的一员。瓦其尔的如意算盘是，谁在草原上得势，就倒向谁。作者借这两支队伍，展开了对激荡草原的两条道路斗争的生动描写。

以苏荣为政委，官布为队长的明安旗骑兵中队，在曲折复杂的斗争中成长壮大。流行于草原的为蒙古民族当兵打仗的“民族热”，使骑兵中队的战士们常常为敌人的欺骗宣传所蒙蔽。当土匪方达仁假冒八路军骚扰草原，贡郭尔进行“反击”，演出一场双簧时，不明真相的牧民纷纷参加保安团。骑兵中队也有一些人倒了过去，思想陷于混乱。骑兵中队识破敌人的险恶阴谋，在内蒙古自卫军骑兵第十二师的支援下，消灭敌人，成立察哈尔盟人民政府，打开了新的局面。然而斗争以新的形式继续展开，贡郭尔按照刘峰的指示带领保安团参加十二师，妄图以更狡猾的手段从内部破坏革命。接着全国内战爆发，骑兵十二师作战略转移，国民党反动武装洗劫草原，给人民带来深重灾难。但牧民们在血与火的考验中变得更勇敢坚强，连莱波尔玛和斯琴这两位善良柔弱的女性也积极主动地参加到打击敌人的战斗中来。这一部小说的结尾中写道：“这时，黎明的光，征服着夜的黑暗，草原的壮阔、无边的身影，渐渐显现出来。”它象征着前面还有艰苦的战斗，但黎明的曙光已经降临了。在这部作品中，我们看到了在动荡的察哈尔草原上，蒙古族人民在寻求自由解放的征程中所经过的曲折而复杂的斗争道路，看到了蒙古族人民的革命斗争的发展与胜利。

作品启示人们，只有在中国共产党领导下，将蒙古族人民的革命斗争汇入祖国各族人民为解放全中国而战的革命洪流之中，蒙古族才能获得真正的复兴，草原牧民才能实现自己梦寐以求的美好生活理想。民族团结和爱国主义思想，像一根红线贯穿在《茫茫的草原》和其他作品中。“祖国是我们各民族人民的母亲，我们蒙古族人民是祖国最忠诚的儿女！我一想到这一点，就激动得彻夜难眠！”① “祖国啊，母亲！”这种赤诚的感情，洋溢在字里行间，构成玛拉沁夫文学创作的一个鲜明特点。这也是它们能引起我国各族人民强烈共鸣的一个重要因素。

小说写了二十多个人物，有相当一部分人物形象刻画得比较生动，其中以主人公铁木尔的形象最为鲜明。铁木尔是一个青年牧民，小说以抗战胜利后，他回故乡特古日克村为情节开端，以他为保卫家乡父老而遭敌人逮捕来结束第一部的故事。他是草原年青一代的代表，是这部草原传奇的中心人物。

铁木尔勇敢、倔强、粗犷，热爱自己的家乡和民族，不惜为它的自由解放献出一切。茫茫草原，最有力地牵动他的心弦的就是家乡父老和蒙古民族的命运。“他觉得自己的民族遭受的苦难太深重了！因此，他是抱定为自己民族摆脱苦难而大干特干的决心，回到家乡来的。”在这副赤热心肠的驱使下，他参加了官布领导的骑兵中队，成了最勇猛、坚强的成员。在同敌人搏斗时，想到佛爷不杀生的教导，他手软过，但回忆起他们蹂躏草原的暴行，便全身血液沸腾，立刻给予敌人致命一击，“只有用他们的鲜血，刷洗整个察哈尔，才能解我们的恨，才算讨回我们的血债”。后来，他同斯琴结合了。然而他没有为热烈的爱恋而沉醉，他说：“我怎么能够只因为跟你团圆，就把受苦受难的牧民弟兄们忘掉，把对敌人的血海深仇忘掉呢？”于是又奋不顾身地投入激烈的战斗中，并把柔弱的斯琴也引向了血与火的斗争。

铁木尔又似一块未经锤炼的生铁。他热爱家乡的赤诚同狭隘的民族

① 玛拉沁夫：《谈创作的准备》，《草原》，1979 年第 3 期。

主义情绪混合在一起。他在呼和浩特本来接触过一支八路军，仅仅由于那支军队里“没有蒙古人”，便离开了那支他认为是“世界上最好的军队”，参加了由蒙古人组成的骑兵中队。只要别人议论蒙古民族的“独立”、“复兴”，他便感情冲动，眼眶湿润，不能识别以“民族独立”外衣掩饰凶残面目的反动派。他缺乏革命战士的组织纪律性，勇猛而近乎蛮干。当部队作战略转移时，他不理解，竟拉着沙克蒂尔离开部队，偷偷跑回家乡，要同强大的敌人硬拼。他指挥同伙战斗的办法是，“谁愿意怎么干，就怎么干吧”，“干脆像猎人打猎那样，每个人走每个人的路，每个人找每个人的‘野物’”，“杀一个算一个，只要是我的子弹穿的是国民党的胸膛，沾的是蒙古民族敌人的鲜血，我就对得起自己的良心”。结果寡不敌众，失败被俘，这时他才开始醒悟过来，“铁木尔，你错了！你为什么离开了集体，离开了部队？”在铁木尔身上，既闪耀着蒙古族人民传统美好品德的光彩，又具有由时代与阶级的局限性而产生的弱点。作者是有意识地把他作为成长中的英雄人物来描写的。他怀着一股“民族热”拿起战斗的武器，历经曲折，锤炼成为革命队伍中的一名坚强战士，这不但使铁木尔的形象具有鲜明的个性色彩，而且概括了深厚的历史生活内容，有力地体现了作品的主题。在第一部里，他思想性格的发展变化还不显著，他还需要经受更加严酷的考验。铁木尔这个形象的创造，受到了广大读者的称道。

在铁木尔周围，还有几个刻画得真实生动的人物形象。明安旗的“安奔”达木汀和这个旗的“扎冷”贡郭尔，同是旧时代一旗的长官，然而达木汀醉心于“民族独立”，老于世故而言行拘谨，后来成为我方争取的上层人士；贡郭尔却野心勃勃，阴险狡诈，勾结国民党特务和土匪武装，死心塌地同人民为敌。革命队伍中的两位老战士，军人出身的骑兵师长洛卜桑粗犷豪爽；骑兵中队女政委苏荣，集蒙古族妇女的勤劳朴实、战士的英武和知识分子的热情与幻想于一身，其性格表现出特殊的魅力。苦难遭遇相似的两位蒙古族女性，斯琴温顺软弱，寡妇莱波尔玛则倔强而爽朗。瓦其尔的两个儿子，老大旺丹懒散而横蛮，老二沙克蒂尔朴实又厚道，两人走上了彼此对立的生活道路。这些众多人物的思想性格和他们互相间的纠葛冲突，构成了一幅具有民族生活气息与时代色彩的历史画卷。

茅盾所指出的构成玛拉沁夫短篇小说创作风格的一些特点，在这部长篇小说中同样得到了体现。其中，鲜明的民族特色和强烈的抒情性尤为突出。

《茫茫的草原》真实生动地展现出察哈尔草原人们的苦难生活以及他们的反抗斗争。这一民族地区的斗争生活，有着不同于其他民族、其他地区斗争生活的鲜明特点，它构成了作品民族特色的主要内容。在这基础上，作者又从多方面增强了民族色彩。

作者善于勾勒草原的风俗画和风景画。“马和歌声是蒙古人的两只翅膀”，小说第一卷第六章写工作队进村，由贡郭尔献马，并请了一些蒙古族的“祝词家”演唱献马的祝词；第二卷第七章写察哈尔盟人民政府成立时举行那达木大会的盛况，在马头琴乐队伴奏下响起震撼草原的群众歌唱，举行激动人心的赛马，等等。这些都展现出生动活泼的草原生活气息。不仅如此，作者还十分注意由表及里地刻画民族生活与文化传统在人物语言和精神风貌上所留下的鲜明烙印。人物对话中广泛使用谚器，如“老鹰飞得再高，影子还在地上”；“一个窝的燕子，有的往东飞，有的往西飞”；“黄羊碰见猎人，还想三想往哪个方向跑”；“听见狗咬攥紧马棒，听见狼嗥提起钢枪”，等等。它们深刻的哲理性和富于草原生活特征的形象性，都是蒙古族人民语言所特有的。又如政委苏荣讲话以后，人们都用沉默来表示赞赏，因为“草原牧民有一种特殊的性格，他们被一种东西真正感动或者激动了的时候，并不是立刻用狂热的欢呼，而是用深沉的沉默，全身血液沸腾的沉默，两眼闪着希望的光芒的沉默表达出来”。这些地方都是小说民族特色精细的表现。

玛拉沁夫常用写作抒情散文的笔调来写短篇小说，自成一格。长篇小说《茫茫的草原》，在广阔的社会背景上，展现复杂激烈的矛盾冲突，描绘具有深厚历史内容的人物性格，显然风格有所发展，深厚隽永不足这一点已有改变。但“行文流利，诗意盎然，笔端常带感情而又十分自在，无装腔作势之病”这一特点，仍然保持着。作者描绘迷人的草原风光，不只是为了勾画人物行动的自然环境特征，常常是借景抒情，借渲染草原风光以抒发作者或主人公的内心感受，使情景融会，造成强烈感染读者的诗意。如结尾一段：

呵！壮阔、无边的草原！你那千万条凸凹不平的山、岭、沟、坡，是伟大的力的源流呵！即使在严寒的冰雪天，它们也穿过冻裂的地层，向这里的人民吐放滚滚的热流！是它，滋养着这里的人民；是它，陶冶着这里的人民。自古至今，我们的人民——草原的儿女，曾经蒙受过多少灾难，然而他们依然生存下来了。严寒，只不过是在他们那粗糙的手背上，留下几条冻伤的痕迹，但是没有能够把他们的生命窒息；荒火，只不过是烧毁这里的几根枯草，但是第二年青草长得更茂盛，花卉开得更鲜艳！

这里，既幻画出辽阔草原上所特有的自然景物的特征，又以象征笔法颂扬了蒙古族人民坚毅不屈的性格。它写在铁木尔复仇被俘，一向性情柔弱的斯琴放火烧了敌人占据的蒙古包的壮烈场面之后，读来更觉感情真切，意味深长。

第二章　1957—1965年间的少数民族文学[①]

第一节　概　述

这一时期少数民族文学的发展，也走过了曲折的道路。20世纪50年代后期，在一些少数民族地区出现了反右派斗争和反地方民族主义斗争的扩大化现象，混淆了文艺问题和政治问题、正常的民族感情和地方民族主义的界限，打击了许多少数民族文艺干部和少数民族作家，使得少数民族文学事业的发展受到比较严重的挫折。但是由于党和政府对发展少数民族地区的经济文化事业给予特别的关注，少数民族文学在这一时期内仍得到了很大的发展，特别是在民族民间文学工作方面，取得了显著成绩。大规模地发掘民族民间文学的宝贵遗产，吸取民族民间文学优良传统，创造具有浓郁民族特色的新文学，成为本时期少数民族文学发展的主要特点。

1958年，党中央倡导在全国开展采风活动，《人民日报》先后发表了《大规模搜集全国民歌》《加强民间文艺工作》等社论。同年7月，中国民间文艺研究会在北京召开了第一次全国民间文学工作者大会，确定了“全面搜集，重点整理，大力推广，加强研究”的方针，为各地开展民族民间文学工作指明了正确方向。大会还要求有关省和民族自治区积极抓好“三选一史”（民歌选、民间故事选、长篇叙事诗选、少数民族文

① 原载《中国当代文学》第二卷，上海文艺出版社，1983年。

学史）的工作。在这次大会和全国普遍开展的采风活动的推动下，各兄弟民族搜集整理民间文学和编写民族文学史的活动蓬勃开展起来，取得了丰富成果。1960 年 8 月，在中国作家协会第三次扩大理事会会议上，老舍作了《关于少数民族文学工作的报告》，着重从各少数民族新文学的兴起与文学队伍的成长，搜集整理古典和民间文学作品、批判地继承文学遗产两方面，总结了发展少数民族文学的成绩，提出了壮大队伍、培养新人，继续大力发掘、搜集整理古典的和民间的文学作品，大力开展文学交流、互相学习等任务和具体建议，对促进我国少数民族文学的发展起了积极推动作用。

这个时期，少数民族文学队伍继续扩大。据 1959 年年底统计，参加中国作家协会总会和地方分会的少数民族的作家、诗人和评论家，已达到二百多人。不少地区还创办了发表少数民族文学作品的刊物。这些少数民族作家的作品，不但在创作的数量上有了很大发展，而且在思想内容上和艺术表现上，大都有自己的鲜明特色，达到了较高的水平。

在诗歌创作方面，少数民族诗歌对我国新诗的发展做出了重大贡献。1958 年前后，许多具有诗歌传统的少数民族地区，涌现出了大量富有革命激情和民族特色的诗歌作品。少数民族诗人采取本民族优美的诗歌形式，怀着按捺不住的激情歌唱新生活，纷纷在诗坛上崭露头角，造成了社会主义诗歌园地五彩缤纷的活跃景象。这一时期受到全国各族读者喜爱的作品，有蒙古族纳·赛音朝克图的长诗《狂欢之夜》，巴·布林贝赫的诗集《生命的礼花》，朝鲜族金哲的诗集《边疆的心》，维吾尔族铁衣甫江·艾里耶夫的诗集《祖国礼赞》，仫佬族包玉堂的诗集《歌唱我的民族》，白族张长的诗集《澜沧江之歌》，藏族饶阶巴桑的诗集《草原集》，土家族汪承栋的诗集《从五指山到天山》等。云南傣族三位老歌手康朗英、康朗甩和波玉温的诗作尤为引人注目，他们不仅合著了抒情短诗集《三个傣族歌手唱北京》，还分别创作了长诗《流沙河之歌》《傣家人之歌》和《彩虹》，焕发出具有深厚民族传统的傣族诗歌的特殊光彩。《流沙河之歌》作为傣族第一部歌唱社会主义新生活的抒情长诗，引起了热烈反响。

少数民族的小说、散文创作，也有进一步发展。它们以新颖的题材、引人入胜的情节、独特的人物形象和鲜明的民族风格，别树一帜，赢得了读者的赞扬。短篇小说的成就，在人民文学出版社编选出版的《新生活的光辉》集子中，得到了集中反映。全书共选入十个兄弟民族的十九位作者的四十六篇作品，大部分是 1956 年以来的短篇佳作。在小说集中，兄弟民族的作家们在我们面前展现了一连串激动人心的新生活图景，表现出强烈的时代精神和鲜明的民族特色。此外，经过几年的积累，一批文学新人的短篇小说集也陆续问世，如白族杨苏的《没有织完的统裙》，哈萨克族郝斯力汗的《起点》，蒙古族敖德斯尔的《遥远的戈壁》，朝鲜族李根全的《果树开花的时候》等。在 20 世纪 50 年代中期才开始出现的长篇小说，优秀之作不断涌现。后来又出现了壮族陆地的《美丽的南方》，蒙古族扎拉嘎胡的《红路》等。彝族李乔的反映彝族斗争生活的长篇小说《欢笑的金沙江》，1955 年完成了第一部《醒了的土地》，本时期内又出版了第二部《早来的春天》和第三部《呼啸的山风》。它是一部以宏大的篇幅和有力的笔触描写一个少数民族从黑暗的奴隶制走向社会主义新时代的历史巨变的优秀作品。

少数民族戏剧，也有不少可喜的新作涌现。蒙古族超克图纳仁表现草原牧民英勇斗争事迹的话剧《金鹰》，曾被搬上银幕。壮族作者集体创作的歌剧《刘三姐》，更是名盛一时的优秀剧目。

搜集整理少数民族民间文学遗产的工作，不但收获很大，而且影响深远。以云南为例，1958 年云南省委宣传部、作协分会和高等学校师生组成调查队，分别到大理、德宏、西双版纳等地区，对白、傣、纳西、彝、壮、苗、哈尼七个民族的民间文学进行调查与搜集，历时半载，收获甚大，共得作品十余万件，其中有价值的长诗就有六十多部。此外，广西、青海、黑龙江、湖南、福建等地对本地区的民族民间文学也进行了调查和搜集。在此基础上，编写出文学史或文学发展概况，其中《白族文学史》《纳西族文学史》和《广西壮族文学》已经出版。编写少数民族文学史，在我国历史上是第一次。这项工作对于我国文学事业的发展具有重要意义。

这个时期搜集整理、出版的民族民间文学作品，无论数量和质量，都大大超过了前一时期。正如老舍所赞赏的那样："说到各民族的文学遗产，我们就不能不惊喜：我们发现了多少优美的史诗啊！民间故事呢，更是五光十色，丰富多彩！各民族的叙事诗与抒情诗不但在语言、格律上使我们耳目一新，它们的精妙设喻与想象也给予我们一种新鲜的艺术享受！"① 在各族民间故事的整理出版方面，1960 年前后，作家出版社出版了贾芝、孙剑冰编选的《中国民间故事选》（两集），选录了近四十个民族的故事二百五十篇，显示了各族民间故事的思想与艺术光彩。贾芝在《中国民间故事选》第二集的代序《民间故事的魅力》一文中热情赞叹道："这些作品在艺术上也是经过了时间的考验，经过了人们的千锤百炼的，它们是人民群众不断地一再剪裁补充、琢磨加工的结果。劳动人民在生活中所认识到的真理，他们的经验和智慧，凝结在完美的形式中。作品中生动的艺术形象和它的感人的内容取得了完美的统一，这就使作品闪出了劳动人民的智慧的光彩，具有俘虏听众的魅力。"

少数民族的民间诗歌，琳琅满目，目不暇接。以长篇史诗和叙事诗而论，就发掘出了彝族的《梅葛》，纳西族的《创世记》，傣族的《召树屯》《娥并与桑洛》，壮族的《布伯》，回族的《马五哥与尕豆妹》等。最值得注意的，是藏族史诗《格萨尔》和蒙古族史诗《格斯尔传》的发掘整理。

《格萨尔》是一部藏族人民世代相传的说唱体英雄史诗，它以口头和手抄本并行的方式流传在我国青海、西藏、四川、云南、甘肃、内蒙古等地区的广大藏、蒙两族人民中间。据调查，现在流传的本子共有六十多部，百余万行，一千余万字。史诗以岭国之王格萨尔南征北战、抑强扶弱、降妖伏魔、爱国保民的事迹为中心，塑造了格萨尔及其他藏族英雄的形象，规模宏伟壮观，内容丰富多彩。它对于古代藏族部族联盟国家的社会生活，人民的思想、愿望、道德、风尚等，都作了广阔而富有

① 老舍：《关于少数民族文学工作的报告》，《文艺报》，1960 年第 15、16 期合刊。

诗意的描绘。作品中有惊心动魄的战争场景，也有缠绵悱恻的爱情插曲；有为国捐躯的壮烈，也有失去亲人的悲痛；有奇异的神话，也有处世的格言；故事情节曲折跌宕，叙事抒情生动有力，令人神往。主人公格萨尔既是神通广大、所向无敌的英雄，又是亲近群众的人民的儿子。这部大约产生在十一世纪的史诗，是古代藏族人民生活的“百科全书”。像这种类型的英雄史诗，在世界上也是罕见的。外国学者早就注意到了这部作品，把它誉为亚洲的《伊利亚特》，列入了世界文学宝库。青海省文联成立民族民间文学研究组，从 1958 年开始搜集、翻译和整理，1962 年出版了《格萨尔》的《霍岭大战》部分，使人们初步看到了这部伟大史诗的面貌。

在内蒙古，同样广泛流传着与《格萨尔》相类似的英雄史诗《格斯尔传》。蒙古族著名民间诗人琶杰的长篇叙事诗《英雄的格斯尔可汗》就是根据《格斯尔传》第四章创作的。蒙文版的《格斯尔传》，早在 1716 年就在北京问世，但流传下来的只有前七卷。1954 年又在北京发现了后六卷。1955 年由内蒙古人民出版社重印出版。1960 年，人民文学出版社出版了它的汉译本。它的内容与《格萨尔》相近。有关学者将蒙文《格斯尔传》和藏文《格萨尔》进行比较研究，初步认定《格斯尔传》渊源于《格萨尔》，其内容有的直接译自《格萨尔》，有的依据《格萨尔》而有所加工、发展，使史诗的蒙古族气息和特点更为浓厚。

第二节　康朗英的长诗《流沙河之歌》

康朗英（1903—1977），云南傣族著名的老赞哈（歌手）。云南省西双版纳傣族自治州勐海县人。童年曾帮人放牛，十岁进佛寺当小和尚，二十岁以后升为“二佛爷”，二十五岁还俗。在佛寺中，他一方面受到了傣族传统文艺的熏陶，另一方面也受到了佛教思想的影响。按傣族习俗，当过“二佛爷”还俗的人，都称为“康朗”。他还俗回家后，将原名岩英、帕英改名为康朗英。他有着出色的歌唱才能，每逢民族节日，或者结婚、贺新房等喜庆日子，常应邀把响亮悦耳的歌声带给人们，成为当地有名的赞哈之一。后来，由于傣族人民的生活日益艰难，康朗英一家过着十分悲苦的日子，于是沉默了下来。新中国成立后，傣家人的历史翻开了新的一页。1958 年，他参加修建流沙河水库的劳动，眼见党和人民政府领导傣族人民把祖祖辈辈的梦想变成了现实，深受鼓舞，在沉默十五年之后，即五十二岁时，终于情不自禁地唱出了这首《流沙河之歌》。

长诗《流沙河之歌》通过兴修流沙河水库这一有代表性的建设工程，形象而真实地将新旧不同的时代做了鲜明的对比。全诗共九章。第一章叙述了关于流沙河起源的古老神话传说；第二、三两章，用悲愤的笔调写出了傣族人民受灾受难的血泪史；从第四章到第九章，热情洋溢地歌唱社会主义建设的沸腾景象，歌唱新社会的光明幸福。

在那黑暗岁月里，“染有魔鬼的凶气”的流沙河逞凶肆虐，洪水和干旱给傣族人民带来无穷的灾难。人们在自然灾害面前无能为力，一个试图做水车来利用河水的愿望，也被汹涌扑来的浪头打得粉碎。作者结合对自然灾害的描写，深刻地揭示出封建领主和反动政府怎样压迫剥削傣族人民，利用修水库的名义来欺骗人民，巧取豪夺。虽然只写了几个片段，对旧社会的控诉却深沉有力。

新中国成立后，傣族人民响应党的号召，兴修水利，“要挡住流沙河，/修一个大水库”，把世代愿望变成现实。后六章是长诗的主体，作者歌颂了人们在劳动中的勇敢和智慧，“青年们没有把荒凉放在眼里，/共产党给了他们无穷智慧；/毛主席给了他们勇敢，/他们不知道什么叫作困难”。用轻松而幽默的笔调，嘲笑鬼神，写人们怎样在向穷山恶水的斗争中，破除头脑中迷信鬼神的旧观念，把那块被人们看作女妖化身的大石头炸得粉碎，从而宣告“鬼神统治傣族的时代过去了，/任何鬼神都挡不住我们前进”！作者还在诗中表达了各民族在社会主义建设中亲如兄弟的友谊，工地上，“成千上万的人/像一个母亲生的姐妹兄弟，/不分汉族、傣族、拉祜、僾伲……/大家团聚在一起”，终于制服了凶猛的流沙河，建成了一座美丽的水库。“我们有这样的水库啊，/就是金库，就是银库，就是米库!”傣族人民多少年来，笃信佛教，迷信鬼神，世世代代祈求在虚幻的彼岸世界获得幸福，如今在党的领导下，掌握了自己的命运，用双手在现实世界里创造了真正的幸福生活。长诗展示的历史变化图景是富于时代特征的，激动人心的。

《流沙河之歌》写的虽是一条河的治理，一座水库的建设，作者却把它和傣族人民的苦难历史联系起来，和新旧时代的巨大变化联系起来，将古老的传说、久远的历史与沸腾的现实、光明的未来巧妙地融汇在诗里，较为广泛而深刻地反映了生活的真实。正像诗中所唱的："听吧，乡亲们，/我的歌是一首真实的歌，/我要唱流沙河的过去和现在，/我要唱往日的苦难和今朝的欢乐。"

傣族的文学遗产非常丰富，尤其是叙事长诗，据说有五百部之多。这些长篇叙事诗，多产生于 13 世纪至 16 世纪之间，经许多赞哈的演唱和修改润色，日趋精美。《流沙河之歌》就是在这深厚的诗歌艺术传统的基础上创作出来的。它吸取傣族诗歌艺术的优良传统，又适应表现新生活的需要而加以发展，形成了富有特色的艺术形式和风格。

首先，诗人创造了一种抒情与叙事相结合的特殊形式。傣族传统的民间叙事诗，往往是围绕一两个主人公的命运，展开曲折离奇的情节，来表现主人公的不幸遭遇。《流沙河之歌》没有完整的故事，他没有贯穿到底的主人公，而是由作者直接出面，抒写他的所见所闻所感，在毫无拘束的诗境中，把传说、历史和现实结合在一起，展现出一个民族所走过的道路，编成一首没有中心人物，但仍有一系列鲜明形象的诗篇。它仍以叙事为主，用许多片断的情节和生动的画面表达内容。如第二章写一个名叫波玉万的老人，怎样造水车治服洪水，结果"水车哗啦啦转了几转，/架上的木槽就被波浪打翻；/波玉万想救出几根木桩，/水车却早被波浪卷走。/老人满腔的失望，/默默地离开河岸"。第五章写一个名叫岩温坎的青年，怎样喊出"我们要把水鬼、龙王一齐赶跑"的豪迈口号，彻夜在水里苦战，"虽然他们的皮肤冷得发紫，/但他们的心却像钢铁一样坚定"。第六章描绘了炸掉大石，烧死"彼朋旭"的壮观。第七章写了泼水节的欢乐歌舞等。这些地方都运用了叙事诗的表现手法来刻画形象，具有鲜明的特征。

傣族文学中有一种"赞哈调"，是赞哈们即兴演唱的诗体，多为抒情短章，或即景生情地为新婚夫妇、盖新房的主人祝福，或表达丰收的喜悦与胜利的欢乐，在傣族人民文化生活中运用很广泛，深受群众喜爱。康朗英作为一个老赞哈，既演唱过传统的长篇叙事诗，也即兴演唱过大量的“赞哈调”。在《流沙河之歌》中，他自然而巧妙地融合这两种诗体的艺术表现形式，创造了一种能够比较灵活自由地抒情、叙事的新体裁，不仅在内容上突破了旧的传统文学，而且在形式上也是一个很大的发展，在傣族文学领域中，可以说是一个新的起点。

其次，长诗的语言朴实而明丽，焕发出傣族诗歌所特有的艺术光彩。长诗广泛运用了比喻、夸张，在朴实的诗句里，表现出鲜明的形象、美妙的联想，蕴含着强烈的感情、深刻的哲理，有力地敲击着读者的心胸。如写旧社会人民的苦难：“他们的痛苦放在船上，/最大的船也要压沉；/他们的灾难汇合在一处，/可以堆成布朗山（西双版纳境内最高大的山）。”又如写男女青年的对唱：

姑娘呀！
朝霞还没有爬上椰子树，
你们就出现在水库；
你们挑土来回奔跑，
真像蝴蝶在花丛中飞舞；
你们上下堤坝，
跟老鹰捉小鸡一样迅速。

姑娘呀！
田想水想得心焦，
水想田想得心跳；
我们要多出力，
让他们早日拴线①。

① 拴线是傣族举行婚礼时的一种仪式，人们把线系在新郎、新娘手上，表示祝福。

前面一段，只用几笔就勾画出一幅鲜艳夺目、色彩和谐的劳动图画。写朝霞升起用“爬”，把姑娘们挑土上下来回的形象比作鹰“叼”小鸡和蝴蝶“飞舞”，十分传神。后面一段，用拟人手法，把田和水互相渴望的心情，和青年男女之间的彼此爱慕结合起来抒写，设想新奇而情趣健康优美，饱含诗意。

长诗的不足之处是作者对新生活的理解和艺术表现，不如抒写旧时代的传说和劳动人民的苦难遭遇那样深刻有力。

第三节　李乔的长篇小说《欢笑的金沙江》

李乔，彝族，1909 年出生于云南省石屏县。少年时当过矿工，青年时代流浪到上海，后返回云南，在小学和中学任教。1948 年参加地下党领导的游击队。新中国成立后曾在云南民族学院和云南省民族事务委员会工作。1954 年开始从事专业创作。现任云南省文联副主席、中国作家协会昆明分会副主席。

李乔早在 20 世纪 40 年代即开始写作，曾得到老作家茅盾的鼓励。新中国为他的创作开辟了广阔的道路，1951 年，他以短篇小说《拉猛回来了》而知名于文坛。1958 年将反映彝族人民生活的短篇小说结集为《挣断锁链的奴隶》出版。1956 年，出版了反映彝族人民生活和斗争的长篇小说《欢笑的金沙江》第一部《醒了的土地》，很快被译成英文、俄文。1962 年和 1965 年出版了《欢笑的金沙江》的第二部《早来的春天》和第三部《呼啸的山风》。近年来，年逾古稀的李乔正在修改《欢笑的金沙江》的第四部《大地在阵痛》。

《欢笑的金沙江》描写的是 1953 年解放大军解放凉山彝族地区和彝族人民在共产党领导下，粉碎国民党残匪策动的叛乱的斗争史实。大西南解放时，一小股漏网的胡宗南残匪逃进凉山，利用历史上遗留下来的民族隔阂，进行挑拨离间，组织伪江防大队封锁金沙江，企图负隅顽抗。当时，解放大军“有十分足够的力量可以过江去”，由于民族隔阂还存在，“我们暂时没有过江。但伟大的党的民族政策却飞过金沙江，飞过那些悬崖峭壁，飞过那些深山老林，深深印在彝族人民的心中，给他们带来从来没有过的激动和喜悦。他们痛恨那些欺骗他们的魔鬼，把共产党毛主席当作他们的大救星。靠了党的民族政策，我们把彝族人民千百年来结在心上的疙瘩解开了，凉山人民回到了祖国的大家庭”①。

正是在“政策过江”的过程中，在党领导各族人民同反动武装势力的斗争中，小说生动、具体地描写了彝民的觉醒和解放：他们提高了阶级觉悟，进行了民主革命，挫败了叛乱阴谋，从而充分揭示了党的民族政策的威力。《欢笑的金沙江》将一个民族从暗无天日的奴隶制走向光明的社会主义的历史进程，鲜明如画地展现在广大读者面前。

《欢笑的金沙江》成功地塑造了一系列兄弟民族的人物形象。

丁政委是党的民族政策的体现者和执行者。作者通过他排除贯彻执行党的民族政策中的各种干扰，表现出他的高度的原则性，在复杂环境中进行斗争的胆略和才干。他当过奴隶娃子，对于被压迫的阶级兄弟的苦难有亲身体验，而他十七年未见面的妈妈和哥哥又处在凉山头人的残酷统治下，他这个“凉山的儿子”，多么想马上进兵凉山，解放自己的家乡。然而理智告诉他，在土匪挑拨离间，许多彝民还蒙受欺骗的情况下，急躁冒进，只会陷自己于被动，给解放凉山的革命斗争造成损失。他终于以对人民负责、对革命负责的理智克服了感情冲动。当“呼啸的山风”到来时，他明知自己的亲人有被害的危险，仍然拒绝派兵，以免被敌人利用，从而表现出其远见卓识。他不怕别人扣“右倾”帽子，从当时当地的实际情况出发，耐心细致地做说服教育工作以及各项组织工作。他的活动贯穿全书，具有鲜明的性格特征，是体现这部长篇小说思想与艺术成就的主要人物。

小说写奴隶的觉醒，以挖七和阿火黑日这两个人物最具有代表性。他们在第一部中就已出现，在第二、第三部中思想性格得到进一步的表现。他们具有许多共同的特点，然而又各有自己的性格和斗争经历。作者着重描写了挖七的成长过程。他开始对团结争取奴隶主上层人士想不

① 李乔：《欢笑的金沙江·自序》，作家出版社，1956 年。

通，以至把附和奴隶主干坏事的奴隶也视作敌人，后来在丁政委的不断教育下，提高了政治觉悟和斗争艺术。作者认为，英雄人物并不是生来就是英雄，“从幼稚到成熟，从不觉悟到觉悟，从有缺点到没有缺点，这正符合于他们的发展过程，人物的教育意义也就在这里”①。挖七的形象塑造在这方面是有典型意义的。对阿火黑日，作者着重描写了他坚强不屈的性格。他具有较高的觉悟，在平叛斗争中，只身深入虎穴去侦察敌情，被敌人认出，无论严刑拷打，还是物质引诱，始终意志如钢、坚强不屈，最后在他心爱的姑娘果果的帮助下逃出敌巢，完成了任务。他的形象，代表了在深重苦难与严酷斗争中形成的奴隶的英雄性格。

小说在描写彝族奴隶主的形象时，将比较开朗、朴实的沙马木札，鲁莽蛮横然而可以争取挽救的磨石拉萨，和凶横霸道、死心塌地与人民为敌的磨石兹达相对照，写出了他们各自的特点。他们的政治态度和思想性格，都是在凉山彝族地区错综复杂的斗争环境中形成的，从他们身上也反映出凉山彝族奴隶制社会的历史特点。

在艺术上，《欢笑的金沙江》的特点是鲜明的。作者善于从错综复杂的矛盾中，提炼线索单纯而发展曲折的故事情节，既有重点又相当广阔地把斗争的面貌展现在读者面前。第一部写的本来是我军消灭胡宗南残余武装势力，解放凉山彝族地区的斗争，作者却巧妙地把这一主要矛盾和工作队内部的思想斗争以及彝族头人之间的“打冤家”结合起来展开叙述。敌人利用彝民之间的世代冤仇挑起事端，阻止解放军过江；丁政委以制止“打冤家”，使穷凶极恶之敌陷于孤立。敌人的罪恶阴谋一经揭穿，工作队的思想得到统一，受骗上当的彝族人民提高了觉悟，凉山终于获得解放，“政策过江”的斗争取得了胜利。作者的叙述委婉曲折，人物面貌与作品主题均在情节发展中自然显示出来，具有较强的艺术感染力。

作者十分熟悉彝族人民的生活习俗与心理特征，小说中所写的少数民族的人物与背景，并不像某些人描述的那样神秘和怪诞，而是独具特

---

① 李乔：《对塑造英雄人物的体会》，《边疆文艺》，1963 年第 7 期。

色，富有浓郁的民族色彩。如第一部结尾所写的磨石家和沙马家和好的热烈场面：

蓦的，一个头上留着一撮天菩萨，穿着一件大襟衣的毕摩，走到黄牛跟前，喃喃地不知在念什么，木锡骨答大爹在掌心里呸地吐了一口唾沫，搓了一搓，便高高地举起铁锤猛然向那牛头上打下去，牛头上迸裂起一个火花，那头大黄牛嗡地叫了一声，便颓然倒在地上。

人们哄的一声叫了起来，拔出刀子，争着向那头大黄牛跑过去，刀子在飞舞，人在拥挤，不多一会，一层黄爽爽的牛皮被剥下来，绷在四棵木桩上，散发出一阵难闻的腥气。

这时，那棵黄桷树下，响起一阵欢腾的锣鼓声。接着，震耳的鞭炮声噼噼啪啪地响了起来，沙马木札、木锡骨答、磨石拉萨和阿陆西支，从人群里走出来。他们严肃地立在那棵黄桷树下，向毛主席像鞠了一个躬，便摊着手，从那层牛皮下钻过去：

"从今天起，我们团结了，以后哪个不团结，就让他像这头牛一样的结果。"

作者巧妙地用这幅风俗画来烘托小说第一部"政策过江"的胜利。在这里，融合着彝族古老的宗教信仰与习俗，也表现了他们勇武的性格。这种民族色彩和新的时代气氛相结合，使作品获得了感人的魅力。作者对这幅风俗画是用粗略的几笔勾勒而成的，并未作精雕细刻，然而相当生动传神。文笔的朴素清新，从这里也可以看出。正如文艺评论家所指出的，作者"在一切叙述和描写中，他根本不需要借助于任何所谓'民族色彩'的过分的渲染和装饰，而只是用厚朴无华的笔调，对读者如数家珍般地娓娓而谈，谈得那样朴素和单纯，那样准确和逼真"①。

《欢笑的金沙江》的不足之处是，对人物性格的描绘比较粗略。丁政委的爱爱仇仇未能在复杂激烈的斗争中得到应有的揭示，显得血肉不够丰满。但作为新中国成立以后较早出现的一部反映西南少数民族地区斗

---

① 冯牧：《谈〈欢笑的金沙江〉》，《文艺报》，1959年第2期。

争生活的成功作品，它在当代文学史上的地位不应低估。冯牧于1959年初在《读〈欢笑的金沙江〉》一文中肯定它“是一本既能鼓舞人们的社会主义和爱国主义热情，又能给读者许多丰富有趣的社会生活知识的优秀作品”。现在看来仍然是适当的。

第四节　壮族的歌剧《刘三姐》

歌剧《刘三姐》，是广西壮族自治区文艺工作者1960年的集体创作。1959年，柳州市的文艺工作者，为了创作向新中国成立十周年献礼的作品，深入民间，广泛搜集有关刘三姐的传说和山歌。经过去芜存菁，选择并突出了刘三姐同封建地主阶级作斗争的主题，创作了彩调《刘三姐》。此剧一经演出，即深受群众喜爱，产生了热烈的反响。1960年4月，自治区举行《刘三姐》会演，各地剧团演出了十多个不同剧种、不同风格的《刘三姐》。会演后，由黄勇刹等执笔，以彩调《刘三姐》为基础，吸收各剧本的优点，改写成现在的歌剧《刘三姐》①。同年夏到北京演出，受到广泛好评。诗人和文艺理论家何其芳称誉它是“一个少见的成功的戏”②。戏剧家欧阳予倩也肯定它“是一出又新又美的好戏”③。

刘三姐是壮族民间传说中的著名女歌手，剧本《刘三姐》写的就是她以唱山歌的方式同地主作斗争的事迹。刘三姐性格中最突出的特点是聪明、勇敢、乐观。她善于唱歌，具有即兴创作山歌的才能，她自豪地唱道：“一把芝麻撒上天，/我有山歌万万千，/唱到京城打回转，/回来还唱十把年。”她不畏强暴、勇敢坚强，敢于向一切邪恶势力作斗争，“上山有棍打得蛇，/下水有网捉得鳖；/有理敢把皇帝骂，/管你老爷不老爷”。尽管反动统治阶级的力量是强大的，但她相信群众的力量与智

---

① 《刘三姐》剧本发表于《剧本》1960年8、9月号，1961年中国戏剧出版社出版单行本，1979年广西人民出版社出版修订本。

② 何其芳：《优美的歌剧〈刘三姐〉》，《文学评论》，1960年第5期。

③ 欧阳予倩：《又新又美的歌舞剧〈刘三姐〉》，《人民日报》，1960年9月8日。

慧，具有压倒敌人的豪迈气概。“富人少来穷人多，/锁住苍龙怕什么；/剥掉龙鳞当瓦盖，/砍下龙头垫柱脚；/智不穷来力不尽，/敢对龙王动干戈”，就是这种壮志豪情的自然流露。传说中刘三姐的主要特点只是会唱歌，剧本把她的这一特点和她对地主的斗争紧密联系起来，在斗争中展现她的思想性格的各个侧面。莫海仁要霸占茶山，刘三姐唱山歌骂老爷，带头抗争；莫海仁妄图把她变成“笼中鸟”，刘三姐以“对歌”的方式揭穿了他的险恶用心；莫海仁勾结官府实行禁歌，刘三姐则针锋相对地摆下“歌阵”，予以回击。这样，就使刘三姐的性格具有了更深刻的社会意义，闪耀出新的光彩。

《刘三姐》剧本的突出思想意义，在于它通过刘三姐的形象强有力地表现了劳动人民的力量和气概。人们从剧中可以鲜明地感受到：劳动人民的反抗、勇敢、智慧和团结，压倒了剥削阶级的一切威胁利诱，一切阴谋诡计，从而起到了长劳动人民志气，灭剥削阶级威风的鼓舞作用。这是它为广大群众所喜爱的根本原因。

民间传说中的刘三姐，是一个理想化的形象。剧本一方面把她置于阶级斗争的背景上来刻画她的斗争精神，另一方面又保持了传说中的浪漫主义色彩。这主要表现在对民歌的作用和力量的夸张上。旧社会的民歌是有作为劳动人民斗争的武器的作用的，旧社会的统治者也的确有过禁止唱歌和迫害歌手的事实，但像《刘三姐》这样来表现民歌的作用和力量，说山歌具有“唱得穷人哈哈笑，唱得财主打哆嗦”的威力，山歌手成了组织和鼓舞劳动人民反抗压迫剥削的英雄，显然是出于夸张。这种夸张不仅有一定的现实基础，而且相当有分寸，并没有把威力夸张到可以置敌人于死地的地步，最后还是小牛一箭射落莫海仁的帽子，才掩护刘三姐逃走。剧本通过刘三姐用山歌压倒莫海仁的情节，着重表现劳动人民是怎样在精神上压倒敌人的，这种斗争的胜利具有象征性。在我国当代文学中，表现农村阶级斗争，歌颂农民对地主斗争的胜利的作品很多，但吸取民间文学的优秀成果，从唱山歌的角度来反映这一斗争，把农民的力量和智慧集中在一位民歌手身上，通过同剥削阶级的代表人物反复较量而取得大快人心的胜利的作品，却只有《刘三姐》这一部。

因而它格外值得我们珍视。

何其芳指出，《刘三姐》“不是那种内容很深厚的反映了广阔而复杂的生活的戏，然而它却是一个思想和艺术达到了较高的统一的优美的戏”①。它在艺术上的优美动人，主要表现在以下两方面：

首先是情节结构的生动完整。整出戏的情节都紧紧环绕着一个“歌”字发展，由此来展开戏剧冲突。《投亲》《护山》是矛盾冲突的开始，《拒婚》《对歌》和《抗禁》是矛盾冲突的发展。一面是刘三姐以富有反抗斗争精神的歌来鼓舞乡亲，打击地主的嚣张气焰；一面是地主阶级的代表人物用软硬兼施的手段千方百计迫害刘三姐，妄图消灭她的“反歌”，斗争一浪高过一浪。到歌圩抗禁一场，刘三姐串连众姐妹，在乡亲们的掩护下，以传伞分身的方式，同前来禁歌的地主狗腿和官兵巧妙周旋，以致“锣鼓越敲声越响，/山歌越禁歌越多”，达到斗争的高潮，造成激动人心的效果。它开头写刘三姐从别处因受压迫而来，最后又因受压迫而去；来时在滩险湾多的江上放歌，表现了她的性格特点，引起了观众的注意，去时是群众在江边送她乘风破浪去传反抗和斗争的歌，最后人去了，却给观众留下想象的余地。精心构成的戏剧冲突，巧妙安排的开头和结尾，使它成为一个笼罩在优美的抒情气氛之中的有机体，显得艺术上很完整，具有一种单纯美，一种使人看了还想再看的特殊魅力。

其次是语言精美动人。歌词形象鲜明，情趣丰富，既有民歌的抒情性，又切合戏剧冲突中的人物性格，可谓字字珠玑。如：

莫夸财主家豪富，
财主心肠比蛇毒，
塘边洗手鱼也死，
路过青山树也枯。

用夸张的诗句，把地主的狠毒刻画得入木三分，字里行间，渗透着刘三姐对剥削阶级的无比憎恨，带着鲜明的感情色彩。又如：

大路不平众人踩，

① 何其芳：《优美的歌剧〈刘三姐〉》，《文学评论》，1960年第5期。

情理不合众人抬；
横梁不正刀斧砍，
管你是斜还是歪。

用精炼而朴实的比喻，抒发主人公敢于斗争、无所畏惧的精神，人物形象跃然纸上，呼之欲出。再如：

别处财主要我死，
这里财主要我活；
往日只见锅煮饭，
今天看见饭煮锅。

用民间流传的“古怪歌”的形式来揭露和讽刺地主的假仁假义，表达出对剥削阶级的深刻仇恨，既尖锐有力又生动活泼，寓庄于谐，妙趣横生。

《刘三姐》中还有十分优美动人的情歌，如：

风吹云动天不动，
水推船移岸不移，
刀切莲藕丝不断，
斧砍江水水不离。

用一系列从生活中吸取的新鲜活泼的形象，巧妙地构成比喻，表达生死不渝的爱情，含蓄深沉，富有诗意。

总的说来，《刘三姐》歌词的特点是：“朴素而不单调，瑰丽而不雕砌，明朗而不浅露，含蓄而不晦涩。朴素和瑰丽，明朗和含蓄，这些看来似乎对立的概念，在这里，全为壮族人民熔于一炉，变成浑然一体，有如青与红染出了色彩鲜艳但却调和的苹果。”①

《刘三姐》的歌词，主要不是由剧作者来创作，而是大量利用和改编已有的民歌。在新编的歌词中，有些比较粗糙，比不上原来那些民歌歌词，但大部分还是具有民歌风味，全剧的语言风格是统一和谐的。如“只有嘴巴抢不去，留着还要唱山歌”，“不是路边闲花草，她是高山红辣

---

① 闻捷：《红装素裹》，《人民日报》，1961 年 4 月 20 日。

椒”等句子，如果剧作者不说它们是新编的，谁看得出和民歌有什么区别呢？由于《刘三姐》主要利用民歌来作为歌词，正如闻捷在《红装素裹》一文中所说，这些歌词“如果连贯地一气读去，就其总的规模和所反映的时代特色而言，可以置于古代著名的乐府长歌之列而不逊色；如果分别开来吟咏，其中有些段落和诗句，也可以与古代优秀的绝句相媲美”。

《刘三姐》的成功，同剧作者认真地向民间文学学习，努力吸取民间文学成果是分不开的。在广西一带，广泛流传着关于“歌仙”刘三姐的传说故事。在口头传说与文字记载中，对刘三姐的事迹有种种不同的说法。主要的一种说法是，刘三姐是唐朝岭南地区苗、瑶、壮各少数民族民歌的祖师。她到处造歌、传歌，歌无敌手，最后被封建势力所杀害。人们不愿意自己所喜爱的人物遭到悲惨的结局，便生发出她与白鹤秀才对歌，最后在山上化为石人，或者被杀害后又活转来，骑上鲤鱼飞天成仙的美丽想象。据学者们的研究结果，刘三姐并非实有其人，这个故事和孟姜女等传说一样，“同属于取材广泛社会生活而经过一定虚构之民间口头创作”①。剧本取材于这个古老而优美的民间传说，而又加以发展提高。传说没有形成完整的故事，只有关于刘三姐事迹的片断，剧本以农民和地主之间的矛盾为背景，创造了“护山”“对歌”“抗禁”“传歌”等具有典型意义的戏剧情节，有力地揭示出人物的性格特征和作品的主题；传说的结尾多处理成为爱情悲剧，剧本以她千里传歌而来又乘风破浪传歌而去作结，情调更高昂，艺术上也更为完整。这样，剧本中刘三姐的形象，不仅具有民间口头传说的光彩，而且反映出时代特点。

剧本也有美中不足之处，如对刘二、小牛等次要人物的描写还比较单薄，刘三姐和小牛的爱情生活的穿插还不够自然协调等。现在的本子经过修订，已有很大改进。

---

① 钟敬文：《钟敬文民间文学论集》（上），上海文艺出版社，1982年，第120页。

第五节　维吾尔族的《阿凡提的故事》

《阿凡提的故事》流传在我国新疆地区的维吾尔、哈萨克、乌兹别克、柯尔克孜和塔吉克等少数民族中间，特别在维吾尔族人民中间流传更为广泛，几乎达到家喻户晓的程度。这些故事自 1955 年 7 月在《民间文学》译成汉文发表以来，即赢得了全国各族人民的喜爱。1959 年，中国民间文艺研究会编选的《阿凡提的故事》收录作品一百五十七篇，由作家出版社出版。《人民日报》和《民间文学》等报刊曾发表评论文章予以推荐。1981 年，中国民间文艺出版社出版了由戈宝权主编的《阿凡提的故事》，包括作品三百九十三篇，比较全面地反映了阿凡提故事的面貌。阿凡提故事还被改编成四幕喜歌剧《第一百个新娘》、木偶动画片和故事片《阿凡提》。阿凡提这个人物，已走进当代文学的画廊，在人民群众中广为传颂。

阿凡提并非人名，而是一种称号，来源于突厥语，原是对男人的一般称呼，意即“先生”，或是对有知识、有学问的人的尊称，意即“老师”。阿凡提本名为纳斯列丁（或纳斯尔丁）。关于他的故事，维吾尔族通常叫作“纳斯尔丁·阿凡提兰提凡”，“兰提凡”的原意是笑话、趣事，因此我们所说的阿凡提故事，实际是以阿凡提为主人公的具有讽刺幽默特色的笑话、趣事。

阿凡提故事闪耀出独特的思想和艺术光芒。

阿凡提是一个聪明、机智的人物，什么难题也难不倒他。他诙谐幽默，饶有风趣，言行奇特，走到哪里，就把欢乐带到那里。同时他又是一个富有正义感、勇敢正直的人物，常常骑着一头毛驴周游四方，打抱不平，反抗压迫和剥削，伸张正义，维护真理。总之，他是劳动人民中一个代表智慧、幽默和正义的典型人物。

在阿凡提故事中，有许多是把锋芒指向国王、县官、巴依（财主）和喀孜（宗教法官）的讽刺故事。如传说阿凡提懂得鸟语，皇帝便带他出外打猎。一只猫头鹰在头上叫，皇帝问猫头鹰在说什么，他回答：

猫头鹰说，如果皇帝还是这样压迫人，他的国家就要跟我的老窝一样了。(《鸟语》）打猎时，阿凡提给皇上和大臣扛着衣服，皇上戏弄阿凡提说：你真不简单，能驮一头驴驮的东西。阿凡提答：我肩上驮的是两头驴的东西。(《两头驴的东西》）国王在闲谈中，问阿凡提在金钱和正义两者之间选择什么，他表示要选择金钱。国王不以为然，说："要是我呀，一定要正义，绝不要金钱。"阿凡提说："谁缺什么就想要什么!"(《金钱和正义》）在封建社会里，皇帝是被当作神圣偶像来崇拜的最高统治者，阿凡提却以巧妙的方式对之进行了辛辣的讽刺，令人称快。

对官吏、财主等欺压百姓的罪恶行径，阿凡提也是针锋相对地予以鞭挞。他有一个朋友，后来在京城里做了大官，阿凡提前去拜访。那人故意装作不相识的样子摆官架子，阿凡提便说："我是你年轻时候的好朋友啊！听人说你两眼都瞎了，特地来看望看望你!"(《故人》）一个客店掌柜欺负穷脚夫，脚夫只欠一只鸡的债，掌柜却以鸡能生蛋，蛋又会变鸡为借口，对脚夫进行敲诈。打官司时，昏庸的法官也站在掌柜一边。阿凡提便挺身而出，为穷脚夫辩护。他骑上毛驴迟迟才出庭，说自己因在家里炒麦种耽误了。法官问：炒熟的麦种能下种吗？他便说：炒熟了的麦种不能下种，难道吃了的鸡还能生蛋吗？阿凡提仗义执言，终于打赢了这场官司。(《算鸡帐》）

阿凡提也反对自私懒惰、虚伪欺诈等种种社会恶习。他问一个成天游手好闲的人日子过得怎样，那人答：不怎么样，找到了就吃，找不到就忍着。阿凡提说：这样说来，你就和我们城里的狗一样了！(《懒汉和狗》）有些人用朋友的朋友的朋友的名义找到阿凡提家中要吃要喝，阿凡提就用兔子的汤的汤的汤——一碗泥水来招待他们。(《兔汤》）有的人上朋友家做客时贪得无厌，吃饱喝足了不算，还一把一把地往荷包里装糖果。阿凡提见了就往他荷包里灌茶水，说荷包吃多了糖果，需要喝茶，使这位客人当众现丑。(《灌荷包》）

以上几类作品，鲜明地表现出阿凡提的爱憎情感和是非观念，说明他是被压迫被剥削者的代言人，是反对一切邪恶思想行为的勇士。在他身上，集中体现了劳动人民的强烈正义感和丰富智慧，这是他的形象深受人们喜爱的缘由。

在这些故事中，阿凡提有时又以出奇的傻来逗人发笑，显示出他思想性格的另一侧面。他的傻有各种表现形式——

有时是故意装傻，以此来愚弄那些卖弄聪明、投机取巧的人。《锅生儿》就是一例。阿凡提还财主的大锅时，添上一口小锅，说是大锅生了“儿子”。悭吝自私的财主把阿凡提看成是个大傻瓜，喜不自胜地收下了两口锅。阿凡提第二次借了一口更大的锅，后来说这口大锅死了，能生儿子的东西就会死去，再也不还了。财主这时才明白过来，原来是自己当了傻瓜。

有时是以自己的傻来现身说法，针砭时弊。如《是非》中，两人发生争吵，都来找阿凡提评断是非。阿凡提对头天找他的人说：“你说得很对！”又对第二天找他的另一个人说：“你说得很对！”他老婆见了，批评他不分是非，他答道：“你说的也很对！”阿凡提本来是一个最富有正义感，而且能明辨是非的人，这里的傻，不过是对那种不辨是非曲直的庸人处世哲学的嘲讽罢了。

一方面聪明机智、豪迈侠义，另一方面又淳朴善良、憨厚可爱，这就是人们所喜爱的阿凡提的性格特征，也是阿凡提故事生命力之所在。正如贾芝所指出的：“所有这些小故事，小笑话，让我们看见了一个可爱和可敬的阿凡提。从阿凡提的身上，表现了劳动人民的聪明才智，表现了劳动人民的高贵品质；也反映了劳动人民在旧时代对黑暗腐朽统治的否定态度和坚决的反对立场。在阿凡提身上闪耀着正义和智慧的光芒。尽管这些故事带着旧时代的色彩，但它们是属于劳动人民的优美的艺术创作；我们能够从中取得许多宝贵东西，并且把它们永远当作我们生活中的娱乐的珍品。”①

阿凡提故事的篇幅都比较短小，最长的也只有一两千字，许多故事仅由简短的一问一答构成。然而它们十分生动活泼，蕴含的深刻的社会

---

①　贾芝：《关于阿凡提的故事》，《民间文学》，1956年第1期。

政治内容，常常是伴随着诙谐的笑声传达出来，在供给人们以轻松愉快的娱乐的同时，巧妙地进行着讽刺、批判和劝导。这是阿凡提故事和其他类型民间故事不同的一个显著特色。

这些故事之所以显得生动有趣，常常得力于巧妙的虚构和夸张。它们都以现实生活为题材，经过虚构和夸张，其中的人和事便带上了奇特不凡的色彩。以阿凡提和国王的故事为例，作者让一个普通的穷苦农民，经常出现在国王面前，以幽默机智的谈吐，嘲弄这个掌握生杀予夺大权的最高反动统治者，这显然是出于虚构。正是在这虚构的情节中，作者对阿凡提的机智勇敢和国王的昏庸腐朽，进行了夸张的描写，造成了生动活泼的效果，给人们留下了鲜明的印象。作者描写阿凡提的傻气，也是对人物思想性格所作的一种别具一格的夸张渲染。经过这种夸张渲染，主人公可敬可爱的品质，便以可笑的形式表达出来，使人难忘。巧妙的虚构和夸张，寓正于奇，寓庄于谐，使得阿凡提故事在艺术上妙趣横生。

这些故事之所以显得生动有趣，同语言的精炼传神也是分不开的。尤其是每篇故事的画龙点睛之笔，常常由出人意料的一两句俏皮话来完成，更显得精彩动人。如阿凡提对自命高雅，声称要正义而鄙薄金钱的国王说"谁缺什么就想要什么"；对当了官就翻脸不认老朋友的人说"听人说你两眼都瞎了，特地来看望看望你"；对小偷说，因为家中没有像样的东西让你拿，"觉得很惭愧"，等等。这些从日常口语中提炼出来的语句，既尖锐有力，又饱含风趣，充分显示了劳动人民运用语言的高度技巧。

阿凡提这个人物，流行于世界各国的民间口头文学中，已成为一个"世界性的形象"。阿凡提的笑话、趣事，是经过六七个世纪一直流传到今天的。它们流传的历史相当久远，流传的范围也非常广泛。现在不仅在小亚细亚半岛的土耳其、阿拉伯国家、伊朗、中近东和地中海一带，就是在巴尔干半岛、高加索、中亚细亚地区也广泛流传着。据学者们考证，10 世纪在阿拉伯地区就流传过关于朱哈的笑话、趣事，13 世纪在土耳其又出现了一个叫霍加·纳斯尔丁的人，也讲过不少笑话。这两个人的笑话混杂在一起，在人们口头流传过程中数量不断增加，内容也变得更为丰富多彩。这些故事很早就传入我国新疆地区，在新的土壤上，由于受到劳动人民的喜爱，被不断加工修改，补充发展，带上了我国民族与地方的色彩。人们甚至把某些人称为“活着的阿凡提”，将他们诙谐机智的言行加以提炼，汇入阿凡提故事之中。这就使得阿凡提故事成为维吾尔族民间口头文学的一份宝贵财产。

第三章　1966—1986年间的少数民族文学[①]

第一节　概　述

粉碎“四人帮”以后，特别是党的十一届三中全会以来，我国少数民族文学进入了一个迅猛而又全面发展的新阶段。党和国家充分注意到我国社会主义文艺事业和文艺队伍的多民族性，十分重视少数民族文艺家在发展社会主义文艺事业中的地位和作用。这给各族文艺工作者以巨大的鼓舞。

1980年7月，在北京举行了中华人民共和国成立后的第一次全国少数民族文学创作会议。中国作家协会副主席冯牧在会上做了《大力发展和繁荣我国少数民族的社会主义文学》的报告，总结了中华人民共和国成立三十年来少数民族文学事业的主要成就和基本经验，提出了“使我国少数民族文学创作迅速出现更大更全面的繁荣”的迫切任务。来自全国四十八个少数民族的一百多位代表，就如何繁荣社会主义新时期的少数民族文学问题进行了热烈的讨论，提出了许多切实可行的建议。这是继1955年中国作家协会召开的少数民族文学座谈会以后的又一次重要会议。正如藏族女作家益西卓玛所说的，“这次会议是一次‘报春会’，它将预示着少数民族文学园地百花盛开，也将迎接一个多民族文学繁荣昌

---

① 原载《中国当代文学》第三卷，上海文艺出版社，1989年。

盛的时代的到来”①。会议决定创办全国第一个专门发表少数民族文学作品的杂志《民族文学》。中国作家协会还在文学讲习所筹办了少数民族文学班，同时不断组织少数民族作家出省出国参观访问，开拓视野，充实生活积累。各地普遍加强了对少数民族作家的扶植、培养。这些措施，有力地促进了少数民族文学事业的发展。

国家民族事务委员会和中国作家协会举办了两届全国少数民族文学创作评奖，分别于 1981 年 12 月和 1985 年 12 月举行了发奖大会。在五十五个少数民族中间，已有四十八个民族的二百四十五位作者获奖，其中一半是新人新作。这是我国亘古未有的盛事，集中反映了少数民族文学的巨大发展。

这一时期我国少数民族文学的成就主要表现在以下几个方面：

一是民族文学新人成批涌现，民族成分不断增强，作家队伍迅速壮大。据不完全统计，参加中国作家协会、中国民间文艺家协会的少数民族会员在千人以上。五十多个少数民族，大都有了自己的作家。特别是一些人口较少的民族，如东北的鄂温克族，西北的裕固族，西南的景颇族、佤族等，都有了本民族的作家。从 20 世纪 50 年代起就活跃于文坛的中老年作家，以高昂的激情和深沉的思考奋力笔耕，不断有新作、佳作问世，对少数民族文学发展承担着承先启后的历史重任。更可喜的是一批朝气蓬勃、才华横溢的文学新人带着各具特色的作品走上文坛，为文学界所注目。其中成就突出，在近几年全国文学评奖中获奖的新作者，有藏族的降边嘉措、益希单增、扎西达娃，哈萨克族的艾克拜尔·米吉提，满族的关庚寅，土家族的孙健忠、蔡测海，回族的张承志、沙叶新，朝鲜族的林元春，蒙古族的白雪林、佳峻，鄂温克族的乌热尔图，白族的景宜等。《民族文学》专论指出：“少数民族作家群的出现，在我国文学发展史上具有划时代的意义。这支少数民族作家队伍在新中国成立初期即已出现，经受了历史和时间的考验，在 80 年代得到迅速的发展和壮大。在少数民族作家群中，既有经过革命斗争的考验，富于创作经验的

① 《文艺报》，1980 年第 8 期。

老作家，也有富于朝气和创新精神的中青年作家。他们从事各种体裁的文学创作。这些多梯队、多门类的特点，保证了少数民族文学能够不断发展并获得全面繁荣。”①

二是少数民族文学事业获得全面发展。不但创作繁荣，而且在民间文学的搜集整理、民族文学的翻译和文学理论研究和评论等方面，也取得了显著成绩。

中国民间文艺家协会及其地方分会有成效地推进对各族民间口头文学作品的全面搜集和重点整理工作。其中对少数民族民间文学遗产的发掘整理，成果尤为显著。在1978年至1982年全国民间文学获奖的八十六部作品中，少数民族民间文学占了五十余部，七个一等奖全部属于少数民族民间文学，其中包括著名的三大史诗——藏族的《格萨尔王传》、蒙古族的《江格尔》和柯尔克孜族的《玛纳斯》片断。这些作品重放光辉，不仅成为世界文学宝库中的瑰宝，而且作为我国优良文学传统的一部分，给予当代民族文学创作以深刻影响。

三是强烈的时代精神和鲜明的民族特色紧密结合，标志着少数民族文学开始迈入成熟境地。新时期的少数民族文学创作成就，不只表现在数量上，尤其表现在思想与艺术质量的迅速提高上。

首先，创作题材进一步扩展，视野更为开阔。人们不仅读到了反映少数民族历史命运与生活巨变的《格桑梅朵》（藏族降边嘉措）、《幸存的人》（藏族益希单增）、《原林深处》（侗族张作为），也读到在更广阔的背景上描写中国革命的伟大历史进程和各族儿女英雄业绩的《瀑布》（壮族陆地）、《红军不怕远征难》（苗族陈靖）、《淮海大战》、《上党之战》（满族寒风）、《最后一个冬天》（满族马云鹏）；不仅读到了描写“文化大革命”给少数民族人民造成灾难和伤痕的《努尔曼老汉和猎狗巴力斯》（哈萨克族艾克拜尔·米吉提）、《化雪图》（纳西族戈阿干）、《父子》（苗族伍略）、《齐毛太》（藏族多杰才旦），也读到迅速反映20世纪80年代城

① 《新中国的产儿——三十五年来的少数民族文学》，《民族文学》，1984年第10期。

乡改革、振奋人心的《开拓者》（白族那家伦）、《醉乡》（土家族孙健忠）、《虎门“犬”子》（蒙古族佳峻）等。以少数民族的神话、传说为素材进行再创作，再现它们古老历史文化的光彩的工作，也收获到许多新成果。

其次，艺术概括趋于深刻有力。“文化大革命”前十七年的少数民族文学曾以追忆本民族苦难的过去和赞美新生活为普遍主题，以描绘民族风情和地域风光来增强艺术魅力。这些作品的欢快音调与奇丽色彩，曾为当时全国各族读者所喜爱。但是这已不能满足新时期读者的新的要求，民族文学的思想意蕴和审美情趣都应超越这个层次，向深处开掘。新时期的少数民族文学创作，正是在这方面有了明显的突破。呈现在人们面前的一些代表作，如玛拉沁夫、张承志、乌热尔图、扎西达娃等的小说，不论写历史或写现实，写社会斗争或写猎人生活，都能越出自己民族的天地，努力站在时代的、历史的和中华民族以至人类文明的高度来俯视生活，思索人生。这些作品里，不只对各兄弟民族的历史与现实生活有了鲜明、生动的反映，而且以对社会人生的深刻思考和民族美好心灵的深刻揭示，给人以有力的启示和感染。这种变化，表明不少的少数民族作家“已经或者正在超越固有的单一的民族审美意识，而把目光和思维投向更为广阔和复杂的历史和现实生活的洪流。在广泛吸取新的艺术方法和艺术技巧的同时，更加注重刻画和挖掘人物的民族性格和精神世界，从而开始扭转过去那种只是单纯地表现民族风情、地域风光、服饰习俗等较低层次的审美情趣，许多作品的民族特色丰富起来了，鲜明的现实感、时代感和历史感得到了显著的表现”①。

再次，艺术形式多样化而又富于民族特色。各族人民都有自己古代的和民间口头文学的深厚传统，少数民族作家一方面努力吸收、继承本民族的文学传统，另一方面又注意借鉴兄弟民族和全人类的优秀文学成果，进行推陈出新的艺术创造，因而少数民族文学的艺术形式显得格外绚丽多彩、生动活泼，富于民族特色。少数民族的故事传说特别丰饶，

---

①　冯牧：《时代呼唤着各民族文学的腾飞》，《文艺报》，1985 年 12 月 21 日。

生动的情节、曲折的故事和饶有趣味的表现形式为少数民族小说创作所吸收，造成了少数民族小说富于传奇性、引人入胜的特点。民族民间文学中的神奇幻想同现代写实手法相融合，创造出别具一格的类似魔幻现实主义的叙事文学体裁。少数民族的诗歌艺术传统极为深厚，不少地区至今仍保留着节日聚众对歌的习俗。诗歌同人们日常生活紧密结合，孕育出许多杰出的歌手和诗人。少数民族诗歌创作的成就一向受人称道。他们把本民族在诗歌艺术上的独特创造引进新诗园地，使我国当代诗苑五彩缤纷、美不胜收。特别是长篇叙事诗的创作又有了一系列新收获。白族晓雪的《大黑天神》、壮族韦其麟的《寻找太阳的故事》、白族张长的《勐巴纳西》、蒙古族布林贝赫的《龙宫的婚礼》、纳西族戈阿干的《格茨拉姆》、满族戈非的《马尾弦上流下来的河》等，既富于诗的魅力，又闪耀着民族文化的光彩，以独特的成就充实了中国当代文学的宝库。

少数民族作家较少写短篇小说、更少写中长篇小说的现象有了可喜的变化。这几年出自少数民族作家笔下的中长篇小说达一百余部，相当于新中国成立十七年间中长篇小说总和的两倍多。许多少数民族开始有了自己的第一部中篇小说、第一部长篇小说和第一部短篇小说集。散文、报告文学、戏剧、电影文学及其他文学样式的作品，也在少数民族文学园地里如百花竞相开放。全国少数民族文学评奖中获奖的中篇与长篇小说就有十六部，有二十四部各种体裁的作品和汉族文学一起在全国各门类文学评奖中获奖。少数民族文学在全国读者中的影响日益扩大。

由于历史的原因，各少数民族之间文学发展不平衡的情况至今仍然突出。尤其是作为“文学两翼”之一的少数民族文学评论与研究，至今还是相当薄弱的环节。发展我国的少数民族文学事业，任重而道远。尽管如此，“新时期少数民族文学，正是这时期文学江河中最丰富多彩、赏心悦目的地段。它在某些方面的重大突破，甚至超越了汉族文学”①，值得载入文学史册。

---

① 奎曾：《新时期民族文学的重大突破》，《民族文学研究》，1986 年第 6 期。

第二节　诗歌创作

我国少数民族的诗歌艺术传统丰富深厚。从 20 世纪 50 年代起，少数民族的诗歌创作便十分发达。进入新时期以后，诗人队伍进一步壮大，诗作也比之前成熟，在 1981 年和 1985 年的全国少数民族文学创作评奖中，三十个民族的七十多位诗人的诗作获奖。许多诗人是读者熟知的，如蒙古族的巴·布林贝赫、查干，藏族的饶阶巴桑、伊丹才让和格桑多杰，维吾尔族的铁依甫江·艾力耶夫、克里木·霍加，哈萨克族的库尔班阿里，东乡族的汪玉良，彝族的吉狄马加，苗族的石太瑞，土家族的汪承栋、颜家文，仫佬族的包玉堂，白族的晓雪，纳西族的戈阿干，满族的胡昭，朝鲜族的金成辉等。其中布林贝赫、铁依甫江、晓雪和饶阶巴桑的诗作更以鲜明、独特的风格受人称道。

蒙古族诗人巴·布林贝赫，1928 年生于内蒙古昭乌达盟巴林右旗，1953 年开始发表诗作。曾出版蒙文诗集《你好，春天》《黄金季节》《生命的礼花》《凤凰》《喷泉》，汉译诗集《生命的礼花》和《星群》。他为中华人民共和国成立十周年而写作的颂歌《生命的礼花》，赞颂草原英雄小姐妹龙梅和玉荣的叙事诗《阳光下的孩子》，都是受到普遍好评的优秀诗篇。“文化大革命”之后写成的抒情长诗《命运之马》，在 1981 年全国少数民族文学创作评奖中获奖，成为他新时期的代表作。

诗人通过抒写坐落在呼和浩特内蒙古博物馆顶端的白色骏马塑像被“四人帮”拆除，劫后复原的遭遇，表现了蒙古民族曲折坎坷的命运和自强不息的精神：“你用劲蹄砸破冰凌，/从冬天奔向春天。/你用长鬃划破乌云，/从黑夜奔向黎明。/你踩着飞舞的落叶，/从枯萎奔向繁荣。/你踏着茂密的青草，/从懦弱奔向强壮。/你驮着荒芜的草原，/从贫困奔向富强。/你带着智慧的星光，/从蒙昧奔向文明。”这本是一首政治抒情诗，诗人却不用一句政治口号，而是通过马的形象以象征手法将广阔的社会生活内容和鲜明的政治倾向性凝练地表达出来，风格委婉而又豪迈深沉。

作为蒙古族诗人，布林贝赫的作品具有浓郁的蒙古族民间诗歌情调，尤其善于凸现蒙古族人民的性格和心理特征，显出鲜明的民族色彩。在《打猎》中，老猎人在小儿子参军前夕带着他们兄弟俩去草原打猎，想让小儿子“打死一条豺狼或野猪，/既为了预祝他光荣凯旋，/又为了考查他枪上的功夫”。

诗中的“乳白色的云”和“雪白色的骏马”，以及奔驰的马犹如“浩荡的河水闪开一条银沟”，这些不仅注意到色彩的谐调，更是突出气势的渲染；不仅形象地喻示草原风貌，而且深刻地概括了英勇豪迈的民族气质。那“三只白色的海鸥在碧绿的海波上疾飞”，又化作“在远远的天边消融”的白云，更使生活背景的描绘同人物精神气质的抒写较好地融合在一起。布林贝赫的作品，力求在诗的意境中，使蒙古民族心灵之美同草原自然风光之美融为一体。

维吾尔族诗人铁依甫江·艾里耶夫，1930 年出生在新疆霍城县。20 世纪 40 年代后期开始发表诗作，已出版诗集《东方之歌》《和平之歌》《唱不完的歌》《歌唱祖国》，汉译诗歌选集《铁依甫江诗选》。其中《爱情篇》和《故乡抒怀》分别在 1981 年和 1985 年全国少数民族文学创作评奖中获奖。

他的早期诗作，燃烧着对祖国炽热的爱恋。历经四十多年的风风雨雨，诗中的爱国主义感情仍是那么热烈、执著。1979 年在《过去与未来》中抒怀：“与人民一道舒心地欢笑，我感到幸福，/心灵稍觉宽慰的是，/我的热泪只为祖国而揾。”这代表了他诗作的一贯特色。

维吾尔族人民以乐观机智、幽默风趣著称，民间口头文学中的阿凡提形象便是这种民族性格的集中体现。铁依甫江后期的诗作，常常将诗人对祖国、对人民的挚爱同对社会人生的深刻思考及乐观豁达、诙谐幽默的情趣融为一体，使民族性格同自己的艺术个性达到水乳交融的境地，从而形成了鲜明独特的风格。1978 年他写成《我梦见了夜莺》：“幸亏我梦见的还是夜莺，/仅仅被限制自由受到监禁，/要是万一梦见山和尚那类鸟儿，/岂不是得断送了这条老命?!”自己身处逆境，却能入乎其内又出乎其外，以乐观豁达、自我嘲弄的方式来抒写情怀，真如“用一股慢悠悠的自嘲的风，扇着了一堆热乎乎的讽刺之火”①。即使是在 1979 年为悼念老舍而写成的《老舍赠的酒杯》中，面对这令人心碎的题材，诗人也能机敏地避开痛苦，渲染积极向上的情绪，使人于泪痕血迹中依稀看得见希望。“老舍先生赠我的这个酒杯，/我已用它喝了二十五年。/你即使把我叫作酒徒也罢，/我还是盼着用它/再喝上那样长的时间。”诗篇深沉凝练，受人称道。正如诗人公刘所指出的：“铁依甫江尽管写讽喻性的作品，可他似乎又根本不知道什么叫皱眉蹙额，即便自己身陷困境，也从未颓丧和绝望，他总是从容自如，表现了难得的沉着和豁达。对于他，庄重与诙谐，严肃和活泼，深沉和轻快，率直与含蓄，从来都是一对孪生子。”

白族诗人晓雪，原名杨文翰，1933 年生于云南省大理县。他同时擅长写作诗歌和评论，出版有诗集《祖国的春天》《采花节》《晓雪诗选》，文学评论集《生活的牧歌》《浅谈集》《新诗的春天》。晓雪的诗视野开阔，题材广泛，其中最有特色的，是写故乡苍山洱海优美自然景色的抒情诗和取材于民间神话传说的叙事诗，如《望夫云》《蝴蝶泉》《美人石》《飞虎山》等。1980 年发表的《大黑天神》曾在 1981 年全国少数民族文学创作评奖中获奖。

大黑天神是白族人民普遍敬奉的神灵之一，是白族人民创造的普罗米修斯式的不朽典型。诗人用新颖的艺术构思和悲壮激越的诗句，再现了大黑天神的光辉形象：“于是大黑一口吞下了全部瘟疫的种子，/他承担了最大的痛苦，忍受着巨大的煎熬！/他的脸更黑了，却把光明永远留在世上；/他立刻就死了，却把生命永远留在人间。”“他从此离开了玉皇统治下的神仙队列，/却比任何神仙更令人崇敬和怀念；/他从此结束了在天庭里的神秘生活，/却在人间树立起高大的榜样，立地顶天！”长诗“通过塑造大黑天神的形象，来体现和颂扬这样一种为造福人类而牺牲自己的崇高品德的伟大精神，同时也给唯我独尊、刚愎残暴的‘玉皇’式

① 公刘：《献给母亲的歌声》，《铁依甫江诗选》，人民文学出版社，1982 年，第 2 页。

的封建帝王以揭露和鞭挞”，它“能够引起或触发人们对历史的反思和现实的思考，给人们以思想的启迪和精神的鼓舞”①。《大黑天神》是继韦其麟《百鸟衣》之后，利用民间神话传说素材进行再创作的又一优秀诗篇。它显示出我国各族民间文学的巨大生命力。

晓雪已形成自己的艺术风格。他写故乡山水和风土人情的那些短小精致的抒情诗，常常表现出特有的魅力。试以《爱》为例：“采了一天的茶，/我靠在苍山的怀抱里/睡着了，/睡得那么香；/我梦见/苍山就在我的怀抱里……/打了一天的鱼，/我躺在海边的沙滩上/睡着了，/睡得那么甜；/我梦见/洱海就在我的心窝里……”诗的基调是明朗的，然而不乏含蓄的情致；是清新的，又有着深广的意蕴。有人用“明朗中的含蓄与清新中的飘逸相结合”来说明晓雪的诗风，这是颇有道理的。

藏族诗人饶阶巴桑，1935年生于云南省德钦县的呼日林村，童年饱受苦难，后在西南边疆部队生活的长期锻炼中，成长为坚强战士和优秀诗人。1954年写成处女作《绿色的草原》，1956年发表《牧人的幻想》后成为引人注目的诗坛新秀。1960年出版《草原集》，1982年出版《石烛》。1984年出版的诗选集《爱的花瓣》，体现了三十年来诗歌创作的历程。其中《棘叶集》和《石片的日历》分别在1981年和1985年全国少数民族文学创作评奖中获奖。

饶阶巴桑写于1956年前后的《牧人的幻想》《热巴的歌》《赶马人的歌》《夜》《母亲》等，已经表现出自己鲜明的特色。20世纪60年代初期在西南边疆战斗生活中写的一批短诗，如《蹄花》《战马之歌》《骑》《藤》《已经是第一百次了呀》《星铺的路面》《从花间到星间》等，艺术风格渐趋成熟。诗人常常写战马，其实都在写人，写骑着战马守卫边疆的战士们的崇高美好的心灵。诗中并没有出现“祖国”、“人民”这类字眼，却通过战士对战马的爱，在马背上对边疆风光的感受，以情景交融的方式勾画出边疆战士的蜜意浓情，从珠圆玉润的诗句中，辐射出强烈的光与热。

---

① 晓雪：《我是怎样写〈大黑天神〉的》，《民间文学论坛》，1985年第6期。

“文化大革命”时期，诗人被迫搁笔。大地重光，他漫游天南海北，放笔谱写革命与建设的回春曲，风格比以前凝重深沉。获奖的组诗《棘叶集》便是近作的代表。其中，《牧歌》写巡逻兵骑马走栈道、过沼泽的所见所感。短短的八行诗，语言清新优美而诗味浓郁，战士的壮阔情怀可敬可喜。另一首《瀑布》，用“咬碎一路坚砂顽石兴波东赴”的瀑布形象，赞颂社会大变革中勇敢坚毅地开拓新道路的战士的性格，使诗情同哲理相融合而发人深思。这些诗作，仍然保持凝练、隽永而明快的艺术风格，但更为含蓄深沉，耐人咀嚼回味。这是诗人有意识“加强意的厚度”，追求新的艺术境界的结果。

张光年说，《爱的花瓣》“寄托着一位藏族诗人对党、对祖国、对抚育他成长的人民解放军的最深挚、最美好的爱”，“饶阶巴桑是一位出色的新中国诗人。他是新中国出色的藏族诗人”①。这些称誉他是当之无愧的。

第三节　中、短篇小说创作

中、短篇小说创作的丰收，是新时期少数民族文学繁荣兴旺的重要标志之一。在 1981 年和 1985 年两次全国少数民族文学创作评奖和在此期间举行的全国文学评奖中，获奖的短篇小说达四十余篇，中篇小说二十部，作者近七十人，来自全国二十九个民族。这些作品广泛而生动地反映了我国少数民族处于巨大变革中的现实生活与风土人情，艺术上也出现了新的突破，显示出少数民族文学发展的喜人实绩和潜力。

1952 年出生的乌热尔图，来自东北密林中只有一万三千多人口的鄂温克族。他的作品中，《一个猎人的恳求》《七叉犄角的公鹿》和《琥珀色的篝火》，分别获得 1981 年、1982 年和 1983 年全国优秀短篇小说奖，《瞧啊，那一片绿叶》也在 1981 年全国少数民族文学创作评奖中获奖。

---

① 张光年：《饶阶巴桑的诗》，《爱的花瓣》，人民文学出版社，1984 年，第 1 页。

他于 1968 年初中毕业后，在家乡当过猎民、工人、民警、乡干部。自 1978 年发表处女作《森林里的歌声》以来，还发表了近三十篇短篇小说，结集为《七叉犄角的公鹿》。其中，《琥珀色的篝火》写鄂温克猎人尼库送重病的妻子去医院途中不顾一切地救出了三个野外作业的勘测队员，妻子却因延误而不幸死去。当三个获救者向他表示感谢时，他“瞅瞅他们，没说什么。他觉得没什么可说的。不论哪一个鄂温克人在林子里遇见这种事儿，都会像他这样干”。小说在祖国东北的幽幽密林中，刻画出鄂温克人既朴实又美好的心灵，使读者深受感染。代表作《七叉犄角的公鹿》展现了一个鄂温克少年心灵升华的历程。这篇小说通过猎鹿来颂扬义勇，宣扬人性美、人情美，艺术上别具一格。评论家阎纲称道它“内容集中，剪裁相当，不求道理多么深奥，只求感情能够交流；不求总揽时代风云，只求感化人们的灵魂”[①]。阎纲认为，这比起“为一个重大的社会命意而多少有些直露、显得勉为其难的《一个猎人的恳求》来，要生动自然得多”，“作者对自己所独有的优势（熟悉猎人生活），也发挥得甚好”[②]。这番关于坚持艺术创作规律，发扬作家自身优势的评说，具有普遍的现实意义。

藏族文学领域中，近几年新人辈出，获奖的小说作者有益希卓玛、班觉、多杰才旦、益希单增、降边嘉措、意西泽仁等人。就短篇小说而言，生于 1959 年的扎西达娃的成就较为突出。自处女作《沉默》1979 年问世以来，他已发表了二十多篇短篇小说。其中《朝佛》被改编为电视剧，《江那边》获 1985 年全国少数民族文学创作评奖短篇小说一等奖。近作《没有星光的夜》《系在皮绳扣上的魂》和《去拉萨的路上》取材于急剧变革中的西藏社会生活，均受到好评。《江那边》写一个快酿成的爱情悲剧，由于农村实行新的经济政策，主人公的命运出现了转机。《没有星光的夜》写一个共产党员宁愿受辱也不愿沿袭康巴人古老的血仇观念，可是他的妻子却深受世俗观念的影响，出人意外地杀害对手，终于重演

① 阎纲：《鄂温克人得奖了》，《民族文学》，1983 年第 5 期。

② 阎纲：《鄂温克人得奖了》，《民族文学》，1983 年第 5 期。

了世代相承的悲剧。《去拉萨的路上》写一个勇敢善良的小伙子前往拉萨寻求幸福，却无法摆脱残忍的仇杀，最后与复仇者同归于尽。作者在这篇作品中所表现出来的愤怒控诉和对人性的呼唤，撼人心弦，催人激奋。扎西达娃思想敏锐，富于探索精神。他的作品大都奉献给读者以一些新的思想与艺术感受。他认真地观察、思考西藏的历史、文化与现实，善于从历史长河中截取人物关系急剧变化和冲突激烈的场景，在突出、有力的艺术描写中造成令人惊愕和耐人思索的强烈效果。他的小说常出现奇幻场景同现代生活的交错，具有拉丁美洲魔幻现实主义的特征。不过作者自认为这些作品仍扎根于西藏文化传统之中，外来文化只是作为一种参照系数用来比较、分析，以便更好地反映当代西藏社会生活中呈现的奇特的民族文化和意识形态①。这一探索是有意义的。

新疆哈萨克族的青年作家艾克拜尔·米吉提，因发表处女作《努尔曼老汉和猎狗巴力斯》而为读者所注目。后来连续发表了《哦，十五岁的哈丽黛哟……》《木筏》《天鹅》《迁墓人》《遗恨》《静谧的小院》等二十余篇小说，以《哦，十五岁的哈丽黛哟……》为名结集出版。他的小说取材广泛，笔墨自然含蓄，不落俗套。获 1985 年全国少数民族文学创作评奖短篇小说一等奖的《哦，十五岁的哈丽黛哟……》，以抒情而细腻的笔触，写下乡“知青”吐尔逊江和农村少女哈丽黛的初恋被世俗观念所扼杀的悲剧性故事。主题并不新鲜，但作者却把十年的人生途程压缩在几个令人心颤的邂逅相逢的场景中，着重通过吐尔逊江的眼光和心灵感应，刻画哈丽黛为世俗偏见所囿而无力抗争的不幸命运与复杂情感，从而引发读者去思索美好青春和感情遭到压抑、戕害的社会底蕴。作品对势利眼的鞭挞，与其说是辛辣的嘲笑，不如说是深情的叹息。由此展现出小说家独特的艺术风格。王蒙对他的小说做过中肯的评价：“和那些执笔以前头脑里装满了套子——哪怕是很圆、很耀眼也很曲折的套子——的作者不一样，他从来不根据现成的套子去填充一点生活或者编

---

① 扎西达娃：《更新文学观念，发扬民族特色》，《文艺报》，1986 年 10 月 4 日。

造许多情节以敷衍成篇。相反的，他注视和思索着生活的各个侧面，努力从生活中捕捉人物的情感、纠葛、画面、冲突，向小说创作提供自己独特的东西。也许他到现在提供的东西还不够宏伟和深邃，然而它毕竟是独特的和不会和任何人或任何‘流派’、‘浪潮’重复的，这样，这些作品就取得了自己的生存价值。”①

来自湘西山区的土家族青年作家蔡测海，1974 年学写诗，1979 年学写散文，1981 年开始写小说。问世的作品数量虽然不多，却因精耕细作，时见佳作。《刻在记忆的石壁上》获 1981 年全国少数民族文学创作评奖散文一等奖。《麝香》获 1985 年全国少数民族文学创作评奖短篇小说一等奖。作品中以获得 1982 年全国优秀短篇小说奖的《远处的伐木声》影响较大。它写的是湘西山区古木河畔的变迁，以对比手法为读者展示了两种生活、两个世界：以老桂木匠为家长的一边，师道、家规并重，生活节奏宁静停滞；而被他撵走的徒弟水生所带领的建筑队一边，在工地上歌声笑语连天，热气腾腾。小说用素淡的色调写老桂木匠一家看似平淡的生活，而从远处传来的伐木声、放炮声，却在人物内心深处引起冲撞，激起了老桂木匠女儿阳春对新生活不可遏止的憧憬。小说借震撼山野的伐木声、放炮声，呼唤着变革，呼唤着前进。它凝结了作者对故乡深挚的爱，同时也寄托了他对故乡不无忧郁的情思。小说融合着诗歌和散文的韵味，促人遐想深思，沁透出一种特殊的魅力。

在新时期十年中，土家族涌现出不少文学新人。鄂西的李传锋，有短篇小说集《退役军犬》问世。用作书名的这篇代表作，借一只退役军犬的遭遇，概括人世间动荡年代的风云变幻，别具一格，在 1985 年全国少数民族文学创作评奖中获奖。湘西的孙健忠，在短篇和中篇的创作中均有建树，而营构长篇的成绩更佳。

朝鲜族作家林元春，从事文学创作已有二十多年历史。1981 年出版短篇小说集《彩霞》。书中的《彩霞》和 1983 年发表的《亲戚之间》分别在 1981 年和 1985 年全国少数民族文学创作评奖中获奖。他善于描写

① 王蒙：《哦，十五岁的哈丽黛哟……》，人民文学出版社，1984 年，序言。

家庭生活中的女性，刻画她们的内心世界。《彩霞》写一个先进人物的妻子怎样在拨乱反正的社会背景上终于理解了丈夫的事业，和他心心相印。这个家庭的平淡生活在作者笔下充满情趣，而女主人公的内心世界几近纤毫毕现。《亲戚之间》围绕一个干部家庭的变故，将人与人的关系同政治变革所造成的个人及家庭命运的变化交织起来，透露出强烈的时代气息，既有对劳动人民传统美德的歌颂，也有对庸俗卑劣习气的嘲讽。小说中对操办红白喜事和各种生活习俗的描写，鲜明如画地展现出朝鲜族的生活风貌，颇具特色。

苗族作家伍略，本名龙明伍，1936年生于贵州省凯里县。他于1956年开始文学创作。他将一部苗族民间叙事诗改编为故事《蔓萝花》，产生了广泛影响。此后主要从事小说、散文创作。1979年以来发表的短篇小说《绿色的箭囊》和中篇小说《麻栗沟》，分别在1981年和1985年全国少数民族文学创作评奖中获奖，成为他的代表作。《绿色的箭囊》通过一个流落异国的苗族体育健儿不容凌辱，与国家民族共呼吸，终于归国参加社会主义现代化建设的故事，塑造了一位富有民族气节与民族自豪感的爱国志士形象。引起读者强烈反响的是1982年发表的《麻栗沟》。麻栗沟有个“三家村”，住着一户因避祸而装成麻风病患者的彝族贫农，一户被“升级”为“富农”的苗族中农，还有一户奉公守法却被揪住不放的汉族地主。这几个在“大跃进”、“四清”和“文化大革命”中人造的“敌人”和“贱民”，虽然身受“左”倾路线的迫害，却不失善良淳朴，友爱互助。那位“富老大”虽被赶出村寨，仍积攒了一堆公粮、余粮，打算有机会就向国家表白自己的一片心迹。然而他们却麻木愚昧，希图以极荒诞的方式寻求解脱。这就使作品的悲剧色彩显得浓重。新时期以来出现了不少“伤痕”小说，像《麻栗沟》这样力透纸背的作品还不多见。

白族作家张长，原名赵培中，1938年生于云南省云龙县。1957年开始文学创作，出版有长诗集《勐巴纳西》、诗集《凤尾竹的梦》、散文集《紫色的山谷》、小说散文集《三色虹》。短篇小说《空谷兰》《希望的绿叶》和《最后一棵菩提》，先后获1979年全国优秀短篇小说奖和1981

年、1985 年全国少数民族文学创作奖。《空谷兰》写的是“支边”青年的爱情波折。小说将自私、偏狭的女“知青”同善良淳朴、天真稚气的山村少女进行对比，推动男主人公思想情绪的变化，写来热情洋溢、扣人心弦。它具有作者擅长的抒情散文的特点，又着力于几个青年人内心世界的刻画。《希望的绿叶》和《最后一棵菩提》都写保护森林资源，维护生态平衡的故事，从中揭示文明和野蛮、进步和倒退、正义和邪恶之间的斗争。作品抒发了主人公对茂密森林以至片片绿叶的无限深情，融合着散文的抒情格调，给人以美的艺术享受。

第四节　长篇小说创作

长篇小说创作的繁荣，成为本时期少数民族文学开始趋向成熟的一个重要标志。据粗略统计，在 1976 年至 1981 年的五年间，出版汉文和少数民族文字的长篇小说七十多部，是中华人民共和国成立十七年间创作总数的两倍。藏族、维吾尔族、哈萨克族等，第一次出版了自己的长篇小说。藏族出版了降边嘉措的《格桑梅朵》和《十三世达赖喇嘛》、益希单增的《幸存的人》和《迷茫的大地》、多杰才旦的《又一个早晨》、益希卓玛的《清晨》、班觉的《松耳石》。哈萨克族出版了贾合甫·米尔扎汗的《理想之路》、尼合买提·蒙加尼的《燕子》、哈里木·哈那菲亚的《风暴》、吾拉兹汗·阿合买提的《巨变》、哈吉乌玛尔·夏布旦的《罪行》等。这成为本时期少数民族文学发展的一个突出现象。当然，这些长篇作品都有较长时间的思想、生活和艺术经验的积累，而能在几年内集中问世，显然是新时期春风春雨沐浴的可喜结果。

这些作品的题材触及广阔的历史与现实生活领域，除较多地描绘新旧中国交替时期的民族斗争生活外，还出现了追溯历史风貌和跟踪当代社会变革的优秀作品。作者们多侧面、多角度地摄取社会生活世相，构造历史画卷，艺术上也有新的开拓。

各族人民在中国共产党领导下为推翻旧中国、创建新中国所进行的伟大斗争，仍是作家们着力表现的题材。维吾尔族柯尤慕·吐尔迪的

《战斗的年代》写南疆地区 20 世纪 40 年代末 50 年代初的激烈斗争，哈萨克族贾合甫·米尔扎汗的《理想之路》写新疆著名的“三区革命”，藏族降边嘉措的《格桑梅朵》写人民解放军进军拉萨，壮族陆地的《瀑布》写南方壮族地区的革命洪流等，它们成为新时期少数民族作家创作的长篇小说中内容较厚实、较有思想和艺术光彩的部分。其中以《瀑布》的成就较突出。

《瀑布》的作者陆地，原名陈克惠，壮族，1918 年生于广西扶绥县。抗日战争时期投身于革命文学运动。中华人民共和国成立后回到广西，创作了短篇小说《故人》和壮族文学史上第一部优秀长篇小说《美丽的南方》。他从 20 世纪 60 年代初开始，潜心于长篇小说《瀑布》的创作。原拟采取三部曲的形式，由《长夜》《狂飙》《星火》三部组成，反映辛亥革命到北伐战争前夜广西壮族地区的革命斗争历史。第一部《长夜》于 1980 年出版，获 1981 年全国少数民族文学创作评奖一等奖，1984 年写完全书，将第二、三部合并，以《黎明》为题出版。

《瀑布》无论从题材的选择、主题的开掘，还是时间的跨度、地域的广度来说，都具有史诗式的规模和构思。反映的时代，纵贯旧民主主义革命和新民主主义革命阶段；反映的区域，从古老僻静的山野乡村到繁荣喧闹的现代都市；反映的历史事件，有反袁爱国运动和随之而起的讨袁护国斗争，还有第一次国共合作后的北伐革命，“四一二”政变大屠杀，以及工农苏维埃政权的建立与新的工农革命运动的兴起。所有这些，都围绕着革命青年韦步平在斗争中成长的历程，借助人物的活动展现出来。作品以桂西地区壮族农民从自发斗争到自觉革命为背景，表现了 1915 年春到 1931 年冬这一历史阶段的错综复杂的阶级关系和阶级斗争，深刻地揭示出当时的社会思潮、时代风貌、时代前进的趋势和历史走向。

小说以百万言的篇幅，塑造了在激烈的斗争中的不同类型、性格各异的一系列人物形象，诸如革命知识分子、革命同路人、叛徒、国共两党领袖、反动军阀、贪官污吏、土豪劣绅、农夫乡姑、阔太太、娇小姐、商店老板、小贩、妓女等，构成具有复杂的阶级关系的社会整体。其中不少人物写得血肉丰满、个性鲜明。特别是对各类知识分子形象的性格刻画尤见功力，显示出作者文学创作的特色。

贯穿全书的主人公韦步平，是作者着力塑造的一个形象。作者以时代变迁为序，比较清晰、准确地写出了韦步平的思想性格由幼稚到成熟的发展进程。最初，他为寻求真理外出求学，通过组织“风雨”社、“中流”社，成为爱国学生运动的中坚。被学校开除回到家乡后，他团结农村中的亲朋挚友，同地方封建势力英勇抗争；在自发斗争中几经挫折，壮志未泯；后来出外投身行伍，接受革命真理，再度回乡发动群众，组织“三三会”，赴广州参加大革命；大革命失败后再次回乡坚持斗争。韦步平逐渐使自己的行动汇入工农革命事业的洪流，终于成长为党组织的优秀领导者，文武双全、叱咤风云的英雄。但是他毕竟是个成长中的革命人物，作者最后也没有把他写成一个纯粹、无瑕的完人。他死于用人不当，而用人不当正是他太重感情、重江湖义气的弱点所致。这一笔并不损害韦步平的英雄本色，恰恰由于符合人物的思想发展轨迹而益显真实。

韦步平和凌云青、王光宗曾是意气风发的同窗好友，人称“风雨三杰”。但在时代洪流的冲击下，他们“人各有志”，选择了不同的人生道路。凌云青和王光宗这两个人物，是作为小资产阶级知识分子和反动知识分子的代表写进小说的，从艺术成就上来说，凌云青的复杂性格刻画得较为细致深刻，对王光宗思想性格变化的过程则展示得尚不够鲜明。与“风雨三杰”相关联，小说中还刻画了三个知识女性的形象。矢志革命，不愧为巾帼英雄的言真，追求风流时髦，堕落成为交际花的海银花和贤淑正直、多愁善感的桂品微，思想性格相映生辉，给人留下难忘的印象。《瀑布》着意将动荡年代革命形势的起伏转折，同不同类型的人物性格的发展过程和关系的变化结合起来描写，使两者相互渗透、映衬，造成了鲜明、突出的效果，显示出作者生活积累的厚实和艺术技巧的娴熟。

作为老作家，陆地对家乡的土地和人民自有特殊的感情。他总是以优美动人的景物描写和风俗描写，自然地流露出这种深厚的感情，给作品涂上浓重的地方色彩和民族色彩。《瀑布》的成功，同它那独有的壮、瑶民族的社会生活的色调是分不开的。它的出版，是壮族现代和当代文学中一个具有里程碑性质的突破。

《瀑布》出自老一代文学园丁之手，而更多的长篇佳作则从文学新人的笔下涌流而出。描绘西藏地区壮烈斗争的《格桑梅朵》和《幸存的人》，就是其中的代表。

《格桑梅朵》的作者降边嘉措，藏族，1938 年生于四川省甘孜藏族自治州。1951 年参加中国人民解放军，1955 年毕业于西南民族学院，现在中国社会科学院少数民族文学研究所工作。作者在 1960 年开笔，经过二十年的艰辛劳动才写成《格桑梅朵》。作品于 1981 年在全国少数民族文学创作评奖中获奖。

描写解放战争时期边疆地区的斗争生活，前有《茫茫的草原》和《欢笑的金沙江》，后继的《格桑梅朵》自有新的特色和成就。小说写的是中国人民解放军的弓支小分队从怒江向拉萨古城进军途中的艰苦斗争。它没有着重去写军事斗争，而将笔力用来描写这支部队怎样在进军途中认真做好群众工作，从反动黑暗统治和精神奴役下解放藏族同胞。“格桑梅朵”是生长在康藏高原上的一种“幸福花”，它既是小说中青年男女边巴和娜真纯洁爱情的寄托，也是藏族同胞向往吉祥幸福生活的象征。作者以农奴边巴被反动农奴主作为恶鬼进行残酷迫害开头，以他随着进军洪流，在世代向往的“日光城”拉萨获得全家团圆收尾，把这一户农奴的命运同解放军进军西藏的步伐紧密结合起来进行描写，这体现了小说的构思特点。它以“格桑梅朵”作为书名，意味深长。

《格桑梅朵》是藏族第一部现代长篇小说。因为前无借鉴，作者从艺术上进行了创造性的探索。它的结构并不严谨，由于作者亲身经历了进军西藏的斗争，进军途中所发生的一个个小故事，或从这历史巨变中摄取的种种生活情景，都写得真切感人，具有接近生活实录的特征，字里行间洋溢着按捺不住的激情。作者特别注意剖析人物心理，抒写藏族人民从黑暗地狱迈向光明世纪的复杂、强烈的内心感受。其中对于边巴想起风雪道上朝佛情景时的心理描写尤为精彩。他把抒情散文的笔调融进小说之中，自有一种真实亲切的魅力。作品显然受到“五四”新文学的影响，但并没有脱离藏族文学传统。如着意结合运用民族的传统文学成分——民间故事传说、民间诗歌和富有文学光彩的口语等，来反映藏族人民的新生活，很见特色。

《幸存的人》的作者益希单增，藏族，1931 年生于四川省甘孜藏族自治州乡城县。1950 年参加中国人民解放军，七年后到北京学习、工作。1969 年回西藏从事文化宣传工作，1981 年调西藏文联从事文学创作，现任中国作协西藏分会副主席。

《幸存的人》比《格桑梅朵》晚一年出版，在内容上有相互衔接的关系。《格桑梅朵》写的是人民解放军进藏时的斗争生活，《幸存的人》写的是农奴们为结束黑暗统治而进行的最艰苦壮烈然而也是最后阶段的斗争。它们可以看作是反映西藏人民斗争生活的姊妹篇。

《幸存的人》描绘了不同阶级、不同阶层里众多的人物形象，处于斗争漩涡中心的几个主要人物的形象显得相当鲜明。小说着力描绘了在黎明前的黑暗时刻奋力抗争的几个英雄人物，他们各有个性特征，思想性格中各有复杂、丰富的内涵。洛卡日达和森耿杰布都是农奴中敢于抗争的男子汉，森耿杰布勇猛憨厚，他的名字即有“狮子王”的意思；洛卡日达则在勇敢中藏着几分机智，善于巧妙地同敌人周旋。德吉桑姆和桑节普珠姑侄俩，是贯穿全书的中心人物。德吉桑姆是作者倾注全部情感塑造的一位光彩照人的藏族女性形象。她并不是那种顶天立地的英雄，受佛教的影响，曾寄希望于觉仁波大佛，但是严酷现实的教训终于使她开始有了新的精神支柱。桑节普珠承袭了姑母对农奴主的仇恨，但没有她那样的精神重负。他不是藏族历史悲剧时代的令人扼腕的人物，而是乐观自信地迎接黎明到来时的新一代。

同《格桑梅朵》的艺术形式和风格迥然有别，《幸存的人》善于结构故事，娓娓动听。小说以仁青晋美血洗德吉村开头，紧紧围绕虎口余生的姑侄俩的命运展开叙述。一方面是仁青晋美费尽心机，搜捕这两个幸存者，企图对造反者赶尽杀绝；另一方面是德吉桑姆和桑节普珠无时无刻不在力图报仇雪恨，于是形成了尖锐激烈而又曲折复杂的斗争。但作品并不以说故事为满足，围绕情节的推进展现了一幅幅风俗画和风景画，不论是古老的天葬习俗，还是拉萨八角街的街景，或者是渡口上流浪人的火圈，无不散发出强烈的生活气息，融合着小说家深沉的情感。作者还十分注意吸取藏族民间口头文学素材，使作品充满生活气息和民族文化色彩。

近年来，这两位藏族作家又有了长篇创作的新收获。益希单增出版了《迷茫的大地》，降边嘉措与汉族作家吴伟合作写成《十三世达赖喇嘛》。它们的艺术概括力都有了进一步的提高。

在反映当代改革与建设的长篇佳作中，土家族孙健忠的《醉乡》受人称道。孙健忠 1938 年出生于湘西乾城县，1956 年开始从事文学创作，至今已发表小说、散文五十多篇。出版有短篇小说集《娜珠》、中短篇小说集《五台山传奇》。短篇小说《留在记忆里的故事》、中篇小说《甜甜的刺莓》和长篇小说《醉乡》，分别在 1981 年和 1985 年全国少数民族文学创作评奖中获奖，显示出这位土家族中年作家艺术上逐步走向成熟。

《醉乡》以一个叫雀儿寨的土家族村寨发生的故事，展现了党的十一届三中全会以来实行新的农村政策所带来的深刻变化。承包渡船的老乔保，迎回了外流多年的矮子贵二。这个屡受欺凌、被迫流落他乡的农民，依靠党的富民政策，凭着自己的聪明才智，很快由穷光棍变成了富户，还带动周围几户农民走上了致富之路。经济地位的变化，使矮子贵二成了乡里受人尊敬的人物，由从未受到女人青睐的穷汉变成了乡里“第一美人”追求的对象。“天九和矮子贵二舞了龙头，别人就会跟着舞龙腰，舞龙尾，一条龙就舞活了。”这正是今天中国农村的写照。小说的人物和故事并不复杂，幸好作者十分熟悉表现对象，既能从宏观上把握时代脉搏，又能从微观上对人物性格、民族风情作精细描绘。在中华人民共和国成立后十七年间描写农村题材的作品中，常常写到一些深受地主阶级迫害而流落外乡、闯荡江湖的农民，带着革命火种回到家乡掀起斗争风暴的故事。《红旗谱》中的朱老忠就是人们所熟悉的典型形象。从一定意义上来说，矮子贵二就是新时期的朱老忠，他在中国农村又一次发生剧烈变革的时期，带着开拓精神和新的知识信息回到家乡创业致富，一下子就战胜对手，打开了新局面。小说不只是展现了在推行生产责任制以后，偏僻的山乡龙腾虎跃，“家家都有了发财致富的指望”的新生活图景，而且尤其着力揭示出农民获得精神上的解放之后建设新生活的巨大潜力。作品展示的矛盾斗争虽说不上很深刻，字里行间却蕴含着乐观幽默的情调，透示出明朗欢快的色彩，具有吸引读者的特殊魅力。

作者说过，这部小说是他在 1981 年秋天，为故乡不断传来的喜讯搅得坐立不安，便中断原来的写作计划，回到家乡作了半年考察之后写成的。小说中的主人公“摆脱了对网的和对人的依附，飞进了自由的空间”①，因而它的基调是欢乐的。它是 20 世纪 80 年代初期中国农村变革的生动有力的艺术记录。

本时期少数民族的长篇小说创作，虽比过去有了显著进步，但就总体而言，艺术成就还远不及短篇和中篇小说。艺术结晶化程度较高、笔墨达到较深审美层次的佳作还不多。不少作品追求篇幅的浩繁，却常常流于陈述表层生活样相；有的作品对社会生活的观察和表现，甚至未摆脱“左”倾思潮的影响。人们期待着少数民族长篇小说创作在不久的将来出现新的突破。

---

① 孙健忠：《醉乡·后记》，上海文艺出版社，1986 年。

附录一 中华民族多元一体格局和当代文学史教材编写[1]

——回忆与思考

《新文学评论》2013年第1期所刊王庆生先生关于编撰中国当代文学史教材这一学术工程的访谈录深深吸引着我。笔者作为以王庆生教授为首的编写组的主要成员之一，殚精竭虑投身其中长达数年之久，主要承担其中少数民族文学部分的编撰工作。由于中华民族就是一个民族大家庭，中国文学理所当然地就是由多元一体格局所构成的，文学史的编写特别是当代文学史的编写，怎样对待少数民族文学就成为一个须加认真对待的重要理论原则和写作范式。华中师范大学中文系集体编撰的“中国当代文学”，从1962年科学出版社的《中国当代文学史稿》一卷本，到20世纪80年代上海文艺出版社的《中国当代文学》三卷本，再到90年代华中师范大学出版社的两卷本以及2003年高等教育出版社的新一卷本，前后经历了大约半个世纪，其主体则是上海文艺出版社的三卷本。现在就以我参与编撰上海文艺出版社三卷本《中国当代文学》的工作中对少数民族文学部分的构想与评析，来讨论一下在当代文学史的撰写中，怎样对待多民族文学的整合问题。

1962年问世的《中国当代文学史稿》一卷本，就开始设立“兄弟民族文学”专章，参照1956年中国作家协会第二次理事会上老舍所作《关于兄弟民族文学工作》的专题报告，按三个历史时期，展现民间文学搜

[1] 原载《新文学评论》，2013年第4期。

集整理和文学创作成就，分别评述了《阿诗玛》《嘎达梅林》和纳·赛音朝克图的诗集《幸福和友谊》、康朗英的长诗《流沙河之歌》、李乔的长篇小说《欢笑的金沙江》、乌兰巴干的长篇小说《草原烽火》以及歌剧《刘三姐》等，对兄弟民族文学在新中国的蓬勃发展及其美好前景给予了充分肯定。其主要依据是老舍的民族文学工作报告及中国作家协会为国庆十周年所编写的《文学十年》一书。执笔者均为青年学人，对兄弟民族文学的独立研究甚浅，而在当代文学史建构上的这一新构想却横空出世，为学界所认同而产生了广泛影响。

20 世纪 80 年代上海文艺出版社的《中国当代文学》三卷本，由王庆生任主编，冯牧任顾问，少数民族文学部分约 8 万字由笔者撰写。经集体研究，保持原有体例，将“少数民族文学”仍作为独立一章。但老舍文学成就则仍按照现代文学史通行体例予以单列，以突显其地位与成就。列入少数民族民间文艺代表作的有《阿诗玛》《嘎达梅林》《格萨尔》《阿凡提的故事》，以及依据民间文学改编或再创作的长诗《百鸟衣》、歌剧《刘三姐》。

作为少数民族作家文学优秀成果给予评述的，诗歌方面，有康朗英的《流沙河之歌》，以及蒙古族纳·赛音朝克图和巴·布林贝赫、维吾尔族的铁依甫江·艾里耶夫、白族的晓雪、藏族的饶阶巴桑等的作品；中短篇小说，给予好评的有鄂温克族的乌热尔图、藏族的扎西达娃、哈萨克族的艾克拜尔·米吉提、土家族的蔡测海及李传锋、朝鲜族的林元春、苗族的伍略、白族的张长等的作品；长篇小说代表作 6 部：蒙古族玛拉沁夫的《茫茫的草原》，彝族李乔的《欢笑的金沙江》，壮族陆地的《瀑布》，藏族降边嘉措的《格桑梅朵》和益希单增的《幸存的人》，以及土家族孙健忠的《醉乡》。

这部《中国当代文学》的编著者对中国少数民族文学的处理具有怎样的新构想和新特点呢？

第一，高度重视民族民间文学及其同作家文学的互动交融。中国 56 个兄弟民族都拥有丰富优美的民间口头文学，而汉族以外的少数民族，其民间文学更为富饶和鲜活；在新中国成立之后，由于各地党和政府认真奉行尊重扶持少数民族经济文化的民族政策，因而在采录整理少数民族民间文学方面获得一系列举世瞩目的丰硕成果，如《嘎达梅林》《阿诗玛》《格萨尔》三大英雄史诗等，使中国文学的面貌为之一新。在吸取民族民间文学鲜活乳汁基础上新创作的韦其麟的长诗《百鸟衣》、康朗英的长诗《流沙河之歌》、壮族歌剧《刘三姐》等，不但使这些兄弟民族的文学创作获得可喜的新转机，也给中华当代文学增添了奇光异彩。由此，我们便在当代文学史中，将中国民间文艺家协会发动并组织实施的各族民间文学的采录整理出版所取得的巨大成就均列入书中加以评述，更着力于对吸收民族民间文学滋养所培育之新人新作的充分肯定。这不能不说是此书显而易见的别具一格之处。

第二，深入体察少数民族文学的独特文化意蕴和审美情趣，给予合理评述。中国许多少数民族处于经济文化发展的边缘地带，社会发展阶段滞后，我们不能回避这一历史遗留给文学发展带来的消极影响。可是在国际文化人类学的发展进程中，那种将各国民族文化简单地纳入“蒙昧—野蛮—文明”的直线进化模式，从而将欧洲作为世界文明标杆的学说，早已被学界所摒弃和修正。基于这样的文化自觉、文化视野，我们在评述中国民族民间文学与作家文学的艺术成就时，便十分注意摆脱一些流行成见的局限，而尽可能客观公正地给予肯定了，如对鄂温克族乌热尔图《七叉犄角的公鹿》等短篇小说的评述：“通过猫鹿来颂扬义勇，宣扬人性美、人情美、艺术上别具一格。正如评论家阎纲所称道的：内容集中，剪裁得当，不求道理多么深奥，只求感情能够交流；不求总揽时代风云，只求感化人们的灵魂。”再如书中评述藏族扎西达娃的《去拉萨的路上》等短篇小说：“他认真地观察、思考西藏的历史、文化与现实，善于从历史长河中截取人物关系急剧变化和冲突激烈的场景，在突出有力的艺术描写中造成令人惊愕和耐人思索的强烈效果。他的小说常出现奇幻场景同现实生活的交错，具有拉丁美洲魔幻现实主义的特征。不过作者自认为这些作品仍扎根于西藏文化传统之中，外来文化只是作为一种参照系数用来比较、分析，以便更好地反映当代西藏社会生活中呈现的奇特的文化和意识形态。这是一种有益的文学探索。”

在评述有关少数民族的民间文学、作家文学成就时，编著者不仅尽可能熟谙这些民族的历史传统与现实生活状况，还直接访问过有关作家如蒙古族的玛拉沁夫、藏族的降边嘉措等，以提高文学史书写的科学水平。

第三，本书最突出的特点是按中华民族的“多元一体”格局做了一次建构当代文学史的大胆尝试。我国著名学者费孝通先生曾于1988年发表关于“中华民族多元一体格局”的精辟讲演，科学地概括了中华民族构成的历史过程与发展前途，深受中外学界的赞赏。这个讲演虽然发表于中国改革开放的历史新时期，而贯通其中的民族平等、共同发展的核心思想，早已蕴含在中国共产党特别是新中国所践行的民族政策之中。华中师范大学集体编著《中国当代文学》，从1958年始设计并撰写，到80年代成书广泛发行，将各少数民族的民间文学与作家文学均囊括其中，正是按“多元一体”格局来建构文学史的大胆尝试。

本来从1956年中国作家协会召开扩大理事会积极推进兄弟民族文学发展以来，兄弟民族文学或少数民族文学就以突飞猛进之势受到政府和社会的极大关注，按民族地区推进的文学活动和编撰民族文学史也陆续问世，如《壮族文学史》《白族文学史》《苗族文学史》等，它们的问世无疑是新中国文学事业成就的重要标志。可是还没有人按56个兄弟民族“多元一体”格局把它们的文学成就综合融合在一部文学史中，我们这个编写组就此大胆地迈出了第一步。从上述篇章结构就可以看出，这样的写法并不是简单地在体例上把不同民族的作家作品凑合在一起，而是既标明其少数民族身份，又按照同一文学标杆选取代表作予以科学评述，建构一个完整的中国当代文学史。以小说创作为例，我们所评述的乌热尔图、扎西达娃等人的短篇和李乔、陆地、玛拉沁夫等人的长篇，其艺术结晶程度完全可以和汉族作家的那些代表作相媲美而又在某些方面别具异彩，使中华民族历史形成的“多元一体”格局在当代文学发展上得到合理而鲜明突出的展现。

将多民族文学融为一体的这部在上海文艺出版社问世的三卷本《中

国当代文学》，成为20世纪80年代全国高校最为通行的一部文科教材，多次印行，总印数高达80余万册，对具有多民族鲜明特质的中国当代文学史的研究和普及，产生了广泛而深刻有力的影响。但90年代以后多所高校新编的当代文学史教材均不再采用上海文艺出版社版当代文学史的这一体例，引起了笔者的深切关注。

对中国少数民族文学的研究及编撰文学史的活动这些年来可以说是方兴未艾。如吴重阳撰写的《中国当代文学概观》于1986年初在中央民族学院出版社问世，李鸿然主编的《中国当代文学史稿》于1986年底在长江文艺出版社问世，马学良等主编的两卷本《中国少数民族文学史》也于1992年由中央民族学院出版社印行。还有多种少数民族学史或文学概况在各地分别出版，蔚为壮观。它们的内容更贴近少数民族文学的历史与现实状况，叙说更为细密周详，成为值得赞许的盛事。可是作为大学通用教材的当代文学史著作，实际上还是以汉族文学为主，而少数民族文学史的相关教材，其主要适用范围实际上局限在民族院校，未能走向广大读者特别是普通高校课堂。受过高等教育的广大青年学生，对“多元一体”的中华民族文化知之甚少，竟然连享誉世界的中国少数民族的《格萨尔》《江格尔》《玛纳斯》三大英雄史诗也毫无所知，至今依旧把胡适于《白话文学史》中提出的中国没有史诗的论断奉为金科玉律，深受民族文化自卑心理的浸染。由此，笔者深切感到，以个别方式研究评述少数民族文学因具有贴近实际、便于深入开掘的优点，无疑是十分必要的，中国社会科学院少数民族文学研究所的设置便具有这样的特殊功能。但从中华民族“多元一体”的大格局出发，我们不能让少数民族文学长时期游离于这个多民族统一整体之外，而要把少数民族的民间文学与作家文学合理地整合到中国当代文学史以及古代文学史中间去，并将这一文学史的宏观架构及经典性代表作贯通于大学教材和中小学教材之中，从而在我们的学校教育中，真正将“中华民族多元一体格局”落到实处。

笔者参与编撰上海文艺出版社版《中国当代文学》三卷本以后即专门从事民间文学的教学与研究，近日读到王庆生主编的访谈录，就整合少数民族文学在中国当代文学史中的位置进行思考，深感这一重要课题至今并未真正解决，亟待引起相关学人的重视，特撰此文就教于方家，以引起充分研讨求得共识进而推进中国文学史教材建设。

2013 年 4 月 25 日

附录二　蒙古族作家玛拉沁夫回信

刘华同志：

你写的《玛拉沁夫的长篇小说〈茫茫的草原〉》一文，已拜读，随手在文字上做了一点改动，不知道是否同意。

呼和浩特出版的《内蒙古社会科学》杂志一九八二年第五期上发表一篇《论玛拉沁夫的创作个性》，写得不错，你可以找来参阅。

我的电话：三三·三七九六。

来信地址：北京四一五信箱。

请随时联系。

祝

笔健！

玛拉沁夫

十一·二·京

主要参考文献

[1] 天鹰. 中国民间故事初探［M］. 上海：上海文艺出版社，1981.

[2] 莫·卡冈. 艺术形态学［M］. 凌继尧，金亚娜，译. 北京：生活·读书·新知三联书店，1986.